Phön

Tränen der Götter

Sascha Vöhringer

Fantasy-Roman

2.Auflage

"Phön: Tränen der Götter" ist der erste Teil der gleichnamigen Reihe:
Die Phön Saga

Herausgegeben von: Sascha Vöhringer, 89346 Bibertal
E-Mail: Phoen@Qriosity.de
www.SaschaVoehringer.de

Umschlaggestaltung und Illustration: Sascha Vöhringer, Daniel Ricci
Lektorat: Viktoria Schäfer, Christine Ohmayer, Sebastian Reitenspieß

Printed by CreateSpace
ISBN: 1484873602
ISBN-13: 978-1484873601

Phön auf Facebook:
www.facebook.com/WorldOfPhoen

Gezwitschert wird auch:
@WorldOfPhoen

PHÖN – Tränen der Götter
Auch als eBook erhältlich

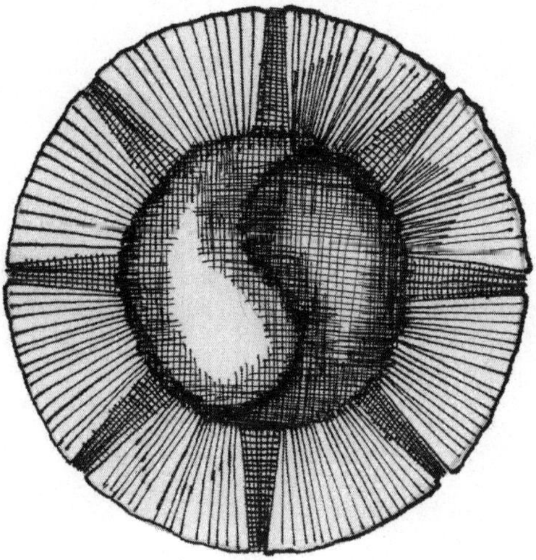

Für meine Freunde, meine Familie und die Fantasie, die in jedem Menschen schlummert.

Phön

Karte der bekannten Kontinente

Prolog

Mit letzter Kraft übergab der alte Mann seiner Tochter ein tropfenförmiges Amulett. »Die Lehren des Göttervogels!«, brüllte er, doch seine Worte wurden von dem tobenden Sturm verschluckt. Er wischte sich das schäumende Wasser aus dem Gesicht, um wieder etwas sehen zu können. Das Salz brannte wie Feuer in seinen Augen. Ringsherum war es schwarz. Nur einige Blitze erhellten ab und an die wabernden, todbringenden Wassermassen, die sie umgaben und immer wieder wie Dampfhämmer auf das kleine Boot einschlugen. Mit Inbrunst zog der Mann seine Tochter an sich heran, sodass sie das heftige Pochen seines Herzens spüren konnte.

»Die Wahrheit liegt verborgen hinter dem Sonnenmond!«, prustete er heiser. Das junge Mädchen hielt ein kleines, schreiendes Bündel im Arm und war kreidebleich. Sie verstand die Worte ihres Vaters nicht. Noch nicht. Die ausweglose Situation trübte ihren Verstand und in jedem weiteren Moment sah sie dem Tod erneut in die Augen.

Als sich eine gewaltige, schwarze Welle vor ihnen auftat, schien die Zeit für sie stillzustehen. Sie wusste, dass die kleine Nussschale die Wucht des Aufpralls nicht überstehen würde und presste ihren Bruder fest an sich. Der alte Mann nahm seine Kinder das letzte Mal in die Arme und flüsterte Wörter in einer fremden Sprache.

Dann wurde das Boot zerschmettert.

Kapitel 0

Nur durch das Gleichgewicht der Kräfte
kann der Frieden auf der Welt bewahrt werden.

Tag 15, Belium 356 nach Erschaffung

Wüste Thunda, Trockenberge

Es roch nach Schwefel und verbrannter Haut, als Vorarbeiter Oyle in den Stollen trat, der in die Tiefen des Trockenberges führte. Die schummrige Beleuchtung der alten Öllampen, die an den Wänden befestigt waren, ließen Oyles Schatten tanzen wie ein Wesen aus einer fremden Welt. Von Schritt zu Schritt wurde die Beleuchtung schwächer und je weiter er ging, desto schlimmer wurden seine Befürchtungen. Dennoch tastete er sich langsam vorwärts. Am Ende des Ganges waren sämtliche Öllampen zu Bruch gegangen und wippten noch immer auf und ab, als seien sie erst vor einigen Sekunden erloschen. Zögerlich entzündete er eine kleine Leuchte, die er bei sich trug und hielt sie vor sich, um etwas erkennen zu können. Was er sah verschlug ihm die Sprache. Nur mit Mühe konnte er seinen Mageninhalt bei sich behalten. An der Wand vor ihm hing einer seiner Arbeiter, eingebrannt in den hellen, sandigen Stein des Stollens. Sein Brustkorb war weit geöffnet und sein gesamter Körper grausam entstellt. Oyles Gedanken überschlugen sich. *Was geht hier vor sich?* Langsam und am ganzen Leibe zitternd, sank er auf die Knie und faltete die Hände. *Heilige Göttin Elia…*

Der Arbeiter schien von einer so gewaltigen Macht nach hinten geschleudert worden zu sein, dass es ihm beim Aufprall sofort alle Knochen im Leibe brach. Sein verbranntes Fleisch hing an seinem zerfetzten Torso und war mittlerweile nicht mehr von seiner Kleidung zu unterscheiden. Es schien, als wären Gedärm und Pullover eine natürliche Symbiose eingegangen. In dem skelettierten Antlitz des Arbeiters war deutlich zu erkennen, dass er vor seinem Tod dem Wahnsinn ins Gesicht geblickt hatte. Seine Augen waren aus ihren verschmorten Höhlen herausgequollen wie Pflaumenmus und die Kieferknochen hingen verschoben an Stellen, an die sie sicherlich nicht hingehörten.

Als Oyle auf dem Boden kniete und kaum wagte den Kopf zu heben, sah er etwas neben dem verschmorten Körper auf dem Boden liegen: den abgetrennten Arm des Arbeiters, dessen Hand ein seltsames Stück Holz oder eine Art Stock fest umschlossen hielt. *Ein gewöhnliches Stück Holz? Nein!* Seltsame, auf den ersten Blick unauffällige Runen zierten die Oberfläche. Langsam bewegte Oyle die kleine Lampe darauf zu. Der Arm schien dem Mann mit solcher Wucht aus dem Leibe gerissen worden zu sein, dass seine Hand sich sofort verkrampfte. Wurde sein Tod durch dieses peinliche Stück Holz herbeigeführt? Oyle holte ein Taschentuch hervor und versuchte die morsche, knochige Hand zu öffnen. Langsam zog er den kurzen Stock mit seinem Tuch heraus, ohne ihn mit bloßer Hand zu berühren. Die Runen darauf fingen kurz an zu glühen; als ob der Stock bemerkte, dass jemand zugegen war.

Ein eiskalter Schauer glitt über den haarigen Rücken des Vorarbeiters. Da erlosch seine Lampe und es wurde finster.

Draußen vor dem Bergwerk war es helllichter Tag. Die beiden Sonnen Phöns, eine hell und feuerrot, die andere tiefschwarz leuchtend, brannten auf die ausgetrocknete Wüste Thunda wie selten zuvor. Die Arbeiter hatten sich gerade eine Pause gegönnt, als ihr Vorgesetzter, aus dem Bergwerk gerannt kam. In der Hand hielt er den in ein Taschentuch gewickelten Stock. Seine Augen schmerzten, als er das Tageslicht erblickte. Er kniff die Lider zusammen, schüttelte den Kopf und versuchte die Panik aus seinem Gesicht zu verbannen. Ohne lange zu zögern, ging er schnellen Schrittes vorbei an seinen Arbeitern und hinein in sein Zelt, legte das Bündel auf einen hölzernen Tisch und setzte sich daneben auf einen kleinen Schemel.

Er holte tief Luft. *Erst mal durchatmen,* dachte er und hielt kurz inne. Dann warf er seinen Telesensor an, der es ihm ermöglichte, über weite Strecken die Wellen eines anderen Telesensors zu lokalisieren und mit diesem in Kontakt zu treten. Die Frequenz des Empfängers hatte Oyle auf einen kleinen Zettel geschrieben, den er jetzt aus seinen Unterlagen herauskramte. Seine Hände zitterten und waren voll kaltem Schweiß, als er die Antenne des surrenden, mechanischen Gerätes ausrichtete. Dann kurbelte er an einem kleinen Rad, das den Sensor in Gang setzte. Ein leiser Piepton war zu hören. Keine Minute später empfing das Gerät auch schon ein Signal, welches Oyle mit einem Druck auf eine kleine Taste bestätigte. Es meldete sich eine tiefe Stimme.

»Sie haben es gefunden?«, ertönte es aus der Box.

Einige Stunden später, es dämmerte bereits, störte ein lautes Rauschen am Himmel die Ruhe der Wüste. Ein weißer Solarsegler mit goldenen Runen am Heck erschien am Himmel und setzte zum Landeanflug an. Einige Ödlandgeier erschraken so sehr, dass sie sich einkoteten und kreischend auf den Wüstenboden torkelten. Ein herrlich obskurer Anblick.

Oyle trat aus seinem Zelt, hielt die Hand schützend über seine Augen und sah gen Himmel. Der Anblick des gewaltigen Seglers glich dem eines schwebenden Engels. *Der Engelssegler! Unglaublich!*, dachte er nur.

Einige Arbeiter gesellten sich an die Seite ihres Chefs und waren nicht weniger überrascht. Der Engelssegler, der Stolz der bischöflichen Garde, war im ganzen Land bekannt. Er war das Nonplusultra aller bisher erbauten Solarsegler: Flugmaschinen, die mit der reinen Energie des Lichts betrieben werden konnten und somit ein sehr schnelles und effektives Fortbewegungsmittel waren.

Licht- und Schattenenergie waren, seitdem das Fördern dieser Energien erforscht wurde, Hauptantriebsmittel jeglicher technischer Geräte auf Phön. Wobei man nicht sagen konnte, welche Energie effizienter war. Es ging hier nur um Prinzipien.

Als der Segler zum Landen bereit war, fuhren kleine Rotoren ratternd aus den Seiten und begannen sich zu drehen, um den Segler horizontal nach unten zu bewegen. Sachte setzte dieser auf dem heißen Sand auf und die goldenen Runen blitzten in der schwarzen Sonne, die auf dem Wüstenkontinent aufgrund ihrer ungewöhnlichen, dezentralisiert elliptischen Umlaufbahn auch oft nachts ihr Revier verteidigte. Diese Sonne gab kein Licht, dafür aber umso mehr Hitze ab.

Sand wirbelte umher und Oyle zog sich seinen Pullover über die Nase. Die anderen Arbeiter wichen schweigend zurück. Als der Segler zum Stillstand kam, öffnete sich am Heck eine Luke, aus der eine schmale Treppe herausfuhr und auf den sandigen Boden sank, was einen Wüstensalamander das Leben kostete. Hinter dem aufgewirbelten Sand traten zwei Elitesoldaten hervor; sie trugen beinahe unzerstörbare Teutoniumrüstungen, das robusteste Material auf ganz Phön. Ihre Rüstungen wirkten auf den ersten Blick wie ein mächtiges, metallenes Federkleid und sie zierte das Emblem der Stadt der Engel. Die Helme, die sie trugen wirkten ebenso skurril wie furchteinflößend und glichen der Schädelform eines Schakals. An ihren Seiten blitzten riesige Schwerter, breit wie ein ausgewachsener Mann, vorn wie ein Spaltbeil geformt und aufwendig verziert. Als wären die Schwerter nicht schon tödlich genug, waren an den Schäften außerdem Lichtkanonen angebracht, gefährliche Schusswaffen, entwickelt von einem Konzern im Norden des westlichen Kontinents. Nicht zu Unrecht waren diese Soldaten die elitärste und totalitärste Kampfeinheit der bekannten Kontinente. Sie schauten sich um, nickten einander zu, drehten sich in Soldatenmanier um und riefen etwas in einer seltsamen Sprache. Hinter den Männern erschien nun langsam aber sicher ein kleiner Mann in einer weißen Kutte, einer Art Habit wie sie auch einige Mönche trugen. Wie der Segler war auch diese Kutte mit den gleichen, leuchtenden Runen verziert.

Oyle rieb sich die Augen und wich zurück. *Das ist unmöglich.* Das Dreiergespann kam auf ihn zu. Der kleine, etwas ältere Mann im Habit trat zwischen den beiden Soldaten hervor und zog langsam seine Kapuze aus dem Gesicht. Der Bergarbeiter sank auf die Knie, als die Schatten das Gesicht des Mannes freigaben. Er hatte lichtes, krauses Haar und sein Gesicht lag in tiefen Falten.

»Zeigt mir das Zepter!«, forderte er den Vorarbeiter auf. Die Stimme des Mannes durchschnitt die trockene, heiße Luft wie ein Stück Butter. Sie klang respekteinflößend und in jeder Hinsicht erhaben. Schweigend hob Oyle den eingewickelten Stock nach oben, ohne es zu wagen, dem alten Mann ins Gesicht zu blicken.

»Gute Arbeit«, begann dieser und deutete dabei mit seinem dürren Zeigefinger auf den vor ihm knienden Mann. »Nicht schlecht für einfache Arbeiter!«

Die Bergarbeiter im Hintergrund waren mittlerweile ebenfalls auf die Knie gesunken und tuschelten miteinander, versuchten jedoch die Aufmerksamkeit nicht auf sich zu lenken und vermieden es, die Köpfe zusammenzustecken. Auch sie hatten schon bemerkt, dass dieser kleine Mann kein geringerer war als der Bischof selbst, das Oberhaupt der Stadt der Engel, der größten und geheimsten Instanz des westlichen Kontinents. Die Stadt der Engel war das Hauptzentrum des Glaubens der Elia, der Göttin des Lichts. Sämtliche Kirchen, Prediger und Messdiener unterstanden dem direkten Einfluss und der Kontrolle des Bischofs. Es wurde behauptet, diese Stadt untergrabe unterirdisch den ganzen Kontinent. Von einem Gewirr aus Gängen solle es möglich sein, jeden westlichen Ort in Windeseile zu erreichen. Fakten zur Engelsstadt waren jedoch nur Eingeweihten bekannt und die Anzahl dieser Personen war stark beschränkt. Die Kirche des Belias, des Gottes der Finsternis, existierte schon seit langer Zeit nicht mehr. Den Glauben, dass Elia und Belias Phön gemeinsam erschaffen hätten, teilte die Glaubensgemeinschaft des Lichts in keinster Weise.

Langsam nahm der Bischof das eingewickelte Zepter an sich. Er betrachtete es zuerst mit Skepsis, dann mit einem erfreuten Schimmern in seinen hellbraunen, fast beigen Pupillen. Er nickte den Elitesoldaten in ihren Schakalmasken zu, zog sich die Kapuze ins Gesicht und lief zurück in Richtung Engelssegler. Er blickte nicht zurück.

Alsbald der Bischof im Heck des Seglers verschwunden war, richteten die Soldaten ihre Waffen auf die vor ihnen knienden Arbeiter und drückten ab.

Dann herrschte wieder Stille in der Wüste.

Kapitel 1

Und sollte unser Volk eines Tages dem Untergang ins Auge blicken, werden sich unsere Erben erheben, unser Vermächtnis antreten und die Ordnung der Welt wiederherstellen.

Tag 7, Jahresanfang 358 n. E.

Archadis

Im Süden des Landes lag Archadis, Hauptstadt des gleichnamigen Königreichs und regiert von seinem großherzigen König Barthas. Archadis war wohlhabend und blickte einer rosigen Zukunft entgegen.

Eine große Mauer umgab die majestätische Stadt, um unerwünschte Eindringlinge fernzuhalten. Nur eine hölzerne Zugbrücke, die bei Tage geöffnet war, erlaubte den Zugang. In der Mitte der Stadt, umgeben von einem imposanten Marktplatz, ragte das Schloss der Königsfamilie empor. Es war aus grauweißem Stein erbaut und die von Efeu bewachsenen Türme blickten aus himmlischer Höhe auf einen belebten Dorfplatz herab, wo an jedem siebten Tage ein großer Markt stattfand. So auch heute. Gemüse, Fleisch jeglicher Art und Gewürze, die aus fernen Ländern wie Calypso oder Dünen stammten und einen weiten Weg hinter sich hatten, waren dort ebenso zu finden wie Töpferwaren, geflochtene Körbe und anderes Gerümpel.

Rundherum um dieses Treiben waren Wohnsiedlungen mit einfachen, gemauerten Fachwerkhäusern zu finden, die Menschen der verschiedensten Völker beherbergten. Mit ihren engen, verwinkelten Gassen, die sich wie Ameisenstraßen zwischen diesen Häusern schlängelten, boten die Siedlungen einen Ort der Ruhe und Abgeschiedenheit vom hektischen Treiben der Großstadt. Nur ein leiser Wind hauchte an diesem Morgen durch die Gassen und ließ einige gepunktete Höschen, die an Wäscheleinen über die Häuserschluchten gespannt waren, umherflattern. Doch plötzlich durchbrach ein Fluchen und Trampeln die morgendliche Ruhe.

»Komm zurück du kleiner, mieser Strauchdieb!«, hallte es. Ein Junge schlitterte um eine der verwinkelten Seitengassen und verlor fast den Halt. »Ich verfüttere deine Innereien an meine Schweine!«, tönte es hinter ihm, wobei das Echo einen fürchterlichen Nachklang produzierte.

Ein korpulenter, schwitzender Mann mit einer Art Schweinenase und einer blutverschmierten Schürze schwang ein riesiges Schlachterbeil über seinem Kopf und brüllte Schimpfwörter und wilde Drohungen. Erfolglos versuchte er mit dem Tempo des Jungen Schritt zu halten. Schweiß lief ihm wie Sülze aus allen Poren. Schließlich ging ihm die Puste aus und seine kurzen, dicken Beinchen wollten nicht mehr weiter. Er sah nur noch aufgewirbelten Staub und die Füße des Jungen hinter einer Gasse verschwinden.

»Irgendwann erwische ich dich! Dann gnade dir Elia!«, raunte er heiser und stützte sich auf seinen Knien ab. Seine Lunge pfiff, als er ein letztes Mal drohend die Fäuste schwang.

Sich in Sicherheit wiegend, setzte sich der Junge auf den gepflasterten Steinboden und biss herzhaft in ein Stück Fleisch, welches der schweineartige Mann wohl gerne wiedergehabt hätte. Der kalte Boden war noch feucht vom frisch eingebrochenen Morgen. Ein kühler Wind wehte wie ein seidenes Tuch durch die engen Gassen und verbreitete den frischen Geruch des Jahresanfangs auch in den kleinsten Winkeln. Es war die Zeit, in der die Leute aus der Winterstarre erwachten und Tag- und Nachtzyklus wieder ihren normalen Gang antraten.

Der Junge, wie er dort saß, trug ein etwas zerrissenes und wohl einige Male selbst geflicktes, gelbliches Hemd mit großen Taschen und eine knielange Hose aus robusten Soprafasern. Seine Schuhe bestanden aus altem, abgeschürftem Leder und sein großer Zeh hatte in einen davon bereits ein großes Loch gestanzt. Picardo Wilkin war sein Name und er war kein gewöhnlicher Junge, jedenfalls nicht auf dem Kontinent Golgata, dem sogenannten 'Westlichen Kontinent', dessen gesamter Süden zum Königreich Archadis gehörte. Picardo wusste nicht, woher er stammte und wer seine Eltern waren. Das Einzige, woran er sich erinnerte, war, dass er vor einigen Jahren von einem fahrenden Händler in der Stadt Goldhafen auf dem östlichen Kontinent gefunden wurde, und dieser ihn nach Birgund brachte: ein kleines Bauerndorf nordöstlich der Hauptstadt Archadis. Ein kinderloser Farmer namens Abraham Wilkin nahm ihn dort bei sich auf. Er taufte ihn auf den Namen, den er einst seinem eigenen Sohn geben wollte, der ihm jedoch nie vergönnt war: Picardo. Der Name eines längst vergessenen Helden; ein Grinsekobold, welcher einst das Land besuchte und wohl einen bleibenden Eindruck hinterließ.

Obwohl Picardo Wilkin einige Merkmale besaß, die ihn von den anderen Kindern auf dem Land unterschieden, behandelte der Bauer ihn stets wie seinen eigenen Sohn. Tatsächlich hatte Picardo ein Paar buschige Ohren, die denen eines Waschbären ähnelten und aus seinen struppigen, dunkelblonden Haaren herausragten. Früher versteckte er sie so gut es ging unter einer roten Mütze, um sich Sticheleien wie 'Waschbärjunge' zu ersparen. Mit der Zeit hatte sich Picardo jedoch dazu entschieden, diese Ohren mit Stolz zu tragen, um der Welt offen zu zeigen, dass er etwas Besonderes und Einzigartiges war. Denn an Selbstvertrauen mangelte es dem Jungen sicherlich nicht.

Nachdem Picardo das Fleisch aufgegessen hatte, lehnte er sich zurück, drehte den Anhänger seines Vaters zwischen den Fingern hin und her und dachte, wie so oft, an den alten Bauern, an das Haus in der Steppe vor Birgund und den frischen Wind, der dort durch das Geäst der Bäume wehte. Viel mehr als diese Erinnerungen blieb ihm seit dem Tod seines Vaters vor drei Jahren schließlich nicht. Damals war er ungefähr neun Jahre alt gewesen, aber so genau kannte Picardo sein Alter nicht. Plötzlich wurde er aus seinen Gedanken gerissen.

»Na Bürschchen? Biste satt?« Zwei etwas dümmlich wirkende Soldaten vom archadischen Militär tauchten plötzlich vor Picardo auf, grinsten hämisch und richteten ihre Mystrillspeere auf ihn. Mystrill war im Vergleich zu Teutonium nicht ganz so teuer, wurde aber gerne zur Waffenfertigung eingesetzt, da es sich besser verarbeiten ließ. Die Männer trugen leichte Rüstungen mit dem Wappen des Königs, schienen jedoch eher von niederem Rang zu sein, denn Sterne und Auszeichnungen waren keine zu sehen.

Noch bevor sie blinzeln konnten, schnellte Picardo wie ein Pfeil in die Luft, landete für Sekundenbruchteile auf dem Kopf des linken Soldaten und stieß sich mit ganzer Kraft von dort aus ab, um sich mit einem Salto über den anderen hinwegzukatapultieren, der nur verdutzt in die Luft blickte.

»Fangt mich doch!«, rief Picardo, als er hinter den Soldaten landete, seinen Kopf zurückdrehte und eine Grimasse zog. Dann rannte er los.

»Verdammt?! Los!«, brüllte der Soldat, der als Trampolin missbraucht wurde und zog sich den Helm wieder aus seinem Gesicht. »Hinterher!«

Sichtlich verwirrt durch die plötzlichen Höhenflüge des Jungen liefen die Soldaten erst einmal gegeneinander, was ihre Rüstungen scheppern ließ wie einen Berg ungespültes Geschirr. Verdutzt blickten sie sich an, bevor sie endlich die Verfolgung aufnehmen konnten.

Es begann eine wilde Jagd durch die verwinkelten Gassen von Archadis, bei der Picardo klar im Vorteil war und dabei elegant die Hauswände zu seinem Vorteil nutzte. Von Wand zu Wand stieß er sich ab, schien für Millisekunden an der einen kleben zu bleiben, um sich dann mit einem kräftigen Sprung zur nächsten zu befördern. Er hangelte sich an Fensterbrettern entlang und schwang sich wie im Zeitraffer an Wäscheleinen um die Ecken. Die Soldaten keuchten.

»Was ist das denn für einer? Sowas hab ich noch nie gesehen!«, japsten sie im Chor. So sehr sie sich auch anstrengten, mit der bemerkenswerten Geschicklichkeit des kleinen Jungen konnten sie nicht mithalten. Picardo kannte die Gassen wie seine Hosentasche, schließlich war es nicht das erste Mal, dass er von Soldaten oder wütenden Metzgern hindurchgejagt wurde. Seit drei Jahren musste er sich solo durchschlagen, hatte sich ein kleines Lager aus altem Karton und weggeworfenem Holz in einem Hinterhof errichtet. Und genau diesen Ort versuchte er nun zu erreichen. Er hüpfte mit einem Satz um eine Ecke und drückte sich mit dem Rücken gegen die Wand eines Fachwerkhauses, um sich im Schatten zu verbergen und zu lauschen. Lange hörte er nichts außer den Vögeln, die ihre Runden über der Stadt drehten. Hatte er die Soldaten abgehängt? Plötzlich hörte er einen dumpfen Schlag. Nein, er spürte ihn! Picardo torkelte, konnte sich nicht mehr auf den Beinen halten. Da wurde es auch schon schwarz um ihn herum und er sackte zu Boden. Das Letzte was er noch wahrnahm, war eine kreischende Frau, die aus einem Fenster über ihm herunterschaute.

»Oooh«, krächzte sie. »Ist jemand verletzt?«

Dass ihn ein herunterfallender Blumentopf ausgeschaltet hatte, bekam Picardo nicht mehr mit. Er sollte nicht ahnen, welche Ereignisse diese Leichtsinnigkeit einer einzelnen Person beim Blumengießen noch auslösen würden.

Archadis, Königliches Schloss

Der Schein der hellen Sonne hüllte mittlerweile ganz Archadis ein. Auch die schwarze Sonne war schon am Horizont zu sehen und mischte ihre Akzente in das morgendliche Lichtbild. Die Fassade des königlichen Schlosses schimmerte wie tausend Perlen und Tau floss langsam über den Efeu, der einige Teile des Schlosses wie ein grüner Mantel einhüllte. Die Vögel begannen ihren allmorgendlichen Gesang in den Bäumen des Schlossgartens und taten ihr Bestes, die zinnfarbenen

Dachziegel des Schlosses mit ihren Ausscheidungen zu verzieren. Einer dieser umherschwirrenden Vögel verirrte sich in luftige Höhen, landete sanft auf dem Balkon vor dem Zimmer der Prinzessin von Archadis und plusterte sich auf. Die von Pilastern umgebene Tür war nur leicht angelehnt und der seidene Vorhang wurde sanft von einem Luftzug in das Zimmer geweht. Ja, das königliche Schloss war wirklich prachtvoll. Und so auch die Prinzessin die dort lebte.

»Lea?!« Der König trat in das Zimmer seiner Tochter und zog die weißen Vorhänge ein wenig weiter zur Seite, sodass der Vogel auf dem Balkon schrecklich erschrak und fluchend das Weite suchte. Die eindringenden Sonnenstrahlen kitzelten das Gesicht der Prinzessin. »Steh auf, Zalea!«, forderte sie ihr Vater auf. Immer wenn er sie mit ihrem vollen Namen anredete, meinte er es ernst.

»Papa?«, knurrte Lea und zog sich ihre weiche Bettdecke über den Kopf. »Lass mich schlafen!«, nörgelte sie. Der König trat an ihr großes Himmelbett, rückte seine Krone zurecht und setzte sich auf die Bettkante.

»Du verschläfst noch dein ganzes Leben, meine Süße.«

»Ich bin eine Prinzessin! Da habe ich das gute Recht, bis mindestens zwölf Uhr zu schlafen«, murmelte sie unter ihrer Decke hervor. »Ich habe so oder so den ganzen Tag nichts zu tun.«

»Und genau diesem Umstand habe ich Abhilfe geschaffen«, entgegnete der König heiter.

»Abhilfe?« Lea zog die Decke bis unter die Nase und blinzelte mit ihren smaragdgrünen Augen. »Was meinst du mit Abhilfe?«, fragte sie naiv.

Barthas stand auf und blickte auf seine Tochter herab. »Du wirst ab sofort zur Schule gehen!«, verkündete er breit grinsend, sodass sich sein grauer Vollbart wölbte. »Ich habe eine vortreffliche Privatlehrerin für dich engagiert. Schließlich soll niemand behaupten, die Prinzessin von Archadis sei ungebildet.«

»SCHULE?« Lea schlug die Decke zurück und richtete sich im Bett auf. Sie verschränkte die Arme vor der Brust und blickte den König mit ihrem Dackelblick an. »Vater? Ich bin eine Prinzessin, wozu sollte ich mich weiterbilden? Ich habe nicht vor, einmal eine handwerkliche Lehre zu beginnen!«, empörte sie sich naserümpfend. Der König schüttelte den Kopf, stand auf und bewegte sich Richtung Tür.

»Nein, du hast nichts vor dir, außer vielleicht einmal ein Reich zu regieren, das sich über den halben Kontinent erstreckt. Du hast absolut keine Zukunft.« Die Ironie in seinen Worten war greifbar. »Ich sehe dich in einer Stunde im Versammlungsraum!«, sagte er abschließend und blickte noch einmal kurz zurück. »Deine Lehrerin wird auch dort sein. Sei doch bitte nett zu ihr.« Dann verließ er den Raum. Lea seufzte, schlug sich mit der flachen Hand auf die Stirn und ließ sich zurück ins Bett fallen.

»Das darf doch nicht wahr sein!«

Sie benötigte einige Zeit bis der Schlaf aus ihrem Kopf verschwand, richtete sich dann wieder auf und setzte die nackten Füße auf die kalten Marmorfliesen ihres lichtdurchfluteten Zimmers. Schlaftrunken wankte Lea zu ihrem großen Standspiegel in der Ecke des Zimmers, der größer war als sie selbst. Ihr langer Morgenmantel, den sie meist auch zum Schlafen trug, schmiegte sich um ihren schlanken Körper. Am Spiegel angekommen, griff sie nach einer ihrer Bürsten, die immer griffbereit auf einem kleinen, hölzernen Tischchen lagen, kämmte sich ihr hüftlanges, schwarzbraunes Haar mit den hellblonden Strähnen und betrachtete sich dabei im Spiegel. Lea sah auch am frühen Morgen und mit zerzaustem Haar bezaubernd aus. Ein Zustand, der ihr vollkommen bewusst war. *Du hast absolut keine Zukunft*, äffte sie ihren Vater in Gedanken nach.

Langsam streifte sie das Nachthemd von ihrem Körper und drehte sich vor dem Spiegel. Ihre Haut war weich wie Seide und etwas heller als die anderer Frauen in ihrem Alter. Noch wusste sie nicht, dass dies kein Zufall war.

Ich nehme nicht an, dass mein Lehrer ein junger, gut aussehender Prinz ist? Lea kicherte bei dem Gedanken. Da auf dem Kontinent Golgata keine anderen Königsfamilien existierten, war dies jedoch abwegiger, als ihr bewusst war.

Als die Prinzessin schließlich überzeugt war, nichts von ihrer Schönheit eingebüßt zu haben, wendete sie sich vom Spiegel ab. Sie war nicht eingebildet; ganz und gar nicht. Trotzdem war es ihr wichtig, gut auszusehen… und das tat sie. Langsam und in voller Blöße ging sie auf einen schweren Eichenschrank zu, der gut ein Sechstel des riesigen Zimmers einnahm. Wäre der Vogel auf dem Balkon nicht so ängstlich gewesen, hätte er diesen Anblick jetzt nicht verpasst. Nach kurzem Überlegen nahm Lea ihr blaues Lieblingskleid und einige Accessoires aus dem Schrank, schlenderte zurück zum Spiegel und begann sich anzukleiden.

Ein Stockwerk tiefer wartete König Barthas und unterhielt sich mit der übrigens nicht sehr männlichen oder prinzenhaften Lehrerin, obwohl sie durch ihre stramme Haltung und den zu einem Dutt gebundenen Haaren auch nicht wirklich weiblich wirkte. Aber dies ist kein geeigneter Zeitpunkt, um die Geschlechterfrage zu diskutieren.

»Ich habe schon Prinzessinnen in Belgis, Dünen und Calypso unterrichtet«, behauptete die Lehrerin mit verdammt unweiblicher Stimme und nahm einen Schluck Wasser aus dem Glas, das vor ihr auf dem großen Tisch stand.

In Anbetracht der Tatsache, dass weder Belgis noch Dünen eine Prinzessin oder ein Königshaus hatte und die Prinzessin von Calypso eine rumsaufende, am liebsten Rum saufende Piratenbraut war, behielt Barthas dennoch seinen höflichen Tonfall.

»Ich freue mich, meiner Tochter eine so extravagante Lehrkraft zur Verfügung stellen zu können«, heuchelte er und nickte der älteren Dame zu, die sich gerade ihren Dutt zurechtzupfte.

»Darauf können sie sich verlassen!« Sie ließ ihren Blick durch das Zimmer schweifen und rümpfte ihre lange Nase. »Ich wurde davon in Kenntnis gesetzt, dass Prinzessin Zalea nicht unbedingt lernfreudig sei, aber ich habe schon andere Kaliber unterrichtet, glauben Sie mir.«

»Freut mich zu hören«, antwortete der König kurz und drehte seinen Kopf, um Lea zu begrüßen, die gerade durch die Tür schritt. Sie trug ihr blaues, knöchellanges und nach oben eng zulaufendes Kleid. Die Haare waren offen, sodass sie sich bis hin zur Taille um Lea schmiegten. Ein unscheinbares Diadem schmückte ihre Stirn und strahlte im morgendlichen Licht, welches durch die verzierten Fenster fiel. Weiße Handschuhe um die Unterarme und weiße Stiefel vervollständigten das Bild. Barthas stand auf, lief zu seiner Tochter und sah sie erwartungsvoll an. »Frau Dreiwasser, das ist Zalea, meine Tochter und die Prinzessin des Königreichs Archadis!«

Barthas schlug einen Arm um seine Tochter und kniff ihr in die Schulter, woraufhin sie einen Knicks ausführte und die neue Lehrerin verschmitzt anlächelte. Sie kam sich dabei ein wenig heuchlerisch vor, denn sie mochte diese Frau schon jetzt nicht. *Frau? War das überhaupt eine Frau?*

»Schickes Kleid, Prinzessin Zalea«, flunkerte Frau Dreiwasser, rümpfte die Nase und setzte ihr Monokel auf ein Auge... *nur leider etwas nuttig*, murmelte sie noch.

Plopp…Plopp… Picardo wurde von einem Wassertropfen aus dem Schlaf gerissen. *Mein Kopf... wo bin ich?*

Rund um ihn herum waren harte, kahle Felswände. Als er die Hände auf den Boden stemmte, bemerkte er einen Haufen Stroh, auf den er wohl ziemlich unsanft geworfen wurde, was einige Blessuren an seinen Unterarmen bestätigten. Erst langsam begriff er, dass er dieses Mal nicht einfach so davon gekommen war und dass die Stadtwachen des Königs ihn gleich in den Kerker geworfen hatten. *Verdammt!* Picardo hüpfte mit einem Satz nach oben, landete auf seinen Beinen und blickte sich um. Es war feucht hier unten und Picardo fröstelte. Er rieb sich die Arme.

Plötzlich ertönte eine Stimme vom anderen Ende des Kerkers. »Na Junge? Hast was ausgefressen?« Aus dem Schatten trat eine dürre Figur mit schulterlangen, fettigen, schwarzen Haaren. Es war ein junger Mann, der nun die Arme vor der Brust verschränkte und Picardo von allen Seiten musterte. Er trug ein beiges, schmutziges Hemd, geschnürte Lederhosen und wirkte schäbig und ausgemergelt.

»Interessant, ein Waschbärjunge in meinem Kerker, ich...«, er stockte mitten im Satz. Seine Augen weiteten sich.

»Was?!« Picardo wusste nicht, was das zu bedeuten hatte.

»Schicken Anhänger trägst du da um deinen Hals«, bemerkte der Mann mit dunkler Stimme. Die von einem abgewetzten Lederhandschuh bedeckten Hände des Fremden streckten sich nach dem tropfenförmigen Amulett, das Picardo um den Hals trug. Sofort wich er einen Schritt zurück. »Hey, Finger weg!«, befahl er mit entschlossener Stimme.

»Wow, nicht so garstig mein Lieber! Ich tu dir nichts!«

Nicht jetzt. Der Fremde grinste und strich sich die sehnigen Haare aus dem Gesicht, sodass eine lange Narbe zum Vorschein kam, die sich quer über sein Gesicht zog.

»Wie wäre es, wenn wir uns zuerst einmal bekannt machen?« Der junge Mann schritt langsam auf Picardo zu und reichte ihm seine Hand. »Lucius ist mein Name«, stellte er sich vor. Er hatte eine ruhige aber doch raue, tiefe Stimme. Widerwillig streckte Picardo ihm seine rechte Hand entgegen und umklammerte mit der linken seinen Halsschmuck. Noch während er Lucius' Hand schüttelte, steckte er das Amulett unter sein schmutziges Hemd.

»Picardo Wilkin«, sagte er schließlich. Lucius ließ Picardos Hand los und ging wieder zurück in seine Ecke. Er war schon im Schatten verschwunden, als er sich erneut zu dem Jungen wendete.

»Mach's dir gemütlich Kleiner, wir werden noch eine lange Zeit hier verbringen.«

Im Erdgeschoss des Schlosses hatte Zalea von Archadis währenddessen mit ganz anderen Problemen zu kämpfen. Frau Dreiwasser schritt auf die Prinzessin zu und streckte ihr ihren Zeigestock mitten ins Auge... so hätte es geschehen können, wäre die Prinzessin nicht rechtzeitig ausgewichen.

»Sie sind also Prinzessin Zalea?«, fragte sie wissend.

»Ich sehe hier keine andere Prinzessin in der Nähe!«, spottete Lea. Die Lehrerin ignorierte diese Anspielung und wartete geduldig auf eine Antwort.

»Ja«, seufzte die Prinzessin schließlich. *Und nimm deinen Stock aus meinem Auge, du dumme Nuss.*

»Na, Ihnen werde ich schon noch Manieren beibringen!« Die Lehrerin drehte sich um und blickte den König an. »Führt uns ins Lernzimmer, Majestät!«, schnaufte sie und blickte hochnäsig.

»Mit dem größten Vergnügen, Frau Dreiwasser«, erwiderte der König und lief voraus. Trotzig folgte Lea den beiden, schaute aus einem Fenster des Palastes und erblickte General Munzheim, der wie jeden Tag vor dem Schloss seine Runden drehte. Seit Jahren schon war er ein enger Freund der Prinzessin und einer der wenigen, denen Lea ihr Vertrauen schenkte. Wie immer trug er seine dunkelblaue Uniform, die weinrote Hose und den Helm des Generals, den er seit seiner Beförderung nicht einmal zum Schlafen abnahm. Sie winkte ihm zu, aber er schien sie nicht zu bemerken.

Einige Treppenstufen und Gänge später waren die drei vor dem eigens eingerichteten Lernzimmer angekommen.

»So, da wären wir. Ich wünsche gutes Gelingen«, sagte König Barthas und stieß die Tür eines großen Zimmers auf, in das er persönlich eine Tafel gehängt hatte. Dann schritt er zurück in den Gang, aber nicht ohne Lea noch einen tadelnden Blick zukommen zu lassen. »Bitte benimm dich, Kind!«, flüsterte er.

Kapitel 2

Hell und Dunkel, auf immer vereint.
Schatten und Licht, auf ewige Zeit.

Tag 13, Jahresanfang 358 n. E.

Archadis, Königliches Schloss

»Schon Heimweh, Kleiner?« Lucius setzte sich auf das feuchte Stroh neben Picardo. »Bist immerhin schon fast ne Woche in diesem Drecksloch!«

Picardo, der stumm auf dem Boden saß, hob den Kopf und blickte Lucius abwesend an. *Heimweh? Wonach denn...*

»Kein redseliger Geselle, was?« Lucius grinste, pulte etwas aus seinem Ohr und betrachtete es interessiert. »Hast wohl kein Zuhause?«

»Woher weißt du...«, begann Picardo, doch bevor er seinen Satz zu Ende bringen konnte, hob Lucius den Zeigefinger und gab ein leises *»Psssst«* von sich.

»Ruhe, da kommt jemand!« Draußen vor der Zellentür waren Schritte und leises Gemurmel zu hören. Lucius schlich sich vor die Tür und legte sein linkes Ohr auf das feste Holz, so konnte er zumindest Bruchteile verstehen.

»Sssie sagen also, dasssss Sie einen Mann, der auf unsssere Beschreibung passt, gefangen haben und dassss er seit einiger

Zeit hier im Verliesss untergebracht ist?« Die Stimme klang wie die einer lispelnden Schlange, hinterhältig und verschlagen.

»Sicher Herr, wir haben den Kerl damals gefangen, als er versuchte mit viel zu hohem Tempo über eine Händlerkreuzung zu rennen!«, entgegnete der hörbar verunsicherte Wächter.

»Ausssssgezeichnet«, lispelte es weiter. »Bringt mich zum König, ich musssss etwas mit ihm bere...« Da entfernten sich die Stimmen zu weit von der Tür, um noch etwas verstehen zu können. Lucius stand auf und wischte sich etwas Staub von der Schulter. »Kleiner? Wir sollten schleunigst von hier verschwinden.«

Währenddessen saß König Barthas auf seinem Thron und ging den täglichen Beschäftigungen eines Königs nach; er regierte und suchte nach Dreck unter den Fingernägeln. Plötzlich klopfte es an der großen, eternitbeschlagenen Tür des Saals.

»Voldho Rhazgul bittet um eine Audienz, mein König«, brüllte es hinter der Tür.

»Er soll eintreten«, antwortete Barthas, erhob sich aus seinem Thron und zupfte sich die rote Robe zurecht. Die große Tür ging mit einem Knarren auf und herein kam ein großer, hagerer Mensch in einer langen, vom Gilb befallenen Tunika, die fast bis zum Boden reichte. Der Soldat, in dessen Begleitung er war, trat hinter ihm hervor und wollte gerade noch etwas sagen, als ihn der König unterbrach.

»Du kannst gehen, Soldat!«

»Sehr wohl«, antwortete dieser, salutierte und verließ den Raum.

»Was ist euer Begehren, Herr Rhazgul?«

»Sssehr verehrter König... ich habe erfahren, dasssss Ihr einen Gefangenen bei euch beherbergt, nach welchem der erhabene Bischof Kahn schon seit längerer Zeit fahndet. Ich bin hier, um eine Übernahme desssss Gefangenen in die Stadt der Engel auszuhandeln!« Bei jedem Wort trat die spitze Zunge des Mannes zwischen seinen fauligen Zähnen hervor.

Der König griff sich ans Kinn und zupfte sich am weißen Bart. »Nun, ich liefere Gefangene eigentlich nicht grundlos an andere aus und ich...«

»Bedenkt, dass es sssich um den Bischof handelt und um eine Angelegenheit der heiligen Kirche der Elia!«, fiel ihm Voldho ins Wort. Barthas sah ihn an und musste innerlich den Ekel, den er für diesen Mann empfand, unterdrücken. Die abgemagerte Figur hatte ein totenbleiches Gesicht, kleine blutunterlaufene Augen und darunter große, schwarze Ränder. Die braunen Zähne wirkten, als wurden sie angespitzt und das Zahnfleisch, welches unter den abgekauten Lippen hervorschaute, sah alles andere als gepflegt aus. Seine weißlichen, etwas längeren aber dafür viel zu wenigen Haare hingen ihm wie fettige Spinnenbeine vom Kopf.

»Nun?«, fragte Voldho ungeduldig.

»Ähm, ja... nun gut. Ich denke, ich kann in diesem Falle eine Ausnahme machen; der Bischof und ich sind immerhin enge Vertraute.« Bei diesem Satz schauderte es den König, aber man musste den guten Ton wahren und egal was die Vergangenheit gebracht hatte, die Kirche und mit ihr der Bischof waren mittlerweile so gut wie unantastbar.

»Sie können den Gefangenen in zwei Tagen abholen. Richten Sie Kahn schöne Grüße von mir aus. Nun gehen Sie, ich muss meinen Geschäften nachgehen!«, befahl der König, setzte sich auf den Thron und betrachtete interessiert seine Fingernägel.

»Ich bedanke mich!« Voldho kniff die Augen zusammen und bleckte die Zähne. »Der Bischof wird ssssssehr erfreut ssssein. Natürlich werdet Ihr für eure Bemühungen belohnt werden«, lispelte er und grinste widerlich. »Einen schönen Tag noch, Herr König!« Da drehte sich Voldho um, zupfte wie eine Diva an seiner Tunika und verließ den Thronsaal.

Nachdem er die Tür hinter sich geschlossen hatte, rief Barthas sofort nach einem Zimmermädchen und ließ die Fenster öffnen, denn der Gestank, den Voldho hereingeschleppt hatte, war leider nicht wieder mit ihm verschwunden.

Unten im Kerker versuchte ein etwas hektischer Lucius einen Fluchtplan zu entwickeln. Er stand mit verschränkten Armen vor Picardo und schaute auf ihn herab. »Okay Kleiner, irgendwelche Ideen?«

Picardo ließ sich ins Heu fallen und überlegte. Nach kurzer Zeit deutete er auf ein kleines Fenster, eher ein Luftloch, in etwa sechs Fuß Höhe. »Wir könnten zu diesem Fenster klettern und...«

»An den glitschigen Wänden? Und dann klettern wir einfach durch die Gitterstäbe durch dieses winzige Loch?«, fiel ihm Lucius ins Wort und hob eine Augenbrauc. »Vergiss es!«

»Hmmm«, äußerte sich Picardo und griff in seine Tasche, um zwei Steine herauszuholen und sie als Ablenkung in seiner Hand hin und her rollen zu lassen.

»Moment mal, was hast du da?« Lucius drehte blitzschnell den Kopf und zeigte auf Picardos Hand.

»Steine!«, antwortete Picardo locker und fing an, mit ihnen zu jonglieren. Lucius rieb sich sein Kinn und den in den vergangenen Wochen entstandenen Bart. Kunstvoll ließ Picardo die Steine in der Luft kreisen, bis Lucius plötzlich die Arme ausstreckte und sie sich noch in der Luft griff.

»Hey! Meine Steine!«, äußerte Picardo missmutig.

»Halt den Rand, Kleiner... und jetzt hör mir genau zu!«

Tag 14, Jahresanfang 358 n. E.

Archadis, Königliches Schloss

Es war acht Uhr morgens, als Prinzessin Lea in ihren gewohnten Kleidern die große Treppe hinunter ins Erdgeschoss trottete, um sich eine weitere grausame Lektion von Frau bzw. Herrn Dreiwasser anzuhören. Sie war sich in dieser Sache noch immer nicht sicher.

»Da bist du ja, Liebes«, empfing sie ihr Vater auf halbem Weg und lief ihr entgegen. »Deine Lehrerin wartet schon, es freut mich, dass du von selbst so früh aufgestanden bist.« Lea blickte ihren Vater indes mit schläfrigen Augen an. *Habe ich denn eine Wahl?* Plötzlich sprang die große, mit Eternit beschlagene Tür zum Schlossgarten auf und zwei Soldaten stürmten herein.

»Mein König, es brennt!«, schrien sie. »Es brennt im Kerker!«

»Im Kerker?« Der König schaute ungläubig. »Sind die Häftlinge noch in den Zellen?«

»J…Ja!«, entgegnete einer der Soldaten und hielt sich schnaufend an der Tür fest. Barthas zögerte kurz, doch er war keineswegs grausam.

»Ihr müsst die Gefangenen sofort evakuieren! Auch kein Verbrecher hat es verdient, bei lebendigem Leibe zu verbrennen!« Plötzlich stand ein weiterer Soldat hinter ihnen und blickte der Prinzessin über die Schulter, die sich erschrocken umdrehte. Er musste wohl unbemerkt hinter der Treppe aus einer der Soldatenunterkünfte gekommen sein.

»Robert!«, schrie sie erfreut, drehte sich um, sodass ihre Bänder umherflatterten und machte einen Knicks. »Was ist hier los, Soldaten?«, fragte der General mit tiefer Stimme.

»Herr Befehlshaber, der Kerker steht in Flammen!« Der Soldat hustete und presste sich seine Hand an den Brustkorb. Robert Munzheim blickte ungläubig. Er drehte sich kurz zu Prinzessin Zalea um: In ihrem Gesicht las er genau das ab, was er erwartet hatte. *Bitte rette die Gefangenen!* Schon rannte der General hinaus in den Schlossgarten.

»Na los, worauf wartet ihr eigentlich?« Barthas wedelte aufgeregt mit den Armen, woraufhin die beiden Soldaten fast schon panisch aus dem Schloss stürmten.

Unten im Verlies herrschte dichter Rauch, sodass man die Hand vor den Augen nicht sehen konnte.

»Lucius? Glaubst du, das funktioniert?« Picardo klang etwas ängstlich.

»Es muss!«, antwortete Lucius und fächerte den Haufen Stroh an, den er vor der vergitterten Tür aufgehäuft hatte. Ein Glück, dass Picardo gerade zwei Feuersteine bei sich trug. Im Nu brannte das Stroh lichterloh. Lucius kroch neben Picardo und zog sich sein rußiges Leinenhemd über die Nase. »Atme nicht zu viel Rauch ein!«, gab er zu wissen. »Sie werden jeden Moment kommen!«

Der Zugang zum Kerker befand sich direkt im Schlosshof. Durch einen kleinen Eingang an der Seite der Schlossmauer konnte man eine lange Wendeltreppe erreichen, die in den Untergrund führte. Der General steuerte direkt darauf zu.

»General!«, schrie einer der Soldaten. »Warten Sie!« Doch Munzheim stürmte bereits die lange Wendeltreppe zum Kerker hinunter. Aus der Tiefe drang dichter Rauch, der den General verschluckte. Der andere Soldat hielt noch vor der Treppe inne... *Oh heilige Elia.*

Munzheim hielt sich die Hände vor das Gesicht, rannte den Korridor des Kerkers entlang und tastete sich zur Zellentür vor, hinter der Lucius und Picardo warteten. Durch den dichten Rauch, den das Stroh fabrizierte, konnte er nicht durch das Gitterfenster in die Zelle blicken.

Verdammt, ich bekomme keine Luft... wo ist der Schlüssel? Er drehte seinen Schlüsselbund in der Hand hin und her, konnte vor lauter Rauch aber nicht erkennen welcher der Passende war. Der Bund klimperte fröhlich. Welch Ironie.

Wie kann in diesem feuchten Verlies eigentlich ein Feuer ausbrechen?, dachte er sich für einen kurzen Moment, verwarf den Gedanken jedoch sofort wieder. Auf gut Glück versuchte er den ersten Schlüssel, den er für richtig hielt. Er steckte ihn ins Schloss, versuchte ihn zu drehen, spürte jedoch einen Widerstand.

»Mist!!«, schrie er und hustete lauthals, als er den Schlüssel wieder aus dem Schloss herauszog. Der Rauch drang weiter aus der Zellentür hervor und verschluckte den General. Ein nächster Versuch jedoch war von Erfolg gekrönt und als

Munzheim den Schlüssel drehte, sprang die schwere Tür knarrend einen Spalt auf.

Plötzlich wurde ihm schwarz vor Augen. Er klopfte sich auf die Brust, versuchte den Rauch aus seinen Bronchien zu pressen, hustete und krümmte sich vor Schmerzen. Das Letzte, das er sah, war ein rauchender Heuhaufen und zwei vernebelte Gestalten, die hinter der offenen Tür kauerten. Dann wurde er bewusstlos. Der beißende Rauch hatte seine Lungen gefüllt.

»Los jetzt!« Lucius stieß Picardo an und sprang durch den dampfenden Heuhaufen. Funken und glühende Späne flogen durch die Luft. Als er den bewusstlosen General entdeckte, auf den er fast getreten wäre, drehte er sich jedoch noch einmal kurz um und nahm ihm einen kleinen Dolch ab. *Nur zur Sicherheit!* Er hielt sich sein Leinenhemd vor den Mund, um nicht zu viel Rauch einzuatmen und rannte los in Richtung Ausgang. Picardo folgte ihm und hatte ihn bald schon überholt, obwohl Lucius ein gewaltiges Tempo vorlegte. Nach kurzer Zeit hatten sie die Wendeltreppe erreicht.

»Halt dich an mir fest!«, schrie Picardo und streckte ihm noch im Laufen seine Hand zu. Lucius dachte nicht weiter nach und in dem Moment, als er Picardos Arm umschlungen hatte, setzte dieser zum Sprung an. Er ging in die Hocke und katapultierte sich mit seinem Anhängsel gegen die nächste Wand, nutzte diese geschickt, stieß sich ab und brach zwischen der Wendeltreppe nach oben durch die dicke Rauchwolke. Wie eine Rakete sausten sie nach oben. *Unglaublich, diese Kraft*, dachte Lucius.

»Wo ist Munzheim?«, brüllte Lea aufgeregt und kam den beiden Soldaten entgegen, die draußen vor dem Kerkertor auf ihren General warteten.

»Er sollte schon längst wieder hier sein«, stotterte einer der Soldaten und wischte sich eine Schweißperle von der Stirn. Lea blickte ihn entgeistert an, rannte los in Richtung Kerkereingang und verschwand im langsam lichter werdenden Qualm.

»Prinzessin Zalea!!«, schrie einer der Soldaten entsetzt und streckte die Hand nach ihr aus. Gerade als er losstürmen wollte, um die Prinzessin aufzuhalten, erkannte er zwei Schemen, die aus dem Rauch auftauchten. »Elia sei Dank! Herr Gener...«, in diesem Moment fiel ihm auf, dass es nicht Zalea und Robert waren, die sich dort näherten. Sofort wich er erschrocken zurück. *Verdammt!*

»Ich befürchte, euer Obertrottel hat es nicht geschafft!«, tat Lucius kund, der langsam aus dem Rauch trat und Prinzessin Lea vor sich herschob. »Aber keine Angst... da unten qualmt es nur noch.« Kurz darauf trottete Picardo aus dem Kerker und wischte sich etwas Ruß aus dem Gesicht. Er bog seine Ohren kurz nach unten, ließ sie nach oben schnellen und produzierte dabei kleine Aschewolken.

»Hilfe!!!«, schrie Prinzessin Lea, bis Lucius sie fester packte, ihren Kopf nach oben drückte und ihr den Dolch an die Kehle presste.

»Ruhig Prinzessin, du wirst jetzt schön tun, was ich dir sage.«

Die Soldaten hoben ihre Speere aus Mystrill und richteten sie auf die drei. Picardo drängte sich dicht an Lucius und wusste nicht so recht, was er jetzt mit der Situation anfangen sollte. Die Schlossmauer war selbst für ihn zu hoch, um einfach darüber zu hüpfen.

»Falls wir das überstehen, Picardo, dann lade ich dich zu einem Bier ein«, sagte Lucius und schielte kurz hinunter zu dem Jungen.

»Bier? Was ist das denn?«, fragte er und erntete verwunderte Blicke von allen Beteiligten. Lucius beschloss, sich wieder auf die Prinzessin zu konzentrieren.

Plötzlich erschien König Barthas. Er war völlig außer Atem. »Seid ihr von Belias besessen? Bei den Göttern von Phön, richtet eure Speere nicht auf meine Tochter!«, schrie er entsetzt. Sofort senkten die beiden ihre Speere und schauten Barthas an.

»Aber mein König...«

»Schweig, Soldat!«, sagte Barthas drohend und trat einen Schritt in Richtung der Gefangenen. »Mir ist bewusst, ihr musstet Schlimmes erleiden, meine Freunde. Aber ich schwöre euch bei Elia, gebt mir meine Tochter und ich schenke euch die Freiheit!«

Lucius grinste den König an und drückte den Dolch ein wenig fester an den dünnen Hals der Prinzessin, ein kleiner Tropfen Blut rann hervor. Lea schluchzte ängstlich, sie traute sich nicht zu schlucken, aus Angst, sich dabei aus Versehen die Kehle an Lucius' Messer aufzuschlitzen. Ihre funkelnden Augen füllten sich mit Tränen.

»Das ist der wohl älteste Trick, den Ihr euch hättet ausdenken können, König Barthas!«, rief Lucius und trat einen Schritt nach vorn, ohne den Griff um Lea zu lockern. »Sie zeigen uns jetzt einen Weg, wie wir hier herauskommen und dann überlege ich mir, ob ich Ihnen ihre süße Tochter zurückgebe.« Der König schluckte schwer und senkte den Kopf.

»Soldaten, sie sollen zum Schlosstor geleitet werden!« Schweren Herzens trat der König zur Seite und deutete in Richtung Süden, wo das Tor aus dem Schloss hinaus zur Stadt Archadis wartete. Die Soldaten marschierten voran, Picardo,

Lucius und Lea folgten ihnen, wobei der König in sicherem Abstand hinterher marschierte. Am Schlosstor angekommen, löste ein Wachmann auf der Burgmauer die schweren Ketten des meterhohen Tors, woraufhin es donnernd auf den Erdboden knallte. Lucius drehte sich und lief rückwärts, den Dolch noch immer an Leas Kehle gedrückt.

»So, jetzt alle schön zurück in den Schlossgarten, bis wir hinter der Mauer sind. Danach macht ihr das Tor wieder hoch und niemandem wird etwas geschehen!« Abwechselnd blickte er Barthas und die Soldaten an, die regungslos vor ihm standen. »Los, Picardo!« Lucius vollführte eine Kopfbewegung in Richtung Ausgang. Picardo trottete los und sah durch seine schlendernde Gangart so aus, als ob er dies alles für ein Spiel halte. Lucius ging noch immer rückwärts und hielt Lea wie einen schützenden Schild vor sich. Die ratlosen Wachmänner und der König blieben auf sicherem Abstand. Langsam schloss sich das schwere Tor vor ihnen.

»BITTE!!«, rief Barthas ihnen hinterher und sank auf die Knie. »Bitte tu ihr nichts an! Lea, ich werde dich retten, mein Schatz!« Da fiel das Tor donnernd ins Schloss und trennte die Flüchtlinge von ihrem ehemaligen Gefängnis. Es war geschafft.

»Wirst du sie jetzt gehen lassen?« Picardo blickte Lucius fragend an.

»Ist das ein Witz? Wir werden jetzt einen schönen Ausflug machen!«, antwortete er und nahm den Dolch vom Hals der Prinzessin. Er packte sie an den Schultern und drehte sie zu sich um, sodass er ihr direkt in die smaragdgrünen, tränenüberfluteten Augen blicken konnte. »Du wirst uns begleiten, meine Hübsche!«

Kapitel 3

Denen, welchen einst große Macht zuteilwurde;
diejenigen, welche sich als Behüter des Erbes
der Elia sehen, auch sie hatten noch nicht erkannt,
dass Licht und Schatten unwiderruflich
miteinander verbunden sind.

Tag 15, Jahresanfang 358 n. E.

Archadis, Königliches Schloss

»Herr Rhazgul bittet erneut um eine Audienz, mein König!«

In diesem Moment sprang auch schon die Tür auf und Voldho trat hektischen Schrittes in den Thronsaal, seinen Blick auf den glänzenden Marmorboden gerichtet. Als er langsam den Kopf hob und den König aus seinen fahlen Augen ansah, lief Barthas ein kurzer Schauer über den Rücken.

»Herr König...« Voldhos spitze Zähne kamen unter dem blutigen Zahnfleisch zum Vorschein. »Mir kam zu Ohren, dass Euer Gefangener geflohen isssst«, brüllte er aus der Entfernung in Richtung Thron und spuckte dabei auf den Boden. Schnell wie eine Schlange stand Voldho plötzlich direkt vor Barthas und blickte ihm, nur wenige Zentimeter entfernt, direkt in die Augen. Der König konnte seinen fauligen Mundgeruch riechen.

»Dassss ist unverzeihlich, mein König. Wir werden uns jetzt selbst um diese Sache kümmern müssen. Doch WIR werden keine Gnade walten lassssen!« Bei diesem letzten Wort traf den König ein Tropfen Sabber aus Voldhos Rachen. *Was erlaubt er sich?* Barthas stieß die hagere Gestalt von sich und sprang von seinem Thron auf.

»Hinaus! Hinaus aus meinem Thronsaal, bevor ich Sie festnehmen lasse!«, brüllte der König mit aller Kraft und deutete mit dem Zeigefinger Richtung Tür. »In meinem Hause geht es gesittet zu! Ich werde es nicht dulden, dass Sie in diesem Tonfall mit mir reden!« Schon standen einige Soldaten, die die Unruhe wohl mitbekommen hatten, im Thronsaal und hoben ihre Speere.

»Ihr wisssst, König, wir haben eine Abmachung und wenn es sein muss, dann holen wir uns, was uns zusteht, auch wenn es gewissssse...« Er stockte und wischte sich etwas Speichel von den Lippen. »…Opfer kostet. Wenn Ihr wissst, was ich meine?« Voldho verbeugte sich, sodass seine lange vergilbte Tunika über den Boden flatterte. Mit einem letzten, verächtlichen Blick und einem Grinsen, welches von Belias, dem Gott der Finsternis persönlich, hätte stammen können, verabschiedete sich Voldho, stieß die Soldaten beiseite, die sich ihm in den Weg stellten und eilte zur Tür hinaus.

Barthas fiel zurück in seinen Thron und legte die Hände vor sein Gesicht. Tausende Gedanken schossen durch seinen Kopf. *Lea, komm zurück zu mir, ich will dich nicht auch noch verlieren...*

Kurze Zeit verging, bis es an der Tür zum Thronsaal klopfte. »Mein König? General Munzheim ist zu sich gekommen und hat nach Euch gefragt.« Ein Zimmermädchen stand etwas verunsichert hinter den Türangeln. Sie rümpfte kurz die Nase. Voldhos Gestank lag noch immer im Raum.

»Danke!« Barthas sah zu ihr hinüber, nickte und erhob sich aus seinem Thron. Langsamen Schrittes schlürfte er über den Boden Richtung Tür.

»General! Wie geht es Ihnen?«, begrüßte der König den bleichen Robert Munzheim, als er das helle Krankenzimmer betrat, und setzte sich auf einen Schemel vor seinem Bett.

»König Barthas, es tut mir leid, die Gefangenen...«, entgegnete er sofort.

»Seien Sie nicht albern, Robert!«, unterbrach ihn der König, rückte sich die Krone zurecht und legte eine Hand auf die des Generals. »Sie haben ihr Leben für das von zwei Straftätern riskiert, das ist wahrer Heldenmut! Jedoch...«, er stockte.

»Jedoch? Sind sie etwa entkommen?« Munzheim sah den König mit großen Augen an.

»Nun ja... ja... und sie haben etwas mitgenommen.« Barthas legte das Gesicht in seine flachen Hände und seufzte.

»Sie haben etwas mitgenommen?«, fragte der General und blickte verunsichert. »Was meint Ihr damit, mein König?«

Barthas lief eine Träne über die bärtigen Wangen.

»General, sie haben meine Tochter entführt!«, antwortete er. Wie von einer Giftspinne gebissen, richtete sich Munzheim plötzlich im Bett auf.

»Prinzessin Zalea?! Sie haben sie entführt? Warum sitzen wir denn dann hier noch herum?« Er sprühte plötzlich vor Energie.

»Ruhig, General. Die königliche Garde sucht bereits ganz Archadis ab, wir durchforsten jeden Winkel. Wir... mehr können wir im Moment nicht tun!« Barthas stand auf und schob Munzheim mit der flachen Hand zurück ins Bett. »Und Sie mein Freund, bleiben hier liegen, bis Sie wieder fit sind!«

»Aber...«

»Das ist ein Befehl!«, unterbrach ihn der König abrupt und setzte eine ernste Miene auf.

Südliche Steppe, Stadt der Engel

»Bei Elia! Das ist eine Unverschämtheit!!«, brüllte Bischof Kahn und zerschmetterte eine Vase, die vor ihm auf einem kleinen hölzernen Tisch stand. Scherben flogen quer durch den Raum.

»Essss sei ein Feuer im Kerker aussssgebrochen, ehrenwerter Bischof.«

»Ein Feuer? Es ist unmöglich, dass es in diesen feuchten Verliesen plötzlich anfängt zu brennen!« Der Bischof lief hin und her und stieß wilde Drohungen aus. »Dieser Lucius…« Er ballte die Fäuste. »Wir müssen den kleinen Dreckskerl erwischen, sonst macht er uns einen Strich durch die Rechnung und die ganze Mühe war umsonst!« Der Bischof starrte in die Luft und schloss seine Hände zum Gebet. Er murmelte seltsame Worte. Voldho kniete vor ihm auf den Boden und senkte sein Haupt.

»Nur keine Sssorge, wir schnappen ihn, ich werde mich persssssönlich um diese Angelegenheit kümmern.« Er fing an ständig zu nicken. Nach einiger Zeit drehte sich der Bischof um und legte seine rechte Hand auf Voldhos Kopf. Die fettigen, grauen Haare auf seinem warzigen Haupt glitten ihm durch die Finger wie dünne, ölige Nudeln.

»Nun gut, Voldho. Du sollst deine Chance bekommen!« Kahn nahm seine Hand zurück und wischte sie sich an seiner Kutte ab. »Ich gebe dir freies Entscheidungsrecht und stelle dir den Engelssegler zur Verfügung. Tue was immer du für nötig hältst, und lass keine Gnade walten. Wenn es sein muss, töte was dir im Weg steht, aber bring mir…«, er hielt kurz inne, »Bring mir diese verdammte Karte zurück!!«

Der Bischof warf ein Säckchen Bronzelinge auf einen Tisch neben sich, drehte sich um, sodass sein schwerer Umhang durch die Luft flatterte und lief einen langen Gang hinunter, an dessen Ende sich die Tür zu seinen Gemächern befand.

Bronzelinge waren kleine, zu eckigen Talern gepresste Währungsmittel. Neben Silberlingen und Goldlingen, die nicht eckig sondern rund waren, stellten Bronzelinge die niedrigste Währung auf Phön dar. Zehn ergaben einen Silberling. Einhundert Silberlinge ergaben einen Goldling, welcher demzufolge immensen Wert besaß.

Mein Herr wird immer geiziger, dachte Voldho und bleckte die Zähne.

Archadis, Armenviertel

»Hier sind wir richtig!« Picardo, Lucius und Lea befanden sich in einer der engen Seitengassen von Archadis' Armenviertel. Der Schein der Abendsonnen tat sich dort schwer, durch die offenen Stellen zwischen den Häuserfronten zu dringen.

Lucius stoppte vor einer mit Efeu überwachsenen Ziegelwand und klopfte einige Male prüfend dagegen.

»Was tust du da?«, fragte Picardo und hüpfte immer wieder auf Kopfhöhe mit ihm.

»Sieh her, Kleiner...« Lucius zeichnete mit seiner Hand eine Art Spirale in die Luft.

Lea, die gerade beginnen wollte spöttische Bemerkungen von sich zu geben, verspürte plötzlich eine Art Kribbeln und für einen kurzen Moment glaubte sie, feine schimmernde Linien zu sehen, die Lucius' Händen folgten. Sie versuchte den Kopf frei zu bekommen, aber als eine Geisel in einer dunklen Seitengasse war das leichter gesagt als getan. In diesem Moment begann der Efeu sich raschelnd zu bewegen. Erst langsam, dann immer schneller. Wie kleine Würmer räkelten sich die Zweige in der Luft, sprühten vereinzelt kleine grünliche Funken, knisterten und zischten. Wild um sich schlagend zogen sich die Zweige zurück und gaben die darunter liegende Ziegelwand frei, an der sich langsam eine Ausbuchtung abzeichnete, die etwa der Größe einer Tür entsprach. Nach kurzer Stille schob sich die Wand knarzend nach hinten und verschwand spurlos. Kleine Gesteinsbrocken rieselten von den Rändern ab.

»Das, das ist...«, stotterte Lea.

»Nach Ihnen, Prinzessin«, fiel Lucius ihr ins Wort, machte einen Knicks und schob Lea in das schwarze Loch.

Unmöglich... Lea war sich nicht mehr sicher, ob sie das alles nur träumte.

Nach einigen Metern Schwärze erkannte Picardo ein flackerndes Licht am Ende des Tunnels, was wohl von einer oder mehreren Kerzen hätte stammen können.

Was hatte Vater immer gesagt? Geh nicht zum Licht am Ende des Tunnels? Er grübelte, bis Lucius ihm in den Rücken stieß und ihn zum Weitergehen aufforderte. Es wurde stetig heller und Tabak- und Kräuterrauch war zu riechen. Lucius seufzte erleichtert und hob seine Nase in den aufkommenden Dunst. Gemurmel und Fidelmusik waren zu hören. Je näher sie dem Licht kamen, desto lauter wurden die Geräusche.

Am Ende des Ganges war ein dünner Teppich über eine Öffnung im Mauerwerk gehängt. Lucius packte den Vorhang und schob ihn schwungvoll zur Seite.

»Willkommen in der fettigen Sau!« Einladend erhob er seine Hände und gab den Blick in eine äußerst schäbige Spelunke preis. Alle Blicke waren plötzlich auf Lucius, Picardo und Lea gerichtet und die Musik verstummte.

Nach der kurzen Auszeit nahm jedoch alles wieder seinen gewohnten Gang.

»Fettige Sau?« Für einen Moment vergaß Lea, dass sie eine Geisel war und fing lauthals an zu lachen. Was war das auch für ein Name? Selbst für eine versteckte Eckkneipe nicht sehr passend.

Der Raum, den die drei nun betraten, hatte einen dreckigen Holzboden und war mit ein paar runden Tischen bestückt, auf denen Kerzen standen. An den Tischen saßen vereinzelt Leute auf Schemeln, unterhielten sich, grölten lauthals oder schütteten sich Soprabier und feinsten Müffelapfelwein aus Birgund in die trockenen Kehlen. Das Zeug stank wie die Pest. Wer auf die Idee gekommen war, Wein aus Müffeläpfeln herzustellen, hatte wirklich ein ernsthaftes Problem. Ein Großteil der Anwesenden schien ziemlich betrunken zu sein, was unter anderem der kleine Gnom in der Ecke eindrucksvoll demonstrierte: Er lag auf dem Rücken und gurgelte mit seiner Kotze.

In einer anderen Ecke stand ein bunt gekleideter Fiedler auf einem Podest und vergewaltigte seine Geige… wortwörtlich. Neben ihm saß eine dicke Frau in viel zu kurzem Minirock und zog an einem Glimmstängel. In unregelmäßigen Abständen formte sie ihre Lippen wie die eines Fisches und blies den Rauch hindurch, sodass sich schiefe Qualmkreise in der Luft abzeichneten.

Eine kleine Bar mit Tresen am Ende des Raumes rundete das Bild dieser schäbigen Spelunke ab. Eine Treppe hinter dem Tresen schien zudem ins Obergeschoss zu führen.

»Lucius... bist du's? Willkommen!« Ein etwas untersetzter, dicker Mann mit schmutziger Schürze, fettigen, lockigen Haaren und Schnauzbart streckte Lucius die Hand zu und grinste bis über beide Ohren. »Lange ist es her, mein Freund!«, sagte er und kniff die Augen zusammen.

»Vinkelsteen, alte Schweineschwarte!« Lucius holte aus und schlug dem dicken Mann freundschaftlich auf den Rücken. Der Wirt fing an nach vorne zu taumeln und fand erst vor der Prinzessin Halt. Sofort versuchte er Haltung einzunehmen und richtete sich auf.

»Heilige Scheiße, Lucius... das ist...«

»Die Prinzessin von Archadis! Darf ich euch vorstellen?« Lucius deutete zuerst auf Lea. »Lea! Prinzessin!«, dann auf Vinkelsteen, »Vinkel! Wirt und sein bester Kunde!« Dann grinste er, wohlwissend wie unangenehm die Situation für beide war.

»Aber mein Freund«, flüsterte Vinkelsteen, »das hier ist nicht das legalste Lokal in Archadis. Du kannst hier doch nicht mit der Königsfamilie antanzen!«

»Ich tanze nicht, ich stehe seelenruhig vor dir!«, feixte Lucius und hob die Arme. Der dicke Mann griff seine Schürze und wischte sich hurtig einige Schweißperlen aus dem Gesicht, sodass sein Schnurrbart bebte.

»Und das ist nicht die Königsfamilie, sondern meine Geisel!«, sagte Lucius gefällig und lief an Vinkelsteen vorbei, dem die Kinnlade auf Kniehöhe gefallen war. Er steuerte einen freien Tisch an. Lea und Picardo folgten ihm zögerlich.

»Drei Bier bitte!«, rief Lucius dem Wirt noch zu, während er sich auf einen knarrenden Stuhl setzte.

Einige Minuten später kam Vinkelsteen mit einem hölzernen Tablett wieder, auf dem drei Bier standen.

»Hier bitte! Euer Soprabier... und... Eure Majestät?«

»Ja?«, antwortete Lea ärgerlich.

»Ich hoffe, diese Lokalität ist Eurer würdig.«

»Oh ja, danke. Für eine Gefangene ist es wohl ausreichend!«, spottete sie und verdrehte die Augen. Vinkelsteen nickte und schnippte mit dem Finger, woraufhin die Kerze auf dem Tisch anfing zu brennen. Dies sorgte für allgemeine Verwunderung bei Picardo und Lea. Picardo war derart fasziniert, dass er seine volle Aufmerksamkeit dieser Kerze schenkte und alles um sich herum vergaß.

Lea setzte das Bier an, trank es in einem Zug aus und knallte das leere Glas auf den Tisch, sodass die anderen Gläser schepperten. Einige Sekunden vergingen, bis Lea den Griff um ihr Glas lockerte. Ihre Augen waren plötzlich ziemlich glasig und ihr Kopf bewegte sich in kleinen Kreisen.

»Ihr werdet damit nie durchkommen!«, brüllte sie plötzlich, stand auf und deutete auf Lucius und Picardo. Dabei wurde sie etwas zu laut und lenkte die gesamte Aufmerksamkeit des Lokals auf sich. Sie wankte kurz nach hinten, fing sich aber schnell wieder. Einige der Gestalten drehten sich um und steckten die Köpfe zusammen. Natürlich hatten sie die Leute längst erkannt. Es entstand ein lautes Tuscheln und auch der Fiedler in der Ecke stoppte wieder kurzzeitig seine... sogenannte Musik.

»Prinzessin, schrei hier nicht so rum!«, sagte Lucius leise und in einem ernsten, beruhigenden Tonfall. Er bewegte die Hände besänftigend auf und ab.

»Ich schreie solange ich will und nur damit ihr es wisst, der General wird mich befreien und ihr beiden werdet im Kerker verrotten!« Das Bier schien Lea wohl etwas übermütig werden zu lassen.

»Darauf kannst du lange warten, Süße!« Lucius lehnte sich zurück und legte die Füße auf den Tisch. »Deinen General habe ich zuletzt röchelnd auf dem Kerkerboden liegen sehen.«

Da sprang Lea auf Lucius zu und wollte ihm an den Hals. Plötzlich wurden seine Augen finster, seine Miene verzog sich und er ließ die Hand blitzartig nach vorn schnellen. Es zischte kurz und Lea bekam eine Ladung dunkler Magie ins Gesicht geknallt, flog rücklings über ihren Hocker und schlug mit dem Hinterkopf auf den Holzboden auf. Ihr Diadem schlitterte einige Meter davon.

»Hey!!«, schrie Picardo, der sich plötzlich von der Kerze losreißen konnte. »Sie hat uns nichts getan... und sowieso Lucius...«, begann Picardo und verschränkte die Arme, »man schlägt keine Frauen.« Er hüpfte von seinem Stuhl und lief zu der am Boden liegenden, schluchzenden Prinzessin.

Lucius stöhnte genervt und rieb sich die Stirn. *Warum habe ich mir das nur eingebrockt?*, dachte er. *Eine verzogene Prinzessin und ein kleiner Moralapostel... aber es muss sein! Er verlangt es von mir…*

Er ließ sich wieder zurück in seinen Stuhl fallen und nahm einen tiefen Schluck von seinem Soprabier.

Mittlerweile hatte auch der Fiedler seine Arbeit wieder aufgenommen. Gut, dass der allgemeine Lautstärkepegel und eine gerade aufkommende Schlägerei einige Tische hinter ihnen die Aufmerksamkeit gemindert hatte, die ihnen zuteil war.

Picardo kniete neben der Prinzessin, die noch immer weinend am Boden lag.

»Weißt du?«, fing er an zu reden. »Wir wollen dir nichts Böses, wir ... nun ja...« Er hielt kurz inne. »Zumindest ich bin nur durch dumme Umstände im Gefängnis gelandet und durch weitere dumme Umstände haben wir dich eben entführen müssen. Alles halt dumm.« Picardo klang naiv und wusste nicht recht, wie er sich ausdrücken sollte. Er hatte keine Erfahrung damit, Frauen zu trösten.

»Ich will nach Hause!«, schluchzte Lea und richtete sich langsam auf.

»Ich bin sicher, Lucius lässt dich gehen sobald wir in Sicherheit sind, nicht wahr Lucius?« Picardo sah ihn fast schon fordernd an.

»Ja ja, sobald wir in Belgis auf einem Schiff zum anderen Kontinent sind, lassen wir sie zurück; sie kann nach Hause und mit ihren Puppen spielen!«, antwortete Lucius zynisch. Lea wischte sich eine Träne aus ihren smaragdgrünen Augen. Denn letzten Teil des Satzes überhörte sie gekonnt.

»Versprochen?«

»Versprochen! Wir sind keine Unmenschen, wir wollen nur nicht unschuldig im Knast verrotten!« Er kippte sein Bier hinunter und blickte die Prinzessin an. »Weißt du, Leute wie dein Vater, der General oder der ach so heilige Bischof haben keine Ahnung, wie das Leben da draußen wirklich ist.«

Picardo überlegte kurz, was der Bischof damit zu tun hatte, verwarf den Gedanken aber und ließ Lucius' Worte Revue passieren.

»Zum anderen Kontinent?« Er stockte kurz. »Wir... ich auch? Was soll ich dort?«

»Was sollst du hier? Du bist ein gesuchter Verbrecher!«

»Auch wahr«, entgegnete Picardo und scharrte mit dem Fuß auf dem Boden. Schließlich hüpfte er zurück auf seinen Stuhl, um nun doch von seinem Bier zu kosten. Lea strich sich die Haare aus dem Gesicht und zupfte ihren Rock zurecht, der durch den Sturz mehr Haut freigelegt hatte, als es in einer Hinterhofkneipe angebracht war. Sachte klopfte sie sich den Staub aus den Klamotten.

Mittlerweile hatte Picardo sein Bier getrunken und kippte daraufhin auch schlichtweg von seinem Stuhl. Sofort schlief er auf dem Boden ein.

»Ohje, der hält ja auch nichts aus«, lachte Lucius.

»Natürlich nicht, er ist doch noch ein Kind. Einem Kind kann man doch auch kein Bier geben!«, empörte sich Lea. »Wir müssen ihn in ein Bett bringen!«, forderte sie. Lucius schnippte mit dem Finger, woraufhin auch schon der dicke Mann mit dem bebenden Schnauzer angetrabt kam.

»Vinkelsteen, wir bräuchten ein Zimmer im Obergeschoss für diese Nacht!«

»EIN Zimmer?«, schrie Lea und tippte sich an den Kopf. »Ich schlafe nicht mit dir in einem Zimmer.«

»Dann wünsche ich eine gute Nacht hier unten auf dem Boden, meine Hübsche!« Lucius zwinkerte Lea zu und stand auf. Dann warf er sich den schlafenden Picardo über die

Schultern und lief in Richtung Tresen. Sie sah sich einen kurzen Augenblick um und erntete gaffende Blicke von älteren Herrschaften, die ihre besten Tage längst hinter sich hatten. Ein vollbärtiger, einäugiger Mann versuchte ihr zuzublinzeln und verlor dabei sein Glasauge, das daraufhin vor ihm über den Tisch rollte.

Ohje... Dann doch das kleinere Übel. Sie beschloss, Lucius auf dem schnellsten Wege zu folgen. Dabei stolperte sie fast über den Gnom, der seinen Mageninhalt mittlerweile gänzlich auf den Fußboden ergossen hatte und nun wohl irgendetwas darin zu suchen schien. Sie hielt sich die Hände vor die Augen, als sie über ihn stieg und hoffte, wenigstens ein eigenes Bett zu bekommen.

»Wünsche gut zu ruhen, Eure Majestät«, rief Vinkelsteen noch hinterher, als sie die Treppe hinauf ging. Dann spuckte er in ein Glas, steckte einen schmutzigen Lappen hinein und wischte einige Male darin herum.

In dieser Nacht schlief Picardo so fest wie noch nie zuvor, was wohl an der für ein Kind nicht zu unterschätzenden Menge an Bier lag. Es war ruhig. Kein Lärm drang von außen durch die seltsamen Wände des Raumes. Plötzlich jedoch schreckte Picardo auf.

Was war das? Die Luft im Raum verschwamm und wurde zu einem grünlichen Dunst. Ein großer, gespenstischer Schatten materialisierte sich langsam in der Ecke des Zimmers, wuchs und wuchs und verschluckte jegliches Licht, das sich im Raum befand. Ein Flüstern hallte an den Wänden entlang und ließ Picardo das Blut in den Adern gefrieren.

Maaaandraaagooon… Meisssteeeer….

Es war nur ein Schatten, aber Picardo konnte die Züge einer diabolischen Gestalt erkennen; blitzblanke Reißzähne, glühende Augen und scharfe Krallen, die den Tod verhießen. Plötzlich zischte die Kreatur an Picardos Bett, blickte ihn mit ihren feuerroten Augen an und streckte ihre Klauen aus. Näher und näher... aber Picardo konnte nicht weglaufen. Seine Füße waren wie gelähmt. Er war wie festgeklebt, konnte sich nicht bewegen und je mehr er versuchte seinen Körper in Gang zu setzen, umso schwerer fiel es ihm. Die Kreatur ließ seine Seele in Flammen aufgehen, sie schluckte seinen Verstand.

Ja Meister Mandragon!, flüsterte sie wieder und wieder. Blitzschnell schossen ihre Krallen heran und griffen nach Picardos Talisman, den er um den Hals trug.

Nein! Geh weg! Tausende haarige Spinnen krabbelten plötzlich unter der nebelartigen Haut des Wesens hervor und hüllten den regungslosen Jungen ein.

In diesem Moment öffnete Picardo die Augen, richtete sich im Bett auf und blickte sich im Zimmer um. Er wischte sich den kalten Schweiß von der Stirn.

Nur ein Traum...

Bevor er sich wieder hinlegte, musste er sich noch einige Male überzeugen, dass keine Spinne zugegen war. Er hasste Spinnen. Er schlief zwar schnell wieder ein, war sich in seiner kurzen Wachphase jedoch sicher, ein Geräusch gehört zu haben.

Tag 16, Jahresanfang 358 n. E.

Archadis, Königliches Schloss

König Barthas stand vor einer großen Karte der Stadt Archadis und steckte kleine Holzmännchen auf das Papier.

»Mein König?« General Munzheim trat voll uniformiert in das Zimmer und verbeugte sich vor Barthas, der sich umdrehte und den Kopf schüttelte. »Ich musste mich euren Anweisungen widersetzen, es tut mir leid!«

»General, Sie müssen sich ausruhen und…«

»Mit Verlaub mein König. Ich habe genug Zeit vertan!«, unterbrach ihn Munzheim. »Die Prinzessin ist in großer Gefahr und es ist meine Pflicht als General, den Einsatz zu überwachen und alles zu tun, um sie zu finden!« Er trat neben den König und betrachtete abwechselnd ihn und die Karte. Dann nahm er eines der Holzmännchen und steckte es auf eine andere Position. »Wir müssen den Eingang zur Kanalisation überwachen«, sagte er und schielte zu Barthas. »Ratten zieht es oft in ihr Nest zurück!«

»Nun gut«, sagte der König erleichtert und lächelte. Er wusste, dass er den General nicht davon abbringen konnte ihm jetzt und hier zur Seite zu stehen. »General Munzheim, ich übergebe Ihnen volle Befehlsgewalt!«, verkündete er und war innerlich sehr froh, seinen besten Mann wieder zu haben.

»Sie müssen noch in Archadis sein! Schnappen wir sie uns!«

Archadis, Südtor

»Uuuuuuuaaaaaahh!« Einer der Wachmänner am Südtor riss den Mund auf und gähnte aus vollem Herzen.

»Also bitte, das ist jetzt schon das fünfte Mal, dass du dir nicht die Hand vor den Mund gehalten hast«, beschwerte sich sein Kollege, wackelte auf einem Schemel hin und her und rückte seinen Helm zurecht.

»Komm schon du Zicke, wir sind hier nicht beim Kaffeeklatsch bei deiner Omi«, antwortete der Wachmann und fing an, sich zwischen den Beinen zu kratzen.

»Da... da kommt etwas«, schrie der Andere aufgeregt und hüpfte von seinem Schemel auf.

»Jetzt komm doch endlich mal runter, is ja schlimm mit dir.« Der Wachmann von rauerem Gemüt verdrehte die Augen. Sein neuer Kollege ging ihm sichtlich auf die Nerven. »Das ist ein fahrender Händler, kontrollier ihn und fertig!«, sagte er zu ihm, setzte sich und zog sich den Helm über die Augen. Er schmatzte und gab seinem aufgeregten Kollegen ein Zeichen, den Händler in Empfang zu nehmen.

»Bi... bitte ihren Passierschein«, forderte der schwitzende Wachmann und inspizierte die hölzerne Kabine des Wagens, der von zwei Hamstalons gezogen wurde. Kräftige Tierchen, die ihren kleinen Kollegen, die unter der Erde in winzigen Höhlen wohnen, durch ihre Größe und Ausdauer weit überlegen waren. Jedes dieser possierlichen Tierchen war imstande, das Zehnfache seines eigenen Gewichts zu ziehen und in eine seiner Backentaschen passte jeweils ein halbes Schwein... also insgesamt ein ganzes.

Ein älterer Herr schaute aus dem Fenster.

»Häääh?!«, raunte er.

»Bitte ihren Passierschein!« Der Wachmann stand stramm und versuchte den ordentlichen Anblick eines Soldaten zu wahren. Also eigentlich zitterten seine Knie wie Espenlaub.

»Du musst lauter reden, Jungchen«, sagte der Opa, rückte sein Gebiss zurecht und schaute erwartungsvoll. Er sabberte ein wenig, versuchte aber den Ausfluss durch lautstarkes Röcheln und Schmatzen im Zaum zu halten.

»PASSIERSCHEIN!«, schrie der Wachmann und verlor dabei fast seinen Helm.

»Ja ja, sie müssen nicht so schreien!«, entgegnete der alte Mann. Er kramte in seiner Manteltasche und zog einen zerknitterten Schein heraus. Der Wachmann faltete das dreckige Stück Papier auseinander und betrachtete es von allen Seiten.

»In Ordnung, ich müsste noch ihre Ladung überprüfen, wir... wir suchen jemanden und daher...«

»Ja Bürschchen, tu was du nicht lassen kannst«, fiel ihm der Alte ins Wort. Der Wachmann wackelte an die Seite und öffnete die Luke zum Laderaum.

»Hmmm, nicht viel geladen, was? Zwei Fässer voll Sopra... aber... was wollen Sie damit bei den Soprafeldern? Denen wird das Zeug dort schon nicht ausgehen!«

Der alte Mann stöhnte. »Junge, das Sopra is von solcher Qualität, dass ich es nicht einmal meinen Hamstalons zu fressen geben kann. Ich muss es zurückbringen und mein Geld wiederverlangen, mit diesem minderwertigen Zeug kann ich kein Bier brauen.«

»Aha... ein Braumeister«, sagte der Wachmann und schloss die Luke. »Viel Erfolg!« Er gab dem Alten seinen Passierschein zurück und nickte. »Mein Kollege hier trinkt gerne Bier, ich bin eher der Saft-Typ«, fügte er noch hinzu.

»Ja, das sehe ich Jungchen«, grinste der alte Mann und gab den Hamstalons ein Zeichen weiterzugehen. Der sitzende Wachmann zog seinen Helm nach oben, blickte seinen Kollegen an und schüttelte den Kopf.

»Du bist wirklich ein Saft-Typ!«

Kapitel 4

Ein Kuss der Elia bringt Leben.
Ein Hauch des Belias bringt den Tod.
Ohne den Tod wäre das Leben unvollständig.
Ohne das Leben wäre der Tod sinnlos.

Tag 16, Jahresanfang 358 n. E.

Steppe von Archadis, Soprafelder

Die Fusion der Abendsonnen erzeugte ein rötliches Licht, das die weitläufige Steppe einige Kilometer vor den Toren Archadis' unter sich begrub. Die mehrere Hektar großen, gelben Soprafelder wirkten wie gesponnenes Gold, glänzten und glitzerten im Schein der Sonnen. Der laue Wind pfiff durch die dürren Stauden und erzeugte ein durchdringendes Rascheln, das aus allen Himmelsrichtungen gleichzeitig zu kommen schien. Sopra war für viele hier ein Grundnahrungsmittel, denn man konnte daraus fast alles herstellen: Sopramehl, Soprasaft und falls eine Staude nicht austrieb, konnte man die Knollen ausgraben und kochen. Aufgrund ihres Aussehens nannte man diese auch gerne 'Popoknollen'. Andere brauten aus Sopra aber auch feinstes Bier, die Spezialität des Landes. Außer einem kleinen Feldweg, einigen Bauernhäusern und Silos gab es hier auf den Feldern jedoch nichts. Die großen Brauereien waren entweder in Archadis oder in einigen unabhängigen Klöstern hinter Birgund, nahe dem Mhyra Kliff, angesiedelt.

Ein klappernder Wagen und die quietschenden Hamstalons eines alten Händlers störten plötzlich diese friedliche Atmosphäre. Der Alte stoppte mitten auf dem Weg und stieg aus seinem Wagen. Er schob seine Schulterblätter nach hinten, ließ seine alten Knochen laut knacken und stöhnte kurz auf. Anstatt zur Ladeluke zu gehen, bewegte er sich auf die Seite des Wagens, klopfte einige Male gegen das morsche Holz, horchte kurz und trat einen Schritt zurück. Kleine Funken zischten durch die Luft und schraubten sich spiralförmig nach oben, erst langsam, dann immer schneller. Wie kleine betrunkene Feen schwirrten die bunten Funken durcheinander. Die Luft schien zu verschwimmen, ein Geräusch wie von tausend aufgescheuchten Schlangen erfüllte die Umgebung und plötzlich löste sich die Holzwand des Wagens in einem glitzernden Funkenmeer auf. Blauer, feiner Rauch stieg in die Luft und wurde vom Wind fortgetragen. Hinter der verschwundenen Wand war ein kleiner und von außen nicht zu erkennender Magusraum, in dem exakt drei Leute Platz fanden. Magusräume wurden schon in der Ära der Magier häufig verwendet, um den eigenen Kleiderschrank auf Kosten einer anderen Welt zu vergrößern. Wird ein Magusraum erschaffen, so bleiben die Dimensionen der Höhe und Breite erhalten, die Tiefe des Raumes ist jedoch in der Welt, in welcher der Raum geschaffen wurde, praktisch inexistent. Dadurch, dass sich der Raum aber einfach an der dritten Dimension einer anderen Welt bedient, kann man ihn dennoch betreten. Durch diese überdimensionale Verkettung kann man zwar in keine andere

Welt reisen, jedoch kann man manchmal das leise Fluchen jener unbekannten Person hören, der schon wieder ein Stück ihres Vorgartens verloren gegangen war.

»Ich bin so kleine Räumlichkeiten nicht gewohnt!«, prustete Lea und stolperte aus dem Wagen.

»Ich bin es nicht gewohnt, dass man mir Brocken auf den Schoß hustet!«, fluchte Lucius, stieg aus der Öffnung und pflückte einige Blätter eines Busches ab, um sich zu reinigen. Nur Picardo schlief wieder friedlich wie ein Baby und gab laute, blubbernde Geräusche von sich. Zusammengekauert lag er auf dem Boden, welcher durch seine Kacheln aussah wie aus einer Küche oder einem Badezimmer geraubt.

»Dem Kleinen scheint es ja gut zu gehen, schläft seinen Kater schon zum zweiten Mal aus.« Lucius klang abfällig und schrubbte weiter an seiner schwarzen Lederhose herum.

Sauberer wird's nicht... Er ließ die Grashalme fallen und drehte sich zu dem alten Mann. »Vinkel mein Freund«, sagte Lucius, wischte sich die Handschuhe kurz an seinem Hemd ab und griff nach der Hand des alten Mannes, »ich danke dir!«

Der Alte leuchtete kurz auf und verwandelte sich in die dicke Person mit dem Schnauzer zurück, so als wäre er nie jemand anderes gewesen.

»Na dann Lucius, es war mir eine Freude!« Er kratzte sich am Hinterkopf. »Wenn auch ein großes Risiko. Ich hoffe, ihr schafft es bis Belgis!« Vinkelsteen und Lucius schüttelten sich die Hand und nickten sich zu.

»Prinzessin?« Vinkelsteen drehte sich und hielt nach Lea Ausschau. »Er ist kein schlechter Kerl, wenn auch etwas launisch. Aber ich bin sicher, Ihr seid bald wieder zu Hause«, rief er zu Lea, die sich abseits auf einen kleinen Hügel gestellt hatte, um die Sonnenuntergänge zu bewundern. Ihre Silhouette wurde von der helleren der beiden Sonnen umrandet und warf weite Schatten. Ihre langen Haare und der Rock flatterten im Wind. Sie sah aus wie ein Engel.

Engel... murmelte Lucius. *Pfah!* Mit einem Ruck zog er Picardo aus dem Wagen, um Vinkelsteen nicht länger aufzuhalten. Picardo wurde durch diese unsanfte Behandlung sofort wach und schmatzte kurz, blieb dann aber vorerst im weichen Gras liegen. Vinkelsteen winkte ein letztes Mal, schwang sich dann auf den Wagen und gab den müden Hamstalons den Befehl weiterzulaufen. Sie gaben laute Fiepgeräusche von sich und trabten los.

Picardo streckte sich, gab knarzende Laute von sich und stützte sich auf. Dann wagte er erste Gehversuche. Er war noch etwas wackelig auf den Beinen, hatte jedoch bald schon den Dreh raus. Gehen verlernt man eben nicht. Meistens jedenfalls.

Seine Blicke fielen sofort auf Lea. Er stieg den kleinen Hügel zu ihr hinauf und schaute auf die nicht enden wollende Steppe, deren saftiges Gras, die kleinen Wälder und die blühenden Pflanzen zum Jahresanfang erst richtig zur Geltung kamen. Alles war voller Leben.

»Es ist wunderschön...« sagte Lea leise, als Picardo sie erreichte.

Lucius blieb am Fuß des Hügels stehen und tappte mit dem Fuß auf den Boden. So schön er den Anblick der Natur um ihn herum fand, so überflüssig erschien es ihm, Zeit damit zu verschwenden, sie zu betrachten.

Dann fasste er sich ein Herz und lief kurzerhand den kleinen Hügel zu Lea und Picardo hinauf. Er schüttelte den Kopf über sich selbst.

Am Horizont hinter der Steppe erblickten sie die Stadt Archadis, mit ihren mächtigen Stadtmauern, den vielen Häuserschluchten und dem königlich emporreichenden Schloss. *Was wohl Vater gerade tut? Er macht sich sicherlich ganz schreckliche Sorgen*, dachte Lea.

Nicht weit neben Archadis ragte die Stadt der Engel in den Horizont und erstrahlte in einem hellen Weiß. Lucius starrte mit Abscheu in den Augen zu dem mächtigen, mit großen, weißen Engelsflügeln versehenen Turm, der sich aus der Mitte der Stadt erstreckte, welche eher wie eine Festung aussah. Auch sie war mit hohen Mauern umgeben und wirkte durchaus einschüchternd. Ließ man den Blick abschweifen, so erblickte man den Fluss Golgan, der sich wie ein waberndes Seidentuch durch die Landschaft zog und in der dunklen Sonne schimmerte. Wenn man sich anstrengte, konnte man weit entfernt die Schemen des Berges Mhyra erkennen, an dem die Quelle dieses Flusses entsprang und ihn kilometerweit bis hierher trieb. *Mhyra… Schon der Name ist Magie.*

Direkt am Fuße dieses Berges lag der gewaltige Wald der Urugai, der mächtigen Krieger, von denen Lea nur aus ihren Geschichten gehört hatte.

»Ich habe so etwas noch nie gesehen, das ist umwerfend. Ich hatte ja keine Ahnung, wie groß und schön diese Welt ist, ich habe Archadis noch nie verlassen und…« Lea stockte und fuhr sich durch ihre zerzausten Haare. »... Und ich hätte nie geglaubt, dass noch Magie in dieser Welt existiert!« Sie seufzte laut, ließ ihre Haare los und setzte sich ins weiche Gras. »Vater hat mir erzählt, die Magie wäre seit dem Ende der Ära der Magier aus Golgata verschwunden«, erzählte sie und blickte Lucius erwartungsvoll von unten an; wie ein junger Hund, der erwartete gestreichelt zu werden. Picardo sprang derweil auf einen Baum und pflückte einige gelbe Zitrubeeren, die er sich als Wegzehrung in die Taschen steckte.

Lucius setzte sich neben Lea und ließ sich stöhnend rückwärts ins Gras fallen. »Erwartest du eine Antwort von mir?«, sagte er schließlich und hielt kurz inne.

»Es tut mir leid dich da mit hinein gezogen zu haben«, beteuerte er mit knirschenden Zähnen und verstand selbst nicht, warum er plötzlich so nett war.

»Dieser Sonnenuntergang entschädigt alles!« Lea kniff die Augen zusammen, da die tief stehenden Sonnen sie so langsam blendeten. »Weißt du...« Lea blickte zu Lucius und lächelte. »Ich bin euch fast sogar dankbar, ich...«

In diesem Moment sprang Picardo vom Baum herab und drückte ihr eine Zitrubeere in den Mund.

»Na los ihr Faulenzer, wollten wir nicht nach Belgis?« Picardo stemmte die Arme in die Seite und grinste.

»Er ist wohl wieder wach«, stöhnte Lucius, stand langsam auf und ging den Hügel hinab. Picardo streckte Lea die Hand zu, die das Angebot dankend annahm. Mit einem Ruck zog Picardo sie so schnell auf die Beine, dass sie kurz taumelte.

»Na dann, los!«, sagte Lea und grinste Picardo zu. Sie ging vorweg und gab ihm ein Zeichen, ihr zu folgen. Dann rannte sie den Hügel hinunter in Richtung Lucius, der sich kurz umdrehte.

»Das mit der Magic behältst du aber für dich, klar?«, mahnte er sie.

Tag 18, Jahresanfang 358 n. E.

Südliche Steppe, Stadt der Engel

»Azzzhad?«, dröhnte eine zischende Stimme durch die weiten Hallen.

»Ja, Meister Voldho?«, entgegnete ein dunkelhäutiger Junge, der gerade um die Ecke kam. Er stellte sich stramm vor den übelriechenden Voldho Rhazgul, der seine Tunika noch immer nicht gewechselt hatte.

Azhad war eine Art oberer Kammerdiener und regelte alle wichtigen Geschäfte der Stadt der Engel, für die der Bischof persönlich keine Zeit aufbringen konnte. Mittlerweile organisierte er alle Messen zu Ehren Elias und auch die Messdiener und Prediger, die in den verschiedenen Kirchen in Archadis und auch in der Industriestadt Empiris verteilt waren. Ebenso war er der persönliche Lektor des Bischofs. Da er in Dünen bei einem Gelehrten aufgewachsen war, konnte er mühelos einige seltene Schriften entziffern.

»Azzzhad, ist der Engelsssegler bereit?«, fragte Voldho schroff.

»Vollgetankt mit feinster Lichtenergie der Phönix Gesellschaft, Herr. Die Lapisze sind poliert und die Techniker haben die Segel frisch gewartet.«

»Gar nicht so doof wie du ausschausssssst«, lispelte Voldho, grinste und bleckte seine fauligen, spitzen Zähne.

»Ja Herr, wie Ihr meint«, entgegnete Azhad nüchtern, verbeugte sich und verschwand durch einer Tür. Voldho sah ihm hinterher, spuckte einmal auf den Boden, wischte sich den

Mund an seiner schmutzigen Tunika ab und bewegte sich schnellen Schrittes Richtung Solarsegler.

»Schau nicht so, du Sssstück Dreck!«, schrie er im Vorbeigehen einen der Arbeiter an, der einen Blick zu viel riskiert hatte. »Worauf wartessst du? Hol die Elitesoldaten!«

Archadis, Königliches Schloss.

»Mein König, es ist nun vier Tage her, dass die Gefangenen ausbrachen. Wir müssen vom Schlimmsten ausgehen!«

»Sie haben die Stadt verlassen?« Der König seufzte.

»Wir vermuten es.«

Barthas stand vom Thron auf und ging auf Munzheim zu. »Und nun? General, wir müssen etwas unternehmen!«, sagte er aufgeregt. Der König schien am Ende seiner Nerven zu sein.

»Mein König, Ihr habt mir die Verantwortung übertragen und ich werde Sie nicht enttäuschen!«, sagte der General.

»Aber was haben Sie nun vor, Munzheim?«

»Ich werde persönlich die Verfolgung aufnehmen! Wir vermuten, dass sie sich mit dem Schiff absetzen wollen. Durch die Höhlen von Mhyra wäre es zu gefährlich, also werden sie nach Belgis gegangen sein.« Munzheims Blick wurde ernst. »Lasst die Soldaten auf ihren Posten, für den Fall, dass sie doch noch in der Stadt sind. Ich werde mich alleine nach Belgis begeben. Stellt mir nur ein geeignetes Fortbewegungsmittel zur Verfügung.«

Der König war sich nicht sicher, was er von dieser Idee halten sollte, aber willigte ein. Er wusste, auf seinen General war Verlass. »Nun gut, General. Ich werde Ihnen den schnellsten Hamstalon unserer Garde zur Verfügung stellen. Tun Sie ihr Bestes und finden Sie die Gefangenen... und meine Lea!«

»Das werde ich, mein König. Ich werde einen portablen Telesensor mit mir führen, so kann ich Euch jederzeit erreichen.« Er zückte ein seltsam aussehendes, piepsendes Gerät aus seiner Tasche und zeigte es dem König.

»Die Phönix Gesellschaft lässt sich immer neue Spielereien einfallen.« Barthas schien erstaunt über den Fortschritt, den sein Land machte.

Munzheim steckte das Gerät zurück, salutierte und verließ den Thronsaal.

Tag 20, Jahresanfang 358 n. E.

Hafenstadt Belgis

Die Stadt Belgis: eine florierende Seefahrerstadt in Golgata. Kapitäne und Händler aus aller Herren Ländern steuerten diese Stadt an, um ihre Waren im Handelsviertel anzubieten und natürlich, um sich an der berüchtigten Hafenmeile zu vergnügen. Belgis stand bis vor Kurzem noch unter der Herrschaft König Barthas'. Durch ein Abkommen mit dem Bürgermeister, einem erfahrenen Geschäftsmann aus Empiris, wurde Belgis vor wenigen Jahren jedoch unabhängig. Dafür bekam das Königshaus von Archadis die feinsten Waren für einen lächerlichen Preis. Von feinster Seide bis hin zu Kaktusbrot aus der Wüste Thunda; Belgis war ein Paradies für Liebhaber ausgefallener Waren.

»Ich habe schon viel von Belgis gehört, aber ich war noch nie hier«, tat Lea kund und schnupperte die frische Seeluft, die schon am Eingang der Stadt jeden Besucher in ihren Bann zog.

»Eine der schönsten Städte Golgatas, jedoch nicht zu vergleichen mit unserem Zielhafen«, sagte Lucius und trat als Erster durch den hölzernen Torbogen zur Stadt. Links und rechts taten sich weite Gassen auf, gepflastert mit rötlichem Gestein. Vor den dreien lag eine lange Straße, die wohl direkt hinunter zum Hafen führte. Die Häuser waren in einer Art Fachwerkstil gehalten, an den Fronten waren einige Blumen und Efeu gepflanzt, der sich verführerisch um die hölzernen Balken räkelte. Es war ruhig in den Gassen, nur einige Seevögel flogen ab und zu aufgeregt vorbei und schnatterten lauthals.

»Wo geht unsere Reise denn hin?«, fragte Picardo und schlenderte neben Lucius her, die Hände in den Taschen.

»Goldhafen«, antwortete Lucius, schloss die Augen und hielt sich die Hände vor die Augen, um nicht von der morgendlichen Sonne geblendet zu werden. Er war ein Nachtmensch, seine Augen vertrugen so viel Sonnenlicht nicht.

»Goldhafen?« Leas Augen wurden größer. »Goldhafen ist die größte Hafenstadt der bekannten Welt. Ich habe schon viel darüber gehört. Es soll dort wunderschön sein, die Ziegel der Häuser aus purem Lumin und...«

»Vorsicht!!« Lucius drückte Lea an eine Hauswand. Eine Patrouille der Belgis Bürgerwehr lief an ihnen vorbei, schien sie aber nicht zu bemerken. »So können wir nicht durch die Stadt laufen«, überlegte Lucius. »Die Nachricht über die entführte Prinzessin dürfte mittlerweile bis hierher vorgedrungen sein!«

Belgis ist zwar unabhängig, aber das bedeutet nicht, dass die Stadtwachen uns nicht verraten würden.

Plötzlich zupfte ihn Picardo am Ärmel seines Hemdes und deutete auf ein kleines Geschäft in einer Gasse, das lange Kutten im Schaufenster ausgestellt hatte.

»Gar nicht doof«, bemerkte Lucius.

Der Verkäufer war ein kleiner, untersetzter Mann mit einer riesigen Brille, der kaum über die Ladentheke sehen konnte. »Was kann ich für Sie tun?«, piepste er.

»Hallooo!« Noch bevor Lucius oder Picardo etwas sagen konnten, beugte sich Lea weit über die Theke, sodass der kleine Mann Ausblicke in zwei fremde Dimensionen erhielt, die ihn schlagartig zum Verstummen brachten.

»Pri... Prin... Prinzessin Zalea von Archadis«, stotterte er, zog sich seine dicke Brille von der Nase und wischte sich die schweißtriefende Stirn.

»Wissen Sie, es geht um meine Freunde hier«, sagte sie verführerisch und beugte sich noch etwas weiter hinunter. »Heute Abend ist eine Kostümparty und wir wollen als Mönche gehen. Wir bräuchten daher drei Ihrer wunderschönen Kutten.« Sie blickte dem Besitzer tief in seine dicke Brille.

»Na... Natürlich! Und das geht natürlich auf's Haus!« Der kleine Mann flitzte zu einem Regal und nahm drei Kutten heraus. Lea sah nach hinten und zwinkerte Picardo und Lucius zu, die nicht ganz glauben konnten, wie Lea mit ihren Reizen umzugehen wusste. Lucius beruhigte die Tatsache, dass zumindest die Bevölkerung noch nicht erfahren hatte, was wirklich geschehen war. Aber wie die Prinzessin urplötzlich aus sich herausging, das hatte er nicht erwartet. *Warum dieser Meinungsumschwung? Warum hilft sie uns?*

Einige Minuten später verließen drei in Kutten gehüllte Gestalten den Laden und machten sich auf den Weg Richtung Hafen. *Was mache ich hier eigentlich,* dachte Lea. *Habe ich meinen Entführern gerade geholfen?*

Währenddessen kam Robert Munzheim am großen Torbogen vorbei, an dem vor einigen Minuten noch seine Zielpersonen standen. Mit seinem treuen Hamstalon hatte er den Weg, den Lucius, Lea und Picardo zu Fuß gehen mussten, in kürzester Zeit zurückgelegt.

»Halt! Brrrr!«, schrie der General und stieg von seinem Hamstalon ab, den er vor den Toren Belgis' an einen Pfahl band. »Schnurzel, warte hier!«, sagte er beiläufig zu seinem Tier und machte sich auf den Weg zum Torbogen. »Ich fühle, dass die Prinzessin nicht weit ist!«

Der Hamstalon, der wohl auf den Namen 'Schnurzel' hörte, rümpfte die Nase und versuchte das Seil durchzuknabbern... dass er dies aus Trotz tat, weil ihm sein dämlicher Name nicht gefiel, konnte nur angenommen werden.

Lea, Lucius und Picardo waren mittlerweile im Hafenviertel angekommen. Sie liefen vorbei an Ständen mit Krebsen, allerlei frischen Fischen und laut brüllenden Krakeelen; sehr launische, krakenartige Meerestiere mit nerviger Stimme. Lea sah man sogar unter ihrer Kutte an, wie sehr sie über diese Vielfalt staunte.

Im hinteren Teil der Promenade priesen Marktschreier weitere, teils kuriose Dinge an; von Töpferwaren bis hin zu Kräutern von den obersten Gipfeln der Mhyra Berge.

Das ist unglaublich, dachte Lea. Aus irgendeinem Grund fühlte sie sich plötzlich so frei wie noch nie zuvor. Die Zeit mit Picardo und Lucius und besonders die Wanderung durch die Soprafelder, die Steppe von Archadis und die wunderschöne Hafenstadt Belgis, hatte Lea gezeigt, wie schön und groß die Welt außerhalb ihres Palastes sein konnte. Sie vergaß immer mehr, dass sie das Opfer einer Entführung war und noch mehr vergaß sie, dass die Personen, mit denen sie unterwegs war, ihre Entführer und somit gesuchte Verbrecher waren.

»Cato!«, schrie Picardo plötzlich und rannte zu einem der Stände, an dem ein Händler verschiedene Salze und Werkzeuge verkaufte. Ein stämmiger Mann mit einer dicken roten Nase drehte sich um und schaute auf den kleinen Jungen in seiner Kutte herab. Picardo schlug die Kapuze nach hinten und hob die Arme. »Tadaaaaa!«

»Picardo? Bis du dat?« Der stämmige Mann freute sich sichtlich! Er hatte einen nordischen Dialekt, was vermuten ließ, dass er aus Wintersee stammte. »Na Kleiner, wat verschlägt dich denn hierher?« Er kam hinter seinem Stand hervor und reichte Picardo die Hand. Dieser deutete sofort auf die zwei anderen verhüllten Gestalten.

»Das hier sind meine Freunde: Lucius und...« Da sprang Lucius von hinten heran und presste Picardo die Hand vor den Mund.

»Und meine Schwester Hellen.« Er grinste und knirschte mit den Zähnen. *DU kleiner...*

»Hellen??« Lea schielte empört zu Lucius hinüber. *Grässlicher Name,* dachte sie.

»Na, dat is ja erfreulich, dass min kleener Picardo Freunde gefunden hat«, lachte der Mann und griff nach einer Flasche Calypso-Rum, die er auf seiner Theke stehen hatte.

»Woher kennst du ihn, Picardo?«, fragte Lucius leise und nahm die Hand wieder aus dessen Gesicht.

»Er hat mich damals hier am Hafen gefunden, ich muss wohl auf einem Schiff gewesen sein. Dann hat er mich zu meinem Papa in die Steppe bei Birgund gebracht, wo ich aufgewachsen bin.«

»Ja ja, der alte Wilkin«, schnaubte Cato, schüttelte den Kopf und schraubte den Korken aus der Flasche, »eine schreckliche Tragödie!«

Lucius lief ein kalter Schauer über den Rücken. *Ach, so ist das…*

Einen Moment schien Stille zu herrschen. Lea sah Picardo mit Bedauern an, behielt ihre Fragen aber vorerst für sich.

»Soso... und er ist ein Händler?«, unterbrach Lucius die Melancholie und überlegte. Cato war gerade damit fertig einen großen Schluck aus seiner Rumflasche zu nehmen, als Lucius vor ihn trat. »Herr... ähm... Cato. Sie sind fahrender Händler?« Lucius legte den Kopf schief. »Was ist Ihr nächstes Ziel, wenn ich fragen darf?«

»Nun ja, wir brechen schon morgen in Richtung Goldhafen auf, um frische Salze zu besorgen.« Lucius schien sein Glück kaum zu fassen.

»Goldhafen?«, erwiderte er erfreut. »Ich hätte da eine Frage...«, begann er und ging auf Cato zu. Die beiden diskutierten kurz und kamen überraschend schnell zu einem Ergebnis. Es war wohl von Vorteil, dass dieser Händler den kleinen Picardo gut leiden konnte.

»Hey Kleiner, wir brechen morgen nach Goldhafen auf!«, sagte Lucius und zeigte auf Picardo, der gerade mit Lea über einen eigenartigen Fisch vom Stand gegenüber diskutierte. Er sah irgendwie aus wie ein alter Mann mit Hut und Zigarre, nur glitschiger.

»Das ist toll«, sagte Lea zögernd, drehte sich um und schaute Lucius an, sodass ihre smaragdgrünen Augen aus der Kutte heraus funkelten. »Für euch!«

»Was ist los Hellen? Sei nicht so bedrückt.« Lucius schaute sie halb verwundert, halb wissend an. »Du kannst schon morgen wieder nach Hause!«

»Yippie, Lea darf nach Hause«, schrie Picardo und hüpfte in die Luft, worauf er sofort einen hitzigen Blick von Lucius erntete, dem es nicht gefiel, dass Picardo die Bedeutung eines Decknamens nicht kannte.

»Bis morgen früh könnt ihr die Zeit in der Kajüte hinten im Schiff verbringen. Wir haben dat Wichtigste schon verladen, sodass wir früh ablegen könn«, sagte Cato in seinem Dialekt, der ihn einige Buchstaben verschlucken ließ.

»Ihr findet es am Dock 19!«

Innerlich freute sich Cato über Gesellschaft auf der langen Überfahrt und natürlich einige kostenlose Helfer an Bord. Das Einzige, was ihn sonst bei der Überfahrt begleitete, waren einige Goblins: billige Helfer aus den tropischen Wäldern des kleinen, mittleren Kontinents. »Nun denn«, begann Lucius und blickte sich um. »Hellen, du wirst uns bis morgen früh noch begleiten!« Lucius drehte sich und lief in Richtung Docks. Picardo und Lea schauten sich kurz an, nickten sich zu und folgten ihm.

General Munzheim fragte sich inzwischen durch die Gassen, ob irgendjemand die gestohlene Prinzessin erblickt hatte. Als er schließlich zwei Soldaten der Stadtwache ausfindig machen konnte, ging er direkt auf diese zu.

»Sind hier zufällig ein Junge mit Waschbärohren, ein junger Mann mit dunklen Haaren in einer Lederhose und…«, Munzheim wusste, dass sich das alles sehr unglaubwürdig anhörte, »und die Prinzessin von Archadis vorbeigekommen?«

Die beiden Männer schauten sich an und brachen plötzlich in schallendes Gelächter aus. »Glauben Sie mir, Herr General«, begann einer der Männer und wischte sich eine Träne aus dem Augenwinkel. »Die Prinzessin von Archadis würde hier auffallen wie ein bunter Hamstalon!«

Munzheim blickte sich um und wusste genau, dass die Männer Recht hatten. Zwischen zwielichtigen Gestalten am Straßenrand tummelten sich diverse Händler und pfeifenrauchende Seemänner. Keine schicken Adligen und schon gar keine Prinzen oder Prinzessinen. Scheinbar war die Nachricht über Zaleas Entführung noch nicht bis hierher vorgedrungen. Das hatte man nun davon, wenn man sich als solch eine Handelsmetropole wie Belgis gegen den technischen Fortschritt zur Wehr setzte und den Einsatz von Telesensoren verweigerte. Die Boten, die zum Überbringen von Nachrichten bereitgestellt wurden, waren nutzlose Säufer, die nur selten ihr Ziel erreichten. Einer dieser Kerle wurde einmal nackt in den Soprafeldern gefunden. Die zu überbringende Nachricht hatte er sich anal eingeführt.

»Danke für die Hilfe!«, sagte Munzheim schnell und abwegig, salutierte und lief weiter Richtung Hafen.

»Haben sich wohl verkleidet!«, schrie noch einer der Wachmänner hinterher und grinste erheitert. Plötzlich fiel der Blick des Generals auf ein kleines Geschäft in einer Gasse. Er ging näher und betrachtete die Kutten im Schaufenster. Da bemerkte er ein dünnes Lederband, das vor dem Eingang lag.

Er beugte sich auf den Boden, hob es auf und ließ es zwischen seinen Fingern hin und her gleiten.

»Natürlich!« Er winkte den Soldaten zu, die sich nur ansahen und mit den Schultern zuckten. *Verrückter Kerl...*

»Guten Tag!«, begrüßte ihn der kleine Mann mit der dicken Brille, als der General das Geschäft betrat. Dieser sah sich zunächst schweigend um und ging dann Richtung Ladentheke.

»Sie haben nicht zufällig vor einiger Zeit drei Kutten verkauft?«, fragte Munzheim und legte einen Arm auf der Theke ab.

»Drei... ja genau!« Der Mann räusperte sich und rümpfte die Nase, um seine Brille zu justieren. »Eine davon hat die Prinzessin von Archadis bekommen«, sagte er. »Ich habe kein Geld verlangt, wissen Sie? Ich bin ein treuer Anhänger des Königs.«

»Sie haben was???« Der Kopf des Generals wurde rot. Er schnellte vor und packte den kleinen Mann am Kragen. »Wissen Sie eigentlich, was Sie da getan haben??« Dann fiel ihm ein, dass er seine Würde behalten sollte und lockerte den Griff. Er zog den Kragen des Mannes zurecht und lächelte stumpf. »Okay, entschuldigen Sie mich!«, sagte Munzheim beschämt. Der kleine Mann wusste nicht so recht, wie ihm geschah. Die Augen unter der riesigen Brille wurden feucht.

Sie müssen zum Hafen gegangen sein, dachte der General und verließ dann fluchtartig den Laden.

Komischer Tag, dachte der kleine Mann und rückte sich seine Brille abermals zurecht.

Mittlerweile brach die Nacht über die Stadt herein und durch das rauschende Meer und den verbliebenen Schein der schwarzen Sonne, der jedoch mehr Licht verschluckte, als er abgab, wurde Belgis in eine lila schimmernde Farbe getaucht. Die Händler bauten ihre Stände ab, verschwanden in ihren Schiffen oder machten sich auf in Richtung Hafenmeile, deren Tavernen und Gaststuben gerade die Türen öffneten. Klaviermusik und Flötenklänge drangen aus den Häusern und erfüllten die Stadt mit Leben. Der Geruch von gebratenem Fleisch und Pfeifentabak vermischte sich mit der typischen Geschmacksnote, welche nachts in den Straßen von Belgis zu riechen war: die von Kloake und aufgedunsenen Rattenkadavern.

In den Seitengassen stellten sich hübsche Frauen bereit und warteten auf wohlhabende Seemänner, die sich ein wenig Abwechslung gönnen wollten. Lea, Lucius und Picardo hingegen hatten es sich in einer kleinen Kajüte auf Catos altem Kahn gemütlich gemacht. Sie saßen auf löchrigen Hängematten, die für Gäste und Aushilfen vorgesehen waren.

»Was habt ihr denn nun vor?«, fragte Lea und schaute die beiden anderen an. Diese Frage stellte sich Picardo schon seit einiger Zeit. Lucius räusperte sich.

»Nun, ich war wohl die Zeit über nicht ganz ehrlich zu euch«, begann er aus heiterem Himmel und stand von seiner Hängematte auf, die daraufhin auf und ab wippte. »Ich saß nicht ohne Grund im Kerker«, sagte er und blickte Lea und Picardo abwechselnd an. »Ich habe mir etwas zurückgeholt, was mir gehörte und wurde dabei ertappt.« Lucius lachte kurz auf und schüttelte sachte den Kopf ehe er fortfuhr. »Leider war die Kirche im Besitz dieser Sache. Es war mein Glück, dass mich die Stadtwache vor den Elitesoldaten des Bischofs gefangen hat.«

Lea stand auf. »Du hast was??«, fuhr die Prinzessin Lucius an. »Also bist du doch ein Dieb? Du hast die Kirche bestohlen?« Lea konnte es nicht fassen. »Und ich dachte du wärst wirklich unschuldig, ich habe deinem Wort Glauben geschenkt!« Sie schaute empört.

»Stopp Kleine, das hier ist alles etwas komplizierter als du im Moment verstehen könntest!«, entgegnete Lucius und sah Lea tief in die Augen. Diese wendete sich sofort ab und blickte zu Boden.

»Verbrecher«, flüstert sie. Picardo blieb derweil wie immer ruhig, lag in seiner Hängematte und lauschte gespannt der Diskussion. »Ich werde Picardo auf gar keinen Fall mit dir gehen lassen!«, fuhr Lea Lucius an und stemmte die Hände in die Hüften.

»Das obliegt nicht deiner Entscheidung, Prinzesschen!« Lucius ging nah zu ihr heran. »Du hast da was vergessen!« Er ließ seinen Finger in der Luft kreisen und kniff die Augen tief zusammen. »Ich…«, sagte er und deutete auf sich selbst. »…und dieser kleine Typ da in der Ecke...«

»... HEY! Ich bin nicht klein!« Picardo klang empört, als Lucius auf ihn zeigte.

»Wir sind deine Entführer!« Nun zeigte er auf Lea und verharrte mit seinem Finger in dieser Position. »Wir sind weder deine Freunde noch deine Untergebenen! Du hast nichts zu melden, Prinzessin Stockholm-Syndrom!« Lucius fuchtelte wild mit den Fingern umher, beugte sich dann dicht vor die Prinzessin, sodass sie seinen Atem riechen konnte und in seine finsteren Augen blickte. »Verstanden, Süße? Sei froh, dass ich so nett bin und dich gehen lasse!«

Lea wackelte mit dem Kopf und verdrehte die Augen. *Nimm deinen Zinken da weg, du stinkst!*

»Picardo kommt mit mir, und du... du bewegst deinen süßen Hintern wieder zurück nach Archadis. In dein süßes kleines Märchenschloss, fernab der Realität!«

»Rede nicht so mit mir, ich bin die Prinzessin!«

»Du bist meine Geisel! Verdammt!« Lucius packte Lea an den Schultern. So langsam wurde er wirklich wütend. »Du warst die ganze Zeit nichts anderes als meine Geisel, ein Mittel zum Zweck, um uns die Soldaten des Königs vom Hals zu halten!«

Lea hätte das Kopfwackeln wohl lieber unterlassen sollen, die Launen von Lucius waren nämlich genauso wackelig. Er schüttelte sie.

»Du tust mir weh!«, brüllte sie und versuchte sich loszureißen.

»Wenn du wüsstest, was in deinem Königreich gespielt wird, Süße…«, sagte Lucius düster. Er hielt kurz inne. »Deine kleine, heile Welt wird bald über dir zusammenbrechen und du wirst es nicht einmal bemerken!« Lucius ließ Lea ruckartig los, drehte sich in Richtung Tür und verharrte dort. »Die Kirche der Elia ist nicht so heilig, wie sie es vorgibt zu sein, und der Bischof schon gar nicht.« Den Rücken zu Lea und Picardo gedreht stand er da. Picardo hatte sich mittlerweile aufgerichtet, Lea blieb regungslos stehen und wischte sich einige Tränen aus den Augen. Noch wussten die beiden nicht, wovon Lucius redete. Dieser holte tief Luft und drehte sich wieder um. »Picardo, wir müssen zusammenhalten. Hier werden sie dich wieder in den Kerker stecken, egal was unser Prinzesschen sagt und wie sehr sie sich für dich einsetzen wird! Du musst mit mir kommen!« Lucius ließ seine Worte wie Nebel in der Luft stehen, schloss die Tür von innen ab und ging zurück zu seiner Hängematte.

»Schlaft jetzt! Wir müssen morgen früh raus!«, sagte er düster. Dann wagte es niemand mehr, etwas zu sagen.

In der Hafenmeile herrschte reger Verkehr. Robert Munzheim musste sich durch schmale Gassen kämpfen, vorbei an leicht bekleideten Damen und muskelbepackten Seemännern, die vor den Türen standen und seltsame Kräuter rauchten. Eine alte Frau schnitt sich in einer Ecke ihre Fußnägel, füllte sie in ein großes Einmachglas und trällerte ein Lied. Munzheim wollte gar nicht wissen, was sie damit vorhatte. Immer wieder fragte er nach drei Gestalten in Kutten, die aber scheinbar von niemandem gesehen wurden. Er wollte seine Suche schon fast aufgeben, als er plötzlich eine Idee hatte.

Der General schob sich an einigen dicken Männern vorbei, in eine Taverne. Die Luft war vom Tabakrauch stickig und neblig. Ein Dunst von Alkohol und Schweiß lag im Raum. Gut so! Es war ja auch eine Taverne... für echte Seemänner!

Munzheim fasste seinen ganzen Mut, stieg auf einen der Tische und brüllte etwas Unverständliches in die Menge. *Ich muss verrückt sein...* In einer Taverne voller betrunkener Seemännern und Ganoven in Generaluniform auf einem Tisch zu stehen und etwas Unverständliches in die Menge brüllen, war nicht gerne gesehen. Plötzlich wurde es ruhiger. Einige der Männer standen von ihren Stühlen auf und schlugen sich die Ärmel zurück. Ein Weiterer nahm vorsorglich einen Barhocker in die Hand, um diesen bei Gelegenheit auf dem Rücken eines Wildfremden zu zerschlagen. Doch da bekam Munzheim die Kurve und brüllte: »Eine Runde Calypso-Rum für alle!« Plötzlich verschwanden die finsteren Blicke. Ein Jubeln durchdrang die Taverne.

Hüte flogen in die Luft. Ein Schlüpfer flog durch die Luft.

Ich sehe keine Frauen… Jedenfalls hatte sich der General nun ein paar Freunde gemacht und so hatte er auch wenige Minuten später einige Informationen bekommen. Und die Männer ihren Rum.

So ein Pack! Muss man erst bestechen, damit sie den Mund aufmachen, dachte Munzheim, griff nach seinem Telesensor und lief im Stechschritt in Richtung Docks.

»Picardo!... Picardo!«

Picardo öffnete seine Lider und blickte direkt in Leas smaragdgrüne Augen. Sie hatte sich über ihn gebeugt und schaute besorgt. »Was ist damals mit deinem Vater geschehen?«, fragte sie. Picardo wischte sich den Schlaf aus den Augen und richtete sich auf. Nach kurzer Zeit des Erwachens hüpfte er aus seiner Hängematte. Er gähnte kurz und streckte sich, sagte dabei jedoch kein Wort. Dann stibitzte er mit diebischem Geschick den Schlüssel für die Tür aus Lucius' Hosentasche.

»Komm mit«, flüsterte er Lea zu und drehte den Schlüssel im Schloss. Draußen begann bereits die Morgendämmerung und der Himmel nahm eine türkisblaue Farbe an. Das Meer rauschte leise und durchbrach sanft die morgendliche Stille. Lea und Picardo setzten sich auf die hölzerne Reling des kleinen Schiffs. »Ich kann dir erzählen, was ich weiß, aber es ist nicht viel«, begann Picardo, blickte auf die schaukelnden Planken unter ihm und ließ die Füße baumeln. Er holte tief Luft. »Ich wohnte mit meinem Vater Abraham in einem kleinen Häuschen am Rande von Birgund, einem Dorf im Nordosten von Archadis. Man musste den Fluss Golgan von der Hauptstadt aus überqueren und nach einem längeren

Marsch durch die Steppe kam man zu unserer kleinen Farm.« Picardo lächelte kurz, bis sich seine Miene wieder verdüsterte. »Es war nicht viel, aber es war mein Zuhause.« Er senkte den Kopf und wurde zunehmend trauriger. Seit drei Jahren hatte Picardo mit niemandem über dieses Ereignis gesprochen. »Eines Tages…« Er schluckte schwer, »kam ich von einem Spaziergang nach Hause und fand die Eingangstüre aufgebrochen vor.«

Er sah Lea in die Augen und eine Träne lief ihm über die Wange. Lea legte den Kopf schief, sie fühlte sich irgendwie verantwortlich für den kleinen Kerl, obwohl sie genau wusste, dass er sehr gut selbst für sich sorgen konnte.

»Ich fand meinen Vater blutüberströmt und mit aufgeschlitztem Bauch in einer Ecke des Hauses!«, sagte Picardo zitternd. Lea stockte der Atem, als sie diesen Satz hörte. Picardo versuchte nicht in Tränen auszubrechen. Er senkte den Kopf. »Ich weiß bis heute nicht, warum das passiert ist. Wer es war... und wieso?!« Es war nicht eindeutig, ob momentan Wut oder Trauer in Picardos Worten überwogen. »Ich begrub ihn hinter dem Haus und schwor ihm, seinen Mörder zu finden, aber...« Er schluckte. »…aber es gibt keine einzige Spur!« Er griff unter sein Hemd und holte einen Anhänger in der Form einer schwarzen Träne heraus, der um seinen Hals baumelte. »Dies ist das Einzige, was mich an Vater erinnert und ich bin sicher, die Träne wird mich eines Tages zu seinem Mörder führen!« Prinzessin Lea war sichtlich gerührt von der Geschichte, aber etwas irritierte sie.

»Aber trotz allem...« begann Lea. »Dieser Cato meinte, er habe dich hier gefunden?«

»Nun ja«, antwortete Picardo und steckte den Anhänger zurück unter sein Hemd. »Cato fand mich hier in Belgis auf einem Schiff, das vom anderen Kontinent kam und brachte mich dann zu Vater. Ich weiß, dass Abraham nicht mein echter Vater war, aber er war wie ein richtiger zu mir«, sagte Picardo und blickte sich langsam auf dem Schiff um. »Cato und er waren dicke Freunde.«

»Dann kommst du vom anderen Kontinent?«, fragte sie Picardo.

»Es scheint wohl so«, antwortete dieser leise. Lea hielt kurz inne und überlegte.

»Deshalb willst du Lucius begleiten und hast nicht gezögert ihm zu folgen?« Picardo nickte.

»Es könnte meine Chance sein, endlich meine wahre Herkunft zu erfahren und in Lucius habe ich einen kompetenten Führer gefunden. Naja…«, fuhr er lächelnd fort, »immerhin einen Führer!« Er musste lachen. »Wäre er nur nicht so launisch. Man wird nicht schlau aus ihm!«

Plötzlich drückte Lea Picardo an sich und atmete tief ein. Picardo war überrascht, widersetzte sich aber nicht.

»Weißt du, ich habe durch dich und Lucius viel über das Leben gelernt. Wenn ich könnte, würde ich dich begleiten, um deine Familie zu finden!«, überlegte Lea kurz. »Und um bei dieser Gelegenheit etwas von der Welt zu sehen.«

»Was hält dich denn davon ab?«, fragte Picardo. Lea lächelte nur.

Manchmal wünschte ich mir, dass ich keine Prinzessin wäre…

»PRINZESSIN!!«, brüllte es von unten am Dock. Dort stand Robert Munzheim und wedelte wild mit den Armen. »Lass sie gehen du mieser kleiner Ganove! Ich werde dir deine Gedärme um den Hals wickeln«, schrie er fast panisch und rannte zur Planke, um das Schiff zu betreten.

»Was will der denn?«, fragte Picardo hektisch und hüpfte von der Reling. Er blickte kampfbereit zur Planke.

»AHA!« Munzheim sprang wie aus dem Nichts hervor, zog klirrend seinen Säbel und rannte auf Picardo zu.

»Nein! Nicht!«, schrie Lea aus vollem Hals, aber niemand schien sie zu bemerken. Munzheim spurtete mit gezücktem Säbel auf Picardo zu und holte weit aus.

»Hab ich dich!«, brüllte er. Doch in dem Moment, als der General dachte, den Säbel direkt durch Picardos Kehle gezogen zu haben, war dieser, von Munzheims Augen unbemerkt, blitzschnell in die Höhe gesprungen. Noch bevor es wahrnehmbar wurde, schnellte er zischend zurück zu Boden und schlug mit beiden Fäusten auf Munzheims Schädel ein, der sofort zusammensackte wie eine Marionette deren Fäden rabiat durchtrennt wurden. Die Bretter unter ihm zerbarsten unter dem von Picardo erzeugten Druck. Splitter flogen durch die Luft und der General lernte den Geschmack von morschem Holz kennen. Lea wich ruckartig zurück und schrie auf. Sie war überwältigt von der Kraft, die in dem Jungen schlummerte. Dann kam sie zur Besinnung.

»Aufhören! Hört doch auf!!«, schrie sie, doch weiterhin schenkte ihr niemand Beachtung Der General stand ächzend auf, hob seinen Säbel vom Boden und torkelte kurz zurück. Er blickte Picardo voller Hass an.

»Stirb! Abschaum!«

Lea schrie immer noch verzweifelt. In diesem Moment kam Lucius aus der Kabine gestürmt und sah den General, der sich wieder in Kampfstellung brachte.

»Verdammt. Ist das dein Werk, Prinzessin?«

»Nein, ich schwöre es dir!« Lea drehte sich panisch hin und her und wusste nicht weiter.

»Hierher, du Penner! Nimm's mit jemandem von deiner Größe auf!«, brüllte Lucius, woraufhin sich Munzheim zu ihm umdrehte. Dies hätte er besser nicht tun sollen, denn genau in diesem Moment schoss Picardo wie eine Rakete von hinten in seinen Rücken. Es knackte laut. Für einen Moment schien die Zeit stillzustehen, Munzheim verbog sich wie ein Gummiband und sein Gesicht verzog sich zu einer schmerzverzerrten Fratze. Der Aufprall war von solch einer Stärke, dass der General vom Boden gerissen wurde. Er flog direkt an Lucius vorbei, der sich mit einer eleganten Drehung aus der Schussbahn manövrierte, und brach durch die Bretterwand der Kabine. Holzteile flogen durch die Luft und man hörte einen donnernden Schlag. Lucius stand mit offenem Mund und weit aufgerissenen Augen da. Er blickte durch das entstandene Loch und wagte nichts zu sagen. Er staunte nur. General Munzheim hing verdreht in einer noch schaukelnden Hängematte und zeigte keine Regung.

»Robert! NEIN!« Lea rannte so schnell sie konnte in die Kabine, um nach dem General zu sehen. Picardo stand an dem Punkt, an dem er Munzheim vom Boden gerissen hatte und klopfte sich Holzsplitter von seinem Hemd, knackte mit dem Genick und blickte Lucius an.

»Habe ich etwas falsch gemacht?«, fragte er verwirrt. »Er hat angefangen!!«

Ich hatte viel erwartet, aber das übertrifft alles... mehr Beweise sind nicht nötig, dachte Lucius und schloss den Mund.

Kurze Zeit später standen alle drei vor dem verbeulten General und blickten sich gegenseitig an.

»Das wollte ich nicht, Lea«, beteuerte Picardo schüchtern und scharrte mit einem Fuß auf dem Boden.

»Wir müssen ihn zu einem Arzt bringen, er ist schwer verletzt!«, schrie Lea und schaute Picardo und Lucius abwechselnd an, ihre Blicke waren flehend.

»DU kannst ihn zu einem Arzt bringen, WIR setzen nach Goldhafen über!«, erwiderte Lucius bestimmt.

»Moin! Wat is'n hier *-hick-* los?« Kapitän Cato linste durch das Loch in die Kabine. »Dat repariert ihr mir aber auf der Fahrt. Ich sehe, ihr habt noch ne Schlafmütze als Hilfskraft mitgebracht, *-hick-* der kann dann och gleech mit anpacken!« Cato hatte Schluckauf, klang heiser und hatte die Nacht wohl in einer der Tavernen durchzecht. »Is ansonsten aber schon alled erledicht, wir legen dann bald ab *-hick-* Glaub ich.« Dann war er auch schon wieder weg, ohne sich weiter über das riesige Loch in seinem Schiff zu wundern. Als Seefahrer kann einen wohl nichts mehr erschüttern und mit mehreren Promille im Gesicht sowieso nicht. Lucius Gedanken sprangen derweil hin und her, seine Nerven flatterten und er schenkte weder Kapitän noch Loch große Beachtung. Doch was er nun hörte, ließ seine Welt endgültig zu Staub zerfallen…

»Im Namen seiner Majestät! Kommt mit erhobenen Händen heraus und lasst den General und die Prinzessin frei!«, hallte es von draußen. Lucius knirschte mit den Zähnen. Seine Augenlider zuckten wild. *Verdammte Sch...*

Einige Soldaten der Belgis'schen Bürgerwehr hatten sich am Dock positioniert und richteten lange, bedrohlich aussehende Schusswaffen auf das Schiff.

»Da habt ihr *-hick-* wohl wat verschwiegen?« Cato blickte plötzlich wieder durch das Loch und versuchte eine ernste Miene zu ziehen. Seine Stimme klang jedoch eher wie die eines Vater, der seinen Sohn wegen einer schlechten Schulnote rügt, als die Jemandes, der gerade herausgefunden hatte, dass er gesuchte Verbrecher beherbergt.

»Robert muss sie verständigt haben! Er wusste, dass wir hier sind«, sagte Lea und ging durch die Tür hinaus auf das Schiff. Sie bemerkte nicht, dass Lucius ihr leise folgte.

»Senkt eure Waffen, mir geht es gut!« Lea positionierte sich an der Reling und hob ihre Hände in die Luft. Die Soldaten sahen sich an, schienen zufrieden und senkten ihre Gewehre wie befohlen.

In der Zwischenzeit kroch Lucius hinter der Reling entlang. Sein Ziel waren die zwei dicken Seile, die das Schiff an Bug und Heck am Dock festhielten.

»Wir betreten nun das Schiff!« Ein Mann, der eine etwas andere Uniform trug als die restlichen Soldaten, trat hervor. Er schien wohl der Befehlshaber zu sein. Mittlerweile hatte Lucius kriechenderweise den Bug erreicht. Mit seinem Dolch, den er vor einiger Zeit dem General abgenommen hatte, begann er damit, das Seil zu durchtrennen. Aufgrund der immensen Schärfe des Dolchs war dies auch kein großes Problem. Das Seil löste sich und klatschte auf die Planken. Das Schiff fing an zu wippen. Er nahm den Dolch in den Mund und krabbelte zurück. *Los, sonst war alles für die Katz...*

Die Bürgerwehr formierte sich, zählte peinlich genau durch und marschierte auf die Planke zu, die das Schiff mit dem gepflasterten Boden des Docks verband.

»Keine Angst, Prinzessin. Der General hat uns informiert!«, sagte der Befehlshaber mit einer selbstgefälligen Stimme. Gerade als die Bürgerwehr Lucius hätte entdecken können, schlich er sich hinter einen Mast, wartete kurz und kroch weiter Richtung Heck. Lea bemerkte zu spät, was er vorhatte. Sie war mal wieder mit der Situation überfordert.

Als Lucius sein Ziel erreichte, nahm er den Dolch aus dem Mund und begann damit das letzte Seil zu durchtrennen. »Auf Nimmerwiedersehen!«

Die Soldaten kamen näher, etwa fünfzehn an der Zahl. Das Schiff schaukelte nun deutlich stärker, was auch die Soldaten bemerkten, die sofort einen Zahn zulegten. Lucius wusste, wenn die Bürgerwehr das Schiff erreichte, dann waren sie erledigt. Picardo und er würden wieder in den Kerker wandern und all seine Pläne wären zunichte gemacht. Doch kurz bevor der erste Mann das Schiff erreichte, durchschnitt Lucius das Seil. Knallend zog es sich zurück und peitschte auf den Hafenboden, wo es eine Motzmöve beinahe in zwei Hälften teilte. Sie schimpfte lauthals über diese Frechheit. Wer schon einmal eine Motzmöve schimpfen gehört hat, will es sich nicht noch einmal mit ihr verscherzen. Ihre Stimme hatte etwas von einer rostigen Kreissäge mit Verdauungsproblemen.

Ein lautes Knarren und Ächzen kündigte die Bewegung des Schiffes an, das nun langsam aber stetig vom Hafen abtrieb.

»Kommandant, wir bewegen uns!« Der vorderste Soldat, der schon mit einem Bein auf dem Schiff stand, kam ins Wanken und ruderte wild mit den Armen. Das Knarren wurde lauter und das Schiff bewegte sich schaukelnd weg vom Dock. Plötzlich reichte die Länge der Planke nicht mehr aus, um den Raum zwischen Hafen und Schiff zu füllen und fiel mitsamt der Bürgerwehr in das kalte Hafenwasser.

Es platschte mehrmals. Die Männer schrien, brüllten und wedelten mit den Armen.

»Was, was ist...?« Lea schaute sich um und verstand noch nicht was vor sich ging.

»Kommt sofort zurück!!«, schrie der Kommandant, der im Hafenbecken paddelte. Er feuerte eine Salve auf das Schiff ab. Die Pfefferladung riss ein kleines Loch in die Reling.

»So langsam reicht's aber!« Cato drohte mit der Faust gen Hafen. Wie kleine aufgeregte Hunde trieben die Männer im Wasser und schließlich war das Schiff außer Reichweite der Bürgerwehr und deren Waffen. Cato fluchte in allen Sprachen die er kannte und rannte auf Lucius zu.

»Wat has du dir dabei gedacht?« Er fuchtelte mit den Armen und schaute auch die anderen an. »Wat habt IHR euch dabei gedacht? Dat kostet mich meene Lizenz!!«, brüllte er so, dass sich seine Stimme überschlug.

»Nicht aufregen, Käpt'n. Ich bezahle den Schaden!«, erwiderte Lucius.

»Du bis lustich...« Cato faltete die Hände über dem Kopf zusammen. »Dat bereden wir später, ick muss den Kahn auf Kurs bringen und dann etwas schlafen! Zurück könn wir nich mehr!« Fluchend und immer mehr in seinen nordischen Dialekt verfallend, versuchte Cato den Rest der kleinen Mannschaft, die nur aus Goblins bestand, auf ihren Posten zu schicken. Immerhin war sein Schluckauf durch die Aufregung verschwunden.

Lea stand an der Reling und schaute auf den sich immer weiter entfernenden Hafen von Belgis. Mit einer Mischung aus Wut und Erleichterung versuchte sie, ihre momentane Lage zu begreifen.

Das Schiff wankte leicht im morgendlichen Meer und eine der Sonnen erschien langsam am Horizont, um die Luft mit ihrer Wärme zu erfüllen. Allmählich wurden die Häuser kleiner und kleiner. Die schwimmenden Männer der Bürgerwehr waren nur noch winzige, schwarze Punkte, die versuchten, an Land zu gelangen. Eine Windböe zerzauste Leas Haar und es roch nach Salzwasser und Fisch. Sie legte die Arme auf das nasse Holz und stützte ihren Kopf.

»Das gibt's doch nicht!«, stöhnte sie leise.

»Sieht so aus, als wäre unsere gemeinsame Reise noch nicht zu Ende.« Lucius stand hinter ihr, balancierte den Dolch auf dem Zeigefinger und grinste düster.

Kapitel 5

Aufgescheucht durch unwissende Macht,
werden Fluten von Furcht und Hass entfacht.

Tag 4, Belium 347 n. E.

11 Jahre zuvor. Bergfestung von Mhyra

Es herrschte ein allgemeines Durcheinander im großen Sitzungssaal der magischen Universität. Es wurde getuschelt und gemurmelt.

»Mandragon ist tot!«, dröhnte es durch den Saal, in dessen Mitte ein älterer Mann mit langem dunkelbraunem Bart, ebenso dunklen Haaren und einem lila schimmernden Gewand auf einem Podest stand. Er war so etwas wie der Diskussionsleiter und alle Blicke richteten sich auf ihn. Um den Mann herum waren kreisförmig Tische angeordnet, hinter denen einige meist ältere Herrschaften in teilweise auffällig gewagten Gewändern saßen.

»Mit Verlaub, Mandragon ist nicht der Einzige, der von uns gegangen ist. Ein gesamtes Volk steht kurz vor seinem Untergang. Die wenigen Überlebenden werden ihre Rasse nicht aufrecht erhalten können!« Die Unruhe dämpfte sich.

»Und wir sprechen nicht von IRGENDEINEM Volk!«, hallte es aus einer anderen Ecke. Ein älterer Herr am Ende des Saales hustete einen Brocken Schleim.

»Verehrte Magierkollegen!«, ergriff ein auffallend junger Mann das Wort. »Es ist noch lange nicht sicher, ob Mandragon tot ist. Sein Körper ist verschwunden, mehr wissen wir jedoch nicht«, sagte er und räusperte sich. »Aber was wir wissen, ist, dass die Zünfte der Magier, sowohl die der Schatten als auch die des Lichts, vor schweren Zeiten stehen!«

Das Getuschel wurde wieder lauter und die Blicke richteten sich auf den jungen Mann. Sein Name war Gamadas, ein junger Schattenmagier. Sein längeres, fast unnatürlich rotes Haar stand nach allen Seiten ab, was verblüffend gewollt wirkte. Helle Haut trat unter seiner Lederkluft hervor, durchzogen von einigen rot glühenden Runen. Seine Augen waren geschlossen und auf die Lider obskure Ornamente gezeichnet, die ihn kurios und geheimnisvoll aussehen ließen. Auch wenn seine Augen geschlossen waren, schien es, als könne er direkt in die Seelen der Menschen blicken. Und noch weiter. Er trug zudem, wie viele andere im Raum, das Zeichen der Zunft der Schattenmagier: ein schwarzes, nach unten zeigendes Dreieck. Im Hintergrund ein nach oben gerichtetes größeres Dreieck; eine Seite weiß, die andere schwarz, als Zeichen der Verbundenheit des Schattens mit dem Licht. Denn Schatten- und Lichtmagier waren keineswegs verfeindet. Sie hatten seit langer Zeit den Pakt der Götter übernommen, der Finsternis und Licht auf ewig vereinte. Das war die Essenz der Welt, zumindest aus der Sicht der Magier.

»Was hat der denn hier zu sagen?«, raunte es aus der anderen Ecke des Saals. Das Gemurmel begann von neuem. Gemurmel alter Magier kann ziemlich schmerzhaft für die

Ohren sein. Viele Menschen würden sich lieber Hamstalonkäse in selbige hineinschieben, als das Gemurmel alter Magier zu hören.

»Ruhe, Kameraden!«, schrie der alte Mann in der Mitte. Er stampfte mit seinem verschnörkelten Stock auf, sodass kleine Blitze wie flinke Salamander über den steinernen Boden zuckten. Sein langer Bart und die Haare wallten kurz auf und senkten sich wieder. »Lasst Gamadas ausreden!« Er blickte zu dem jungen Mann und nickte ihm freundlich zu.

»Es ist wohl unschwer zu erkennen, dass Mandragon Mist gebaut hat!«, begann Gamadas von neuem und trat einige Schritte in die Mitte des Saales. »Die Verbannung aus dem Rat der Schattenmagier hat er nicht verkraftet. Das Verbot, welches von den Oberhäuptern ausgesprochen wurde, hat er missachtet!« Er hielt kurz inne und die Ornamente auf seinen Augenlidern leuchteten auf. »Hunderte Unschuldige hat er in den Tod gerissen... und uns bringt sein Wahnsinn nun den Untergang!«

Das Verbot, welches den Magiern seit jeher auferlegt wurde, besagte, dass sich ein Magier niemals in das Gleichgewicht der Elemente einmischen darf.

»Was hätten wir denn tun sollen?«, schrie ein blonder Mann von der Seite und fuchtelte wild mit einer Hand in der Luft. »Der Typ war verrückt!«

»Wir hätten ihn von diesem Wahnsinn abbringen sollen!«, bemerkte Gamadas ruhig und mit rauer Stimme. »WIR hätten wissen müssen, was er vor hatte! Die Zeichen waren nicht zu übersehen!« *Zumindest ich... ich hätte es wissen müssen.*

Allgemeines Gemurmel ertönte wieder und der alte Mann in der Mitte musste es erneut durch Stampfen seines Stockes beenden.

»Kameraden! Die Völker von Phön werden diese grauenvolle Tat Mandragons nicht einfach hinnehmen!« Der junge Mann mit den feuerroten Haaren senkte den Kopf, die Augen noch immer geschlossen. Seine Frisur sah aus wie ein zerstörtes Nest eines gehörnten Schlampenadlers. Ein seltener, unsauberer Vogel mit gestörtem Verhältnis zu Artgenossen und Natur, der in den obersten Gipfeln der Mhyra Berge hauste.

»Wir sind zu weit gegangen!« Bei diesem Satz öffnete Gamadas seine Augen und ein eiskalter Schauer rann ihm über den Rücken. Seine Pupillen weiteten sich. Plötzlich verstummte jegliches Gespräch im Saal. Ausgehend von den Augen Gamadas' erhellte ein fluoreszierender Schein den Raum. Jeglicher Schall wurde absorbiert und die Diskussionen verschwammen im Nichts. Die Männer und Frauen im Saal konnten ihre Blicke nicht abwenden; sie waren gefangen von den Bildern, die sie nun alle in Gamadas' Augen erblickten. Zunächst ein undurchsichtiges Gewirbel aus sphärenartigen Bildfragmenten, nahmen die Bilder mit der Zeit Form an. Dann gewährten sie einen Blick in eine grauenvolle Zukunft voll brodelnder Gewalt, welcher keine Magie der Welt standzuhalten vermochte. Es war eine, mit seltsamem Nebel überzogene, Stadt zu erblicken... Männer und Frauen, ja sogar Kinder, zogen wie ein wütender Mob durch die Straßen. Ihre Gesichter waren nicht menschlich, sondern nichts weiter als verzogene Fratzen. Sie jagten einige andere Leute vor sich her und brüllten seltsame Dinge. Es glich einer Hetzjagd. Obgleich die Bilder sehr abstrakt waren, schienen sie doch eine ferne Realität aufzuzeigen. Einige der Leute waren bewaffnet, manche mit Mistgabeln, andere mit Fackeln oder elementaren Schusswaffen. Ein älterer Mann wurde gerade an einem Baum am Straßenrand aufgeknüpft. Er stand auf einem wackeligen Stuhl, hatte ein Seil um seinen Hals und bettelte um sein Leben. Was die Menschen redeten, war nicht wahrzunehmen. Worte zerflossen wie Bohnensuppe in der dargestellten Gewalt und sickerten in imaginäre Abwasserrohre. Eine der Gestalten stieß den Stuhl unter den Füßen des Alten weg. Er fiel einige Zentimeter, bevor sein Genick knackte und seine Augen aus den Höhlen traten. Sein Hals wurde etwas länger und er baumelte reglos in der Schlinge. Am anderen Straßenrand konnte man einen brennenden Haufen erblicken. Nur durch genaueres hinsehen konnte man erkennen, dass der Haufen keinesfalls aus Müll und Holz bestand, sondern aus verkohlten Leibern. Dicker Rauch stieg von den brennenden Leichnamen auf. Das Seltsame war, dass der Rauch teilweise dunkellila schimmerte, teils hell leuchtete. *Magierkadaver…*

»Blut wird die Straßen der Städte und Dörfer tränken…«, flüsterte Gamadas und schloss seine Augen. »Die Ära der Magier ist vorbei!«

Das Licht und die Bilder verschwanden schlagartig und rissen die Betrachter zurück in die Realität.

Furchtbar... Unfassbar... was sollen wir nur tun... Die Personen im Raum tuschelten vor sich hin. Einige hatten Tränen in den Augen. Andere grübelten, ihre Stirn war in tiefe Falten gelegt. Es herrschte eine seltsame Stimmung im Raum; einer Beerdigung gleich.

Nur ein einziger, in eine pechschwarze Kutte gehüllter junger Mann stand auf und verließ die Räumlichkeiten. Bevor er eine Kapuze über seinen Kopf zog, konnte man eine lange Narbe erkennen, die sein Gesicht spaltete. Für den Fall der Fälle hatte er klare Anweisungen bekommen.

Es ist soweit, Meister...

Tag 13, Belium 347 n. E.

Empiris, Oberste Ebene: Sitz der Phönix Gesellschaft

Empiris war eine der größten Städte Phöns und die Industriestadt überhaupt. Sie lag hinter den Mhyra Bergen, weit im Norden Golgatas. Die Stadt war bei weitem nicht so sauber wie Archadis oder Goldhafen, aber auch nicht so versaut wie Belgis und wies eine wunderbare Infrastruktur auf. Industrieviertel, Wohnsiedlungen und Gewerberegionen bildeten hier eine florierende Einheit. Eine Einschienenbahn, betrieben mit Elementarenergien, fuhr zu jeder Zeit durch die Stadt und transportierte die Bewohner an jeden gewünschten Fleck. Ja, vieles hier wurde seit der Entdeckung der Elementarenergien durch die Paradox automatisiert. Dies bot sich auch an, denn schließlich wurden diese Energien direkt in Empiris und im Umland abgebaut und konnten somit sofort vor Ort weiterverwendet werden. Die Paradox waren ein Volk von Technikern und Ingenieuren, ausgestattet mit exzellenten Kenntnissen in Wissenschaft und verschiedenen Technologien. Die meisten Mitglieder dieses Volkes hatten eine gräuliche Hautfarbe, trugen seltsame mechanische Brillen sowie obligatorische Werkzeuggürtel und eine dazu passende, lederne Arbeitskluft. Von der Statur her waren sie eher schlank und schmächtig, stachen durch ihr punkiges Aussehen aber dennoch unter anderen Völkern hervor. Ursprünglich kamen die Paradox aus Dünen, einer Stadt mitten in der heißen Wüste Thunda. Dort entwickelten sie ihre Technologien und brachten diese schließlich nach Westen, auf den Kontinent Golgata.

Dort entdeckten sie durch Bohrungen im Erdinneren seltsame Energien: die des Lichts und die des Schattens. Beide Energien, die die gleiche Wirkungskraft besaßen, wurden zusammengefasst als Elementarenergien bezeichnet. Seit ihrer Entdeckung wurden diese Energien mit speziellen Pumpen kontinuierlich durch die Phönix Gesellschaft aus dem Inneren des Planeten abgesaugt.

»Wiederholte Übergriffe auf einfache Magier, sowie Überfälle auf Läden für magische Utensilien sind auch heute wieder an der Tagesordnung... und... brrrrrzzzzlll«

Dem Sphärodron ging der Saft aus.

»Verdammte Technik! Wer produziert diese Scheiße?«

»Eine Tochterfirma der Phönix Gesellschaft, Sir. Soll ich die Belegschaft feuern?«, entgegnete zynisch ein gelangweilter, in einen Smoking gehüllter Sekretär, der neben Antonio Kane stand. Antonio war ein angepasster, gut gekleideter Mann mittleren Alters, alleinerziehender Vater, stellvertretender Vorsitzender der Magierzunft des Lichts und Gründer sowie Generaldirektor der Phönix Gesellschaft, dem weltgrößten Produzenten von Elementarenergien.

»Mit Verlaub, die Meute wird sich schon wieder beruhigen«, begann der Sekretär. »Dieser, wenn ich mir das erlauben darf, Stümper namens Mandragon wird schon bald in Vergessenheit geraten!«

Antonio drehte sich auf seinem ledernen Stuhl, sah seinen Sekretär mit müden Augen an und zog eine Braue nach oben. »Menschen, die mit einem Schlag eine ganze Zivilisation ausrotten, geraten nicht einfach in Vergessenheit, mein Lieber!«, sagte er und schloss die Augen. »Hätte sein Wahnsinn

Erfolg gehabt, so wäre auch die Phönix Gesellschaft vor dem sicheren Ruin gestanden. Vergiss das nicht.« Antonio musste leise lachen. »Ach was sage ich. Unsere Firma wäre wohl das kleinste Problem gewesen!«

Er blickte aus dem riesigen Fenster seines Büros im oberen Stock des gewaltigen Phönix-Komplexes, benannt nach dem heiligen Göttervogel, aus dessen Ei der Planet Phön laut Legenden entstanden war. Etwas war anders als sonst: Die Leute auf den silbrig glänzenden Straßen waren hektisch und wirkten wie ein Ameisenvolk, das gerade eben bemerkt hatte, dass ein kleiner Junge Benzin über seinen Hügel gekippt hatte. Irgendetwas stand unmittelbar bevor.

»Vater?« Ein stattlicher junger Mann mit Dreitagebart, betrat das großräumige Büro von Antonio Kane. Mit einem Wink signalisierte er seinem Sekretär die Räumlichkeiten zu verlassen, was dieser ohne zu zögern tat.

Der junge Mann trug ein weißes Hemd und eine eng anliegende blaue Hose aus Soprafasern. Seine dunkelbraune Hamstalonlederjacke hatte er sich locker über die Schulter geworfen.

»Vater, der Energieabbau geht stetig zurück. Ich habe mir die Zahlen der letzten Jahre angesehen und festgestellt, dass wir unsere Abbaumethodik dringend ändern sollten!«

»Lupos. Ich denke, momentan haben wir andere Probleme!«, entgegnete Antonio und blickte seinen Sohn mit ernster Miene an. »Die Luft in Empiris wird dicker, es wird einen Aufstand geben!«

Lupos Kane, einziger Sohn von Antonio und somit Alleinerbe der Phönix Gesellschaft, war anders als sein Vater. Während Antonio die Elemente achtete und nur so viel Licht- und Schattenenergie abbaute, wie von Nöten war, würde

Lupos sofort sämtliche Elementarenergien Phöns absaugen, nur um seinen neuen tragbaren Telesensor leistungsfähiger zu machen.

»Du wirst die Phönix Gesellschaft irgendwann zu Grunde richten, Vater!«, sagte Lupos wütend.

»Na, deswegen habe ich ja dich, um sie wieder aufzubauen!« Antonio lachte, drehte sich wieder in Richtung Fenster und schaute weiter auf die Straßen. Auf Ebene eins der Stadt war es verhältnismäßig friedlich, jedoch fragte er sich, wie es wohl weiter unten aussah. Während hier oben die Menschen auf der Straße ihrem normalen Leben nachgingen, konnte zwei Ebenen weiter unten schon ein Krieg toben.

Man muss wissen, dass Empiris in drei Zonen unterteilt war. Die erste Zone war die Oberfläche und beherbergte einige größere Firmen, wohlhabende Magier und Geschäftsleute, darunter natürlich die Familie Kane und die weltweit größte Firma: die Phönix Gesellschaft. Ebene zwei stellte den Mittelstand dar: gewöhnliche Bürger wohnten hier und gingen ihrem Alltag nach. Auch sie bekamen durch Solarröhren noch genug Tageslicht und Sauerstoff ab, um nicht in Depressionen zu verfallen. Die dritte Ebene sah da schon ganz anders aus; wer allerdings auf dreckige Tavernen, viel Schnaps, wenig Tageslicht und Taschendiebe stand, fühlte sich hier sehr wohl. Verblüffenderweise funktionierte das System in Empiris und die Bewohner der unteren Ebene blieben auch dort. Sie hatten größtenteils sowieso keine Lust auf die reichen Schnösel an der Oberfläche. Falls sie dennoch einmal nach oben kamen, hielten sie sich glücklicherweise zurück und stellten nur selten Unfug an. Gerüchte über eine vierte Ebene stritt man an der Oberfläche strengstens ab.

Lupos schüttelte den Kopf und schaute finster drein. »Wie du meinst, Vater«, sagte er grimmig und verließ den Raum auf schnellstem Wege.

Kapitel 6

Das Licht kann nur zügeln,
wessen Herzen und Gedanken klar und rein sind.
Die Dunkelheit zu kontrollieren hingegen
fordert den Verstand.

Tag 27, Jahresanfang 358 n. E.

Der ewige Ozean

Langsam schaukelte das kleine Handelsschiff über den blauen Ozean. Der Himmel war wolkenlos, und je näher man dem östlichen Kontinent kam, desto wärmer wurde es. Dies lag an der schwarzen Sonne, die sich mit ihrer hell-scheinenden Schwester zum Jahresanfang auf dieser Halbkugel von Phön ein erbarmungsloses Stelldichein lieferte und tropische Temperaturen hervorbrachte. Die Bahnen der beiden Sonnen verliefen zyklisch und während die schwarze Sonne selbst um den Planeten schwirrte, umrundete Phön jeden Tag aufs neue die helle Sonne und sorgte so für einen angenehmen Tag- und Nachtwechsel. Die schwarze Sonne erzeugte kein Licht und wurde auch als der finstere Gegensatz der hellen Sonne bezeichnet. Standen sie beide am Himmel, war es zwar fast doppelt so heiß, jedoch absorbierte die schwarze Sonne auch wieder gut die Hälfte des Lichts, und so konnte es also durchaus Nacht werden, falls diese dunkle Kugel die Überhand am Himmel gewann.

»Mir ist warm«, stöhnte Picardo, während er die Planken vor dem Hauptmast schrubbte.

»Dat habt ihr euch jetzt selbst eingebrockt.« Cato lehnte am Mast und stopfte sich eine Pfeife. »Die Prinzessin entführen, mich aufs Kreuz legen, einen General des Königs verprügeln, mein Schiff demolieren und die Bürgerwehr ins Wasser werfen«, zählte er auf und schüttelte den Kopf. »Was hat dir der alte Wilkin nur beigebracht?«, fügte er noch hinzu und steckte seine Pfeife an, die nun auffällig nach teuren Maganoliakräutern roch. Maganolia war ein bläuliches Kraut, zu finden in manchen Wäldern Phöns. Jedoch konnte es nur nachts gepflückt werden, sonst verwelkte es umgehend.

Picardo setzte sich auf den nassen, gescheuerten Boden und blickte zu Cato hinauf. »Das sollte alles so nicht passieren. Es folgte eins aufs andere, so schnell konnte ich gar keine vernünftige Entscheidung treffen«, entschuldigte sich Picardo verlegen und blickte treu wie ein verwundeter Hamstalon.

»Nu gud, nur noch ein paar Tage und wir erreichen Goldhafen. Dann sehen wir weiter«, sagte Cato, drückte sich vom Mast ab und brüllte etwas zu seinem Steuermann, der das Schiff so gut es ging auf Kurs hielt. Dieser war ein untersetzter, brauner Goblin. Er stand auf einer alten Kiste und wurde von jeder Gegenbewegung des Steuerrades geradezu mitgerissen. Zudem trug er einen kleinen Hut, was ihn putzig aussehen ließ.

Cato wendete sich ab und ging in Richtung Kabine, in der noch immer der bewusstlose General lag. »Wie geht‘s ihm?«, fragte der Kapitän, während er leise die Tür öffnete. Lea kauerte neben Munzheim auf dem Boden und hatte ihren Kopf auf seine Brust gelegt. Sie schien gerade eingeschlafen zu sein und schreckte auf.

»Prinzessin! Ihr müsst etwas essen!«, bemerkte Cato und trat ein Stückchen näher.

»Ich... Ich weiß.« Lea wirkte bedrückter denn je und schien die Hoffnung für Robert Munzheim schon fast aufgegeben zu haben. Cato gefiel die Atmosphäre in diesem Raum nicht und so verdrückte er sich so schnell wie möglich wieder.

»Ich... öhm... muss noch wat erledigen«, sagte er, kaute auf seiner Pfeife und schloss die Tür hinter sich.

»Robert... komm doch zu dir«, flüsterte Lea. Doch die Hoffnung, dass er wieder aufwachen würde, schwand von Tag zu Tag. Seine Atmung wurde schwerer und sein Herz schlug langsamer. Lange würde er nicht mehr durchhalten. Picardo muss ihn sehr ungeschickt erwischt haben. Als Lea gerade aufstehen wollte, rollte ihr eine Träne über die Wange und tropfte auf Munzheims Gesicht, wo sie eine glitzernde Pfütze bildete.

Oh... Lea versuchte, die Träne mit ihrem Zeigefinger zu entfernen. Als sie das Gesicht des Generals berührte, verspürte sie plötzlich ein seltsames Gefühl, dass von ihrem Körper aus über ihre Hand zu verlaufen schien. Es war wie das Kribbeln, wenn ein Fuß einschläft, nur etwas stärker. Sofort zog sie ihre Hand zurück und betrachtete ihren Finger mit dem sie Munzheim berührt hatte: er war etwas gerötet.

»Was? Aber?!« Lea begriff nicht, was gerade geschehen war. Vorsichtig legte sie ihre gesamte Hand auf die Brust des Generals. Nichts geschah. Sie verstärkte den Druck… Nichts. Das kurze Gefühl der Hoffnung schien schon wieder verschwunden zu sein und Lea schloss die Augen. Aus ihren

Augenwinkeln rollten weitere Tränen. Sie konnte sie nicht mehr zurückhalten. Ihre Hoffnung war versiegt. Sie war sicher, dass Robert Munzheim nie wieder zu sich kommen würde. Er würde sterben. Ihre Tränen benetzten das Hemd des Generals, der Stoff seiner Uniform wurde dunkel vor Nässe. Plötzlich kam dieses seltsame Gefühl zurück und breitete sich in Leas Handfläche aus, die noch auf Munzheims Brustkorb verweilte. Diesmal zog sie ihre Hand jedoch nicht zurück, sondern konzentrierte sich ganz auf dieses seltsame Gefühl, das sich langsam aber stetig in ihrem ganzen Körper ausbreitete.

Kontinuierlich stieg das Kribbeln an und wurde mehr und mehr zu einem Gefühl, das Lea nie zuvor verspürt hatte. Sie presste nun beide Hände auf die Brust des Generals und schloss ihre Augen fest, um nicht die Kontrolle über sich zu verlieren. Ein seichter, smaragdfarbener Schimmer ging von ihren Händen aus und die blonden Strähnen in ihren Haaren schienen plötzlich in einem hellen Weiß zu erstrahlen.

Sie fing an, leise zu stöhnen und bewegte ihren Kopf nach hinten, sodass ihre langen Haare durch die Luft flatterten. Das unbekannte Gefühl wurde stärker und stärker, breitete sich aus und ergriff Besitz von Lea. Eine ungewohnte Macht machte sich in ihrem Körper breit. Ihr wurde heiß, sie schrie vor Erregung laut auf und sackte auf den Boden, beließ ihre Hände jedoch oben auf der Brust des Generals. Sie fing an zu schwitzen, sah grelle Farben und runenartige Gebilde, die die Luft vor ihr wie einen Ölfilm durchzogen. Ein grünlicher Schimmer erfüllte den gesamten Raum und bündelte sich um die Prinzessin herum. Ihre Arme und Hände begannen giftgrün zu glühen. Die Ekstase steigerte sich ins Unermessliche und plötzlich entlud sich die fremde Macht über Leas Handflächen. Die Prinzessin stöhnte lauthals und riss ihren Mund und die

Augen auf, wobei ihre smaragdgrünen Pupillen hell aufglühten. Für den Bruchteil einer Sekunde war das gesamte Zimmer von grellem Licht erfüllt. Die Luft schien zu brennen. Schlagartig wurde Lea zurückgerissen, schlitterte über den Boden und lag kurze Zeit regungslos auf den Planken am Ende des Zimmers.

Als sie zu sich kam, richtete sie sich langsam auf, strich sich ihre Haare aus dem Gesicht und setzte sich mit verschränkten Beinen auf den hölzernen Boden.

»Wow!« Lea grinste über beide Ohren, blinzelte mehrmals hintereinander und sah etwas mitgenommen aus. Mehrere Haarsträhnen hingen ihr kreuz und quer über das Gesicht und ihre Kleidung sah aus wie von einem Orkan zerwühlt. Plötzlich hörte sie ein leises Stöhnen. *Ufff...*

»Prinzessin Zalea? Was ist passiert?«, ächzte Munzheim, erhob sich aus der Hängematte und wischte sich über das Gesicht. Er war blass und hatte tiefschwarze Augenringe. Das Erste, das er erblickte, war Lea, die auf eine seltsame Weise verführerisch, am Ende ihrer Kräfte und mit zerzausten Haaren zwei Meter entfernt von ihm auf dem Boden saß und grinste. Sofort stand sie auf, rannte auf Munzheim zu und fiel ihm um den Hals. Der General verstand noch nicht, was eigentlich geschehen war.

Nachdem Lea dem General alles erzählt hatte, lag seine Stirn in tiefen Falten.

»Ich verstehe«, bekundete Munzheim und nickte. Er legte eine Hand auf die Schulter der Prinzessin und schaute ihr besorgt in die Augen. »Aber Eure Hoheit, dies ist noch lange kein Grund Euch erneut zu entführen«, sagte er. »Und mich dazu! Ich muss den König über unsere momentane Lage informieren.« Munzheim kramte in einer seiner Taschen.

Heraus zog er einen Telesensor, oder zumindest das, was von ihm übrig war.

»Verdammte Scheiße!« Er griff sich an die Stirn. »Entschuldigt, Hoheit, aber der Telesensor ist absolut hinüber!«, sagte er und schmetterte die Überreste in eine Ecke. Dann setzte er sich zurück in die Hängematte.

»Robert...« Lea kniete sich vor den verzweifelten General, den sie noch nie zuvor so gesehen hatte. Von seinem Übermut und der stattlichen Statur war im Moment nicht viel übrig geblieben. »Ich weiß, es ist schwer zu glauben, aber Picardo und Lucius werden uns nichts tun. Sie sind nicht böse.«

»Schwer zu glauben, ja...«, entgegnete Munzheim und runzelte die Stirn.

»Wie lange soll ich noch die verdammten Popoknollen schälen?«, meckerte Lucius, war sichtlich genervt von der momentanen Situation und natürlich von dem Berg ungeschälter Popoknollen, der sich neben ihm auftürmte und aussah wie ein Haufen kleiner orangefarbener Ärsche.

»Solange bis ihr habt bezahlt angerichteten Schaden«, meldete sich ein kleiner Goblin zu Wort, der unten in der Kombüse das Sagen hatte. Lucius hatte schon einige Goblins gesehen, aber dieser war ein besonders hässliches Exemplar: klein, warzig, bläuliche Hautfarbe, einen Zinken, der den Popoknollen nicht unähnlich war und winzige, eingefallene Augen. Gekrönt wurde dieser Anblick von einer löchrigen Kochmütze und einer dreckigen Schürze. Mit dreckig ist gemeint, dass die eigentliche Farbe nicht mehr zu erkennen war. Goblins waren besonders als billige Arbeitskräfte sehr beliebt, denn für ein paar Bronzelinge taten sie alles, was man ihnen auftat.

»Was überlegen du? Arbeiten du müssen!!«, schrie der kleine, blaue Wicht und hüpfte aufgeregt umher. Lucius schnappte sich ein neues Messer und fing an, weiter zu schnitzen. Was sollte er auch sonst tun, mitten auf hoher See. Den Goblin mit dem stumpfen Messer abstechen? *Sicher nicht. Obwohl...*

Picardo war gerade fertig damit, das Deck zu schrubben, als er Stimmen aus der Kajüte vernahm. Es waren Munzheim und Lea, die heftig diskutierten. Sofort stellte er seinen Eimer auf die Seite und schritt durch die Tür in die Kabine.

»Na so was!«, schrie er erfreut und lief in Richtung General.

»Bleib mir vom Leib, du kleiner Wahnsinniger!«, brüllte Munzheim panisch und drückte seinen Rücken gegen die Wand. Er schlug die Finger wie ein Kreuz vor die Brust.

»Es... es tut mir leid!«, sagte Picardo schnell, blieb abrupt stehen, scharrte mit dem Fuß auf dem Boden und starrte dabei auf die Astlöcher in den Planken. »Ich kann meine Kraft manchmal nicht einschätzen!«, beteuerte er und blickte den General an. »Ich bin froh, dass es dir jetzt wieder gut geht«, fügte er noch hinzu. »Wie hast du das geschafft, Lea?« Picardo blickte die Prinzessin fragend an.

»Wie kannst du es wagen?«, brüllte Munzheim. »Nenne die Prinzessin nicht bei ihrem Vornamen!« Er wurde rot vor Wut. »Das heißt: Eure Hoheit!«

Picardo schaute verwundert drein. Lea beachtete den General jedoch nicht weiter und versuchte, auf Picardos Frage zu antworten. »Es... es war...«, stotterte Lea, fand aber nicht die richtigen Worte und brach den Satz ab. »Ich muss heute Abend mit Lucius darüber sprechen.«

»Ich würde auch gerne so einiges besprechen!«, warf Munzheim ein und verschränkte beleidigt die Arme, da ihn offensichtlich nicht einmal mehr die Prinzessin beachtete. Picardo und Lea nickten sich zu und ignorierten den armen General, woraufhin Picardo die Kajüte wieder verließ. Schließlich musste er noch einige Masten polieren.

Der Sonnenuntergang war wie immer ein Meisterwerk. Die helle Sonne machte den Anschein, als würde sie direkt mit dem ewigen Ozean verschmelzen, um zu einer roten, wabernden Suppe zu werden. Den Schemen der schwarzen Sonne konnte man in der anderen Himmelsrichtung schon grob wahrnehmen. Sie wirkte wie ein schwarzes Loch das man über dem Ozean aufgehängt hatte und das seltsame, purpurne Strahlen von sich gab.

»Es dauert nicht mehr lange«, sagte Cato besorgt, als er seine Kapitänskajüte betrat. Die anderen warteten dort bereits und saßen an einem großen runden Tisch. »Bleibt nur zu hoffen, dass die Streitmacht von Goldhafen noch nichts von dem Vorfall in Belgis mitbekommen hat.« Der Kapitän lief auf und ab und rieb sich das Kinn.

»Die Streitmächte des östlichen Kontinents haben keinen Pakt mit Archadis, sie sind vollkommen unabhängig... Leider«, sagte Robert Munzheim und seufzte. Auf Lucius' Gesicht jedoch breitete sich ein Grinsen aus.

»Also um das jetzt einmal fest zu halten«, ergriff Lucius das Wort, »die Prinzessin kann gehen wohin sie will und Sie auch, General. Nur momentan gestaltet sich das etwas schwierig.« Er hielt kurz inne und blickte zu Cato. »Da ich keine Lust hatte, wieder in den Knast zu wandern, musste ich leider deine teuren Seile kappen!«

Munzheim schüttelte den Kopf, war sich aber seiner Lage mehr als bewusst. »Es widerstrebt mir zwar, euch laufen zu lassen, aber ich fürchte, mir bleibt angesichts der Situation keine andere Wahl. Die Prinzessin und ich werden in Goldhafen versuchen, ein Schiff zurück nach Belgis zu bekommen«, sagte er missmutig.

Lea seufzte bei den Worten des Generals. Picardo wusste genau, was dieser Seufzer zu bedeuten hatte. Er und Lea waren mittlerweile schon recht gute Freunde geworden... so verrückt das auch klingen mochte.

»Die Reparatur des Schiffes werdet ihr wohl auch abgearbeitet haben! Ich denke, ich kann euch die restliche Zeit frei geben«, sagte Cato schließlich. »In ein bis zwei Tagen müssten wir die Küste des östlichen Kontinents erreichen.«

Lucius atmete erleichtert auf. Picardo hüpfte mit einem Satz nach oben. »Jippieh!!«

»Jedoch kann ich nicht mehr zurück nach Belgis, zumindest vorläufig«, begann Cato. »Und trotz des nicht vorhandenen Pakts zwischen Goldhafen und Archadis will ich, dass sich unsere Wege in der Stadt trennen! Ich bin nur ein einfacher Händler und mir ist das alles zu viel.« Cato blickte zu Picardo. »Tut mir leid, Kleiner!«

»Das ist kein Problem, du hast uns schon so viel geholfen!«, sagte dieser und grinste den Kapitän an.

»Da ist noch etwas«, warf Lea ein und blickte zu Boden. »Lucius, ich habe dir doch von den Vorkommnissen in der Kajüte erzählt, ich meine...« Sie wusste nicht, wie sie es ausdrücken sollte. »Dieses Kribbeln und die plötzliche Heilung von Robert.«

Lucius seufzte. »Prinzessin«, begann er und blickte sie mit ernster Miene an. »Das war Magie. DU hast den General geheilt!«

»Ich... ich?«, stotterte Lea und schaute zu Munzheim, der den Mund vor Erstaunen, aber auch vor Entsetzen nicht mehr schließen konnte. *Dann sind meine Befürchtungen wahr geworden.*

»Es ist besser, du erzählst niemandem davon!«, sagte Lucius und sein Blick wurde düster. Seine Narbe fing plötzlich an zu jucken. »Ich denke ihr wisst, was vor elf Jahren geschah?«, begann er zu erzählen. »Magier sind nicht mehr das, was sie mal waren. In den Augen der Menschen sind sie die Feinde des Systems.«

Lea konnte es nicht fassen. »Das war also... und die Tränen? Warum konnte ich ihn nur mit Hilfe meiner Tränen heilen?«, fragte sie verwirrt.

Der General lauschte der Diskussion nicht mehr, er war in Gedanken versunken. Lucius versuchte die Lage zu erläutern.

»Nun ja, Tränen fungieren als eine Art Katalysator beim Heilprozess. Es gibt unterschiedliche Arten der Heilung und mit verschiedenartigen Tränen kann dieser Prozess verstärkt werden.« Nun war Lucius in seinem Element. »Mit der Träne eines Einhorns beispielsweise, kann man sogar Tote wieder erwecken. Die eigenen Tränen heilen nur Personen, mit denen man in gewisser Weise vertraut ist und mit denen man tief in seiner Seele verbunden ist.« Lucius schien unglaublich fasziniert von diesem Thema zu sein.

»Sie wissen gut über Magie Bescheid... ziemlich gut«, warf Munzheim ein und schaute Lucius skeptisch an, der ihn aber nicht weiter beachtete.

»Und ich bin...« Lea bekam große Augen.

»Eine Magierin des Lichts!«, vervollständigte Lucius ihren Satz. Seine Worte standen wie Nebelschwaden im Raum.

»Wie eure Mutter«, ergänzte Munzheim, schlug die Hände vor sein Gesicht und verließ auf schnellstem Wege die Kajüte. Lea erstarrte, ein eiskalter Schauer lief ihr über den Rücken. Lucius grinste düster.

Tag 28, Jahresanfang 358 n. E.

Engelssegler, irgendwo am Himmel

Voldho blätterte im heiligen Buch der Elia, dem Buch des Lichts. Er strich, wie so oft, verschiedene Zeilen an, die seiner Meinung nach geändert werden müssten. Das heilige Buch enthielt alle wichtigen Glaubensgrundlagen für die Anhängerschaft der Göttin Elia. Es wurde vor langer Zeit von den ersten Gläubigen verfasst, für diejenigen, die dem Licht folgen und nicht von Belias' Finsternis verschlungen werden wollen. Für viele war dies jedoch Ansichtssache. Schließlich wurde Phön von beiden Mächten gleichermaßen erschaffen, was aber bei Einigen wohl in Vergessenheit geraten war.

»Zumindest finden die Menschen Halt an ihrem Glauben zur Göttin«, hieß es, und das stimmte wohl auch.

»Meister Voldho!« Azhad kam aus dem vorderen Teil des Seglers in die Kommandozentrale. »Wir haben von einigem Trubel in Belgis erfahren. Scheinbar sollen die Prinzessin sowie einige unbekannte Personen gesichtet worden sein. Wir vermuten, dass es sich hierbei um die Entführer Ihrer königlichen Hoheit handeln könnte«, sagte er. »Das Schiff ist auf dem Weg nach Goldhafen, hieß es.«

»Lucciussss!!«, knatterte Voldho, legte das Buch beiseite, ließ seine lange Zunge einmal über seine zerkauten Lippen schweifen und erhob sich aus seinem tiefen Ohrensessel. »Den Bischof, Azzzzhad! Hol mir den Bischof an den Sphärograph!«, brüllte Voldho.

Azhad zog sofort an einem großen Hebel am hinteren Ende der Kommandozentrale und betätigte diverse Schalter. Einige Zahnräder begannen zu rattern und ein paar Sekunden später klappte eine Art sphärenförmiger Monitor von der teutoniumverkleideten Decke.

»Das Neueste vom Neusten!« Voldho grinste. Azhad verbeugte sich und verließ den Raum. Er wusste genau, dass diese Art der Technologie in Empiris schon lange zum Einsatz kam, verkniff sich jedoch einen Kommentar. Sphärographen konnten im Gegensatz zu Sphärodronen eine Verbindung zu einem anderen Gerät gleicher Bauart erzeugen, um eine Art Videoschaltung zu seinem Gegenüber aufzubauen.

Ein lautes Knistern ertönte und ein verschwommenes, bläulich graues Bild des Bischofs erschien auf dem Monitor.

»So so, sie haben den Engelssegler mit Lapistechnologie ausgestattet?« Der Bischof schien erfreut. Lapisze waren sehr seltene Edelsteine, die nur in den Tiefen der Mhyra Berge zu finden waren. Unerfreulicherweise war in den Tiefen der Mhyra Berge aber noch so einiges anderes zu finden, das jedoch niemand finden wollte. Dieser Umstand machte Lapisze auch zu den seltenen Edelsteinen, die sie waren. Wenn man sie richtig verarbeitete und mit Lichtenergie fütterte, konnte man mit Lapiszen Bilder von weit entfernten Orten sichtbar machen. Vorrangig wurden sie für Sphärodronen und Sphärographen eingesetzt.

»Wir haben noch viel bessssere Nachrichten!«, verkündete Voldho erfreut und bleckte seine dreckigen Zähne. »Wir haben eine Ssspur. Der kleine Dreckskerl und die anderen Typen sind auf dem Weg nach Goldhafen. Vermutlich wollen ssssie mit Ihrer Karte zurück zur Tempelssstätte.«

»Zur heiligen Stätte«, warf der Bischof ein. »Natürlich!« Das Bild flackerte kurz auf und stabilisierte sich wieder. Kahn faltete die Hände zu einem Dreieck und stützte sein Kinn. *Kommt ja gelegen...* »Lande den Engelssegler in der Kapelle von Goldhafen und bereite unseren Freunden einen schönen Empfang!«, befahl Kahn. »Hol dir meine Karte zurück!!« Der Bischof hob die Hände in die Luft und sendete ein Stoßgebet zum Himmel. »Oh heilige Göttin Elia, bald schon werden Eure Offenbarungen erfüllt. Die Menschen werden sich Eurer wieder annehmen und Eure Lehren in die Welt hinaustragen. Krieg und Tod werden der Vergangenheit angehören, denn die Finsternis des Belias wird schon sehr bald aus Phön verschwinden!« Er atmete tief durch und fuhr fort. »Wir erschaffen eine perfekte Welt! Für Euch, oh Göttin!«

Der östliche Kontinent, Küste von Goldhafen

»Robert, ich...« Prinzessin Leas Augen glitzerten.

»Eure Mutter«, begann Munzheim, wurde jedoch von Lea unterbrochen.

»Sie kam nicht bei einem Überfall im Armenviertel ums Leben!« Lea schluckte. »Habe ich Recht?« Eine Träne lief ihr über die Wange, die sie aber sofort wegwischte. Sie blickte Munzheim mit ernsten, aber dennoch traurigen Augen an.

»Prinzessin Zalea…«, begann Munzheim und schaute zu Boden. »Nein«, beteuerte er und schlug die Hände vor sein Gesicht. »Der König wollte nicht, dass Ihr es jemals erfahrt.« Er wusste nicht wie er es sagen sollte. »Jedoch zu Eurem eigenen Schutz, Prinzessin! Aber nun ist das geschehen, wovon jeder gehofft hatte, es würde nie passieren...« Er blickte Lea tief in die Augen. »Unter diesen Umständen ist es meine Pflicht, Euch die Wahrheit zu erzählen.«

»Unter diesen Umständen??«, fiel Lea ihm ins Wort. »Hätte ich sonst nicht das Recht darauf gehabt, die Wahrheit zu erfahren?« Sie war wütend, sie konnte es nicht fassen, dass man ihr die Wahrheit über eine derart wichtige Sache wie den Tod ihrer eigenen Mutter elf Jahre lang verschwiegen hatte.

»Eure Hoheit. Es war das Beste für alle. Wäre es publik geworden, dass die Königin...«

»…eine Magierin ist? Wolltest du das sagen? Heißt es, ein schlechter Mensch zu sein, nur wenn man eine Magierin ist?« Lea geriet in Rage. »Nur weil das Volk dies so sieht? Weil die Gesellschaft keinen anderen Ausweg kannte, als ihre Ängste durch Gewalt zu bekämpfen?« Lea war verzweifelt und Tränen liefen ihr links und rechts über die nun glänzenden Wangen. »Sie wurde getötet wie all die anderen, habe ich Recht? Wie all die anderen... UNSCHULDIGEN Opfer!«, brüllte Lea und schluchzte.

»Wir... ich konnte nichts tun!« Nun fing auch Munzheim an zu schreien. »Es lief alles aus dem Ruder, versteht doch!« Er bemerkte sogleich, dass er seinen Tonfall gegenüber der Prinzessin zügeln sollte.

»Du bist doch auch der Meinung, dass Magie eine Bedrohung ist, Robert!«, sagte Lea mit verachtendem Tonfall. Sie sah ihn an, wie sie ihn nie zuvor angesehen hatte. »Ohne diese Bedrohung wärst du jedoch längst tot!« Mit diesem Satz beendete sie das Gespräch, drehte sich mit einem Ruck um und ging. Munzheim senkte den Kopf.

Auf der Kommandobrücke herrschte mittlerweile Aufregung. Der Steuermann hatte sich wohl etwas verfahren und somit musste das Schiff den Hafen von Süden her anfahren anstatt wie geplant von Norden her. Das war zwar im eigentlichen Sinne völlig egal, aber Cato bestand darauf, dass der Norden günstiger gewesen wäre. Lucius und Picardo lehnten an einem Mast und betrachteten das Schauspiel. Vor allem der kleine, schwitzende und völlig überforderte Goblin-Steuermann bereitete ihnen Freude und sorgte für einige Lacher.

»Du, Lucius?«, begann Picardo. »Was werden wir in Goldhafen als Erstes tun?«

Lucius drehte seinen Kopf zu ihm und grinste.

»Nun ja... zuerst werden wir die Mädels los... und damit meine ich nicht nur die Prinzessin. Und dann...« Lucius stockte.

»Und dann??« Picardo hüpfte aufgeregt auf und ab.

»Dann haben wir einen kleinen Marsch vor uns. Mehr kann ich dir im Moment nicht verraten, Picardo. Aber du wirst überrascht sein.«

Lucius blickte sich heimlich um, um sicherzustellen, dass niemand in der Nähe etwas mitgehört hatte. Er hatte keine Lust auf zu viele Fragen.

»Ruhe! Auf eure Plätze! Wir legen bald in Goldhafen an!«, schrie Cato und deutete auf den prunkvollen Hafen, hinter dem die reiche Handelsstadt Goldhafen emporragte; die Perle des Ostens. Sie machte ihrem Namen alle Ehre.

Kapitel 7

Eine Kriegerin wird sich erheben,
nicht vergessen, nicht vergeben.
Doch wem widmet sie ihr Leben?

Tag 14, Jahresende 347 n. E.

11 Jahre zuvor.
Halle der Elemente, Bergfestung von Mhyra

Die Halle der Elemente war seit jeher ein fester Bestandteil der magischen Universität im Herzen der Bergfestung von Mhyra, welche gänzlich in das feste Gestein des Berges gemeißelt wurde und wie ein Relikt längst vergangener Tage wirkte. Um die Universität herum verliefen spiralförmig Gebäude und verloren sich langsam in den endlosen Weiten des Massivs. Aufgrund der Höhenlage der Stadt erreichte man sie nur durch ein komplexes Tunnelsystem von Süden und Norden her oder von der See aus, da das Gebirge gen Osten hin direkt in den ewigen Ozean mündete. Die Brandung ließ dort über die Jahre hinweg tiefe Schluchten und Grotten entstehen, welche nun von Schiffen angefahren werden konnten. Ein Marsch durch die gefährlichen Tunnel nach oben zum Berg blieb den Reisenden trotzdem nicht erspart. Einige Händler waren bei dem Versuch, die Stadt zu erreichen, und ihre Waren preiszugeben, vor Erschöpfung einfach gestorben. Das war jedoch nicht weiter schlimm, außer für die Händler selbst natürlich, denn der Mhyra Berg absorbierte die armen Verstorbenen auf der Stelle und sicherte so sein ewiges Fortbestehen. Wie es zu diesem Phänomen gekommen war, war unbekannt. Jedoch wurde den Bewohnern des Berges so das Entsorgen verstorbener Haustiere extrem erleichtert.

Unverwüstlich und hart wie der Fels, in dem ihre Stadt gemauert war, war auch sein Volk. Vorwiegend bestand es aus kräftigen Bergarbeitern, einfachen Händlern und Handwerksleuten; aber auch etliche Magier und natürlich die Studenten der magischen Universität hatten in den engen Gassen ein Zuhause gefunden. Es war kein Geheimnis, dass die Einwohner von Mhyra nicht sonderlich gläubig waren, dennoch gab es auch hier, auf Geheiß des Bischofs hin, eine kleine Kapelle am Rande der Stadt.

Die magische Universität war ein riesiges, prunkvolles Gebäude. Der Hauptturm reichte bis zu den Wolken und die Spitze war von unten für das menschliche Auge nicht zu erkennen. Etliche Balkone, kleinere in sich gedrehte Türme und wirre Verbindungen der einzelnen Eckhäuser und Mauern, die für Laien sinnlos erschienen, zierten das Erscheinungsbild. Durch einen riesigen Torbogen, den man über einen gewundenen Bergpfad erreichen konnte, betrat man die Universität. Die für die Magier als Sitzungssaal dienende Halle der Elemente war dann nur noch ein paar Schritte entfernt. Wenn sich die höchsten Ränge der Licht- und Schattenmagier dort versammelten, hatten die Studenten Stubenarrest und saßen in ihren kleinen Zimmern in den vielen Türmen. So auch an diesem schicksalhaften Tag.

»Sehr geehrte Magier und Magierinnen der Räte! Herzlich Willkommen zu einem Treffen, welches wir alle am liebsten vermieden hätten.« Gamadas, der mittlerweile zum Sprachrohr der Schattenmagier geworden war, erhob das Wort. »Die neuesten Nachforschungen haben ergeben, dass das stolze Volk der Thohawk komplett ausgerottet wurde«, sagte er mit geschlossenen Augen. Es herrschte eine bedrückende Stille in der Halle. Plötzlich öffnete sich das große Tor.

»Liebe Kollegen! Die Vorsitzende des Rates der Magier des Lichts: Königin Eloriel von Archadis!«, rief ein Torwächter und blies in ein Horn. In Begleitung General Munzheims, der zu ihrer Sicherheit mitgekommen war, betrat die Gattin von König Barthas den Saal. Sie wurde von allen Mitgliedern der Räte geschätzt, ganz gleich, welchem Element sie angehörten. Allein durch ihre Anwesenheit brachte sie Hoffnung.

Sie trug ein langes glitzernd-weißes Kleid mit einer Art Kapuze. Es war eine Maßanfertigung und schmiegte sich wie Seide um ihren Leib. Als sie ihre Kapuze vom Kopf zog, kamen ihre wunderschönen schwarzbraunen Haare und das königliche Diadem zum Vorschein, das sie knapp über ihrer Stirn trug. Sie öffnete ihre smaragdgrünen Augen und blickte in die Runde. Es waren alle gekommen: Der alte Euphorion mit seinem langen Räuberbart, seines Zeichens Vorsitzender des Schattenrats, der aber wohl in Bälde von Gamadas abgelöst werden würde. Iselia, die etwas dickliche Verwalterin der alten Schriften, die sich in ständiger Auseinandersetzung mit Bischof Kahn sah, da dieser noch immer den Anspruch auf viele der göttlichen Aufzeichnungen der Elia erhob. Und natürlich noch viele andere aus aller Herren Länder.

Der Einzige, der nicht erschienen war, war Antonio Kane, stellvertretender Vorsitzender der Lichtmagier. Dies ließ die

Anwesenden bereits das Schlimmste vermuten, denn in Empiris wuchs der Aufstand vor einigen Tagen zu einem Akt der Gewalt heran. Viele Magier und deren Freunde hatten dort in der letzten Zeit auf grausamste Weise ihr Leben gelassen.

»Liebe Kollegen«, begann Eloriel. »Euphorion und ich verstehen eure Angst. Ja, auch wir selbst haben Angst. Die Menschen verlieren geradezu den Verstand und laufen Amok in den Städten«, sprach sie weiter und lief einige Schritte in Richtung Mitte des Saales. »Und das Schlimmste daran ist...«, sie holte tief Luft.

»... dass dieses Arschloch von Bischof noch kräftig Holz ins Feuer wirft!!«, rief Iselia in die Runde und stopfte sich einen Popoknollenkrapfen in den Mund.

»Nun ja, so will ich das jetzt nicht ausdrücken.« Eloriel hob sich die Hand vor den Mund, um nicht zu grinsen. »Ich war immer der Meinung, dass die Kirche der Elia den Menschen Halt gibt und sie stark macht«, ergänzte die Königin.

Iselia wippte hin und her und ahmte mit ihrer linken Hand einen plappernden Mund nach, während sie mit der anderen Hand den Krapfen hielt, aus dem glibberiger Saft tropfte.

»Aber der Bischof geht eindeutig zu weit!«, fügte Eloriel noch hinzu und nickte zu Iselia. »Er hetzt die Leute gegen uns auf und verbreitet Lügen, erzählt, wir seien gefährlich und alle nicht bei Sinnen. Ja, gar von Belias befallen, wie der alte Mandragon.« Sie seufzte und setzte sich auf einen Stuhl. Plötzlich sprang die Tür auf und eine schmale Gestalt huschte durch den Saal. So schnell, dass sie nur von wenigen wahrgenommen wurde. Doch die Worte dieser Gestalt erweckten alle Magier aus ihrer Trance.

»Bringt euch in Sicherheit!! Die Meute ist auf dem Weg zur Halle!«

Tag 11, Jahresende 347 n. E.

3 Tage zuvor . Empiris.

»Mister Kane! Sie müssen sich in Sicherheit bringen!«, rief ein aufgeregter, in schwarz gekleideter Mann, der gerade in das Büro des Chefs der Phönix Gesellschaft stürmte. Antonio saß in seinem großen Lederstuhl und drehte sich langsam in dessen Richtung. Seine Hände hatte er zusammengefaltet, als würde er beten. Sein Gesicht war blass.

»Wissen Sie«, sagte er leise, »ich denke, meine Zeit ist gekommen.«

»Mister Kane, es ist meine Aufgabe Sie zu beschützen, und das werde ich verdammt nochmal auch tun.« Der Leibwächter griff Antonio unter die Arme und zog ihn aus seinem Sessel. Dabei sah er durch sein großes Fenster auf die Straße und seine Pupillen weiteten sich. Der Anblick, der sich ihm bot, war ein Bild des Grauens. Seine Welt brach unter ihm zusammen wie ein Kartenhaus.

Eine unaufhaltsam wirkende Meute trieb auf der Straße ihr grausames Spiel. Die Menschen schienen wie wilde Tiere zu handeln. Ihre Wut machte sie blind für die Wahrheit und ihr einziges Ziel war es, die scheinbaren Feinde aus ihrer Welt zu vertreiben. Einige Leute hatten gerade einen älteren Mann brutal zusammengeschlagen und begannen nun damit, seine Hände mit einem Seil an einem Abflussschacht am Boden zu befestigen. Der Mann war zu schwach, um sich zu wehren und seine heilenden Mächte als Lichtmagier konnte er nicht auf sich selbst anwenden. Er wand sich wie ein Käfer auf dem

Boden. Da er nicht weglaufen konnte, blieb ihm nur zu hoffen, dass die Meute ein schnelles Ende für ihn vorgesehen hatte. Das Ende kam jedoch langsam und grausam. Zwei der Personen um ihn herum hoben schwere Eisenstangen, holten aus und zertrümmerten mit einem dumpfen Schlag zuerst sein rechtes Bein. Die Schreie des Mannes gingen im gellenden Gelächter seiner Peiniger unter. Dickes Blut sickerte durch seine Hose in den Asphalt. Immer und immer wieder schlugen sie mit den schweren Stangen auf ihn ein. Als seine Arme und Beine nur noch ein blutiger Haufen Fleisch und zersplitterte Knochen waren, hielten sie inne und betrachteten den noch atmenden Mann mit Abscheu. Er keuchte Blut und winselte um Gnade.

»Wo sind nun deine Heilkräfte, alter Mann?«, schrie eine der Personen und spuckte ihm ins Gesicht. Dann holte sie aus und zertrümmerte mit einem kräftigen Schlag den Schädel des wehrlosen Magiers.

Der Leibwächter stand mit ungläubigem Ausdruck vor dem breiten Fenster. Er blickte Antonio an: seine Augen waren aschfahl. *Wie um alles in der Welt konnte dies geschehen?*

Unten auf der anderen Straßenseite rannten einige Kinder mit Fackeln einem etwas jüngeren Kind hinterher. Es trug das Zeichen der Schattenmagier auf seinem Hemd. Als sie es einholten, hielten sie es fest und schlugen ihm mehrmals in den Bauch. Eines der Kinder riss den Mund des Opfers auf und renkte ihm dabei knackend den Kiefer aus. Es wurde festgehalten, als ein weiteres Kind eine Fackel in dessen Mund rammte. Knisternd zerfraß das Feuer die Zunge und den Gaumen des Jungen. Das Kind versuchte zu schreien, das Feuer erstickte jedoch jeglichen Schall. Mit einem kräftigen Ruck stießen die Kinder die Fackel von oben durch das wehrlose Opfer, das auf die Knie sackte und tot vornüber auf den Boden knallte. Dann ging es knisternd in Flammen auf. »Das war dafür, dass du mich verhext hast!«, lachte eines der Kinder und tanzte mit den anderen um den brennenden Leib.

Antonio brach plötzlich in Tränen aus. »Was geschieht hier?« Er weinte lauthals und sank auf die Knie. Just in diesem Moment zischte ein langer Speer durch die Tür und bohrte sich von hinten durch den Rücken des Leibwächters. Er torkelte kurz nach vorn, versuchte noch etwas zu sagen, riss dann die Augen auf und fiel vornüber. Antonio schaute mit angsterfülltem Blick zur Tür, durch die der Speer kam. Es war ein großes Loch darin und einige Hände griffen von außen hindurch und tasteten nach dem Türknopf. Die Meute hatte die Phönix Gesellschaft infiltriert. *Das war's wohl...*

Plötzlich sprang die Tür auf und einige Männer mit spitzen Gegenständen richteten selbige auf Antonio.

»Sprich dein letztes Gebet, dreckiger Magier!«

»Was nützt es euch, dieses Massaker anzurichten? Denkt ihr, dadurch werden die Taten eines Einzelnen rückgängig gemacht? Ihr sucht jemanden, den ihr verantwortlich machen könnt? Dann fangt bei euch an... ihr seid nicht besser als Mandragon! Verwirrt und nicht bei Sinnen!!«, brüllte Antonio, richtete sich auf und legte sich stolz die Hände auf die Brust. Direkt auf das gestickte Symbol der Lichtmagier, das seinen Anzug zierte.

»Tötet mich! Ich werde mich nicht wehren, denn ich bin ein guter Mensch. Ich wasche meine Hände in Unschuld und werde diese Welt in Frieden verlassen, um in das Reich Elias aufzusteigen. Ihr jedoch, ihr werdet nach eurem Tod in den brennenden Tiefen des Höllenreiches des Belias verrotten. Bis in alle Ewigkeit.«

Dies war zu viel für die Eindringlinge, sie rannten auf Antonio zu und brüllten wie eine Horde wilder Trolle.

»Du wagst es zu behaupten, du würdest in Elias Reich aufsteigen, Magier?«

Antonio schlug die Hände vor sein Gesicht und hoffte, dass sie es kurz und schmerzlos machen würden. Jede Sekunde kam ihm vor wie Stunden.

»Euer Himmelreich existiert nicht, ihr Narren. Eure Religion ist eine Krankheit, eine Quelle unnennbaren Elends, für die Völker Phöns.«

Die Zeit blieb für ihn stehen. Die gellenden Schreie der Menschen vor ihm verzerrten sich zu einem Brei aus tiefen Tönen... Unverständlich. Doch plötzlich hörte das Brüllen auf und Sekunden der Stille folgten. *Bin ich bereits tot?* Langsam und zitternd nahm Antonio die Hände von den Augen und sah... nichts?! Erst als er auf den Boden schaute, erblickte er die Männer, die ihn gerade töten wollten. Einer von ihnen war sauber in der Mitte geteilt worden, sodass sein Gedärm auf den anderen verteilt war. Es schien, als wäre ein anderer mit dem Dickdarm des halbierten Mannes erdrosselt worden. *Ein beschissener Tod…*

Ein Weiterer schien etwas kopflos und hatte den Teppich des Raumes rot gefärbt. Der Rest lag regungslos auf einem Haufen gleich hinter der Tür.

»Was... was ist hier geschehen?« Antonio verstand die Welt nicht mehr. Innerhalb weniger Sekunden waren seine Angreifer hingerichtet worden... gekonnt und grausam. Nur von wem?

»Herr Kane? Einige Menschen haben noch nicht ihren Verstand verloren!« Neben Antonio erschien plötzlich eine junge Frau. Nein, man könnte sagen, sie war noch ein Mädchen. Sie drehte sich geschickt um und steckte zwei scharfe Katanas gekonnt zurück in die dafür vorgesehenen Scheiden auf ihrem Rücken. Ihr Gesicht sowie ihre spärliche Kleidung waren blutverschmiert. Sie hatte feine Gesichtszüge und würde einmal eine hübsche Frau werden. Was Antonio irritierte, war, dass das Mädchen eine Art Schwanz hatte, der hinten aus ihrer Hüfte hervortrat und auf und ab wippte. Es gab nur ein Volk, dessen Frauen diesen Schwanz besaßen. Sie trug jedoch nicht die typische Kleidung dieses Volkes, sondern die einer Urugai Kriegerin, welche aus Blättern und Baumfasern gefertigt war und eher wie Fetzen als Kleidung von ihr herabhing. Doch die junge Frau hatte weder die grünliche Hautfarbe noch die spitz zulaufenden Ohren, die für die Urugai üblich waren. *Und dann dieser Schwanz*. Er konnte sie nicht zuordnen…

»Kommen Sie mit, Herr Kane!« Das Mädchen rannte durch eine Tür und deutete Antonio an, dass er ihr folgen solle. Es blieb keine Zeit, um über die Herkunft seiner Retterin nachzudenken. Am Ende des Ganges öffnete sie eine weitere Tür und schob den noch immer verdutzen Antonio hinein. Es war eine kleine Abstellkammer, die von außen verschlossen werden konnte.

»Warten Sie hier!«, wies sie ihn an. »Ich werde Sie später abholen. Ich muss nur noch die restlichen Eindringlinge beseitigen!« Sie wollte sich gerade abwenden und die Tür verschließen, als sie noch einmal einen Blick zu Antonio warf. »Übrigens, ich bewundere Ihre Arbeit, Herr Kane! Sie achten die Natur und die Elemente. Aber bringen Sie ihrem Sohn etwas Respekt bei!«, mahnte sie. Dann schlug das blonde

Mädchen die Tür zu und schloss von außen ab. Für Antonio folgte nun Stille. Stille und Dunkelheit.

Etwa zehn Minuten später hörte Antonio wie sich ein Schlüssel im Schloss drehte. Anstatt dem erwarteten Mädchen mit den Katanas erblickte er jedoch seinen Sohn.

»Lupos! Elia sei Dank, dir ist nichts geschehen!« Antonio richtete sich auf und umarmte seinen Sohn. Wie froh er war, dass er dem Ansturm entgangen war. Plötzlich spürte er ein warmes Gefühl in seiner Bauchgegend.

»Ich werde die Phönix Gesellschaft in ein neues Zeitalter führen«, sagte Lupos leise aber bestimmt und drehte sachte den Dolch, den er seinem eigenen Vater zwischen die Rippen gestochen hatte. »Für dich ist in meinen Plänen kein Platz.«

»Lupos?! Warum?« Antonio lief ein dünnes Rinnsal Blut aus dem Mundwinkel. »Mein... Sohn.«

»Vergib mir, Vater!«

Tag 14, Jahresende 347 n. E.

Bergfestung von Mhyra

Vor der kleinen Kapelle der Bergfestung versammelte sich die tobende Meute, die den weiten Weg von Empiris durch die Mhyra Berge gekommen war. Einige von ihnen waren leicht bewaffnet, mit Fackeln, Mistgabeln und Ähnlichem. Andere hatten sich Schattengranaten umgebunden, die sie wohl von nicht ganz legaler Quelle aus einer der unteren Ebenen von Empiris bezogen hatten. Viele der Anwesenden hatten auf dem Weg zur Stadt durch die Tunnel sicherlich ihr Leben dem Berg gegeben. Aber was waren diese geringen Verluste in der momentanen Situation schon wert? Und auch der Mhyra Berg muss schließlich von irgendetwas leben.

Die Meute brüllte irgendwelche Parolen, die in dem Gewirr aus Stimmen aber nur in Bruchstücken wahrgenommen werden konnten. Alle Blicke waren auf einen kleinen Balkon gerichtet, der an der Front der Kapelle in Stein gehauen war. Langsam konnte man eine gewisse Regelmäßigkeit in dem Wortgewirr erkennen. »Kaahn, Kaahn, Kaahn!«, krächzte die Menge die Leute und rissen dazu die Arme auf und ab. Einige andere hatten die Hände zum Gebet gefaltet. »Kaahn, Kaahn, Kaahn«, dröhnte es immer wieder. Die Rufe wollten nicht enden, bis plötzlich der Vorhang am Balkon zurückgezogen wurde und eine in eine vergilbte Kutte gehüllte Gestalt aus der Kapelle trat. Die Leute waren verwirrt und warfen sich fragende Blicke zu. Die Gestalt trat jedoch sofort zur Seite und machte Platz für den wahren Grund der Ansammlung: Bischof Kahn, Oberhaupt der Kirche der Elia. Die Menge tobte.

»Meine Freunde!«, begann der Bischof, hob die Hände und senkte sein Haupt. Plötzlich waren alle wie gelähmt. »Meine Freunde«, wiederholte er und fuhr fort. »Wir befinden uns in schweren Zeiten. Dunkle Schatten umhüllen unsere Welt. Schatten des Krieges und des Todes.« Er trat bis an die Brüstung des Balkons heran und blickte in die Augen der Menschen, die ergeben und wie Drohnen unter ihm standen. Es war seine Gefolgschaft. Sie gehorchten nun ihm allein. Getrieben durch ihre Furcht vor dem Unbekannten und vor einer Kraft, die sie nicht verstanden.

»Wir wissen alle, dass wir uns vor den Toren des Reiches der Elia für unsere Taten in dieser Zeit verantworten müssen!«

Ein Getuschel machte sich in der Menge breit.

»Aber... meine Freunde. Sie wird euch vergeben!«, beteuerte der Bischof. »Denn euer Glaube ist stark! Euer Glaube an das Licht wird euch erretten und das Böse auf alle Zeit vernichten!«

Die Menge jubelte und schrie wild durcheinander. Ein paar Mistgabeln flogen in die Luft und landeten knapp zwischen einigen Leuten, die sich verdutzt ansahen.

»Ruhe!!« Kahn setzte seinen Finger an seine Lippen und die Stille trat sofort wieder ein. »Wir fechten diesen Kampf nicht für uns aus, sondern für unsere Nachkommen und für ein Phön, in dem wir alle friedlich leben können! Für ein Phön, in dem die Magie und die daraus entstehende Dunkelheit keinen Einfluss mehr hat«, brüllte er wie im Wahn. »Wir kämpfen, um zu verhindern, dass jemals wieder ein Unrecht geschehen kann, wie es geschehen ist!« Kahn holte kurz Luft. »Magier sind Missgestalten! In ihren Seelen sind die Energien der Götter nicht ausgeglichen und somit haben sie Kräfte, die niemand besitzen darf!« Er drohte mit der Hand. »Die Tore des Lichts sollen leuchten, hell wie noch nie! Und die Finsternis wird fallen! Setzen wir dem ein Ende! Wir stürmen die Halle der Elemente!«

Ein Jubeln raunte durch die Menge. Einige Leute fielen auf die Knie und beteten, doch die meisten machten sich grölend auf den Weg zur magischen Universität. Die Einwohner der Stadt, die noch vor einigen Stunden in den Gassen unterwegs waren, verschlossen ihre Fenster und hofften, dass dies alles nur ein böser Traum war.

»Bringt euch in Sicherheit!
Die Meute ist auf dem Weg zur Halle!«

Kapitel 8

Die Magie kann niemals vernichtet werden,
sie ist im Herzen aller Lebensformen verankert.
Nur nicht jede kann sie nutzen.

Tag 28, Jahresanfang 358 n. E.

Goldhafen

»Goldhafen!« Lea trat zu Picardo und Lucius heran und ließ sich den frischen Wind durch die Haare wehen.

»Es ist immer wieder ein Schauspiel«, grinste Lucius und drehte sich zur Prinzessin, die von dem Gespräch mit General Munzheim noch etwas mitgenommen war. Picardo hüpfte auf die Reling und staunte nicht schlecht, als sie den Hafen erreichten.

Wow… Die größte Hafenstadt in ganz Phön ragte majestätisch vor der Truppe empor. An dem weitläufigen Hafen lagen dutzende Schiffe vor Anker, deren Crews gerade mit dem Be- und Entladen beschäftigt waren. Hinten auf dem Steg, etwas erhöht, entstand über die Jahre eine schicke Promenade, deren Ende kaum auszumachen war. Überall waren Kaufleute unterwegs, die wie in Belgis ihre Waren anpriesen und aufgeregt umher liefen. Ihre Marktschreie waren auch noch unten an den Anlegestellen zu vernehmen. Doch trotz der Hektik, die am Hafen herrschte, wirkte die Stadt so friedlich wie keine andere. Die prunkvollen Häuser an der Promenade glänzten in einem goldenen Schimmer, der selbst nachts nicht erlosch. Dies lag daran, dass große Teile der Stadt aus selbstleuchtendem Lumin erbaut wurden; einem Mineral, das nur in den hiesigen Minen gefördert werden konnte. Dies war auch der Grund dafür, dass Goldhafen keinen Leuchtturm benötigte. Vereinzelt ragten riesige Palmen in den Himmel, die ebenso große, saftige Joguschfrüchte trugen, eine Spezialität des östlichen Kontinents, und auch in Golgata sehr begehrt. Eine Jogusch konnte den Hunger eines ausgewachsenen Mannes zwei Tage lang stillen und war so nahrhaft wie ein ganzes Schwein mit einem Apfel in seinem Mund. Dazu schmeckten diese Früchte auch noch fantastisch. Diese hier wild wachsen zu sehen war für Reisende aus Golgata ziemlich aufregend. Hinter dem riesigen Hafen und der Promenade zeigten sich die Spitzen dutzender weiterer Häuser, die sich weit nach Nordosten erstreckten. Das Wahrzeichen von Goldhafen, die golden schimmernde Gezeiten-Turmuhr, ragte majestätisch hinter den Häusern hervor und galt schon immer, neben dem Hafen, als größte Sehenswürdigkeit dieser beeindruckenden Stadt. Diese Turmuhr gab die genaue Jahreszeit, den Tag und die Stunde sekundengenau an und galt seit Anbeginn der Zeit als Richtwert für alle Uhren und Kalender in Phön. Würde diese Uhr stehen bleiben, so befürchteten die Bewohner, würde die Zeitrechnung außer Kontrolle geraten. Für jede der fünf Jahreszeiten existierte eine einheitliche Farbe auf dem Ziffernblatt: Grün für den Jahresanfang, Hellblau für das Elium, Gelb für die Jahresmitte, Dunkellila für das Belium und Rot für das Jahresende.

Die Menschen, die auf der Promenade entlang pilgerten, wirkten wohlhabender als in Archadis, trugen die feinsten Kleider und teils abstrus hässliche, federgeschmückte Hüte. Unter die vielen Menschen hatten sich aber auch einige technikversierte Paradox gemischt. Einige von ihnen boten seltsame, metallene Waren an, deren Sinn sich einem Laien verschloss. An ihren Ständen ratterten bronzene Zahnräder und riesige Rohre ließen mächtig viel Dampf ab. Die Erbauung der Stadt Empiris ging unter anderem auf dieses auffällige Volk zurück.

»Leinen sichern!«, brüllte Cato und machte einige Handbewegungen, die die kleine Crew, unter anderem auch den Goblin aus der Küche, dazu anstachelten, sich zu bewegen und das Schiff zum Anlegen bereit zu machen. Knarrend dotzte das Handelsschiff gegen den Steg. Die See war ruhig, so war das Sichern kein weiteres Problem mehr. Die Crew ging als Erstes von Bord und überprüfte die Leinen, Picardo sprang mit einem Satz über die Reling des Schiffs und landete auf dem Boden der Anlegestelle. Natürlich benutzte er nicht den normalen Weg. Cato und Lucius überprüften kurz die Planke, um nicht wie die Bürgerwehr zu enden. Dann gingen sie langsam zu Picardo hinunter an den Steg, dicht gefolgt von Lea und dem General, der die Prinzessin nicht aus den Augen ließ. Lea war sichtlich etwas mulmig zumute, so weit weg von Zuhause war sie noch niemals gewesen. Doch als sie den schillernden Steg des Hafens betrat, waren ihre Sorgen verflogen und sie fühlte sich wieder wie damals in den Soprafeldern. Sie fühlte sich auf eine seltsame Art und Weise frei.

Nachdem sie an der Hafenpromenade angekommen waren, drehte sich Cato plötzlich um. »Meine Freunde? Hier trennen sich unsere Wege«, sagte der Kapitän und reichte allen nacheinander seine Hand. Als er bei Picardo ankam, beugte er sich hinunter und legte die Hand auf seine Schulter.

»Du wirst deinen Weg finden, min Jung... und den Mörder deines Vaters!«, beteuerte Cato und drückte seine Hand fester auf die Schulter des Jungen. »Du wirst den alten Abraham eines Tages rächen, da bin ich mir sicher.«

»Ganz sicher!«, entgegnete Picardo, wischte sich eine Träne aus dem Auge und fiel Cato um den Hals. Dann trennten sich ihre Wege.

Es war gerade Mittag, als die Mägen der Truppe anfingen zu knurren. Der General wollte zwar sofort ein Schiff Richtung Belgis ausfindig machen, aber Lea überredete ihn, noch etwas über die Promenade zu schlendern, um dort etwas zu essen. Denn sie wusste, sollten sie nun zurückfahren, würde sie den östlichen Kontinent so schnell nicht wieder sehen. Da General Munzheim sich sicher war, die Lage hier auf dem Trockenen nun unter Kontrolle zu haben, winkte er schließlich ein. Lea ging aufgeregt vorweg, um ein Restaurant zu suchen.

Schließlich saßen Picardo, Lucius, die Prinzessin und der General um einen hölzernen Tisch und warteten auf den Kellner.

»Ziemlich nobel hier«, bemerkte Lea und freute sich, nicht in einer alten Spelunke wie der 'fettigen Sau' gelandet zu sein. Einzig das abartige Geschrei der frischen Krakeelen in der Küche trübte die Atmosphäre etwas.

»Das ist das Mindeste, was Eurer würdig ist«, sagte Munzheim und räusperte sich. Lucius grinste verstohlen, schüttelte unbemerkt den Kopf und blickte zur Decke. Picardo nahm ein viertel Schwein mit vielen Beilagen, Lucius einen Hamstalonbraten und Lea eine gebratene Joguschfrucht, von der sie schon so viel gehört hatte. Munzheim beschränkte sich auf eine Suppe mit Brot.

»Was werdet ihr nun tun, Lucius? Du und Picardo?« Lea kaute noch, während sie sprach, und blickte Lucius mit vollen Backen an. Der General verdrehte die Augen und schlürfte seine Suppe.

Jetzt müssen der Prinzessin auch noch ihre Manieren verloren gehen.

»Wir werden die Tempelstätte von Picardos Vorfahren suchen!«, antwortete Lucius. Picardo spuckte seinen Braten durch die Luft und erstickte fast an einem Schweineohr, das in seinem Hals stecken blieb. Er lief lila an und fuchtelte wild mit den Händen. Lea stand sofort auf und schlug Picardo auf den Rücken, der hustend und röchelnd das Ohr auswürgte, das direkt in der Suppe des Generals landete. Munzheim seufzte, lehnte sich zurück und schob seinen Suppenteller von sich.

»Du... du hast...«, stotterte Picardo und kämpfte noch mit seiner Speiseröhre. »...Hast du eben gesagt... meine Vorfahren?« Seine Stimme überschlug sich bei dem letzten Wort.

»Ich wollte es dir nicht vor der ganzen Crew sagen!« Lucius grinste und nahm einen weiteren Bissen von seinem Hamstalonbraten.

»Du wusstest, wer seine Vorfahren sind und hast es die ganze Zeit vor uns verheimlicht?« Lea stemmte die Hände in die Hüfte und schaute schmollend, aus zusammengekniffenen Augen auf Lucius. Munzheim wurde langsam hellhörig und hatte eine schlimme Vermutung. Er beschloss, der Diskussion zu folgen.

»Die Tempelstätte der Thohawk liegt weit im Süd-Osten, tief im Gordongdschungel.«

Jetzt war es Munzheim, der sich fast an seiner eigenen Spucke verschluckte. Er ließ sich jedoch nichts anmerken.

»Die Tempelstätte der Thohawk? Geburtsstätte der Elemente? Die Stätte der Tore zu Licht und Finsternis?« Lea konnte es nicht fassen, was sie eben hörte.

»Niemand außer den Thohawk selbst weiß, wo diese Stätte liegt!«, mischte sich Munzheim ein und lachte selbstgefällig. »Glaubt diesen Scharlatanen kein Wort, Eure Hoheit. Es ist unmöglich die Tempelstätte ohne einen Thohawk zu erreichen, der den Weg kennt oder die Karte des Wanderers besitzt!«, sagte er und lehnte sich zurück.

»Was ist dann noch das Problem, Herr General?«, entgegnete Lucius flink und stand von seinem Stuhl auf. Er blickte Munzheim selbstgefällig an und zwinkerte. Dann legte er die Hand auf Picardos Schulter.

Es war früher Nachmittag, als vier Gestalten die Taverne verließen und die Promenade entlang gingen. Picardo sagte seit der Diskussion kein Wort mehr und verhielt sich äußerst schweigsam. Der General wusste nicht, was er nun glauben sollte und Lea freute sich einerseits für Picardo, hatte andererseits aber auch Bedenken.

»Nun gut«, durchbrach Munzheim die Stille. »Es ist Zeit für die Prinzessin, nach Archadis zurückzukehren.«

Lea seufzte, wusste aber, dass sie sich gegen den sturen Munzheim nicht behaupten konnte. Warum auch? Es war absolut nicht notwendig, noch besonders klug, Picardo und

Lucius zu begleiten. Sie waren ihre Entführer und sie sollte sich nicht mit ihnen abgeben. Aber warum wollte sie die beiden dann begleiten?

»Prinzessin, was überlegt Ihr noch? Verabschiedet Euch von den Halunken und dann machen wir, dass wir hier wegkommen«, sagte Munzheim, lief schon mal ein paar Schritte voraus und wandte sich mit verschränkten Armen ab, um zu warten, bis sich Lea verabschiedet hatte.

»Nun...« Lea scharrte mit den Füßen auf dem Boden. Plötzlich sprang Picardo sie an und umarmte sie. Munzheim wollte gerade los stürmen, um dies zu verhindern, bemerkte aber, dass sich die Prinzessin wohl über die Geste des Jungen zu freuen schien.

»Ich werde dich nie vergessen, Picardo!«, sagte sie leise. Nach einiger Zeit ließ sie den kleinen Jungen los und drehte sich zu Lucius.

»Macht's gut Prinzesschen, es war mir eine Ehre Euch entführen zu dürfen!«, lachte Lucius und streckte der Prinzessin die Hand mit dem ledernen Handschuh entgegen. Trotz des Lachens hatte er wie so oft einen düsteren Gesichtsausdruck. Man wusste nie woran man bei ihm war.

Plötzlich ertönte ein seltsames Brummen in der Ferne.

»Was ist das?« Lea zog ihre Hand zurück und suchte den Himmel ab. Auch Munzheim blickte forschend nach oben und trat wieder näher zur Prinzessin heran.

»Oh nein.« Lucius lief ein kalter Schauer über den Rücken. *Sie haben uns gefunden!*

»Der Engelssegler, wir sind gerettet!« Munzheim freute sich wie ein Schuljunge, hüpfte auf und ab und fuchtelte mit den Händen, um dem Solarsegler des Bischofs, der am Horizont auftauchte, ein Zeichen zu geben.

»Stopp, du Idiot!!«, brüllte Lucius und schaute sich um. Er suchte ein passendes Versteck, doch der Segler war schon zu nah.

»Dasss sind sssie!!« Voldho knirschte mit den Zähnen und blickte aus einem Fenster des Seglers, der bedrohlich tief flog. Er stürmte nach vorne ins Cockpit und stieß Azhad vom Führersitz. »Das gibt ein Fesssst! Ein Schlachtfesssst!«

»Meister Voldho? Ich sehe da unten noch General Munzheim und die Prinzessin von Archadis!« Azhad blickte aus dem Fenster neben Voldho und machte ein skeptisches Gesicht. »Ich denke, wir sollten nicht voreilig...«

»Hier unten sind wir!« Munzheim winkte aufgeregt, schrie und faltete die Hände zu einem Trichter. »Auf Befehl des Königs erwarte ich, dass Sie uns zurück nach Archadis bringen!« Er schien nicht zu bemerken, dass der Segler sich etwas zur Seite neigte und sich eine kleine Luke öffnete, aus der ein riesiges Rohr ausfuhr. Lucius blickte nach oben, wich zurück und drehte sich blitzschnell um. Ein kontinuierlich lauter werdender, greller Ton war aus Richtung des Engelsseglers zu vernehmen. *Verdammt, die werden doch nicht...*

»Kommt schon!!« Lucius rannte los, zog Picardo und die Anderen hinter sich her und sprang hinter einen Stapel Holzkisten. »In Deckung!!«

Der Ton wurde ohrenbetäubend laut und kam mit hoher Geschwindigkeit näher. Krachend schlug eine Lichtgranate an die Stelle in den Steg ein, an der sich Lea, Munzheim, Picardo und Lucius gerade noch befunden hatten und zerfetzte ihn in tausend Teile. Kurze Zeit war die Umgebung von grellem Licht erfüllt, das jeden, der hineinschaute, vorübergehend erblinden ließ. Die Menschen um sie herum fielen schreiend zu

Boden oder brachten sich hinter Kisten und Hauswänden in Sicherheit. Andere rannten panisch und ziellos umher.

»Ist der wahnsinnig?«, brüllte Munzheim und hielt die Hände schützend über Lea.

»Sind Sie wahnsinnig, Meister Voldho?«, schrie Azhad angsterfüllt. Voldho sprang auf und schlug ihm mit der flachen Hand ins Gesicht, sodass er in ein anderes Eck des Raumes flog. Voldho bleckte die Zähne.

»Übernimm das Sssssteuer! Ich geh runter, solange sssie außer Gefecht gesssetzt sind!«, lispelte er und verließ das Cockpit. Dann entsicherte er die Ausstiegsluke, aus der viele lange Strickleitern gen Boden fielen. »Elitesoldaten! Fertig machen zum Ausssstieg und zur Beseitigung des Feindesss. Sichern der Karte unter allen Umständen!«

Von unten konnte man erkennen, wie kleine Gestalten aus dem Segler stiegen und die herabgefallenen Strickleitern hinunterkletterten.

»Wir müssen hier weg!«, schrie Lucius und zerrte an Picardo. »Was ist los? Beweg deinen Arsch!«

»Ich lasse Lea hier nicht alleine zurück«, entgegnete Picardo und hob sie fest an der Hand. Die Prinzessin und der General hatten offensichtlich in den grellen Blitz gesehen und waren gerade dabei, den Verlust ihres Augenlichtes zu betrauern.

»Sie ist nicht alleine, sie hat ihren General!« Auf diesen Satz hin erntete Lucius Blicke von Picardo, die mehr sagten als tausend Worte. Pure Ironie funkelte in seinen Augen.

»Also gut, kommt schon, hier entlang!«, sagte Lucius schnell und ging voraus.

»Ich bin blind!«, schrie Munzheim immer wieder.

»Das legt sich wieder, alter Mann!«, entgegnete Lucius und deutete auf einen Durchgang zwischen zwei Häusern der Promenade. Dann spurtete er los. Hinter der Gasse schien eine steinerne Treppe hoch zur Innenstadt von Goldhafen zu führen. Picardo blickte die hilflos um sich tastende Lea an, griff ihr unter die Arme und rannte mit ihr zusammen los. Munzheim, der nicht so recht wahrhaben wollte, was geschehen war, folgte wortlos und hielt sich dabei zur Orientierung am Kleid der Prinzessin fest.

Archadis, königliches Schloss

Der Jahresanfang ging dem Ende entgegen und mit ihm die Geduld von König Barthas. Er drehte wie jeden Tag seine Runden im Thronsaal und hatte mittlerweile schon eine tiefe Kerbe in seinen teuren Teppich gelaufen. Wie heute schon zum dutzendsten Mal zückte er seinen handlichen Telesensor und versuchte eine Verbindung zu General Munzheim herzustellen. Erfolglos.

»Verdammt!«, schrie er und warf das kleine Gerät auf den Boden, woraufhin es in hunderte kleine Stückchen zerbarst. Winzige, bronzene Zahnräder rollten über den Boden.

»Tststststss. Herr König, diese Geräte sind teuer! Man sollte vorsichtiger mit ihnen umgehen!« Barthas drehte sich erschrocken um. »Ich hoffe das geht nicht zu Lasten der Staatskasse«, sagte der Bischof erheitert.

»Kahn??«, stellte Barthas erschüttert fest und wich ruckartig zurück.

»Warum schicken Sie nicht Ihren Handlanger, sondern kommen persönlich aus Ihrem Loch gekrochen?« Barthas war plötzlich selbst verwundert über seinen rauen Ton und war drauf und dran sich bei dem Bischof zu entschuldigen.

»Aber Gregor, du willst deinen künftigen Herrscher doch nicht erzürnen?«

»Gregor? Künftiger Herrscher?« Barthas glaubte, sich verhört zu haben. »Bitte? Habe ich etwas verpasst?«, entgegnete er.

»Es ist traurig«, meinte Kahn und stolzierte um den König herum, ohne den Blick von ihm zu wenden. Seine Augen wirkten kalt und Barthas lief ein eisiger Schauer über den Rücken. »Zuerst die geliebte Frau und nun auch die Thronerbin!«, sagte Kahn mit ruhiger Stimme und schüttelte den Kopf. »Schrecklich!«

Barthas riss die Augen auf. Er verlor die Beherrschung und packte den Bischof an seinem weißen Kragen.

»Was haben Sie mit Lea gemacht?« Nun sah er rot. »Ich schwöre Ihnen, dass Sie in den Tiefen des dunkelsten Kerkers verrotten werden, sollten Sie ihr etwas angetan haben!« Der Bischof entriss sich ruckartig aus den Fängen des Königs und zupfte sich den Kragen seiner weißen Robe zurecht.

»Ich habe nichts getan, es ist wohl lediglich ein kleiner Unfall geschehen!«, sagte er beiläufig und grinste hämisch. Dann erhob er seine Stimme. »Die heilige Kirche der Elia wird es nicht dulden, dass das Land von einem Kerl regiert wird, der gemeinsame Sache mit den Magiern macht! Und sei es auch nur mit einer kleinen Magierin, die den Thron für sich beanspruchen will!«

Barthas lief ein kalter Schauer über den Rücken. Er stotterte und begann erst allmählich zu begreifen, was der Bischof damit meinte. Er sackte auf die Knie, blickte fast schon demütig zu Kahn hinauf und stützte sich mit den Händen auf den Boden.

»Lea... meine kleine Lea?! Aber wie?«

»Hör auf zu heulen, Gregor!« Kahn blickte angewidert und wich ein Stück zurück. »Du wusstest es doch ganz genau! Unkraut wuchert solange weiter, bis man es bis auf die Wurzel vernichtet hat!« Kahns Stimme klang verächtlich. Barthas war verzweifelt, wütend und verspürte puren Hass und Abscheu gegen den Mann, der so selbstgefällig vor ihm stand und die Hände in die Hüften stemmte; dieser Mann, der bereits seine Frau und viele andere gelehrte Magier auf dem Gewissen hatte. Er konnte die Abscheu nicht in Worte fassen und ließ die Taten des Bischofs in seinen Gedanken Revue passieren. Es erschien ihm, wie so oft, ungeheuerlich, dass ein solcher Mann sich ein Kind der Elia schimpfen konnte. Nicht nach dem grauenvollen, religiösen Gemetzel vor elf Jahren. Nur durch eine Vereinbarung konnten die Unruhen gestoppt werden. In Phön konnte man sich nicht gegen die Kirche stellen, nicht einmal als König. Es war Barthas seither ein Gräuel, die Freundschaft zur Kirche und zur Stadt der Engel vorzuspielen. Doch die Menschen in Golgata wollten keinen König, der die Finsternis als ebenbürtiges Element zum Licht sah. Dies würde einem Verrat an der Göttin gleichkommen.

Verdammte in die Irre geleitete Gläubige, dachte Barthas. Sein Hass stieg.

»WACHEN!«, schrie er plötzlich... doch nichts geschah. Er schaute sich verwirrt um und stemmte sich wieder auf die Beine. Er schrie erneut und fast schon verzweifelt blickte er sich um. Kahn lachte laut und hämisch.

»Vergiss es!«, krächzte er.

Als sich die Tür zum Thronsaal öffnete, traten zwei riesige, in Teutoniumrüstungen gehüllte und mit schakalartigen Masken ausgestattete Männer in den Raum.

»Darf ich vorstellen? Das sind die Elitesoldaten der Stadt der Engel, dem künftigen Regierungssitz von Golgata!« Er drehte seinen Kopf langsam hin und her und schmunzelte. »Aber als Residenz werde ich wohl dieses Schloss hier wählen, es gefällt mir doch recht gut.«

Einer der Soldaten wischte sich frisches Blut von der riesigen runenverzierten Klinge, die er daraufhin klirrend vor sich in den Boden rammte. Barthas wich zurück und fuchtelte mit den Händen.

»Die Menschen werden das nicht ohne weiteres hinnehmen, Kahn! Damit werden Sie niemals durchkommen!« Schweißperlen zierten die faltige Stirn des Königs.

»Gregor, die Menschen nehmen alles hin, solange man ihnen nur Sicherheit verspricht! Wir haben alles geplant! Wir hatten elf Jahre Zeit« Er grinste und ging auf den König zu. »Meine Anhängerschaft ist riesig! Sie ist seit dem heiligen Kreuzzug sogar gewachsen. Du sagst, die Menschen werden meine bevorstehende Regentschaft nicht annehmen?« Kahn lachte lauthals und wischte sich eine Träne aus dem Augenwinkel. »Etliche von ihnen haben für die Göttin ihr Leben gelassen. Tausende haben für die Göttin gemordet und das magische Unkraut dieser Welt aus dem Boden gerissen. Was denkst du, wird geschehen, wenn ich den Bewohnern des Landes endlich die Wahrheit über die Königsfamilie verkünde?«

Barthas lief der Schweiß über beide Wangen. Er wusste, dass die Gesellschaft den Worten des Bischofs Folge leisten würde. Erneut.

»Und unsere Abmachung?« Barthas klang resignierend.

»Mein Lieber...«, begann Kahn. Seine Stimme klang nun ruhig und bestimmend. »Das sind veraltete Regelwerke, an denen wir uns festklammern. Die Stadt der Engel hat sich gefestigt und es wird Zeit, den Menschen zu geben, was sie schon so lange Zeit verdient haben: eine Regentschaft, die sich dem Licht verschreibt!«

»Aber warum jetzt? Nach all den Jahren?«

»Das Zepter, Gregor!«, antwortete der Bischof und lachte. »Wir haben das lichte Zepter in den Trockenbergen gefunden und bald schon werde ich in die Tempelstätte der Thohawk einmarschieren! Die perfekte Welt steht kurz vor der Vollendung!« Kahn zog sich langsam die Kapuze über den Kopf. Barthas Augen weiteten sich, er konnte nicht fassen, was er gerade gehört hatte.

»Würdet ihr besser auf eure Gefangenen achtgeben, hätten wir uns einiges an Ärger gespart«, fügte Kahn noch hinzu. Seine Augen blitzten aus den Schatten des weißen Stoffes hervor und der König konnte ein hämisches Grinsen erkennen, bevor der Bischof den Befehl gab, ihn festzunehmen. Barthas begriff, dass er den Kampf verloren hatte, aber der Krieg war noch nicht entschieden. Tief in seinem Herzen wusste er, dass Lea und Munzheim lebten... nur wo waren sie? Sie waren jetzt seine letzte Hoffnung.

»Sie sind keinen Deut besser als Mandragon!«, schrie Barthas während er von den Elitesoldaten aus seinem Thronsaal gezogen wurde. Dann schloss sich die Türe.

Kahn lief langsam Richtung Thron und strich über das Samt der Lehne. *Ohja... das fühlt sich gut an.* Er hob seinen schweren Mantel an und ließ sich in den Thron sinken.

Gemütlich... Er rutschte etwas hin und her. *Bald bekommt das Volk, was es verdient: einen wahren König, der keine gemeinsame Sache mit Magiern und ähnlichem Getier macht. Einen König, der wieder Glauben in die Welt bringen wird.* Er stand auf und marschierte durch den nun menschenleeren Thronsaal, Richtung Balkon. Der Balkon war vom Thronsaal aus zum Marktplatz gewandt, um wichtige Ankündigungen direkt verkünden zu können. Langsam öffnete Kahn die gläserne Tür und schob die Vorhänge zur Seite. Er blickte über den Platz, über die Dächer der Häuser und auf die Leute, die sich unter ihm tummelten. Es dauerte nicht lange bis einige den Bischof auf dem königlichen Balkon bemerkten und verwundert stehen blieben. Als dieser die Hand erhob, ertönten Trompeten und Trommeln, die die restlichen Leute dazu veranlassten ebenfalls stehen zu bleiben. Ein Getuschel und Gemurmel ging durch die Reihen.

»Meine lieben Freunde«, begann Kahn und ließ die Hände wieder sinken. »Mit Trauer und gebrochenem Herzen verkünde ich hiermit den Tod unseres geliebten Königs.«

Goldhafen, Seitengasse

Allmählich erlangte Munzheim seine Sehkraft wieder. Die blinkenden, bunten Punkte, die vor seinen Augen tanzten, formten langsam wieder erkennbare Muster. Plötzlich blieb er stehen.

»Ich verlange Erklärungen!«, brüllte er. Lucius fasste sich an die Stirn.

»Das ist wohl kein geeigneter Zeitpunkt, um dich über die Geschehnisse der letzten Jahre aufzuklären. Mittlerweile sollte sogar ein Hohlkopf wie du bemerkt haben, was hier vor sich geht!« Der General wollte sich gerade darüber beschweren, dass Lucius ihn gefälligst mit 'Sie' anzureden hatte, da wurde er auch schon wieder unterbrochen.

»Dort vorne sind sie!«, schrie einer der Soldaten, der am Ende der Gasse stand. Er winkte Voldho und den Rest der Verfolger zu sich herüber.

»Na toll!«, fluchte Lucius und warf dem General vernichtende Blicke zu. Lea klammerte sich an Picardo fest.

»Was geht hier nur vor?«, fragte sie verzweifelt in die Runde.

»Ich verlange eine Erklärung!!« Munzheim schien sich zu wiederholen. Diesmal waren seine Worte jedoch an die Verfolger gerichtet. Da schob sich Voldho durch die Soldatenreihen, die langsam in die Gasse hineinliefen und grinste vergnügt.

»Welch Vergnügen, euch zu ssssehen«, lispelte er. »Und auch noch alle beieinander, sssehr geschickt.« Er stellte sich direkt vor den General und tippte ihn an, woraufhin ihm ein Fingernagel abbrach und durch die Luft flog. Munzheim wich etwas zurück und schaute angewidert.

»Ihr Würmer!« Voldho bleckte sein Zahnfleisch. Plötzlich zückte er eine Lichtpistole und richtete sie auf Lea, die am ganzen Leib zitterte und geschockt die Arme in die Höhe riss. »Keiner rührt ssich!!«, krächzte er. Kalter Schweiß rann der Prinzessin aus den Poren. Elementare Waffen waren ein gefährliches Kriegsmittel und erlaubten ihrem Benutzer, die Zielperson mit einem Treffer in ihre Einzelteile zu zerlegen.

Er drückte ab. »Für den Bissschof und die heilige Kirche der Elia!!«, brüllte er. Ein heller Strahl drang aus der Mündung der Pistole und raste auf Lea zu. Munzheim riss die Augen auf.

»PRINZESSIN!!«, schrie er. Damit hatte er nicht gerechnet. Der Strahl durchschnitt zischend die Luft. Schnell wie ein Blitz sprang Picardo vor Lea und fing den Strahl mit seiner Brust auf. Es blitzte kurz, knallte und fauchte. Lea taumelte zurück und hielt sich die Arme vor das Gesicht.

»Picardo!! NEIN!!« Der kleine Kerl knallte auf den Boden. Das Lichtgeschoss hatte eine tiefe Wunde gerissen und aus seinem Brustkorb stieg Dampf hervor. Er regte sich nicht. Jeden anderen hätte dieser Treffer jedoch auf der Stelle zerrissen.

»Es reicht, du widerlicher Dreckskerl!« Lucius hob die Hände in die Höhe und kleine bläuliche Blitze zuckten über seine Handflächen durch die Luft. Lea rannte indes zu Picardo und hob seinen Kopf vom Asphalt. Er gab keinen Ton von sich und hatte die Augen geschlossen.

Währenddessen schien die Luft über Lucius zu brennen und die Elitesoldaten traten einen Schritt zurück. Lucius' Augen begannen lila zu glühen. »Ihr müsst lernen, eure Grenzen zu erkennen.« Lucius Stimme war tief und verzerrt, sie schien aus den Tiefen von Belias Reich herauf zu hallen.

»Verdammter Magier! Elender Heide!« Voldho trat einen Schritt näher und zeigte sich unbeeindruckt. »Mein Glaube schützt mich vor deiner finsteren Magie!«

Lucius Körper glühte und um ihn herum hatten sich schwarze Schlieren gebildet, die das Diesseits mit der Welt der Finsternis zu verschmelzen drohten.

»Ist dein Glaube stark genug für das hier?« Lucius riss seine Hände nach unten und richtete seine Handflächen auf Voldho.

Dunkle lila Feuerschwaden und Blitze schossen aus seinen Handflächen. Voldho lachte schallend und stemmte sich gegen die enorme Kraft der dunklen Magie, die auf ihn einprallte wie ein Dampfhammer. Seine Haut fühlte sich plötzlich an, als würde sie mit tausenden glühenden Nägeln durchstochen werden. Da riss er plötzlich die Augen weit auf und sein Lachen ging in ein Brüllen über, doch der Magiesturm absorbierte seine gellenden Schreie und riss ihn von den Beinen. Den Soldaten hinter ihm erging es nicht anders. Sie wurden rücklings aus der Gasse geschleudert und prallten krachend auf den harten, golden schimmernden Boden.

Der dunkle Strahl versiegte allmählich, Lucius senkte die Hände und atmete tief ein. Seine Augen nahmen wieder ihre normale Farbe an und die Umgebung beruhigte sich und schien zur Normalität zurückzukehren.

Dein Glaube wird dir nicht gegen mich helfen!

»Jetzt auch noch dunkle Magie«, stöhnte Munzheim voller Entsetzen.

»Die dir gerade wieder mal dein elendes Leben gerettet hat!«, keifte Lucius. Er hatte tiefe Augenringe und seine Narbe trat nun pochend hervor. Man sah deutlich, dass er all seine Kraft in diese Attacke investiert hatte. Seine Hände waren rot und verbrannt und er schwitzte aus allen Poren. »Lasst uns hier verschwinden!«, keuchte er atemlos.

Lea war zu entsetzt und zu geschockt, um in diesem Augenblick eine Träne zu vergießen und Picardo zu heilen. Es war sowieso ein Wunder, dass der kleine Kerl noch an einem Stück war.

»Robert! Tragen Sie Picardo!« Lea sah den General aus ihren smaragdgrünen Augen an. Ihre Lippen zitterten. »Bitte!«

Da Munzheims Welt gerade eben in sich zusammengestürzt war, legte er sich Picardo ohne Widerworte über die Schultern. Er schien wieder langsam zu atmen. Die Sinne des Generals verschwommen unter den Fragen in seinem Kopf. Was hatte der Bischof vor? Stand er etwa auf der falschen Seite?

Und ich dachte, diese Sache wäre aus der Welt geschafft worden. Die Magie! Es muss die Magie sein, die den Bischof erneut erzürnt hat. Er muss bemerkt haben, dass sie noch existiert. Munzheim lief ein Schauer über den Rücken. *Der König! War er ebenso in Gefahr?*

Lucius atmete tief ein und deutete den anderen mit einem Wink an, dass sie ihm folgen sollten. Wortlos. Entsetzen lag in der Luft.

Kapitel 9

Und wenn sie beginnen sich kläglich zu winden,
ist im Dunkel stets ein Licht zu finden.

Tag 14, Jahresende 347 n. E.

11 Jahre zuvor. Bergfestung von Mhyra

»Verriegelt das Tor!«
Ein hohler Knall nach dem anderen hämmerte durch die Halle der Elemente, als würde sich eine Menschenmasse unaufhörlich und mit voller Wucht von außen gegen das magische Tor werfen. Wieder und wieder. Gamadas drückte sich durch die verdutzten Magier nach vorn und stellte sich einige Meter entfernt vor das große, mit Ornamenten verzierte Tor.

»Ihr Narren!«, begann er und bäumte sich auf. »Es gelingt euch nicht, dieses Tor zu durchschreiten!« Es war ihm egal, ob die Menschen da draußen ihn hören oder sehen konnten.

Ein weiterer Knall war zu hören. Die mächtigen Scharniere drehten sich langsam aber sicher aus dem Torrahmen. Gamadas schreckte kurz zurück. Er wusste was geschehen würde, er sah es vor seinem inneren Auge. Alles. Dennoch wollte er es nicht wahrhaben. Weitere Ratsmitglieder traten an seine Seite: Euphorion Dark, Iselia Hundertbrunn, Eloriel von Archadis und andere mit niederem Rang. Der junge General

Munzheim hielt sich im Hintergrund, seine Augen nicht von der Königin abgewandt.

»Meine Freunde, dies wird über unser aller Zukunft entscheiden!«, raunte Euphorion. Seine Stimme klang alt und schwach, gelegentlich entfuhr ihm ein Husten. Iselia, die sich gerade noch ein Stück Kuchen in den Mund gestopft hatte, zückte zwei kleine Dolche, der eine schwarz wie die Nacht, der andere hell leuchtend. »Sollen sie kommen, fehlgeleitete Söhne eines Schlampenadlers.«

»Iselia... Diese Menschen zu töten würde nur die Anschuldigungen des Bischofs bestätigen! Gewalt ist keine Lösung für dieses Problem!«, bemerkte Euphorion ernst.

»Gewalt war noch nie eine Lösung«, warf Eloriel ein, den Blick nicht vom Tor ablassend. Angst zeichnete ihr Gesicht. »Und dennoch wird sie praktiziert!«, seufzte sie. »Gewalt ist zum Sprachrohr unserer Gesellschaft geworden!« Eloriel schielte kurz zu Euphorion hinüber.

»Wir sollten uns jedoch fragen, ob wir uns auf dieses Niveau herablassen oder in Würde untergehen!?«, entgegnete dieser. Allen Beteiligten lief ein kalter Schauer über den Rücken. Die Luft war kalt wie Eis.

»Untergehen? In Würde? HA!« Iselia blickte kampfbereit. »Einigen dieser Ratten schneide ich persönlich die Zunge raus, bevor ich draufgehe!«

Gamadas war immer wieder von Iselias Aufopferungsbereitschaft und ihrem Mut überrascht. Das traute man dieser fülligen Lady gar nicht zu.

»Werte Ratsmitglieder?« Eine sanfte Stimme ertönte plötzlich hinter ihnen. »Ich habe gesehen, was in Empiris geschah. Diese Menschen machen keine Gefangenen! Sie sind wie Tiere, fehlgeleitet von ihrem Rudelführer.« Das Mädchen mit den blonden Haaren stand nun dicht hinter den vier Magiern, die sich zögernd zu ihr umdrehten.

»Kahn!« Gamadas presste den Namen verächtlich über seine Lippen und ließ ihn wie Abfall über seine Zunge auf den Boden gleiten. »Sie folgen ihm blind!«

»Mein Name ist Cora!«, sagte die Kleine und verbeugte sich ehrfürchtig. Tatsächlich war es ein junges Mädchen, vielleicht 14 Jahre alt, das nun mit ernster Miene vor den Obersten des Rates stand. Sie warf ihre langen blonden Haare hinter sich und band sie mit einer dicken Baumfaser zusammen. Sie war schlank und trug die Kriegskleidung des Volkes der Urugai, das im westlichen Wald fernab der Zivilisation beheimatet war. Trotz allem, irgendetwas missfiel den Magiern an ihr. Sie sah bei weitem nicht aus wie eine Urugai. Sie hatte, so gut es im schimmernden Licht zu erkennen war, eine Art Schwanz, der langsam auf und ab wippte. Wie der einer Raubkatze.

»Für Erklärungen habe ich genauso wenig Zeit wie ihr! Wichtig ist nur, dass ihr wisst, dass ich auf eurer Seite stehe«, beteuerte sie kühl und kramte in einem der vielen Lederbeutel, die sie um ihre Lende gebunden hatte. Die vier Magier schauten sich fragend an, während die Scharniere des Tores immer weiter nachgaben. Es knarzte und knallte wie in einem alten Sägewerk. Da zog Cora einen rot leuchtenden Kristall aus ihrem Beutel.

»Das ist…« Euphorion trat etwas näher an das Mädchen heran und zupfte sich seine dünne Brille zurecht. »…ein Wander-Rubin!«, staunte er.

»Solltet ihr alle hier bleiben und der Fall der Fälle eintreten, so wird die Zunft der Magier für immer ausgelöscht. Die alten Schriften wären verloren und ebenso die Weisheit der Ahnen und Urahnen, die sich in euch befindet!«

Cora hob die Hand über den Rubin. Sein roter Schein wurde stärker und schlug fremdartige Schatten auf ihrem jungen Gesicht.

»Jedoch«, begann sie und blickte den Magiern reihum in die Augen. Sie wusste genau, was sie tat. »Jedoch kann der Kristall nur drei von euch befördern, seine Kraft ist fast erloschen!«

»Ich bleibe hier und verteidige die Universität!«, beschloss Eloriel rasch und erhob die Hände. Weiße Blitze zuckten daraus hervor und die Augen der Königin leuchteten Kampfbereit.

»Majestät?«, ergriff General Munzheim plötzlich das Wort und trat von hinten aus der verloren dreinschauenden Menge. »Ihr müsst diese Chance nutzen und von hier verschwinden!« Er sah nun endlich wieder eine Chance, das Geheimnis der Königsfamilie zu bewahren. König Barthas hatte es seit jeher für richtig empfunden, die Tatsache geheim zu halten, dass seine Frau eine Magierin des Lichts und Vorsitzende eben dieses Rates war. Durch die Spannungen zwischen Magiern und Kirche waren die Meinungen der Völker schon immer gespalten gewesen. Wäre die Königin nun zu gerade dieser Zeit als Magierin enttarnt worden, würde dies den Thron von Archadis gefährden. Der General blickte Eloriel hoffnungsvoll an.

»Nein, ich…«

»Eloriel, so viele Jahre, gar Jahrhunderte wären verloren…«, wurde sie von dem alten Euphorion unterbrochen. Er schluckte bevor er fortfuhr. »... wären verloren, falls dies unser Ende bedeuten sollte.« Er hielt inne und griff Eloriels Hand. Seine Handflächen fühlten sich an wie faltiges Leder, aber dennoch warm wie die eines mitfühlenden alten Mannes. »Ich werde die Meute zurückhalten! Meine Kraft wird uns schützen.

Aber IHR...« Er deutete mit zitternden Fingern auf Gamadas, Iselia und Eloriel. »…ihr müsst das Fortbestehen der magischen Kunst sicherstellen!« Mit wehendem Bart drehte er sich Richtung Tor, das immer weiter nachgab. Es polterte und schepperte. Schreie waren von draußen zu vernehmen, die von Sekunde zu Sekunde lauter und bösartiger wurden.

Wie können Menschen nur zu so etwas fähig sein?

Munzheim konnte das alles nicht glauben. Er selbst hielt nicht viel von Magie, aber diese Brutalität war nicht zu erklären.

Plötzlich ertönte ein Krachen. Lauter als alles andere zuvor. Die Scharniere des großen Tores schraubten sich knarzend aus den steinernen Wänden. Es wankte und Staub drang durch die Ritzen der dicken Bretter. Euphorion trat einen Schritt nach hinten, um nicht von dem riesigen Tor zerquetscht zu werden, das donnernd in den Raum fiel. Er hob sich die Hände schützend vor sein bärtiges, altes Gesicht und schloss die Augen.

Das Tor krachte auf den steinernen Boden, ohrenbetäubender Lärm hallte wie tausend Trommeln durch die große Halle und einige Magier warfen sich flach auf den Boden. Noch bevor sich der Staub lichtete, erhob Euphorion die Hände und murmelte einen Zauberspruch.

»GEHT!«, unterbrach er kurz sein Gemurmel und blickte ernst in die Gesichter der drei anderen Magier. Seine Stimme hallte lauter als jedes Gebrüll eines Menschen hallen konnte. Er sprach direkt zu ihren Gedanken. Nun galt es, nicht mehr lange zu zögern!

»Legt eure Hände darauf!« Cora überreichte Gamadas den Rubin.

»Die Schriften!«, schrie Iselia, rannte flux zu einem großen Tisch und schnappte sich so viel Pergamente wie sie tragen konnte. Einige fielen dabei unter den Tisch, aber es war jetzt keine Zeit sie zu sortieren.

»Schnell!!«, schrie Cora. Die ersten Menschen stürmten bereits in den Saal. Iselia keuchte vor Anstrengung, versuchte gleichzeitig die Schriften zu halten und eine ihrer dicken Hände auf dem Rubin zu platzieren. Eloriel legte ebenfalls zögerlich ihre Hände darauf. Ihr war nicht wohl und sie blickte immer wieder verstohlen zu dem alten Euphorion Dark, den mittlerweile schwarze Schatten umhüllten.

Plötzlich sprühten rote Funken aus dem Rubin. Munzheim betrachtete das Schauspiel aus einiger Entfernung und machte sich um sein eigenes Schicksal gerade keine Gedanken. Seine Loyalität und auch sein Leben galten nun alleine der Königin. Dann war ein leichtes Summen zu vernehmen und ein rotes Schimmern hüllte die drei Magier ein. Cora wich etwas zurück, um nicht auch erfasst zu werden. Kurze Zeit später schwebten die drei bereits einige Zentimeter über dem Erdboden. Sie alle sorgten sich um die anderen, dennoch war ihre Flucht im Moment die einzige Chance für die Zünfte. Sie hofften alle auf die außerordentlichen Mächte des alten Euphorion und die Kraft des geheimnisvollen jungen Mädchens.

Plötzlich ein Schrei. Die Königin riss, über dem Boden schwebend, ihre Augen weit auf und ein kleiner Rinnsal Blut tropfte aus ihrem Mundwinkel. Ihre Augen wurden glasig und nur mit Mühe konnte sie diese offenhalten. Sie drehte sich zu General Munzheim um und versuchte zu sprechen.

»Robert... beschütze........ meine Tochter!«, sagte Eloriel müde. Es dauerte einige lange Sekunden, bis der General begriff, was geschehen war. Seine Augen weiteten sich, als er erblickte, dass aus dem Bauch der Königin eine rostige Mistgabel ragte, die sich von hinten durch sie gebohrt hatte. Ihr Blut tropfte auf den Boden und bildete eine schimmernde rote Pfütze.

»Sie ist eine…«, begann Eloriel. Da griff Munzheim reflexartig nach der Hand der Königin.

»MAJESTÄT!!«, schrie er verzweifelt.

»NICHT!!!« Cora drehte sich blitzschnell um, wandte sich vom Kampfgetümmel ab und rannte auf den General zu. In dem Moment, als Cora ihn wegstoßen wollte, entflammte der Rubin und eine feuerrote Lichtwelle hüllte die Umgebung ein. Während sie alle in einem roten Blitz verschwanden, blickte Munzheim ein letztes Mal in die smaragdgrünen Augen Eloriels, bevor seine Sinne ihn verließen.

Dann waren Iselia, Gamadas, Eloriel, Munzheim und Cora verschwunden.

Empiris, Phönix Gesellschaft

»Während sich die Lage in unserer Stadt langsam wieder beruhigt, scheint eine größere Gruppe von Menschen mittlerweile die Bergfestung von Mhyra gestürmt zu haben. Neuesten Meldungen zufolge will der Bischof seinen heiligen Kreuzzug mit einem Vergeltungsschlag gegen die Magierzunft zu Ende bringen! Weitere Informationen...«

Lupos drehte sich auf dem großen Sessel seines Vaters, legte die Füße auf den Tisch und schaltete den Sphärodron mit einer Art Fernbedienung aus. Er schien in Gedanken versunken, als sich plötzlich die vom Angriff noch schwer beschädigte Tür zum Büro auftat. Herein kam eine in einen engen roten Overall gekleidete Frau. Ihr Gesicht war in Falten gelegt und sie zog ihre Brille zurecht, während sie auf Lupos' Schreibtisch zustürmte.

»Was ist geschehen?«, schrie sie und schlug mit den Händen auf den riesigen Tisch. Man konnte nicht genau sagen, ob sie wütend oder erschüttert war. Lupos nahm die Füße herunter und blickte sie durch seine schimmernden Augen an. Eines seiner Augen war dunkelblau, das andere giftgrün.

»Frau Tec?«, fragte er und grinste. »Wie darf ich Ihnen behilflich sein?«

»Wo ist dein Vater?«, fragte die Frau besorgt und aufgebracht zugleich. Lupos schwieg. »Wo ist dein Vater??«, brüllte sie erneut, diesmal etwas lauter.

Langsam erhob er sich aus seinem Sessel und drehte sich zu dem großen Fenster hinter ihm. Die Frau, die offenbar zum Stamm der Paradox gehörte, was ihre gräuliche Hautfarbe verriet, wurde ungeduldig.

»Ich muss mit ihm reden, Lupos!«

»Er ist tot«, erwiderte dieser, ohne den Blick auf die aufgebrachte Frau hinter sich zu richten. »Sie haben ihn erwischt!«

Die Frau wurde blasser, als sie es sowieso schon war.

»Das kann doch nicht...«, sie stockte. »Hast du etwas damit zu tun?«, schrie sie. »DU?!«

Plötzlich sprang die Tür hinter ihr auf und ein etwas korpulenter Mann beförderte die Dame unsanft aus dem Raum, während sie strampelnd mit allerlei Schimpfwörtern um sich warf.

Ende der Ära der Magier

Bergfestung von Mhyra

Unzählige Menschen stürmten in die magische Universität, brüllten wie von Sinnen und schwenkten allerlei Waffen und Haushaltsgeräte über ihren Köpfen. Sie waren nur noch wenige Meter von Euphorion Dark entfernt, als es ihm gelang eine Barrikade zu errichten, um die Meute einen Moment lang zu bändigen. Eine riesige lila-schwarz-fluoreszierende Wand blitzte vor dem alten Mann auf. Sie schien wie aus Glas zu sein und bescherte jedem, der sie berührte, eine heftige Ladung schwarzer Magie. Euphorion drehte sich zu den verängstigten Magiern hinter sich um.

»Holt die Studenten aus den Türmen und flieht durch den Hinterausgang!« Sein faltiges Gesicht war rot angelaufen. Er schwitzte. Die Unruhe wurde größer: einige rannten die Gänge entlang, die zu den Schlafräumen der Studenten führten, andere wussten nicht so recht was sie tun sollten. Wieder andere rannten einfach gegen eine Wand, fielen auf den Boden und zappelten wie wehrlose Käfer. Magier waren nicht zum kämpfen ausgebildet.

Der alte Mann hob die Arme und verstärkte keuchend die lila schimmernde Barriere. Die Menschen dahinter brüllten und versuchten mit verschiedenem Gerät die magische Wand zu durchstoßen.

»Fahrt zu Belias!«, schrie Euphorion und drückte seine Hände auf die Barriere, um sie zu verstärken. Das Einzige das er tun konnte, war, die Barriere solange intakt zu halten, bis die anderen Magier Schutz gefunden hatten. Plötzlich wurde es ruhiger. Euphorion nahm langsam seine Hände von der Barriere und beobachtete durch sie hindurch, wie die Menschen eine Art Gasse bildeten. Er sah nur wie durch Milchglas was geschah, jedoch waren nun am Eingangsbereich einige Gestalten zu erkennen, die sich von der Menge abhoben. Als diese näher kamen, enttarnte er sie als Elitesoldaten. Auch der Bischof persönlich tauchte aus dem Gewimmel auf.

»Gib auf, alter Mann!«, sagte dieser, als er selbstsicher direkt vor der Barriere stand.

»Das ist Wahnsinn, Kahn!«, brüllte Euphorion und fuchtelte mit den Händen. »Wahnsinn!«, wiederholte er. Plötzlich tauchte hinter dem Bischof ein riesiger Schatten auf. Ein Fauchen und Brüllen war zu vernehmen und etwas versuchte sich durch das riesige Tor zur Halle der Elemente zu quetschen. Die Menschen drückten sich panisch links und rechts an die Wände.

»Sei vernünftig und gib auf!« Der Bischof hob die Hände und hinter ihm nahm eine riesige Chimäre Gestalt an. Ein drachenartiges Mischwesen aus verschiedenen Tierarten. Sie war etwa sieben Mal so groß wie ein ausgewachsener Mann, aus ihren Nüstern drang dichter Qualm, ihr Maul, das dem eines gefiederten Löwen glich, war geziert von spitzen Reißzähnen. Chimären konnten einen Hamstalon in kürzester Zeit in der Luft zerfetzen. Ihr Schuppenkleid war weiß mit einigen bräunlichen Stellen und ihre mächtigen Klauen, die denen eines Greifvogels ähnelten, grub sie tief in den steinernen Boden der Universität.

»Eine weiße Chimäre!« Euphorion wich zurück. »Wie kannst du ein magisches Geschöpf wie dieses zu deinem Zwecke einsetzen?«

»Als Mittel zum Zweck, weiter nichts.« Kahn schnippte mit dem Finger. Die Augen Euporions weiteten sich und er sank auf die Knie, als das riesige Tier seine Barriere mit einem Klauenschlag zerstörte. Als die mächtigen Pranken der Bestie den Schutzwall zerrissen, zischte und brodelte es. Funken sprühten aus dem entstandenen Riss, bis sich der schützende Wall in funkelnden Staub auflöste.

Die weiße Chimäre trat langsam auf Euphorion zu und er blickte tief in ihre Augen, die jeweils doppelt so groß waren wie sein eigener Kopf. Er spürte, dass das Tier litt, es wurde geknechtet und wie ein Haustier dressiert. *Du armes Geschöpf…*

Er senkte den Kopf. Seine einzige Hoffnung lag darin, dass Iselia, Gamadas und Eloriel in Sicherheit waren. Der arme Euphorion hatte nicht mitbekommen, dass die Königin schon längst tot war. Die Chimäre riss ihr gewaltiges Maul auf und brüllte, sodass die Fenster des riesigen Saales zersprangen und die bunten Scherben auf den Boden prasselten.

Ich verzeihe dir, geknechtetes Wesen...

Dann wurde Euphorion an Ort und Stelle vom Boden gerissen. Einige Male schwenkte die Chimäre ihr Opfer durch die Luft, schlug es gegen die Wand der Universität, wie es wilde Tiere so taten. Ihre Beute war schon tot, als sie sie schließlich mit einem knochenzermalmenden Knirschen auseinander riss. Während der gesamten Tortur gab Euphorion nicht einen Schrei von sich. Ein breites Grinsen war auf Kahns Gesicht zu erkennen, als das Blut des alten Magiers auf ihn herab regnete. Es färbte seine weiße Kutte rot und rann an ihm herab wie salziger, dickflüssiger Regen.

»Durchsucht die Universität!«, befahl der Bischof schließlich, woraufhin seine Gefolgschaft in die Halle stürmte, hinauf in die etlichen Türme, Brücken und Lehrräume und bis in die kleinsten Winkel der magischen Universität. Einige der fliehenden Magier und die Studenten befanden sich noch im Inneren, wo sie an Ort und Stelle von den Angreifern überwältigt wurden. Andere, die bereits den Hinterausgang genommen hatten, trafen auf Voldho und einige bewaffnete Personen, die sich von der Gruppe abgespalten hatten. Während dieses unsäglichen Gemetzels schritt der Bischof durch die Halle der Elemente. Unbeeindruckt von der Gewalt, die rings um ihn herum stattfand, wich sein hämisches Grinsen nicht von seinem Gesicht. Er steuerte auf den Tisch zu, auf dem die alten Pergamente der Magier lagen. Einige davon hatte Iselia an sich genommen, aber das, nach dem Kahn suchte, lag unter dem Tisch. Er bückte sich, nahm das vergilbte Papier, öffnete das Siegel und ließ seine Blicke über die kryptischen Zeichnungen schweifen. Dann fing er aus vollem Halse an zu lachen. Sein Gelächter hallte an den steinernen Wänden wider und brannte sich in die Ohren der mit dem Tode ringenden Magier ein, die ringsum am Boden lagen.

Der Wegweiser zum Schrein der Thohawk und die Aufzeichnungen über die Zepter der Elemente waren sein. *Die Karte des Wanderers... Endlich!*

Schließlich gab Kahn der Chimäre, die erhaben und wie ein gigantischer Leibwächter hinter ihm stand, den Befehl, den Überlebenden einen Gefallen zu tun und sie von ihren Qualen zu erlösen. Kurz bevor die Chimäre in den Saal trampelte, wich sein Blick nach oben an die Dachpfeiler, die die hohe Decke stützten. Kurz glaubte er, eine schwarze Gestalt gesehen zu haben.

Staub rieselte leise von der Decke.

Kapitel 10

Verkauft und verraten, die Kirche will Macht.
Wer stets nur dem Licht folgt, als Letzter wohl Lacht?

Tag 30, Jahresanfang 358 n. E.

Fluss Gülden, einige Kilometer vor Goldhafen

Ein Lagerfeuer erhellte die finstere Nacht und gab einen wärmenden Schein von sich. Lea hüllte sich in eine Decke, die der General ihr besorgt hatte und blickte schweigend in die tanzende Glut. Millionen Funken wurden in einem Moment geboren, nur um im Nächsten wieder zu erlöschen und ein unbedeutendes Stückchen Asche zurückzulassen. Picardo stocherte mit einem kleinen Stock im Feuer herum, bis er sich schließlich die Fingerkuppen verbrannte. Er steckte sich die Finger in den Mund, um sie zu kühlen.

»Pass auf!«, kicherte Lea. »Ich kann nicht die ganze Zeit heulen, nur um deine Wunden zu versorgen.« Tatsächlich hatte sich Lea noch vor einigen Stunden die Augen ausgeweint, um den angeschlagenen Picardo wieder auf die Beine zu bekommen. Doch da er hart im Nehmen war, verlief seine Heilung relativ rasch. Der im dunklen Schein der schwarzen Sonne glänzende Fluss Gülden plätscherte friedvoll in nicht weiter Ferne. Kleine Nachtelfen schwirrten über ihn hinweg und sammelten winzige Wassertropfen für ihren Nachwuchs.

»Lucius«, begann Munzheim, der dicht neben Lea Platz genommen hatte. Zum ersten Mal nahm er seine Generalsmütze ab und entblößte seine kurzen, dunkelblonden Haare. »Wohin genau führt uns unsere Reise nun?« Er blickte erwartungsvoll in Lucius' dunkle Augen. Das Feuer spiegelte sich darin und ließ ihn geheimnisvoller denn je wirken.

»Was interessiert dich das? Du wolltet auf dem schnellsten Wege zurück nach Archadis!«, entgegnete Lucius und nahm einen langen Stock in die Hand, der neben ihm auf dem Boden lag. Er steckte eine Joguschfrucht darauf.

»Die heilige Kirche der Elia macht Jagd auf uns!« Der General fuhr sich durch die Haare und seufzte. »Die Glaubensgemeinschaft, der ich angehöre, wollte mich töten wie... wie...«

»Wie damals all die unschuldigen Magier«, fuhr ihm Lea ins Wort, ohne den Blick vom Feuer abzulassen. Lucius hob die Joguschfrucht in die knisternden Flammen, woraufhin sie anfing zu brutzeln. Der helle Saft trat aus ihr hervor und tropfte zischend in die Glut.

»Nun gut«, begann Lucius, lehnte sich zurück und fixierte den Stock mit einem Stein. »Herr General, der Bischof ist auf der Jagd nach uns, da wir etwas besitzen, das für ihn von unschätzbarem Wert ist.« Lea wurde hellhörig und ließ ihren Blick vom Feuer ab. Gespannt blickte sie Lucius an. Auch Picardo, der noch an seinem roten Finger lutschte, spitzte die Ohren.

»Aber wir haben dem Bischof nichts getan!«, sagte Munzheim. »Die Prinzessin schon gar nicht!«

»Die Prinzessin am allermeisten«, erwiderte Lucius und grinste. Langsam drehte er die Frucht im Feuer. »Unsere kleine Lea ist eine Magierin des Lichts und der Bischof weiß das!« Munzheim wurde blass.

»Das... das ist...«

»Der Bischof ist schon seit sehr langer Zeit scharf auf die Vorherrschaft in Golgata, nur etwas ist ihm seit langem im Weg, etwas, dessen er sich nicht so leicht entledigen konnte.« Dem General wurde schwarz vor Augen, der Schock saß ihm in den Gliedern.

»Die Königsfamilie!«, sagte er, so, als ob er es schon lange Zeit gewusst hätte.

»Die Königsfamilie!«, wiederholte Lucius und nahm die Joguschfrucht aus dem Feuer. Eine kleine Nachtelfe versuchte sie ihm aus der Hand zu stibitzen, aber Lucius beförderte sie mit einem Klatsch ins Unterholz.

»Aber das ist nicht das, wonach er im Moment trachtet, mein Lieber.«

»Sondern?«, fragte der General. Jetzt konnte ihn sowieso nichts mehr überraschen.

»Bevor er den Thron besteigen kann, muss er an Macht gewinnen. Er muss so viel Macht gewinnen, um den aufkommenden Widerstand des ungläubigen Volkes niederschlagen zu können!«

Genüsslich biss Lucius in die Joguschfrucht; der süßliche, herb-milde Saft tropfte auf sein beiges Leinenhemd. Er wischte sich den Mund mit dem Ärmel ab.

»Dazu braucht er zum einen das Zepter der Elia. Zum anderen die Karte des Wanderers!«, sagte Lucius hämisch und griff in einen Beutel. Heraus zog er eine zerknitterte Karte. Er grinste. »Und natürlich diesen kleinen Kerl hier.«

»Wie? Was?!« Picardo drehte sich ruckartig zu Lucius um und kniff die Augen ungläubig zusammen.

»Picardo, du bist einer der letzten deiner Art, vielleicht sogar der letzte. Laut dieser Karte lässt sich die Tür zum Tor der Elemente überhaupt nur mit deiner Hilfe öffnen«, sagte Lucius und kaute nebenbei. »Was auch immer das bedeuten mag.« Er gab sich unwissend, doch er wusste insgeheim mehr als ihm lieb war.

Der letzte Thohawk...

Munzheim stand auf und hielt seine Hände in Richtung Feuer, um sie etwas zu wärmen. Die Flammen schlugen fremdartige Schatten auf seinen Handflächen. Noch war ihm nicht bewusst, dass er schon einmal einer Thohawk begegnet war. Damals. Plötzlich begriff er. Es zuckte wie ein Blitz durch seinen Verstand.

»Der Bischof hat ähnliche Pläne wie einst der Magier Mandragon!?«

»Erfasst, General«, sagte Lucius mit vollem Mund, zeigte auf ihn und schnippte mit dem Finger. »Ausgezeichnete Schlussfolgerung!«, fügte er hinzu. »Und genau deshalb gehen Picardo und ich zu der Tempelstätte. Mit Hilfe dieser Karte!« Er faltete selbige auseinander. Es waren einige Linien und seltsame Zeichen darauf zu erkennen. Wer nicht wusste, was es damit auf sich hatte, konnte es glatt für die Kritzelei eines Kindes halten. »Ich habe sie persönlich dem alten Kahn unter dem Hintern weggestohlen!«

»Na super!« Munzheim drehte sich und schlug die Hände über dem Kopf zusammen. »Es hätte ja wohl auch niemand ahnen können, dass man verfolgt wird, wenn man in die Stadt der Engel einbricht und ein Besitztum des Bischofs entwendet.«

»Ein Besitztum der Magier!«, warf Lucius sofort ein und faltete das Stück Pergament wieder zusammen. »Ein Besitztum der Magier, das Kahn und sein stinkender Schoßhund Voldho vor elf Jahren entwendet haben. Ich war dabei.«

Es folgte eine kurze Stille, in der alle versuchten, die Neuigkeiten so gut wie möglich zu verdauen. Picardo war gut im Verdauen und eröffnete wieder das Gespräch. »Dann halten wir ihn auf!«, sagte er mit einem solchen kindlichen Enthusiasmus, dass Lucius ihn sofort zügeln musste.

»Stopp, Kleiner! Sei nicht so übermütig! Der Bischof ist mächtig, er verfügt über die besten Elitesoldaten der Welt und einige sehr gefährliche Chimären, die er für seine Zwecke dressiert hat.«

»Also was ist der Plan?«, meldete sich Lea zu Wort.

»Prinzessin!?« Munzheim machte einen kleinen Satz und blickte Lea ungläubig an. »Das ist ein sehr gefährliches Unterfangen, und ich werde niemals erlauben, dass sich Eure Hoheit da einmischt... ich...« Er begann langsamer zu sprechen und drehte sich ab. »Ich habe schon eure Mutter sterben sehen und ich könnte es nicht ertragen, falls Euch das gleiche Schicksal ereilen sollte.« Munzheim lief eine Träne über die Wangen. Lea hatte den General noch nie zuvor weinen sehen.

»Robert!« Sie streifte sich die Decke vom Körper, stand auf und legte eine Hand auf seine Schulter. »Falls es stimmt was Lucius erzählt hat, sind wir alle in Gefahr; ja sogar Vater.«

Munzheim schwieg, er wusste innerlich, dass Lea sich bereits entschieden hatte und er sie unter keinen Umständen davon abbringen konnte, den beiden in den Gordongdschungel zu folgen, wo man die Tempelstätte der Thohawk vermutete. Er drehte sich wieder zu ihr um, legte seine Hände auf die schmalen Schultern der Prinzessin und blickte in ihre smaragdgrünen Augen.

»Ihr bleibt stets hinter mir, Ihr bleibt stets wachsam und Ihr nehmt keine Süßigkeiten von Fremden an, die am Wegesrand lauern!« Lea lächelte und fiel Munzheim um den Hals.

»Danke, Robert!«, sagte sie leise.

»Wie rührend« Lucius verdrehte die Augen und stopfte sich den letzten Rest seiner Frucht zwischen die Backen. Schmatzend ließ er sich zurück ins Gras fallen und schloss die Augen. »So sei es also!« Er grinste hämisch und rieb sich den Bauch. »Details erfahrt ihr morgen.«

»Wäre es nicht besser, die Karte zu vernichten? Dann findet der Bischof die Tempelstätte sicher nicht!«, bemerkte der General skeptisch, doch Lucius war bereits eingeschlafen. Zumindest tat er so.

»Lass uns schlafen, Robert«, sagte Lea und ging zurück zu ihrer Decke. Sie legte sich auf das weiche Gras, hüllte sich in die Decke ein und schloss die Augen. Munzheim beschloss, es vorerst dabei zu belassen. Auch wenn er seine Bedenken hatte.

Gute Nacht, Prinzessin... Es dauerte nicht lange, da war auch er eingeschlafen. Nur Picardo saß noch am flackernden Feuer und blickte in die tiefe Nacht.

Tag 1, Elium 358 n. E.

Stadt der Engel, Kerker

»Klopf Klopf!« Bischof Kahn stand vor der Zelle, in der König Barthas saß, und verschränkte die Arme vor der Brust. Er sah durch seine geringe Größe und seine eher schmächtige Körperhaltung nicht sehr gefährlich aus, aber Barthas wusste: seine Macht war enorm. »Es gefällt mir, dass du dich eingelebt hast, Gregor.«

»Du mieser kleiner... Hör auf, mich bei meinem Vornamen zu nennen!« Gregor Barthas drohte mit den Fäusten. Seine königliche Robe war zerrissen, die grauen Haare zerzaust und sein Gesicht lag in Sorgenfalten.

»Nur die Ruhe, mein Lieber! Ich wollte dich nur darüber informieren, dass wir dem Volk von Archadis die traurige Nachricht über dein Ableben verkündet haben.« Kahn schüttelte den Kopf. »Eine traurige Geschichte!«

Barthas ballte die Fäuste und konnte seinen Zorn kaum zügeln.

»Es ist sehr grausam, dass sich deine Tochter gegen dich gewandt hat. Eine kleine Magierin, die ihren eigenen Vater tötet!« Kahn faltete die Hände zusammen und blickte zu Boden. »So grausam. So undankbar.«

»KAHN?!« Barthas brüllte den Namen so, dass er vom Kerker durch alle Hallen der Festung hallte und selbst die Tauben auf den Dächern davonflatterten. »Niemals, und ich meine NIEMALS, wirst du damit durchkommen! Solange meine Tochter und der General noch am Leben sind, wird dein

Betrug auffliegen!« Das Gesicht des ehemaligen Königs war rot angelaufen und seine Augen waren mit Tränen der Wut gefüllt.

»Oh ja... sie leben noch! Elia sei Dank, wir brauchen sie ja noch!« Barthas verstand nicht, was der Bischof ihm sagen wollte. Sein Gesichtsausdruck machte dies deutlich. »Mein lieber, ehemaliger König! Deine zwei Lieben haben sich wohl mit dem Kind und diesem räudigen Schattenmagier zusammengeschlossen und sind nun auf dem Weg zur Tempelstätte der Thohawk!«

Barthas brauchte einige Sekunden, um zu verstehen was ihm der Bischof gerade eben gesagt hatte. Er begriff zwar den Zusammenhang der Wörter, der Sinn blieb ihm jedoch verschlossen.

»Aber... Aber warum!?... Wie?«, stotterte der König.

»Gregor, du verstehst aber auch gar nichts!« Kahn schüttelte den Kopf und machte komische Schnippgeräusche mit seiner Zunge. »Wie ich schon bei meinem Besuch angedeutet habe, haben wir das Zepter gefunden, das wahre Zepter, nicht das verfluchte Zepter des Belias, welches dieser unfähige Mandragon besaß. Nun sieht es der Plan vor, dass deine hübsche Tochter, der junge Thohawk und die restlichen beiden Trottel uns direkt zum Schrein führen!«

»Das ist Wahnsinn, Kahn. WAHNSINN!«, schrie Barthas und rüttelte an den Gitterstäben. Er begriff nun. Schweiß tropfte von seiner faltigen Stirn und die Sorge über seine Tochter und gar über das Wohl von ganz Phön war grenzenlos.

»Wahnsinn, ja! Aber nur so kann diese Welt aus der Finsternis gezogen und die Ungläubigen bekehrt werden. Denn Wahnsinn kann nur mit Wahnsinn bekämpft werden! Aktio und Reaktio… verstehst du?« Er lachte. »Entschuldige, das ist alles so komisch.« Kahn wischte sich eine Träne aus dem Augenwinkel. »Diese Tölpel denken, sie können mich aufhalten, dabei führen sie mich direkt zum Ziel. Und dann werde ich das Tor zur Finsternis versiegeln!«, sagte Kahn mit erhobener Stimme und erhob die Faust. »Auf dass Phön in neuem Glanz erstrahlt! Für die Göttin! Für unsere heilige Mutter Elia!!«

Zurück am Ufer des Flusses Gülden

Lea öffnete langsam ihre Augen und sah ein rundes Gesicht direkt vor ihr.

»Um Himmels Willen!!« Sie erschrak so sehr, dass sie ihre Decke in hohem Bogen von sich schleuderte.

»Guten Morgen«, sagte Picardo freundlich und hob ihr einen hölzernen Becher goldglänzendes Wasser vor die Nase. »Durst?«, fragte er.

Leas Herz pochte wie wild und nur mit Müh und Not konnte sie den Becher gerade halten, ohne das etwas danebenging. Das Wasser jedoch schmeckte herrlich frisch.

»Danke Picardo!«, sagt sie und grinste ihn an. »Aber das nächste Mal bitte etwas weniger angsteinflößend, ja?«

Einige Zeit später waren auch Lucius und Munzheim erwacht. Ausgeruht sahen sie zwar nicht gerade aus, aber ein kleiner Marsch zum Fluss und einige Spritzer Wasser erfüllten ihren Zweck. General Munzheim gähnte und zog sich die Mütze etwas weiter ins Gesicht als sonst. Seine Haare waren mittlerweile etwas fettig geworden, immerhin hatte er seit langer Zeit kein Bad mehr genommen. Da hier in der

Jahreszeit des Elium die helle Sonne sowie ihre Schwester, die schwarze Sonne, zur gleichen Zeit vom Himmel brannten, war es extrem heiß an diesem Tag. Munzheim wünschte die schwarze Sonne mit ihrem heißen, lilafarbenen Licht zurück in die Wüste Thunda, wo sie sich meist in der Jahreszeit Belium aufhielt.

»Folgender Plan«, Lucius zog die Karte aus einer Tasche, die er schon am gestrigen Tage präsentiert hatte. »Wir finden die Tempelstätte vor dem Bischof, geben Acht, dass uns niemand folgt und finden das Amulett des Lichts.«

»Das Amulett des Lichts?«, Picardo zupfte Lucius am Hemd und popelte sich gleichzeitig in der Nase. »Das habe ich nicht verstanden!« Auch Lea und Munzheim schauten skeptisch in Lucius Richtung. Lucius seufzte und schüttelte den Kopf.

»Man sagt, dass die Thohawk vor vielen Jahren die letzten Vermächtnisse Elias und Belias' fanden: die versteinerten Tränen der Götter!«, erzählte Lucius und machte eine kleine Künstlerpause, um seine Worte sacken zu lassen. »Zusammen in den Brunnen der Ewigkeit gelegt, sollte ihre Macht ausreichen, um die Macht des Zepters aufzuwiegen, zu bändigen und das Zepter selbst zu zerstören.« Dann schaute er Picardo an. »Eines dieser Amulette trägst du!« Picardo griff sich unter sein Hemd, zog das Amulett hervor, das tiefschwarz leuchtete. *Die Träne der Finsternis...*

Picardo wusste nicht viel über diese Tränen. Alte Legenden erzählten davon, aber ihm war niemals klar gewesen, dass diese Amulette existierten, geschweige denn, dass dieses Amulett, welches er besaß, eine dieser Tränen sein sollte. Seine Gedanken überschlugen sich. Er fragte sich, wer ihm das Amulett gegeben hatte, woher es kam, was seine Bedeutung war... Picardo seufzte leise. Er wusste es nicht. Es war einfach in seinem Besitz gewesen, solange er denken konnte. Lucius hielt kurz inne und wollte gerade noch weiter ausholen, als der General ihm ins Wort fiel.

»Lucius... das ist zwar eine nette Geschichte. Aber warum haben die Thohawk die Amulette damals nicht eingesetzt?« Er blickte ungläubig.

»Nun ja...«, Lucius überlegte. »Die Thohawk hatten damals wohl so etwas wie eine Vorahnung. Sie wussten, dass sie irgendwann angegriffen werden. Doch was sie nicht wussten, war, WIE stark die Zepter sein können!« Lucius musste grinsen. »Doch Mandragon wusste es!«, ergänzte er. »Also gaben die Thohawk die Amulette fort. In Sicherheit, wie sie dachten. Sie ließen die Tempelstätte verschwinden, doch Mandragon fand sie!«

Munzheim überlegte. *Natürlich! So war es gewesen.* Lucius wollte gerade losgehen, als der General ihn aufhielt. Etwas störte ihn an der Geschichte, die Lucius ihnen auftischte. »Lucius!? Warum vernichten wir die Karte nicht einfach und verschwinden von hier? Dann findet niemand jemals mehr die Tempelstätte und alles ist in Ordnung.« Skepsis lag in der Stimme des Generals. Lucius hatte nicht damit gerechnet, dass jemand seinen Plan hinterfragte und stockte kurz.

»Ähm… Ganz einfach!« Er schien zu überlegen. »Ganz einfach, Herr General! Das lichte Zepter wird den Bischof früher oder später zum Tempel führen, wie damals das dunkle Zepter Mandragon dorthin führte. Falls die Amulette dann nicht zum Tempel gebracht wurden, sind die Tore schutzlos und die Geschichte wiederholt sich.«

»Aha...«, sagte Munzheim und schaute misstrauisch.

Engelssegler, Himmel über Goldhafen

Azhad stand neben einigen Bahren und verarztete die Wunden der Soldaten, die Lucius hart getroffen hatte. Voldho allerdings war schon wieder auf den Beinen, denn Unkraut vergeht bekanntlich nicht. Leicht humpelnd trat er in das weiße Zimmer, in dem die Soldaten lagen.

»Azzzzhad?! Lass diese unfähigen Wichte in Ruhe und ssssteuer das Schiff Richtung Engelssssstadt.« Azhad hörte zwar, was Voldho sagte, wollte aber noch den Verband des Soldaten zu Ende binden und verweilte so noch kurz an Ort und Stelle.

»Sssofort! Habe ich mich nicht deutlich ausssgedrückt?« Voldho stürmte heran und schlug Azhad mit der flachen Hand zu Boden.

»J... Ja... sicher Meister Voldho!«, stammelte Azhad und richtete sich sofort wieder auf. Er rieb sich die Wange und lief schnellen Schrittes Richtung Cockpit.

Mit leisen Sohlen schritt Voldho durch den Raum und beäugte jeden einzelnen der verletzten Soldaten. Er wischte sich etwas Sabber vom Kinn und putzte ihn an seiner Tunika ab.

»Durch meine Überlegenheit konnte ich einen Sssender an dem idiotischen General anbringen, ohne dass er essss bemerkt hat!« Er beugte sich über einen Soldaten, sodass dieser Voldhos fauligen Mundgeruch riechen konnte und krampfhaft versuchte, seinen Mageninhalt bei sich zu behalten. »Von euch bin ich jedoch maßlos enttäuscht. Die Elitesoldaten der Ssstadt der Engel! PAH!!« Er richtete sich ruckartig auf. »Dassss ich nicht lache!«

Blitzschnell zog er einen langen, weiß leuchtenden Dolch unter seiner Tunika hervor und rammte ihn dem Soldaten, der vor ihm lag, mitten durch das rechte Auge. Für Schmerzensschreie hatte der Ärmste keine Zeit, er war auf der Stelle tot. Blut spritzte durch die Öffnung nach oben.

»Lasssst euch das eine Lehre ssssein!«, krakeelte Voldho. Er packte den weißen Schaft, der die Form einer Feder hatte und zog den Dolch aus dem Kopf des Mannes. Blut sickerte an der Bahre herab und tropfte langsam auf den Boden. Voller Schrecken richteten sich die Männer auf und versuchten die Schmerzen zu unterdrücken, die Lucius' Magie verursacht hatte.

»Se… Sehr wohl, Sir!«, stammelten sie panisch im Chor.

»Gut!«, kicherte Voldho und wischte sich den blutigen Dolch an seinem linken Ärmel ab.

Tag 2, Elium 358 n. E.

Dorf Uru, Urugai-Wald

Kein Tag und keine Nacht waren seit ihrer Trennung vergangen, an dem Cora nicht an ihren geliebten Bruder Aeris denken musste. Auch diesen Morgen kniete sie am Quellbrunnen, betrachtete ihr Spiegelbild und kämmte ihr goldblondes Haar mit einer Bürste aus Baumfasern. Innerlich sah sie nicht sich selbst im Spiegelbild des Wassers, sondern ihren Bruder. Als sie ihn verlassen musste, hatten sie sich sehr ähnlich gesehen. Tausende von Fragen gingen ihr seither Tag für Tag durch den Kopf.

War es richtig ihn zurück zu lassen? Wie ging es ihm? War er überhaupt noch am Leben? Aber sie hatte keine Wahl... Damals. Nach diesen dreizehn Menschenjahren würde er stärker gealtert sein als sie selbst. Aber Cora wusste, dass er trotz allem noch jünger sein musste als sie. Dabei war sie sich über ihr eigenes Alter gar nicht genau im Klaren. Man muss wissen, dass im Wald der Urugai die Zeit nicht ihren gewohnten Lauf nahm, sondern sich hier etwas langsamer bewegte als außerhalb des Waldes. So hatte es für Außenstehende den Anschein, als altere das Volk der Urugai viel langsamer.

Cora formte ihre Hände zu einem Trichter und schöpfte etwas Wasser aus der glasklaren Quelle. Sie spritzte es sich ins Gesicht und machte einige blubbernde Geräusche.

»Cora!«, erhob sich eine kratzige Stimme hinter ihr. Es war Feghnom der Dorfälteste.

»Herr Feghnom?!«, begrüßte ihn Cora und wischte sich das Wasser mit den Unterarmen aus dem Gesicht. Dann drehte sie sich zu dem alten Herrn mit der grünen Hautfarbe. »Was kann ich für Sie tun?« Sie ging halb in die Knie und schaute unterwürfig zu ihm hinauf. Er war ein großer Mann, der aber aufgrund seines Alters nicht mehr ganz so gerade stehen konnte wie früher und daher in eher gebückter Haltung verharrte.

»Steh auf Cora!«, forderte er sie auf und machte eine Handbewegung nach oben. Cora hatte großen Respekt vor dem Mann, der sie damals vor dem sicheren Hungertod bewahrt und ihr den Weg nach Uru, dem Dorf der Urugai, gezeigt hatte. »Du bist ein gutes Kind! Du hast in der Zeit, in der du bei uns warst, viele gute Dinge vollbracht.«

»Nun ja...«, warf Cora ein, wurde aber sofort unterbrochen.

»Komm mit, ich will dir etwas zeigen!«

In der hölzernen Hütte des Dorfältesten roch es wie immer nach getrockneten Goschmuschbeeren, Maganolia und anderen seltsamen Kräutern, deren Bedeutung sich den meisten Völkern verschloss. In einer Ecke des Hauses, das komplett aus Buschwerk erbaut war, saß ein Mann mit roten, abstehenden Haaren, einem Dreitagebart und Lederkluft.

»Gamadas... wie geht es dir?«, fragte Feghnom und setzte sich neben ihn auf einen kleinen Hocker.

»Ich freue mich, Euch so wohlbehalten zu sehen, Gamadas«, sagte Cora und trat näher.

Gamadas nickte. »Iselia und ich versuchen noch immer verzweifelt einigen eurer Leute die Magie etwas näher zu bringen, aber der Erfolg lässt zu wünschen übrig!« Feghnom lächelte.

»Urugai sind eben kein Volk der Magie!«, folgerte er karg. »Aber genug der Plauderei.« Der alte Mann erhob sich, legte seine Hände auf Coras Schultern und sah ihr tief in die Augen.

»Cora! Blicke in Gamadas' Augen. Der Tag ist gekommen!«, sagte er.

»Ich... ich verstehe nicht!« Cora stammelte etwas wirr, was sonst nicht ihre Art war.

»Schau tief hinein, Cora!«, meinte Gamadas und zog sie langsam zu sich. Er öffnete seine Augenlider soweit es ging und blickte in ihre klaren, hellblauen Augen. Im selben Moment verspürte Cora ein Ohnmachtsgefühl und ihre Sinne begannen zu verschwimmen. Sie hielt sich den Kopf, um nicht vornüber zu kippen, versuchte jedoch den Blick nicht von Gamadas abzuwenden. Ihre Sinne begaben sich auf eine Reise.

»Was siehst du?«, fragte Feghnom leise.

»Ich... ich sehe...«, stammelte Cora, wurde benommen und geriet in eine Art Trance. Sie schien selbst nicht wahrzunehmen, was sie von sich gab. »Ich sehe eine weiße Festung mit himmelhohen Türmen...«, sagte sie. »Ich sehe... den Bischof! Er hat das lichte Zepter... das ist unmöglich... Ich...« Cora wippte hin und her, das Gewirr aus Farben und Licht, das von Gamadas ausging, spiegelte sich in ihren Augen wider. »Ich sehe... drei... NEIN«, revidierte sie. »Es sind vier Personen! Ein kleiner Junge, eine junge Frau, ein Mann, gekleidet wie das archadische Militär. Ich kenne ihn... und...«, sie stockte kurz. »Ich sehe noch eine weitere Person... Ich... es ist nur ein Schatten, ich kann sein Gesicht nicht erkennen!«, stammelte Cora. Feghnoms Befürchtungen hatten sich bestätigt. Er nickte still vor sich hin.

»Cora, erkennst du den kleinen Jungen?«, fragte er sie sanft.

»Das... das ist nicht möglich!« Ihr wurde heiß. »Aeris!!« Ruckartig zuckte sie zurück und schloss ihre Augen. Sie wischte sich mit der flachen Hand den Schweiß von der Stirn und blickte zum Dorfältesten. »Das war mein Bruder! Die Bilder waren unscharf, aber er hatte die Ohren eines männlichen Thohawk und er ist auf dem Weg zum Schrein!« Gamadas stand auf und hielt seine Augen dabei geschlossen. Durch die Ornamente auf seinen Lidern schien es jedoch, dass er auch mit geschlossenen Augen in die Seele jedes Lebewesens blicken könne.

»Cora, es wiederholt sich!«, sagte er scharf. »Und wie schon vor vielen Jahren können nur die Thohawk das Unheil verhindern.« Er ging einen Schritt Richtung Tür, drehte sich aber erneut zu Cora und Feghnom um.

»Dein Bruder ist in großer Gefahr, Cora! Du musst ihm zu Hilfe eilen. Nicht nur die Mächte des Lichts, nein! Auch die Mächte der Finsternis trachten nach ihm!« Mit diesen Worten verließ Gamadas das Haus.

»Die Mächte der Finsternis? Der Schatten, den ich gesehen habe?« Cora sprang auf und blickte Feghnom an. »Ich brauche den Wanderrubin!«

»Ich wusste, dass du dich nicht halten kannst, mein Kind, ich habe schon alles vorbereitet. In einigen Tagen ist seine Macht komplett wiederhergestellt!«, bekundete Feghnom.

»Das müsste genügen!«, antwortete Cora und verbeugte sich vor dem Ältesten.

»Wie gut, dass unsere Zeit uns nicht so davonrennt wie die in der Menschenwelt«, sagte der alte Mann noch und lächelte, bevor er Cora nach draußen begleitete. Innerlich jedoch war ihm nicht wohl zu Mute, er befürchtete das Schlimmste bei dieser Sache.

Cora lief langsam den Waldboden entlang, bis sie ihr Baumhaus erreichte. Über eine Strickleiter kletterte sie in die Baumkrone, wo sie sich mit Holz und Buschwerk ein ansehnliches, kleines Zuhause geschaffen hatte. *Damals...*

Sie konnte es kaum glauben, ihren verlorenen Bruder wiedergefunden zu haben. Für ihn waren es etwa dreizehn Jahre, aber für Cora, die die meiste Zeit ihres Lebens im Urugai Wald verbrachte, war es sehr viel länger. Eine genaue Aussage über das Verhältnis der Zeit ließ sich jedoch nicht treffen. Aber eines war gewiss: hätte Feghnom Cora damals nicht aufgenommen, hätte sie die Magier niemals aus der Universität retten können. Die Zeit wäre einfach zu knapp gewesen. Sie, damals ein junges Mädchen... das war sie nun nicht mehr. Sie war nun eine junge Frau im besten Alter. Trotz allem blieb das Bild ihres Bruders bis zum heutigen Tage in ihrem Kopf verankert: Das Bild, wie sie ihn weinend, in ein Tuch gehüllt, am Hafen von Belgis hatte liegen lassen und einen alten Kaufmann auf ihn aufmerksam gemacht hatte, um ihm ein Zuhause zu geben. Eine Träne rollte ihr über ihre Wange, die sie sich aber sofort aus dem Gesicht wischte. Cora war es nicht gewohnt zu weinen. Um zu weinen blieb meist zu wenig Zeit, zumindest außerhalb des Waldes. Sie drehte ihren Anhänger zwischen den Fingern hin und her, er hatte die Form einer Träne, weißschimmernd und glänzend wie ein längliches Juwel.

Nicht noch einmal! Ich darf nicht noch einmal versagen...

Tag 3, Elium 358 n. E.

Am Rande des Dschungels

»Ich bin erledigt!« Munzheim ging in die Knie und keuchte vor Anstrengung.

»So so, der General geht in die Knie.« Lucius lächelte und verschränkte die Arme.

»Ich bin es nicht gewohnt zwei Tage lang zu marschieren... ich...«

»Hätten wir nicht jede Stunde eine Rast einlegen müssen, wäre es nur ein Tag gewesen!«, entgegnete Lucius und machte eine abfällige Handbewegung. »Gibt es bei euch in der Armee nicht so eine Art Grundausbildung?«, sagte er schnippisch. »Egal... seht her!« Er drehte sich um neunzig Grad und hob die Hände in die Luft.

Der riesige Gordongdschungel hob sich majestätisch vor ihnen empor. Bäume, die höher waren als jedes von Menschenhand erbaute Haus. Büsche und Gestrüpp, so dicht, dass ein Durchkommen schier unmöglich erschien. Der Dschungel erstreckte sich noch weit nach Norden und nach Süden, Richtung Küste. Jedoch waren beide Enden nicht auszumachen. *Ein gewaltiges Dickicht...*

»Das ist ein Witz, oder?« Lea war auf vieles gefasst gewesen, jedoch nicht darauf, tagelang durch dichtes, stachliges Buschwerk zu robben. Picardo stand nur mit offenem Mund da und bestaunte die Größe einer Joguschpalme, die sich vor ihm auftürmte.

»Prinzessin?! Niemand sagte, dass diese Reise ein Familienausflug wird«, bemerkte Lucius abfällig. »Aber einfacher geht's trotzdem«, fügte er hinzu. Er kramte die Karte wieder hervor und faltete sie auf, strich sachte mit dem Zeigefinger über das raue Pergament und murmelte einige unverständliche Worte. Wie durch Geisterhand neigten sich plötzlich einige der saftig grünen Büsche mit großem Rascheln zur Seite und gaben einen kleinen, schmalen Trampelpfad frei, der tief in den Dschungel hineinzuführen schien. Einige grünäugige Glotzpiepen flogen erschrocken aus den Büschen, flatterten kurz kreischend und schimpfend umher und verschwanden sogleich wieder in den oberen Baumkronen. Glotzpiepen hatten für ihren kleinen Körper verhältnismäßig viel zu große Augen. Es ist schon des Öfteren vorgekommen, dass eine Glotzpiepe vom Baum gefallen ist, da sie das Gewicht ihrer riesigen Augäpfel nicht mehr tragen konnte.

»Nach Ihnen, Prinzessin!« Lucius grinste und vollzog eine einladende Handbewegung.

Stadt der Engel

»Ehrenwerter Bischof?« Der Soldat, der soeben den Raum betrat, schrie etwas zu laut. »Meister Voldho ist zurückgekehrt und erwartet Euch im Hangar.«

»Ausgezeichnet!«, erwiderte Kahn und rieb sich die Hände. Er ging an dem Soldaten vorbei, ohne ihn eines Blickes zu würdigen.

»Mein Bischof!«, Voldho fiel auf die Knie und stützte sich mit den Händen auf den Boden, als er Kahn aus einem Nebenraum den Hangar betreten sah.

»Jaja, steh auf!«, sagte dieser nur und forderte Voldho mit einem Fingerzeig auf, sich zu erheben. »Deine Tunika ist zerrissener und dreckiger als sonst, Voldho! Ich hoffe, es ist alles glatt gelaufen?«, fragte Kahn und hob eine Augenbraue.

»Jaaja... wir hatten einen Verlussst.« Voldho grinste und zeigte auf zwei Männer, die eine Bahre mit dem toten Soldaten aus dem Segler trugen. »Aber nichts weiter. Esss ist, wie gemeldet, allesss in bester Ordnung. Wir können nun jederzeit sehen, wo sich unssssere Schäfchen aufhalten!«, beteuerte Voldho und zog eine kleine, ovale Apparatur aus seiner Tasche, die eine Art Bildschirm besaß, auf dem winzige, blinkende Punkte zu sehen waren. Die Apparatur piepste jedes Mal wenn ein Punkt erschien und sogleich wieder verschwand. »Der hier issst dieser komische General!«, sagte Voldho und deutete auf einen der Punkte.

»Und der andere?«, wollte Kahn wissen.

»Mein Mittagessen, Hochwürden!«, antwortete Voldho. Kahn verdrehte die Augen, würdigte die Aussage aber keines Kommentars.

»Dann lass uns morgen starten und in der Nähe des Dschungels verharren!«, sagte er nur und zog sich die Kapuze seines Mantels über den Kopf. »Damit wir unsere Freunde im Tempel begrüßen können.«

Stadt der Engel, Kerker

Gregor Barthas bemerkte, wie durch einen winzigen Schlitz in der Wand ein klein wenig Tageslicht sickerte. Er blinzelte und erhob sich aus dem Heu, auf dem er wie jede Nacht geschlafen hatte.

Ein weiterer Tag mehr, an dem das Volk von Archadis seinem Ende näher rückt, dachte er und klopfte sich etwas Heu von seiner Robe. *Wenn ich nur hier heraus käme und dem Volk die Wahrheit erzählen könnte. Sie werden meiner armen Tochter kein Gehör schenken, falls sie wiederkehren sollte.*

Sein Gesicht war über die Zeit ausdruckslos geworden und lag in tiefen Falten. Auch wenn es nur wenige Tage waren, kam es dem König vor wie eine Ewigkeit. Von der sonstigen Herzlichkeit des Königs war nur wenig übrig geblieben. Sein weißer Bart und die gelockten Haare, die üblicherweise eine Krone verdeckten, waren verfilzt und ungewaschen, die Robe mit Schmutz übersät. Barthas fragte sich, was der Bischof mittlerweile aus seinem Schloss gemacht hatte und ob all seine braven Soldaten, die Zimmermädchen und sonstige Gefolgschaft zum Schweigen gebracht wurden, oder ob wenigstens ein paar dem Wahnsinn der Kirche entgangen waren. Er begann damit, in sciner Zelle auf und ab zu gehen; als es plötzlich an den Gitterstäben klimperte, ließ er seinen Blick über den Boden nahe der verschlossenen Tür schweifen und bemerkte, dass vom Gang her langsam ein Becher zwischen den Eternitstäben hindurch vor seine Füße rollte.

Was zum... Barthas bewegte sich nach vorn, bückte sich und hob ihn auf. Es war ein einfacher Becher aus Holz, wie er auch einen in seiner Zelle hatte. Er vermutete, dass alle Häftlinge solch einen besaßen. Noch nie jedoch hatte er einen anderen Häftling zu Gesicht bekommen. Nur ab und zu lauschte er, wie die Wärter mit jemandem in einer anderen Zelle zu reden schienen. Langsam richtete er sich auf und drehte den neugewonnenen Becher in seinen Händen. Es lag ein kleines Stück Pergament im Inneren, auf dem mit Kohle etwas geschrieben stand. Er nahm es vorsichtig heraus, versteckte Becher und Papier hinter dem Rücken und ging langsam zur Zellentür. Er blickte den Gang hinauf und hinunter. Nichts war zu erkennen, nur der Schatten eines Wächters, der wohl eine Ecke weiter auf seinem Stuhl eingeschlafen war. Barthas las, was auf dem Zettel geschrieben stand:

Sie sind nicht alleine!
Kann der Wächter wegen nicht frei mit Ihnen kommunizieren.
Wir werden einen Weg aus diesem Verlies heraus finden!
Gez. Pyra

Mit Erleichtern und Misstrauen versteckte er Becher und Zettel in seinem Heuhaufen. Gab es wirklich andere Insassen oder spielte ihm ein Wächter einen bösen Streich?

Wer und wo war dieser Pyra? In der Zelle nebenan? In der Zelle am Ende des Ganges? Barthas setzte sich auf ein Stück Holz, welches auf dem Boden lag und dachte nach. Das Holzstück knarzte unter seinem Gewicht. Er seufzte und zupfte sich den filzigen Bart. Dann klopfte er gegen die steinerne Mauer zu seiner Rechten und hoffte auf ein Zeichen des Unbekannten, doch es blieb aus.

Kapitel 11

Keiner will wissen, wie und woher,
doch "Die Händler" haben's: Alles und mehr.

Tag 14, Jahresende 347 n. E.

11 Jahre zuvor. Wispernder Wald

Ein rotes Funkeln überraschte einige kleine Wieselhörnchen, die aufgeregt über den von duftendem Moos bewachsenen Boden rannten, sich hinter Wurzeln in Sicherheit brachten und gespannt zusahen, was vor sich ging. Als das Funkeln stärker wurde, beschlossen sie jedoch das Weite zu suchen, um sich nicht unnötig in Gefahr zu begeben. Es zischte und knallte. Und mit einem weiteren ohrenbetäubenden Pfeifen materialisierte sich eine rot leuchtende Gestalt einige Zentimeter über dem Boden.

»Potzblitz«, fluchte der junge Munzheim und fiel vornüber auf den glücklicherweise weich gepolsterten Waldboden.

Einige Würmer mussten bei dieser Aktion leider ihr Leben lassen, aber sie sollten zu späterer Stunde ein würdiges Begräbnis erhalten, mit etwaigen Feierlichkeiten und Leichenschmaus. Dass die ansässigen Würmer ihre toten Artgenossen zu verspeisen pflegten, soll unerwähnt bleiben.

Das gibt dem Wort „Leichenschmaus“ ganz nebenbei eine ganz neue Bedeutung.

Einige Meter weiter kamen Cora und Gamadas zum Vorschein, die beide weich auf ihren Füßen landeten.

»So was...« Munzheim war geradezu überrascht von solcher Grazie. Einige Meter über dem Boden hingegen konnte von Grazie weniger die Rede sein, denn die etwas füllige Iselia Hundertbrunn hing zappelnd und schreiend in einem Baumwipfel fest. Cora konnte sich ein Grinsen nicht verkneifen; es sah einfach zu putzig aus, wie die dicke Frau in ihrem hellen Kleidchen dort oben strampelte. Dieses Strampeln hielt jedoch nicht lange an, denn nach einigen Sekunden brach der Ast des Baumes unter ihrem Gewicht und Iselia landete neben Munzheim auf dem moosigen Waldboden. Sie fluchte lauthals.

»Iselia!« Gamadas lief erschrocken zu ihr und half ihr auf die Beine.

»Alles okay, ich bin gut gepolstert«, sagte sie mit abfälligem Unterton.

»Majestät??« Munzheim, der noch immer auf dem Boden lag, richtete sich kurzerhand auf und ließ seinen Blick mehrmals in sämtliche Himmelsrichtungen schweifen.

»Oh Nein! Sie ist nicht hier... ich muss...« Munzheims Gestammel wurde abrupt von Cora unterbrochen, die auf ihn zu rannte und ihm mit der flachen Hand ins Gesicht schlug.

»DU kannst froh sein, dass wir noch Leben sind, du Idiot!«, schrie sie erzürnt. Sie war fast so rot angelaufen wie der Rubin, den sie in ihrer Hand hielt, auch wenn sein Leuchten beinahe erloschen war. »Der Rubin hat uns mitten in den wispernden Wald geschickt und die arme Eloriel ist wer weiß wo gelandet! Seine Macht, uns nach Uru zu bringen, reichte nur für drei

Personen, du Held. Es ist ein Wunder, dass wenigstens noch wir vier beisammen sind!«, brüllte Cora wütend.

Munzheim beachtete das Mädchen nicht wirklich und ließ die letzten Worte der Königin Revue passieren: *Beschütze meine Tochter*! Ein kalter Schauer lief ihm über den Rücken. Er sah das Bild noch deutlich vor sich: die Mistgabel, die sich durch Eloriel bohrte und ihr so abrupt den Lebensfaden durchtrennte. Sie war tot, ganz sicher. Sie lag irgendwo in diesem Wald und würde wohl sehr bald von den Tieren gefressen werden. Kein königliches Begräbnis. Wahrscheinlich getötet von einem unwürdigen, kirchenfanatischen Bauern. Munzheim schauderte.

»Ich muss die Königin finden! Es wäre ein Frevel, ihren Körper den Tieren zu überlassen!«, sagte der General mit ernster Miene.

»Komm zur Vernunft! Die Chance, dass wir zusammen hierher gebracht werden, und nicht über dem offenen Meer oder sonst wo landen, lagen bei Eins zu einer Million!« Cora schüttelte den Kopf und sah den jungen General fassungslos an. »Die Königin kann überall sein, es ist nicht einmal sicher, ob sie auf dem gleichen Kontinent ist wie wir.« Cora sah, dass Munzheim von ihren Worten schockiert war. Er wusste, dass es unter diesen Umständen ein sinnloses Unterfangen war, Eloriel zu suchen, aber was sollte er tun? Er konnte nicht nach Hause zurückkehren und behaupten, die Königin sei einfach so verschwunden. *Was nun?* Sein Kopf fühlte sich an wie ein Glas Zitrubeerengelee.

»Ja, grausam aber wahr!«, sagte Cora in abfälligem Ton und war noch immer sehr aufgebracht. »Wir müssen aus diesem Wald raus, so schnell wie möglich!«

Sie sah sich um, als erwarte sie jeden Moment ein wildes Tier, das aus den Büschen gesprungen kam. Iselia rieb sich die Oberarme, um sie etwas zu wärmen. Es war kalt.

»Es wird schon langsam dunkel!«, bemerkte sie.

»Uru liegt etwa einen Tagesmarsch von hier entfernt, wir müssen die Grenze zum Wald der Urugai so schnell wie möglich finden!«, ergänzte Cora. Sie fürchtete den Wispernden Wald, was auch Iselia und Munzheim nicht verborgen blieb. Gamadas behielt indes lieber für sich, was für Dinge er vor seinem inneren Auge sah. Doch eins war klar: die Bewohner dieses Waldes hielten nicht viel von unerwünschtem Besuch.

Tag 15, Jahresende 347 n. E.

Bergfestung von Mhyra, Kapelle der Elia

»Ich kann diese verdammten magischen Schriftzeichen nicht entziffern!« Kahn schlug mit der Faust auf den hölzernen Tisch, sodass einige Kerzen, die darauf standen, in die Höhe hüpften. Voldho, der gerade an der offenen Tür des Leseraums vorbeiging, kam nicht umhin den Ausruf des Bischofs wahrzunehmen. Er klopfte an die offene Tür, um sich bemerkbar zu machen und schlürfte schweren Schrittes über den kalten Boden in den schummrig beleuchteten Raum.

»Mein Bisssschof?!« Voldho verbeugte sich kurz und wischte sich etwas Sabber aus dem Mundwinkel. »Ich hörte, dassss Volk von Dünen solle etwas von magischen Schriften versssstehen!«, sagte er und rieb sich die knochigen Hände.

»Dünen... hm?«, entgegnete Kahn, drehte sich auf seinem kleinen Holzhocker und sah Voldho an. »Du bist gar nicht so dumm wie du hässlich bist, Voldho!« Er überlegte kurz und griff sich ans faltige Kinn. »Die Einwohner Dünens sind nicht besonders gläubig, einige Heiden dort beten gar Belias an!« Er stockte kurz und führte seine Überlegungen weiter. »Aber die Händler sind wohl leicht mit einigen Silberlingen zu überzeugen.«

Die Händler waren eine Art Organisation, die den Menschenhandel in der Wüste vorantrieben. Sie fingen ihre 'Waren' auf der Straße der Stadt Dünen ein und verkauften sie dann auf dem Markt an den Meistbietenden. Sollten die gefangenen Menschen schon jemandem gehört haben, wird derjenige entweder mit einigen Silberlingen 'überzeugt' oder zum Schweigen gebracht.

Voldho beförderte einige Sekrete aus seiner Nase ans Tageslicht und wischte sich mit der flachen Hand über das Gesicht. Kahn drehte sich, um dieses Schauspiel nicht mit ansehen zu müssen.

»Wir fliegen nach Dünen! Mach den Engelssegler bereit!«, beschloss er.

Wispernder Wald

Mit der eintretenden Dunkelheit konnte auch Cora ihre Ungewissheit nicht mehr verbergen. »Wir sollten die nächsten Stunden hier rasten!«, sagte sie, rieb sich fröstelnd die Arme und blickte sich andauernd ruckartig um. Sie waren mittlerweile auf einer kleinen Lichtung angekommen. Der nächtliche Schein der schwarzen Sonne trat durch das dichte Blätterdach und warf seltsame Schatten auf den moosig duftenden Boden.

»Bei Nacht ist es noch gefährlicher durch den Wald zu laufen als tagsüber!«, ergänzte sie.

»Bisher habe ich nicht ein Tier erspähen können, ich finde diesen Wald gar nicht so schrecklich!« In dem Moment, als Munzheim den Mund schloss, spürte er einen kalten Hauch im Nacken. Er drehte sich ruckartig um, sah aber nichts und niemanden. Langsam rieb er sich das Genick, es war eisig kalt und die Haare standen ihm zu Berge. Er sagte jedoch nichts.

Verschwindet... hauchte der Wind.

»Die meisten Tiere fürchten diesen Wald, Herr General! Die Whisps verfolgen uns schon, seit wir hier angekommen sind!«, erzählte Cora mit angsterfüllter Stimme.

»Whisps?«, fragte Munzheim und sah Cora ungläubig an.

»Die Geister der ehemaligen Bewohner dieses Tals!« Cora redete leiser als sonst, als hätte sie Angst, dass jemand lauschen könnte. »Man sagt, einst gab es nur den angrenzenden Wald der Urugai«, begann sie, stoppte jedoch kurzzeitig, um sich abermals umzusehen. So als erwarte sie jeden Moment, dass etwas aus den Büschen auf sie zuspringen würde. Dann fuhr sie fort. »Doch vor etwa zweihundert Jahren sollen die Bewohner des Dorfes, welches hier einst stand, vom ehemaligen Herrscher von Archadis, das damals nichts mehr als eine Kolonie war, grausam hingerichtet worden sein.«

Iselia fröstelte und lauschte gebannt Coras Worten. »Ihr Dorf wurde niedergebrannt! Kinder und Frauen wurden bei lebendigem Leibe gegrillt und die Männer wurden in einer Reihe am Galgen aufgeknüpft… Nachdem sie zusahen, wie ihr Dorf und ihre Familien in Flammen aufgingen«, erzählte Cora weiter.

Munzheim rieb sich die Hände, auch ihm war kalt. Diese Geschichte war ihm wohl bekannt, sie wurde oft am Tisch des

Königs erzählt, als grausames Beispiel aus der Vergangenheit, das sich niemals wiederholen sollte. Anscheinend wollten die Menschen, die hier einst lebten, ihre Abgaben an den damaligen neuen König nicht abtreten. Damals wurden solche Streitigkeiten nicht lange ausdiskutiert. Man sagt, nach dem schrecklichen Gemetzel nahm der Boden die Asche der Leichen auf, und dieser Wald, genährt von den Gebeinen der Bewohner, überwucherte das niedergebrannte Dorf. Seither hat niemand einen Fuß in diesen Wald gesetzt oder ist je zurückgekehrt.

Bisher hielt Munzheim dies alles für eine Legende. »König Longdoms Gebeinfeuer!«, flüsterte er. Das war der Name der Legende. Isclia rieb sich die dicken Oberarme.

»Es wird immer kälter!« Ihr Atem wurde sichtbar und sie zitterte.

»Sie sind hier!«, sagte Cora plötzlich. Ihre Augen weiteten sich. Sie hatte viel über Whisps gehört, aber sie selbst war noch niemals einem begegnet. Die meisten Menschen würden sich sowieso lieber die Augen ausstechen, als jemals in die Fratze eines Whisps zu blicken.

Verschwindet... eine kalte, flüsternde Stimme hallte durch die Büsche. Es schien eher wie ein Hauchen. Ein Hauchen, das die Luft erstarren ließ.

»Ihr dürft ihnen nicht in die Augen sehen!« Cora versuchte mutig und selbstbewusst zu wirken, aber in diesem Moment wurde mehr als je zuvor klar, dass sie noch ein junges Mädchen war. Von Minute zu Minute wurde die Luft kälter. Nebelschwaden zogen auf. Gamadas, der seine Augen sowieso meistens geschlossen hatte und die Welt anders wahrnahm als die meisten, sah schemenhafte Gestalten hinter den Büschen auftauchen. Er konnte weder die Gesichter der Figuren noch irgendeine Art von Emotionsregung erkennen. Es waren große, schlaksige und bläulich schimmernde Gestalten, deren Extremitäten im Vergleich zum restlichen Körper extrem lang und dünn waren. Spinnenartig, fast unsichtbar und mit Sicherheit tödlich!

»Haltet euch dicht zusammen!«, sagte er und wich einen Schritt zurück. Rücken an Rücken standen sie da. Die Luft war eisig geworden und der Atem schien zu gefrieren, sobald er sie berührte. »Schließt eure Augen, wie Cora gesagt hat! Öffnet sie unter keinen Umständen!«

Die Legende besagte, dass derjenige, der einem Whisp in die Augen schaut, ein Leben in ewiger Qual durchwandern und seine Seele im wispernden Wald gefangen sein würde. Munzheim presste seine Augenlider so fest aufeinander, dass es fast schmerzte. Er spürte, wie etwas über den Boden huschte. Die Blätter raschelten und der eisige Wind nahm stetig zu.

»Das ist nicht lustig!«, sagte Iselia, zitterte am ganzen Leib und hob sich die Hände vor die geschlossenen Augen. Gamadas war der Einzige, der die Gestalten erkennen konnte, die sich mittlerweile aus allen Himmelsrichtungen aus den Büschen erhoben. Manchmal war es doch nicht von Vorteil, die Welt auch mit geschlossenen Augen wahrnehmen zu können. Eine der Gestalten stand nun dicht vor ihm. Ihr Gesicht war nichts weiter als eine verschwommene, fluoreszierende Masse. Nur die Augen waren sichtbar: milchig weiß und in den Pupillen der Gestalt konnte man ein brennendes Dorf erkennen; mit Menschen, die um ihr Leben bettelten und andere, deren Kleidung und Haare bereits in Flammen standen.

Verschwindet... hauchte es immer wieder.

Die Gestalt umschlang den Kopf von Gamadas mit ihren riesigen Gliedern und richtete ihren Blick auf seine geschlossenen Augen. Trotz seiner enormen Willenskraft schien sie ihm direkt ins Herz zu blicken und ihm die Seele aus dem Leib zu saugen. Seine Glieder wurden schwer, kalter Schweiß tropfte ihm aus allen Poren.

»Du musst ihrem Blick ausweichen!!«, schrie Cora lauthals, denn das Hauchen und Pfeifen des Windes war mittlerweile so stark geworden, dass man sein eigenes Wort kaum mehr verstehen konnte. Ihre langen, blonden Haare wurden durch die Luft geweht. Es fühlte sich an, als würden dutzende kleiner kalter Kinderhände über ihre Haut und durch ihre Haare streichen. Während Cora, Iselia und Munzheim noch immer krampfhaft ihre Augen geschlossen hielten, kämpfte Gamadas mit dem vernichtenden Blick des Whisp, der ihn fest umschlungen hielt.

VERSCHWINDET... Das Flüstern wurde zu einem pfeifenden Schrei, der Mark und Bein erschütterte. Gamadas spürte, wie seine Seele aus seinem Bewusstsein gezogen wurde. Plötzlich riss er die Augen auf und blickte dem Whisp nun direkt in seine grässliche Fratze. Anders als vor seinem inneren Auge hatte die Figur ein verzerrtes, aber doch zu erkennendes Gesicht. Worte konnten den Anblick des skelettierten Kindergesichtes kaum beschreiben. Unglaubliche, unermessliche Qualen zeichneten sich darin ab. Die Augenhöhlen der Figur schienen in eine andere Dimension zu führen, irgendwohin, wo es kein Entkommen mehr gab. Doch anders als erwartet schreckte der Whisp plötzlich zurück, als er in Gamadas' Augen blickte. Sein Gesicht verzog sich merklich, die Augenhöhlen wurden größer und aus dem weit aufgerissenen Mund trat ein heller Schein. Die Figur wand sich und gab heulende Schreie von sich. Die grausamen Dinge, die in den Augen des Whisps zu sehen waren, spiegelten sich in den Pupillen des Magiers wider. Das Gesicht des Wesens verzerrte sich auf fast schon absurde Weise. Der Whisp konnte den Anblick seiner eigenen Vergangenheit nicht ertragen. Heulend löste sich die Gestalt in blauem Dampf auf.

Gamadas trat aus dem Kreis und hob die Hände in die Höhe. »Seht euer eigenes Leid! Wir sind auf eurer Seite, lasst uns ziehen!«, schrie er und versuchte abwechselnd die Blicke der Whisps zu erhaschen. »Lasst die Vergangenheit ruhen und die Gegenwart passieren, ihr Geister dieses Waldes!«

Plötzlich ließ der brüllende, eisige Wind nach und die Blätter der Bäume schienen zur Ruhe zu kommen. Die eisigen Kinderhände an Coras Beinen verschwanden langsam und die Situation beruhigte sich. Gamadas schloss seine Augen und nahm gerade noch einige der Whisps wahr, die wieder hinter den Büschen und in den Bäumen verschwanden. Sie lösten sich auf und wurden wieder Teil des Waldes.

»Ihr könnt eure Augen nun öffnen!«, sagte Gamadas in einer verwunderlich ruhigen Stimme. Nur Munzheim war noch immer wie gelähmt und presste kreidebleich und zitternd die Lider aufeinander.

Tag 16, Jahresende 347 n. E.

Wüste Thunda, Dünen

Mitten in der brennend heißen Wüste Thunda, hinter den mächtigen Trockenbergen, lag die Stadt Dünen wie eine Perle verborgen. Zu Fuß war es schier unmöglich Dünen zu erreichen. Aus diesem Grund konnte man schon in weiter Ferne dutzende Luftschiffe und Solarsegler erkennen, die vor den Stadttoren angebunden waren. Die Stadt war nicht so klein wie vielleicht vermutet, denn viele Gelehrte hatten sich hier niedergelassen, um fernab vom hektischen Treiben der großen Städte Inspiration zu finden. Mit dem Klima musste man sich allerdings erst anfreunden. An Tagen, an denen die beiden Sonnen vom Himmel brannten, verließ man selten das Haus, aus Angst sich die Fußsohlen im heißen Sand zu verbrennen.

Dünen war umgeben von einer großen Mauer, die aus dem hellen Gestein des Trockenberges erbaut war. Steinerne quadratische Häuser reihten sich zwischen großen schlicht gehaltenen Markthallen und Bibliotheken. Holz gab es in der Wüste keines, also hatten sich die Bewohner für eine einfache Bauweise mit Stein entschieden. Die ärmeren Bewohner konnte man schon fast als Sklaven der Gelehrten beschreiben: Für einen Hungerlohn und etwas Wasser arbeiteten sie tagein, tagaus, um Gestein von den Bergen in die Stadt zu transportieren. Viele von ihnen wurden mit dem Wissen der Gelehrten bezahlt, also in die Geheimnisse der alten Schriften eingeweiht. Einigen erschien dies wohl preiswerter, als den Arbeitern etwas zu bezahlen und natürlich wurde ihnen auch nicht das gesamte Wissen anvertraut. Für Kahns Zwecke jedoch war dies ausreichend. Genau diese Art von Arbeiter suchte er. Einen jungen loyalen Kerl, der für wenig Geld die Karte des Wanderers entziffern konnte, die Kahn gestohlen hatte. Der Solarsegler nahm neben einigen anderen Platz und ein braun gebrannter Mann forderte einige Bronzelinge Parkgeld. Er präsentierte sich auf großen Stelzen, denn nur so konnte er direkt ins Cockpit der Segler blicken, um von den Leuten das Geld einzufordern, noch bevor sie die Wüste betraten. Auf der anderen Seite würde er sich wohl auch die Fußsohlen verbrennen, wenn er den ganzen Tag im heißen Sand umher laufen würde.

Der Bischof, der sich die Kapuze tief ins Gesicht gezogen hatte, blickte aus dem Fenster und hob sich schützend die Hände vor das Gesicht. Es war hell, heller als es irgendwo sonst auf der Welt sein konnte.

»Voldho! Geh und besorge mir einen Kerl, der das hier entziffern kann.« Er zeigte auf die Karte und zwinkerte, als ihn die schwarze Sonne ins Gesicht traf. »Es würde zu viel Aufruhr verursachen, falls ich selbst durch die Stadt marschieren würde!«

Voldho stand so stramm er konnte, fiel aber sofort zurück in die gebückte Haltung, in die ihn seine krumme Wirbelsäule immer wieder zwang.

»Sssehr Wohl!«, sabberte er und machte sich sogleich auf den Weg zur Rampe, um den Segler zu verlassen.

Draußen war es unglaublich heiß. Die Sonnen brannten vom Himmel und der Sand tat sein Übriges, um den Menschen das Sehen und Laufen so schwer wie möglich zu machen. Dutzende Luftschiffe standen in der näheren Umgebung und ihre Schatten sahen aus wie riesige Greifvögel. Einige Paradox mit mechanischen Brillen aus schwarzem Glas waren gerade damit beschäftigt, den Antrieb eines dieser Luftschiffe zu reparieren. Sie hatten sich ihre Oberteile um den Kopf gebunden, um keinen Sonnenstich zu bekommen. Ihr Rücken war bereits krebsrot, aber die Arbeit musste ja schließlich getan werden. Kleine Goblins standen etwas abseits an einer Art Wüstenfahrzeug mit Ketten anstatt Rädern und diskutierten laut. Einer hatte sich einen lila Frosch auf den Rücken gebunden. Goblins waren seltsam.

Voldho wollte von diesem eifrigen Treiben um ihn herum nichts wissen, er war schon froh, wenn die Helligkeit ihm nicht die Netzhaut von den Pupillen brannte. Mit vorgeschlagener Hand durchschritt er das Tor aus hellem Gestein und wurde sofort von einem Bettler aufgehalten, der seine zitternde Hand für einige Bronzelinge ausstreckte.

»Verschwinde!«, zischte Voldho nur und stieß den Mann vor die Brust, sodass er sogleich das Weite suchte. Voldho war kein Freund der Wüstenvölker. Es war ihm unverständlich, dass einige der Bewohner Dünens bei diesen Temperaturen lange Kutten trugen. *Verdammte Wüstenvölker...*

Seine Tunika war schon nach diesem kurzen Weg in Schweiß getränkt, was bewirkte, dass Voldhos Gestank die übliche Marke bei weitem überschritt und einige Passanten zu würgenden Geräuschen veranlasste. Die Hauptstraße führte schnurgerade in Richtung einer großen Markthalle, vor der sich ein imposanter Platz auftat. Links und rechts der Straße standen teilweise baufällige, eckige Gebäude aus hellem Gestein. Tücher waren über die Eingänge gespannt, die wohl als Türen dienten. Teilweise hing etwas Wäsche an Seilen, die zwischen den eng aneinander gebauten Häusern gespannt waren. Als Voldho den Platz betrat, erntete er sofort verwunderte Blicke. Einige der Menschen hier erkannten ihn vielleicht als den Handlanger des Bischofs, andere wunderten sich nur über die hässliche Gestalt, die in Richtung der Markthalle schlenderte.

Als er die Markthalle betrat, wurde es sogleich merklich dunkler. Die Sonne konnte nicht durch das robuste Steindach dringen. Nur durch einige Schlitze in den Wänden wurde der riesige Raum erleuchtet, in dem verschiedene Arbeiterschichten ihre Dienste anpriesen. Einige standen hier freiwillig und boten sich als Techniker an oder versuchten selbst geschlagenes Gestein unter die Leute zu bringen. Andere wurden von ihren Arbeitgebern geradezu versteigert. Je weiter Voldho die Halle betrat, desto lauter wurde es. Menschen schrien durcheinander, versuchten ihre Ware zu verscherbeln und mussten sich gegenseitig übertönen. Er schob sich durch eine Menschentraube vor einem der Stände.

Der Händler ergriff gerade das Wort. »Ein prächtiges Kerlchen... gut genährt und die besten Flöhe der Stadt gibt es gratis dazu!«

Ungläubig musterte Voldho den kleinen Kerl, der zum Verkauf angeboten wurde. Die Händlergilde gab sich nie offen zu erkennen, sie ließ ihre 'Waren' von unwissenden Geschäftsleuten verkaufen, jedoch war es offensichtlich, vor allem beim Menschenhandel, dass diese Organisation ihre Finger im Spiel hatte.

»Issss der echt?«, fragte Voldho und griff dem Jungen mit seinen klauenartigen Fingern an das Kinn, um seinen Kopf nach links und rechts zu neigen und ihn zu begutachten. »Naturbräune und Echthaar, mein Freund. Kann magische Schriften lesen, die Küche reinigen und ist stubenrein!« Der Verkäufer war auf seine eigene Art und Weise sehr überzeugend.

»Wie viel?«, fragte Voldho mit rauer Stimme, räusperte sich und hustete kurz einen Brocken Schleim in seine linke Hand.

»Siebzig Silberlinge!«, antwortete der dicke Mann am Ende des Standes euphorisch.

»Dreißig... keinen Bronzeling mehr!« Voldho kramte in seiner Tasche nach etwas Geld.

»Du willst mich ruinieren, Freund!«, meinte der Mann nun spöttisch und schüttelte den Kopf. Höchstwahrscheinlich hatte er von den Händlern einige Auflagen erhalten. Voldho packte ihn am Kragen, zog ihn zu sich herunter und flüsterte ihm zischend und lispelnd ins Ohr: »Dir die Kehle durchschneiden, das kann ich tun!«

»Verkauft an den Herrn in der langen Tunika!«, sagte der Verkäufer hektisch und mit zitternder Stimme. »Soll ich ihn einpacken?«, fragte er noch.

»Nein... Nein, das geht schon so!« Voldho schnappte sich den braun gebrannten Burschen, der nichts weiter trug als ein Tuch, das um seine Hüften gewickelt war. Er hatte schwarzes, gekräuseltes Haar und sein Gesicht war makellos und jung. Ohne ihn eines Blickes zu würdigen, packte Voldho den Jungen mit der rechten Hand und hielt ihn fest. Mit der anderen Hand warf er dem Verkäufer die dreißig Silberlinge vor die Füße. Dieser murmelte eine Art Fluch in einer fremden Sprache und blickte wütend drein, als er das Geld einsammelte.

»Wie issst dein Name?«, fragte Voldho den Jungen und spuckte ihm dabei fast in das Gesicht.

»Azhad, Meister«, antwortete der Junge und kniff die Augen zusammen. Er verzog das Gesicht, als der widerliche Gestank aus Voldhos Achselhöhlen seine Nase erreichte. »Mein Name ist Azhad.«

Kapitel 12

Öffne uns das Tor des Lebens,
Tür zum Tor der Elemente

Tag 5, Elium 358 n. E.

Gordongdschungel

Picardo, Lucius, Lea und General Munzheim hatten einen zweitägigen Fußmarsch durch den Dschungel hinter sich. Der Himmel wurde schon vor geraumer Zeit von den riesigen, dichten Baumkronen verdeckt und war bisher nicht mehr zum Vorschein gekommen. Es hatte den Anschein, als befänden sie sich in einem gewaltigen Bauwerk, bewohnt von fanatischen Pflanzenliebhabern. Picardo hatte mittlerweile seine Schuhe entsorgt, da er bemerkt hatte, dass seine Sohlen nicht mehr existierten. Seitdem lief er barfuß, was normale Menschen bei dem dichten Gestrüpp, den etlichen Dornen und spitzen Steinen um den Verstand gebracht hätte. Picardo jedoch hatte lediglich einige kleine Kratzer an den Fußsohlen.

»Ich bin am Ende!«, seufzte Munzheim.

»Das ist mir schon klar, alte Heulsuse!«, entgegnete Lucius abfällig. Plötzlich blieb er stehen. »Na gut, schauen wir mal wieder auf die Karte!« Lucius kramte die Karte des Wanderers aus seiner Tasche und faltete sie auf. Er ließ seine Finger sachte über das vergilbte Papier gleiten und kniff die Augen zusammen, um die Zeichen besser erkennen zu können. »Nun... laut dieser Karte befindet sich die Tempelstätte...« Er schaute sich ungläubig um und kratzte sich am Kopf. »Direkt hier!«

Picardo hüpfte in die Luft und jubelte.

»Picardo!?« Lea zog ihn auf den Boden der Tatsachen zurück. »Picardo, hier ist nichts!«

Er schaute sich um und erblickte nichts weiter als die riesigen Bäume, das dichte Gestrüpp, einige seltsame kleine Tierchen und andere Dinge, die er schon die ganze Zeit hier im Dschungel zu sehen bekommen hatte. Er war enttäuscht und sah Lucius böse an.

»Das gibt's doch nicht!«, stöhnte Lucius verärgert.

»Der Bischof hat dich reingelegt!«, schlussfolgerte der General, als wäre es eine Genugtuung für ihn.

»Unmöglich...«, entgegnete Lucius, schüttelte den Kopf und warf Munzheim böse Blicke zu. »Das IST die richtige Karte!« Er kratzte sich am Kinn. »Irgendetwas müssen wir übersehen haben!«, sagte er.

»Vielleicht hältst du die Karte falsch herum?« Lea grinste.

»Spaßvogel!«, antwortete Lucius nur.

Plötzlich leuchtete der Boden hinter Picardo in einem satten Rot. Kleine Funken züngelten in die Luft und ein leises Knistern störte die monotonen Urwaldgeräusche.

»Picardo? Da hinter dir geht irgendwas ab!«, bemerkte Lucius und trat einen Schritt zurück.

»Eine Spinne?«, schrie Picardo, hüpfte zur Seite und landete auf seinem Hintern.

»Nein, das ist...« Munzheim traute seinen Augen nicht. Er hatte dieses rote Leuchten schon einmal gesehen, einige Jahre zuvor. Das Leuchten wurde stärker, gab schrille Töne von sich und Funken wirbelten furios durch die Luft. Knapp über dem Boden tat sich ein helles Licht auf, das kontinuierlich größer wurde und schließlich mit einem Knall die gesamte Umgebung in einen hellroten Schimmer tauchte. Lea hob sich die Hände vor die Augen und wich einige Schritte zurück. Einige Blätter wurden aufgewirbelt und tanzten durch die Luft wie kleine Käfer. Picardo saß auf dem Boden und blickte unglücklicherweise direkt in das Licht, sodass er, auch nachdem es verschwunden war, nur Sterne und leuchtende Punkte vor seinen Augen sah. Die erschienene Gestalt war eine schlanke junge Frau, gekleidet in den Farben des Waldes. Das Einzige, was sie trug, war ein ausgefranstes Oberteil und einen sehr kurzen Rock, der wie ein Fetzen von ihrer Hüfte hing und nur das Nötigste verdeckte. Auf ihrem Rücken blitzten zwei scharfe Katanas. Sie verschränkte die Arme vor dem Gesicht, während sie langsam auf den Boden schwebte. Als sie aufsetzte, nahm sie die Arme zur Seite und schüttelte sich ihre langen, goldblonden Haare aus dem Gesicht.

»Du!?« Munzheim rieb sich ungläubig die Augen.

»Herr General, welch Überraschung!« Sie grinste, verbeugte sich kurz und steckte erst dann den Wanderrubin in einen kleinen Beutel zurück, der an ihrem Fetzenrock befestigt war. Mit Verwunderung und Misstrauen musterte Robert Munzheim die wunderschöne Frau, die vor ihm stand. Sie war bei weitem kein Mädchen mehr. Lea drehte sich zum General.

»Du kennst diese Person, Robert?«, fragte sie.

»Ja, Robert. Du kennst sie?«, fügte Lucius spöttisch hinzu. »Ich weiß ja nicht, was du hier willst…«, ergänzte er und ging einige Schritte auf die Unbekannte zu, die die Arme in die Hüften stemmte und neckisch zu ihm herüber sah. Plötzlich zögerte er und hielt den Atem an. »Du...« Lucius traute seinen Augen nicht.

»Jaja, ich weiß, ich habe einen Schwanz.« Cora schüttelte den Kopf.

»Eine Thohawk«, bemerkte Lucius leise, drehte sich ab und rieb sich das Kinn. Picardo, der noch immer damit kämpfte, wieder etwas Anderes als blinkende Punkte zu sehen, wurde hellhörig und versuchte aufzustehen.

»Thohawk? Wer... was?!« Er torkelte direkt vor Cora und stolperte über eine Wurzel. Sofort streckte sie ihre Arme aus und fing Picardo auf. In diesem Moment war Cora so froh wie lange nicht zuvor in ihrem Leben, das schon so viel länger dauerte, als es ihr Alter verriet.

»Aeris!«, sagte sie euphorisch und blickte in Picardos Gesicht. Sie hielt ihn fest.

»... Aeris?« Langsam lichteten sich die Schleier um Picardos Sichtfeld und er konnte eine schöne blonde Frau erkennen, die ihn in den Armen hielt. »Hey! Ich hätte mich auch selbst auffangen können!«, keifte er, denn irgendwie missfiel es ihm, von fremden Frauen im Arm gehalten zu werden. Seltsamer kleiner Mann. Picardo versuchte, aus Coras Griff zu entkommen, doch entgegen allen seinen Anstrengungen riss sie ihn an sich und drückte ihn nun so fest, dass ihm die Luft weg blieb.

»Aeris, ich bin so froh, dass du lebst!«, lachte sie.

»Was ist denn hier los? Kann mich jemand aufklären?« Lea sah sich um und versuchte den Blick von Munzheim oder Lucius zu erhaschen, doch die waren selbst beide damit beschäftigt ihre Gedanken zu ordnen. Im Falle des Generals waren die Gedanken eher unangenehm und weckten schlimme Erinnerungen, die er am liebsten im Vergessenen gelassen hätte. Lucius hingegen entdeckte sofort das Amulett, welches der soeben erschienenen Frau um ihren langen, schmalen Hals baumelte. Zudem hing es verführerisch knapp über ihrem Dekolleté. Er äußerte sich jedoch vorerst nicht darüber, weder über das Amulett noch über Coras Brüste. Munzheim war so in Gedanken versunken, dass er alles um sich herum vergaß. Ihm schwirrten tausende Bilder durch den Kopf; Bilder von Königin Eloriel, den Whisps, der Wanderung durch den Wald…

»ROBERT?!« Lea stand plötzlich vor dem Sichtfeld des Generals und riss ihn aus seinen Gedanken. »Woher kennst du diese Person? Sie ist eine Thohawk, habe ich Recht?«, fragte Lea besorgt.

Cora ließ Picardo los und kam geraden Schrittes auf die beiden zu. Picardo blieb stehen und versuchte, sich von der doch sehr festen Umarmung zu erholen. Ihm war noch nicht ganz klar, womit er das verdient hatte.

»Herr General?« Cora streckte ihm die Hand entgegen. Munzheim ergriff sie zögernd und schüttelte Cora die Hand. Einige Sekunden blickte sie dem General ins Gesicht, bis sie sich zur Prinzessin wendete.

»Prinzessin Lea...«, sagte Cora unterwürfig, verbeugte sich und sah ihr in die smaragdgrünen Augen. Durch das Umfeld des Dschungels glitzerten sie in einem noch helleren Grün als sonst.

»Du kennst meinen Namen?« Lea erschrak.

»Der General hat viel von Euch erzählt, als wir zusammen unterwegs waren.«

Auch Lucius und Picardo gesellten sich nun in die nähere Umgebung der drei, um das Gespräch zu verfolgen. Sie sahen sich kurz an, zuckten die Schultern und lauschten.

»Ich glaube nicht, dass dies der richtige Ort ist, um darüber zu reden!«, sagte Munzheim kühl.

»Ach ja, ich vergaß. Sie geben sich noch immer die Schuld an dem Tod der Königin?«

Was?! Lea zuckte zusammen. »Robert?!« Sie war außer sich, sie wollte sofort wissen, was hier vor sich ging und sah dem General tief in die Augen. Das hatte noch immer Wirkung gezeigt.

»Ich...« Munzheim stockte und schluckte. »Naja, was soll's!«, meinte er schließlich. Also fing er an zu erzählen. Er sprach über den Aufstand, über die Universität mit ihren hohen Türmen, über den Rat der Magier, über Schatten und Licht, den Bischof, über Gamadas mit seinen magischen Augen und die dicke Iselia, bis hin zum Tod Königin Eloriels.

»Und am Ende verließ er uns am Rande des wispernden Waldes, um zurück nach Archadis zu gehen und dem König Bericht zu erstatten«, fügte Cora hinzu. Lea schwieg, sie konnte das alles nicht so schnell verarbeiten.

»Prinzessin,… Ich...«, stotterte Munzheim und wusste nicht, was dem noch hinzuzufügen war.

»Robert, du bist nicht schuld an Mutters Tod. Warum hast du diese Geschichte nicht früher erzählt?« Eine Träne lief über Leas Wangen.

»Ich hätte sie beschützen müssen!«, sagte Munzheim leise und senkte den Kopf. Er klang wütend. Lucius hatte sich mittlerweile auf eine Wurzel gesetzt, denn die Gefühlsduselei ging ihm auf den Senkel. Picardo jedoch lauschte gespannt der Geschichte und war sichtlich gerührt. Lea überlegte.

»Also hat damals dieser Mandragon versucht, das Tor des Lichts zu schließen?«, folgerte sie.

»Genau, die Macht der Thohawk konnte ihn jedoch davon abhalten. Sie bündelten ihre Kräfte und verbannten den alten Magier in die Schattendimension!« Cora wollte gerade weiter erzählen, als Lucius in die Runde trat.

»Die Macht, die entfesselt wurde, war jedoch so groß, dass auch die Thohawk nicht mit dem Leben davonkamen. Die gewaltige Druckwelle vernichtete fast das gesamte Volk und ihr Zuhause!«, sagte er, holte tief Luft und sah abwechselnd Cora und Picardo an. »Nur sehr wenige blieben übrig!« Er blickte in den Dschungel. »Genauer gesagt... nun seid wohl nur noch ihr beide übrig!«

In diesem Moment begriff Picardo, was hier vor sich ging. Cora war mit dem Wanderrubin zu ihnen gekommen, um ihnen zu helfen. Sie wollte das Vorhaben des Bischofs durchkreuzen, um zu verhindern, dass sich die Geschichte wiederholte. Sie trug die Träne des Lichts bei sich, von der Lucius erzählt hatte.

Und außerdem war sie seine Schwester.

Engelssegler

»Sie sind direkt unter uns!«, bemerkte Azhad und ließ seine Augen über eine runde, fluoreszierende Anzeige schweifen, auf der einige Koordinaten und ein kleiner, grün blinkender Punkt zu sehen waren. Er war sichtlich nicht erfreut darüber, dass sie ihr Ziel erreicht hatten, denn er wusste, was der Bischof im Sinn hatte und es gefiel ihm nicht. Aber was sollte er tun? Voldho würde nicht zögern, ihm mit seinen schmutzigen Fingernägeln die Kehle aufzureißen, sollte er sich weigern seine

Aufgaben pflichtgemäß auszuführen. Manchmal sehnte er sich zurück nach der Wüste, nach dem Leuchten der beiden Sonnen und den Trockenblumen an seinem Lieblingsplatz neben der Stadt. Er dachte oft an diesen Ort, wo er sich von den Strapazen der täglichen Arbeit erholen konnte und die alten Schriften studierte. Es war ein alter Brunnen, der lange kein Wasser mehr trug, inmitten einem Feld besagter Blumen. Er konnte ihren Duft fast riechen. Azhad seufzte laut.

»Hör auf zzzzu träumen!« Voldho stand plötzlich neben ihm und gab ihm eine Ohrfeige. »Stopp die Maschinen!«, brüllte er und zeigte auf einige Hebel. Azhad machte sich daran, einen nach dem anderen umzulegen. Knarrend schoben sich die Hebel in ihre Halterungen und das Flugschiff wurde merklich langsamer. An der Seite fuhren einige Rotoren aus dem Bug, sodass der Segler an Ort und Stelle zur Ruhe kommen konnte, ohne abzustürzen.

Azhad blickte aus dem Fenster, um die Funktion der Rotoren zu überprüfen und lenkte daraufhin seinen Blick nach unten. Wie ein mächtiges Bauwerk der Natur lag der riesige Gordongdschungel unter ihnen. Das dichte Blätterdach versperrte jegliche Sicht auf den Boden, was es auch für den Engelssegler unmöglich machte, von unten entdeckt zu werden. Azhad zog seinen Blick zurück.

»Maschinen in Ordnung, Meister Voldho!«, gab er zu wissen. Voldho... schon allein sein Name bereitete Azhad Kopfschmerzen. *Was muss sich die Natur bei dieser Missgeburt nur gedacht haben? Hätte Elia doch Erbarmen und würde die Welt von seinem Antlitz erlösen.*

»Meister Voldho?«, begann Azhad, woraufhin er missbilligende Blicke erntete. Er war nicht dazu befugt, Fragen zu stellen. »Ich frage mich, wie wir hier landen sollen.«

»Hää?« Voldho drehte sich zu ihm und Azhad rechnete mit einer saftigen Ohrfeige, jedoch machte Voldho auf halbem Wege kehrt und verließ den Kontrollraum durch die automatische Schiebetüre, mit drohenden Gesten.

Falls du den Bischof besuchst, hol dir gleich ein Stückchen Hirn ab..., murmelte Azhad. Als sich die Tür wieder zuschob, ließ sich der Junge auf einen Stuhl sinken und seufzte. Hätte er sich doch nur geweigert, die Schriften zu übersetzten, die der Bischof ihm einst vorgelegt hatte. Hätte er doch sein Leben geopfert, um möglicherweise das von vielen anderen zu retten. Andererseits hätte sich Kahn dann einen anderen Sklaven zugelegt, der die Arbeit seiner statt erledigt hätte. Es gab schließlich immer Mittel und Wege, vor allem für so einen mächtigen Mann wie den Bischof. Seinerzeit in Dünen hatte Azhad in seiner freien Zeit die Schriften der Elia studiert. Bevor er in die Hände der Händler fiel, arbeitete er für einen gläubigen Gelehrten, der ihm gerne die Zeit dazu gab. Er bezweifelte zwar, dass Elia selbst diese Schriften verfasst hatte, jedoch äußerte er diesen Gedanken nie, schienen ihm die Worte doch Hoffnung und Halt zu geben. Zu gerne hätte er auch die Schriften des Belias gelesen, doch die Kirche der Elia hatte diese vor langer Zeit verboten. Auch sein damaliger Meister besaß keine Kopien dieser Niederschriften. Azhad war sich sicher, dass diese beiden Bücher zusammen erst ihre wahre Bedeutung zu Tage fördern würden.

Nichtdestotrotz, das Handeln des Bischofs war fahrlässig und konnte nichts Gutes verheißen. Schließlich war spätestens seit dem Ableben des dunklen Magiers bekannt, dass niemals eines der Tore der Elemente geschlossen werden durfte. Der Bischof schien dies jedoch zu missachten, für ihn gab es entweder Gut oder Böse, Licht oder Schatten. Er und die

Kirche hatten absolut nichts aus dieser Sache gelernt. Seltsamerweise betrachtete sich der Bischof als der gute Part dieser Welt, der die Menschen vom Leid erlösen würde.

Lachhaft! Doch was sollte ein Junge aus Dünen, der Zeit seines Lebens eine Art Sklave gewesen war, ausrichten?

Gordongdschungel

Die Dämmerung war unter dem riesigen Blätterdach kaum wahrzunehmen, dennoch wurde es merklich dunkler. Die Truppe hatte in den letzten Stunden heftig diskutiert. Über die Königin, die vor einigen Jahren ihr Leben bei dem Aufstand verlor, über Mandragon und sein Zepter und vor allem über die zwei letzten Thohawk: Cora und Picardo, dessen richtiger Name wohl Aeris lautete.

»Mein Name ist Picardo!!«, brüllte er wieder und wieder, bis Cora endlich nachgab und die Umstände vorerst akzeptierte.

»Ich will mich nicht einmischen, es wäre dennoch nett von euch, als letzte Überbleibsel eures Volkes, uns den Weg zur Tempelstätte zu zeigen!« Lucius schien genervt. Er hatte keine Lust und keine Nerven für diese ständigen, aufklärenden Diskussionen.

»Zeig mir die Karte!«, sagte Cora und riss Lucius den Papierfetzen aus der Hand. Sie drehte ihn hin und her. »Das ist die Karte des Wanderers, sie zeigt dir den Weg zur Tempelstätte…«, bestätigte sie, gab Lucius die Karte zurück und grinste ihn an.

»Hab ich doch gesagt!«, entgegnete er und schob das Pergament zurück in seine Tasche. »Was gibt's da zu grinsen?«, fragte er schließlich.

»Sie zeigt dir den Weg zur Tempelstätte, aber sie zeigt dir nicht die Tempelstätte... da könnte ja jeder kommen.«

Natürlich... Lucius ging ein Licht auf.

Plötzlich schaute Cora hoch zum Blätterdach. Sie sah besorgt aus. »Ich spüre die Anwesenheit Elias Hasses!«, sagte Cora. »Das Zepter!« *Wir haben wohl keine Wahl*... Sie seufzte. »Aer...«, Cora stockte; »Picardo, komm zu mir!« Sie winkte ihren Bruder zu sich herüber. »Stell dich neben mich und richte deinen Blick nach Osten!« Sie deutete in die entsprechende Richtung und zupfte an Picardos Hemd. Er hatte sich noch nicht so richtig an den Gedanken gewöhnt, plötzlich eine Schwester zu haben, die ihn womöglich bevormunden könnte. Trotzdem tat er wie befohlen. »Mach es mir nach! Streck die Hände aus und schließ die Augen, Picardo.«

Lea und Munzheim standen etwas abseits und beobachteten die beiden, die irgendwie putzig aussahen, nebeneinander mit ausgestreckten Armen. Munzheim war verunsichert.

Wir sollten die Tempelstätte nie erreichen, dachte er. *Etwas ist nicht richtig!*

»Sprich mir nach! Okura na Okumei de Levia, on Grimbasia!«

»Was?« Picardo öffnete das linke Auge und schielte Cora an. »Okura na Okumei de Levia, on Grimbasia«, wiederholte sie und schaute dabei auf die Kette, an der ihr Amulett baumelte. Die Worte waren darauf graviert.

»Okora na Spiegelei da Lemia, on Trombosia«, murmelte Picardo.

»Streng dich an! Okura na Okumei da Levia, on Grimbasia.« Cora wurde lauter. »Öffne uns das Tor des Lebens, Tür zum Tor der Elemente! Okura na Okumei da Levia, on Grimbasia!«, sagte sie immer wieder.

»Okora da Okunei de Lefia, on Krimbosia.« Picardo presste die Augenlider aufeinander.

Die alte Sprache der Thohawk! Lucius war fasziniert.

»Okura na Okumei da Levia, on Grimbasia!!« Er hatte es. Plötzlich wurden die beiden von blauem Schein umhüllt.

Sie sprachen im Chor: »Okura na Okumei da Levia, on Grimbasia... Öffne uns das Tor des Lebens, Tür zum Tor der Elemente!«

Durch das aufkommende Pfeifen des Windes begannen die Worte wie Gesang zu klingen. Es schien, als würde der Dschungel eine traurige Melodie spielen und die verlorenen Seelen des Volkes der Thohawk im Kanon mit einstimmen. Der Schein um Cora und Picardo wurde stärker und stärker sowie auch ihre Stimmen, die sich plötzlich anhörten wie die von Hunderten.

»Okura na Okumei de Levia, on Grimbasia!« Cora riss die Augen auf, die in einem grellen Blau leuchteten. Sie stieß ihre Handflächen nach vorn, aus denen ein gewaltiger, grell leuchtender Blitz entwich, der sich knisternd um Bäume und Sträucher wickelte, Lianen hinaufkletterte und den Boden mit blauem Rauch bedeckte. Es zischte, brodelte und pfiff im Blätterwerk. Blitzschnell war ein riesiges Areal von dem leuchtenden Rauch bedeckt. Kleinere Blitze zuckten aus sämtlichen Richtungen und erhellten das gesamte Gebiet. Die Blätterdecke über der Truppe ging zurück und ließ die Abendsonne hervortreten, die sich so lange von dem dichten Blätterdach hatte verdrängen lassen. Rötliche Sonnenstrahlen vermischten sich mit dem blauen Rauch und warfen lila Schatten auf die freigelegte Fläche. Es schien, als würden das Gestrüpp und die riesigen Bäume geradezu verdampfen. Die Stellen am Boden, die von Sonnenstrahlen getroffen wurden, zischten und waberten; das Farbenspiel glich einer sich auflösenden Regenbogenschnecke, auf die ein grausames Kind Salz geschüttet hatte.

Kurz darauf ein helles Leuchten. Die majestätische Tempelstätte der Thohawk erschien aus dem Nichts. Wie aus Geisterhand. Sie war riesig, von Moos überwachsen und teilweise verfallen, was aber die unglaubliche Baukunst der Thohawk nicht trübte. Riesige, fantastische Torbögen, mit Runen verzierte Türme und Treppen, die in das Herz der Welt zu führen schienen, waren zu erkennen.

Nur ein Thohawk kann die Tür zum Tor der Elemente erreichen. Nun verstand Lucius die restlichen Zeichen der Karte.

Und auch oben am Himmel blieben die Geschehnisse nicht unbemerkt.

Stadt der Engel, Kerker

Zwei Tage waren vergangen, in denen Gregor Barthas nichts mehr von dem geheimen Unbekannten gehört hatte. Mittlerweile glaubte er ganz sicher, dass ihm einer der Wächter einen sehr schlechten Streich gespielt hatte.

Am Morgen konnte er einer Diskussion lauschen und erfuhr, dass der Bischof und sein stinkender Handlanger wohl auf dem Weg in den Gordongdschungel waren. *Waren Lea und Munzheim auch dort?* Die Ungewissheit fraß den König innerlich auf. Er hielt es nicht mehr aus. Er musste hier raus. Jedoch bot ihm seine Unterkunft nicht sehr viele Fluchtmöglichkeiten. Der kleine Luftspalt in der Wand war viel zu klein, um hindurch zu klettern. Hilferufe erreichten hier im Kerker auch niemanden. Außerdem war er in der Stadt der Engel, in einem der bestbewachten Gebäude von ganz Phön.

Plötzlich klimperte es an seiner Zellentür. Ein weiterer Becher... *wo hatten die nur die ganzen Becher her?* Sofort hob er ihn auf und schaute hinein:

KOPF RUNTER!

stand in krakeliger Schrift auf dem vergilbten Papierfetzen. *Kopf runter?* Barthas blickte sich um. Einige Sekunden später bekam er mit eigenen Augen zu sehen, was mit dieser Aufforderung gemeint war. Draußen im Gang blitzte es hell auf. Es war ein kräftiger Blitz, dem ein kurzer, lauter Knall folgte, der sein Trommelfell zum Beben brachte. Barthas warf sich in seinen Strohhaufen, um nicht von dem Blitzgewitter erfasst zu werden. Vor seinen Augen sah er leuchtende Punkte und außer einem lauten, andauernden Pfeifton hörte er nichts als gedämpfte Stimmen und Schreie, die aus dem Gang zu ihm drangen. Irgendetwas oder irgendjemand öffnete seine Zellentür. Er vernahm nur eine verschwommene Gestalt, die etwas zu ihm sagte, das er nicht verstand. Seine Sinne waren betäubt. Er wurde hochgezogen und hinaus in den Gang gezerrt. Das Blitzgewitter war verschwunden, jedoch konnte Barthas nicht mehr erkennen als verschwommene, kahle Wände, an denen er von einem milchigen, rötlichen Wesen vorbeigezogen wurde. Plötzlich eine weitere Figur: blau... grün... so etwas in der Art. Die zweite Gestalt war deutlich größer als die, die ihn gerade durch die Gänge zerrte. Er vernahm ein Grummeln; die Gestalten unterhielten sich im Rennen, schienen hektisch. Er ließ sich mitschleppen. Ganz langsam verwandelte sich das Pfeifen in ein Rauschen und er konnte wieder einige Wortfetzen wahrnehmen. Er wurde in eine Ecke gesetzt. Sie waren noch immer im Kerker. Jemand schlug ihm mit der flachen Hand ins Gesicht... immer und immer wieder.

»Ich habe gesagt, KOPF RUNTER!« Eine weibliche Stimme ertönte vor ihm. Mit jedem Schlag ins bärtige Gesicht erwachte der König mehr und mehr aus seiner Trance. Schemen formierten sich langsam zu Bildern und auch das Rauschen wurde wieder zu verständlichen Tönen. »Tut mir leid, mein König!«, sagte die weibliche Stimme, die sehr erfahren und bestimmt klang. Als seine Sehkraft wieder hergestellt war, drehte sich die Frau, die gerade noch vor ihm gekniet hatte, schon weg, sodass er ihr Gesicht nicht erkennen konnte. Sie trug einen weinroten Arbeiterkittel und robuste Lederhosen. Sie war stabil gebaut, jedoch nicht dick, ihre roten Haare waren zerzaust und hingen ihr bis knapp unter die Ohren. Auf ihrem Rücken trug sie das Logo der Phönix Gesellschaft: Ein zweigeteiltes Oval, das wohl Phön symbolisieren sollte: Eine Seite schwarz, die andere weiß. Aus den Seiten ragten symbolisch brennende Schwingen. In einem Halfter an ihrem Gürtel trug die Frau eine Schattenpistole und eine Art Werkzeugbeutel. Sie wendete sich der anderen Gestalt zu: diese trug eine Gauklermütze und war in einen grünblauen Flickenanzug gehüllt. Unter der Mütze ragten vereinzelt einige dünne, dunkelbraune Dreadlocks heraus. An seiner bunten Hose hingen allerlei Gegenstände und Dinge, die aussahen wie Spielzeug.

Was ist hier los?... Barthas rieb sich die Augen. Plötzlich kamen zwei Wachen um die Ecke, die durch den Tumult im Kerker aufmerksam geworden waren. Sie waren sichtlich verwirrt, als plötzlich eine Frau und ein seltsamer Gaukler vor ihnen standen und zogen ihre Waffen: kurze Speere, die gleichzeitig gefährliche Lichtgeschosse abfeuern konnten. Den Reflexen der seltsamen Dame in rot waren sie jedoch nicht gewachsen. Mit einem Ruck, so schnell, dass es kaum wahrzunehmen war, zog sie ihre Pistole und schoss. Nicht jedoch auf die Soldaten selbst, sondern über ihnen an die Decke, woraufhin einige kleine Steine herunterbröckelten. Die Elitesoldaten schauten kurz nach oben und lachten unbeeindruckt. Doch diese Sekunde der Unaufmerksamkeit nutzte die andere Person an der Seite der Frau: Der Gaukler warf mit blitzschnellen Reflexen jeweils eine kleine weiße Kugel in die Augenluken der Soldatenrüstungen. Es blitzte und knallte dumpf. Die Rüstung wölbte sich auf und die Soldaten standen regungslos da, ließen ihre speerartigen Waffen fallen und sackten auf die Knie. Rauch quoll aus den Ritzen der Rüstungen, bevor die beiden längs auf dem kahlen Kerkerboden aufschlugen.

»Die schlafen nur«, sagte die Frau und drehte sich zu Barthas. Sie trug eine Brille mit eckigen Gläsern auf ihrer kleinen Nase, die ihr verblüffend gut stand. Barthas schätzte die Frau auf mittleres Alter, was ihr aber nicht unbedingt anzusehen war. »Hoch! Wir müssen uns irgendwo verstecken!« Sie reichte ihm die Hand und zog ihn zu sich nach oben, während der bunte Kerl mit der Gauklermütze um die Ecke spähte und sie mit der rechten Hand zu sich winkte.

Kapitel 13

Große Verantwortung bringt grobe Fehler mit sich

Tag 1, Jahresanfang 346 n. E.

Etwa dreizehn Jahre zuvor. Tempelstätte der Thohawk

Wie an jedem ersten Tag eines neuen Jahres lag ein angenehmer Duft in der frischen, sommerlichen Luft. Im Gegensatz zu den grünen Bäumen des Gordongdschungels trieben die Pflanzen um die Tempelstätte der Thohawk nur an diesem ersten Jahrestag aus. Die Farbenpracht, die dann dort zum Vorschein kam, war unbeschreiblich: Absonderliche Blumen brachten Blütenblätter in allen Formen und Farben zu Tage und hüllten die Umgebung in einen duftenden Teppich. Ein kleines Mädchen mit goldgelben, zu Zöpfen gebundenen Haaren, hüpfte mit einem Korb durch diese Pracht und pfiff ein Lied. Dieses Mädchen, das auf den Namen Cora hörte, war etwa zehn Jahre alt. Noch wusste sie nicht, dass sie die Blumenfelder vielleicht niemals wiedersehen würde.

Plötzlich erklang eine Glocke. Es war die Mittagsglocke, die die Umgebung jeden Tag zur gleichen Zeit mit ihrem hohlen Klang beschallte; das Zeichen nach Hause zurückzukehren, so sagte ihr Vater. Sie pflückte schnell noch eine letzte Blume und ging über die mächtigen Stufen zur Tempelstätte zurück. Als sie über die belebten Straßen schlenderte, hatte sie ein komisches Bauchgefühl. *Papa klang so besorgt...* Tatsächlich hatte sich ihr Vater seit einigen Tagen sehr seltsam verhalten. Sie vermutete, dass ihr frisch geborener Bruder etwas damit zu tun hatte.

Als sie die Türschwelle ihres Zuhauses betrat, hörte sie ihre Eltern miteinander flüstern. Cora trat einen Schritt zurück und lauschte durch die angelehnte Tür.

»Ich möchte das nicht tun! Bist du wirklich sicher, dass du es spürst?«, sagte ihre Mutter besorgt.

»Der dunkle Hass wurde erweckt. Wir sind hier nicht mehr sicher!«, antwortete ihr Vater und lief auf und ab. »Als Wächter des Buches der Elemente muss ich alles in Erwägung ziehen.«

Cora schaute misstrauisch. Sie wusste, dass ihr Vater ein heiliges Buch hütete, jedoch warum und was darin stand, das war ihr bislang verborgen geblieben. Sie vermutete, dass es etwas mit dem Gleichgewicht der Kräfte zu tun hatte, von dem alle redeten, und das es zu bewahren galt. Das war seit jeher die Bestimmung der Thohawk. Plötzlich fing Coras Bruder im Innern der steinernen Hütte an zu weinen und unterbrach die Diskussion der Eltern abrupt. Cora trat nun auch durch die Tür.

»Cora!«, begrüßte sie ihre Mutter mit besorgtem Gesicht und schaukelte ein kleines Bündel auf ihrem Arm hin und her.

»Setz dich!«, meinte ihr Vater und klopfte auf sein Knie. Cora setzte sich auf seinen Schoss. »Mein Schatz...«, so begann er. »Wir müssen weg von hier!«

Tag 2, Jahresanfang 346 n. E.

Blutfels

»Meister? Sie haben mich gerufen?« Ein junger Mann betrat den dunklen Raum.

»Ashfalion - mein treuer Diener!«, begrüßte ihn ein alter Mann am anderen Ende des Raumes. Seine Stimme war kratzig und tief. Er hustete ratternd und voller Inbrunst. Es klang, als ob seine Lunge gerade eben frisch geteert worden war. Kurze Zeit schwieg er, dann fing er sich wieder und erhob sich aus seinem knochenverzierten Thron. Der schwere, lederne Umhang des Mannes glitt über den steinernen Boden. »Nach all den Jahren haben wir - hier in Blutfels - das Zepter nun endlich - entdeckt!« Er konnte nur wenige Worte aussprechen, bevor er wieder und wieder nach Luft ringen musste. Der alte Mann presste die Worte regelrecht hervor und jedes einzelne schien ihm Qualen zu bereiten. Er war sehr krank.

Seine Kleidung bestand zu einem großen Teil aus gegerbter Tierhaut, aber auch anderen Lebewesen, und war hauptsächlich schwarz gefärbt.

»Nun, - ich habe eine Aufgabe - für dich!« Er grinste böse, aber in seinem Gesicht zeichnete sich endlose Pein ab. Sein Brustkorb bewegte sich stetig auf und ab und bei jedem Atemzug pfiff die Lunge des dunklen Mannes. Sein Diener, dessen Name Ashfalion lautete, sah zu ihm auf und sagte nichts, sondern wartete, bis sein Gegenüber den Atem wiedererlangte.

Plötzlich fingen die langen, schwarzen Haare seines Meisters an zu flattern. Er sah seinen Untergebenen mit düsterem Blick an, dann erhob er seine Hand. Mit einem gewaltigen Zischen schob sich ein magisches Schwert aus seiner Handfläche hervor. Es leuchtete lila und dampfte eigenartig. Gestank von Schwefel und verbrannter Haut lag in der Luft. Mit einer Wucht, die Steine hätte spalten können, zog der riesige Mann das Schwert seinem Diener durch das Gesicht. Der junge Mann fiel zu Boden und schrie laut auf. Dunkles Blut spritzte auf die Schuhe des großen Mannes. Die magische, glühende Klinge hatte eine riesige Wunde hinterlassen. Die sengende Hitze hatte die Verletzung jedoch auf der Stelle verödet, sodass der Blutstrom sofort gestoppt wurde. Der junge Mann lag am Boden und hielt sich sein vor Schmerz brennendes Gesicht.

»Meister?!«, schrie er panisch.

»Ich kann es mir nicht erlauben - irgendetwas dem Zufall - zu überlassen!« Er rang kurz nach Luft. »Diese Narbe soll dich immer daran erinnern, - was deine - Mission ist!« Die gequälte Stimme des Meisters hallte an den kahlen Wänden wieder. »Solltest du deine Aufgabe nicht - erfüllen! Wird dir diese Verletzung deine Seele zerreißen - und deinen Leib innerlich spalten!« Er schnaufte angestrengt. »Solltest du je dein Leben etwas anderem widmen - als mir zu dienen!« Sein Brustkorb pulsierte.

»Und was ist ihr Begehr Meister?« Der Diener ignorierte den Schmerz der pochenden Wunde.

»Sobald ich meine Mission abgeschlossen habe - komm zu mir und bring mir das Amulett! Ich bin mir sicher, dass - die Thohawk es - wegschaffen werden! Ich bin mir sicher - sie unterschätzen das - finstere Zepter!« Er hustete schwer und ermutigte seinen Diener aufzustehen. »Durchsuche, wenn nötig, die ganze Welt - durchsuche jeden Winkel - jedes von den Göttern verlassenen Ödlandes!«

»J... Jawohl!«, stotterte der junge Mann und erhob sich. Noch immer hielt er sich sein entstelltes Gesicht.

Das schwarze Amulett. Die Träne des dunklen Gottes. Sie zu finden - dies war nun seine Bestimmung.

Tag 4, Jahresanfang 346 n. E.

Tempelstätte der Thohawk

Als die Familie die Tempelstätte verließ, war allen etwas mulmig zumute. Ob sie das Richtige taten, war lange nicht gewiss. Die Mutter und Cora, die ihren Bruder im Arm hielt, warteten am Fuße der großen Treppen, als ihr Vater zu ihnen trat. Er schaute seiner Tochter in die Augen und murmelte seltsame Worte. *Okura na Okumei de Levia, on Grimbasia...* Alsbald er diese Worte aussprach, verschwand die Tempelstätte hinter ihnen. Coras Zuhause war mit einem Schlag wie vom Erdboden verschwunden.

»Vater?!«

»Vergiss diese Worte nie, mein Kind!«, sagte er zu ihr.

»Aber du hast...«

»Keine Sorge Cora, die Tempelstätte ist nicht verschwunden. Sie verbirgt sich lediglich vor jenen, die sie niemals finden dürfen!«

Cora wusste nicht, was sie dazu sagen sollte; aber ihr Vater hatte in den letzten Tagen einige Gespräche mit den Oberhäuptern der Thohawk geführt. *Er wird wissen was er tut...*

Was jedoch niemand wusste, war, dass alle die Macht des Zepters und des dunklen Magiers unterschätzten, und, dass ein Funken Hoffnung für das Volk der Thohawk gerade seinen Weg hinaus aus dem Dschungel antrat.

Einige Tage später erreichte die Familie die Küste. Nicht weit entfernt von der imposanten Stadt Goldhafen lag ein kleines Boot an einem Steg. Der Himmel war blau und die See ruhig. Der ewige Ozean lag wie ein blaues Seidentuch vor Cora und ihrer Familie.

»Seht ihr?«, sagte ihr Vater. »Kein Grund zur Sorge!« Langsam stieg er auf das kleine Schiff, das außer ein paar Segeln und einer winzigen Kabine in der Mitte eher einer Nussschale glich. Cora, die noch immer ihren Bruder auf dem Arm hielt, zögerte. Nach einigen aufmunternden Worten des Vaters jedoch, stieg auch sie vom Steg aus auf das Boot, gefolgt von ihrer Mutter.

»Die Götter und Phönix werden uns leiten!«, sagte ihr Vater leise und legte die Leinen los.

Tag 11, Jahresanfang 346 n. E.

Der ewige Ozean

Es blitzte und krachte. Der Himmel sah aus, als wolle er die See in sich verschlingen. Mit letzter Kraft übergab Coras Vater ihr das zweite Amulett, das ebenfalls die Form einer Träne hatte. Das Erste hatte er bereits zuvor um den Hals seines Sohnes Aeris gelegt, den Cora auf dem Arm trug.

»Die Lehren des Göttervogels!« Seine Worte wurden fast von dem tobenden Sturm verschluckt. Rings um sie herum war es schwarz. Nur einige Blitze erhellten ab und an die wabernden, todbringenden Wassermassen um sie herum, die immer wieder wie Dampfhämmer auf das kleine Boot einschlugen. Mit Inbrunst zog der Mann seine Tochter an sich heran. »Die Wahrheit liegt verborgen hinter dem Sonnenmond!«, brüllte er, sodass seine Stimme nicht im Sturm unterzugehen drohte. Das junge Mädchen presste das kleine, schreiende Bündel an sich. Sie war kreidebleich und verstand die Bedeutung der Worte ihres Vaters nicht. Noch nicht.

Das salzige Wasser und ihre eigenen Tränen hatten ihre Augen rot gefärbt. Als sich eine gewaltige, schwarze Welle vor ihnen auftat, nahm der Mann seine Kinder das letzte Mal in die Arme. Dann wurde das Boot zerschmettert.

Tag 13, Jahresanfang 346 n. E.

Küste nahe der Hafenstadt Belgis

Cato war ein recht einfacher Händler. Er war stets darauf bedacht seine Waren an den Mann zu bekommen, den ihm auferlegten Konventionen, soweit es ging, zu gehorchen und immerzu einen gesunden Blutalkoholwert in sich zu tragen. An diesem Morgen kam jedoch alles, außer dem Promillewert, anders. Er schlenderte über den feuchten Steg am Wasser entlang, als ihm etwas seltsames auffiel: Bretter und Reste eines Segels wurden unter ihm angespült. Immer wieder klopften die Holzstücke an die Wellenbrecher. Cato hatte eine durchzechte Nacht mit viel Calypso-Rum hinter sich, also konnte er eine

Halluzination nicht ausschließen. Plötzlich hörte er ein leises Wimmern. Er drehte sich im Kreis und versuchte zu deuten, aus welcher Richtung die Stimme zu ihm drang. Schließlich fiel sein Blick auf einige Fässer, die fein säuberlich aufgetürmt waren. Als er die Fässer umrundete, wurde das Wimmern lauter und wurde zu einem regelrechten Geschrei.

Ein Baby? Er konnte es nicht fassen, beugte sich herunter und zog zwischen zwei Fässern ein schreiendes Bündel heraus. Das Kind war noch ein Säugling und in eine hellblaue Decke gewickelt. Als er das Baby genauer betrachtete, bekam er einen Schreck: Es hatte zwei winzige Ohren, wie die eines Waschbären. Er rieb sich die schnapsgetränkten Augen. Doch die Ohren waren noch immer da.

Ohje Ohje... Ruckartig drehte er sich hin und her, um sicher zu gehen, dass ihn niemand beobachtete. Dann nahm er das Baby, packte es unter seine Jacke und ging schnellen Schrittes in Richtung Docks. Was der Händler nicht sah, war ein kleines Mädchen, das unter dem Steg auf einigen Holzbalken verharrte.

Bitte sorge dich um ihn! Das Mädchen war blass und hatte seit mindestens zwei Tagen nichts zu essen bekommen. Ihr Bruder war kurz vor dem Verhungern und so war es ihre letzte Chance, ihn abzugeben. Sie suchte sich dafür nicht irgendjemanden, nein, sie wählte bewusst diesen alten Seebären, der ihr vertrauenswürdiger erschien als das restliche Gesindel, welches hier sein Unwesen trieb. Langsam stieg sie die Bretter zum Steg empor und schaute den beiden nach. Sie wischte sich eine Träne aus dem Gesicht und schaute nach hinten Richtung Meer. Dann zog Cora ihr Amulett unter ihren nassen Kleidern hervor und drehte es zwischen den Fingern hin und her.

Vater... Mutter... Sie vermutete, dass ihre Eltern es nicht geschafft hatten. Irgendwo auf dem Ozean hatte sie sie aus den Augen verloren. Sie hatten ihr nie richtig erklären können, warum sie geflohen waren, warum sie die Heimat hinter sich gelassen hatten. Cora blickte zum Horizont. Die Sonnen waren gerade aufgegangen und wärmten ihr Gesicht. Da berührte plötzlich eine Hand ihre Schultern. Sie zuckte zusammen.

»Keine Angst!«, beteuerte eine ruhige Stimme hinter ihr. »Mein Name ist Feghnom, und deiner, mein Kind?«

Kapitel 14

Wo Schatten geworfen werden,
ist stets eine Lichtquelle zu finden.

Tag 5, Elium 358 n. E.

Engelssegler

Azhad blickte nach unten und konnte es kaum fassen.

Wieso ließen sie die Tempelstätte erscheinen... sie müssen die Tränen haben. Er erinnerte sich an alte Schriften, die er einst las: Sie handelten von den Tränen der Götter, dem Volk der Thohawk und deren Bestimmung, die Tore der Elemente unter allen Umständen zu verteidigen. *Wenn nötig mit ihrem Leben.* Azhad kehrte in sich. Die Öffnung, die sich unter ihnen im Urwald aufgetan hatte, war groß genug, um den Engelssegler direkt vor der Stätte zu landen, deren gewaltigste Türme und Mauern nun sogar die höchsten Baumwipfel überragten. Man konnte aus dieser Höhe zwar keine Personen ausmachen, aber Azhad war sich sicher, dass die Gesuchten direkt unter ihnen waren. Kein Gerät sagte ihm das. Sein Gefühl verriet es ihm. Ganz nebenbei vertraute er diesen neuen Technologien sowieso nicht. Ironischerweise fing plötzlich ein kleiner Sphärograph neben dem Radar an zu piepen und zu rauschen. Das bläuliche

Bild war erst verzerrt und wurde dann immer klarer, bis schließlich das Antlitz des Bischofs darauf zu erkennen war.

Er ist doch nur zwei Korridore weiter in seinem Zimmer, dachte Azhad und seufzte.

»Azhad...«, das Bild flackerte. »…Wir landen sofort. Steuere die freie Fläche vor dem Eingang zur Tempelstätte an.« Während das Bild langsam wieder verschwand, vernahm Azhad noch ein leises Kichern.

Was nun? Der schwarzhaarige Junge lief hin und her und wusste nicht, was er tun sollte. Damals war es eine ganze Meute, die sich dem Magier Mandragon entgegenstellte. Dieses Mal war es nur eine Handvoll. Er hoffte nur, dass die Amulette stark genug waren, den Bischof aufzuhalten. Nach einem kurzen Stoßgebet zog er an einem Hebel und begann den Landeanflug.

Gordongdschungel

Allen Beteiligten lief ein kalter Schauer über den Rücken, als sie die ersten Stufen der gewaltigen Treppe empor stiegen, die zum Eingang der Stätte führte. Die uralten Stufen waren teilweise zerbrochen und von Moos und seltsamen Pflanzen überwuchert. Kleine lebendige Wurzeln schlängelten sich wie Würmer durch die Gesteinsritzen, sodass man aufpassen musste, um sich nicht in ihnen zu verfangen. Picardo hüpfte verspielt auf den Treppen hin und her und pfiff vor sich hin. Er hatte noch immer nicht begriffen, was vor sich ging. Oder er nahm es wie immer einfach auf die leichte Schulter.

Lea blickte sich immer wieder um. Sie war sich nicht sicher, ob das, was sie hier taten, richtig war. Schließlich hätte der Bischof die Tempelstätte doch niemals entdeckt, wenn Cora und Picardo die magischen Worte nicht gesprochen hätten, um sie erscheinen zu lassen. Cora bemerkte, dass Lea etwas zurückfiel. Sie sah die Zweifel in ihren smaragdgrünen Augen.

»Prinzessin Zalea...«, rief Cora, die einige Stufen weiter oben stand und sich zur Prinzessin umdrehte. »Ich weiß was in dir vorgeht.« Cora lief ihr entgegen.

»Es ist nur...«, begann Lea und senkte den Kopf.

»Ich weiß wir kennen uns nicht, Zalea. Aber du musst mir vertrauen«, unterbrach Cora. Lea nickte stumm. Sagte nichts. »Du fragst dich, warum wir die Stätte haben erscheinen lassen?« Ein weiteres Nicken. »Das Zepter hätte einen Weg gefunden, den Weg zu offenbaren, glaub mir. Das haben wir schon einmal schmerzhaft erfahren müssen.« Cora legte ihre Hände auf Leas Schultern. »Und wir müssen um jeden Preis vor Kahn am Brunnen der Elemente sein, um die Amulette mit Kraft zu versorgen und so dem Hass der Göttin entgegenwirken zu können!« Cora hatte Probleme damit, den Namen des Bischofs auszusprechen, verband sie doch so viel Leid und Pein mit ihm.

»Ist schon gut«, sagte Lea und ging langsam die Stufen hinauf, drehte sich nach wenigen Schritten aber wieder zu Cora um. »Ich vertraue dir, aber…« Lea stockte und blickte die Stufen hinauf. Ein ungutes Gefühl durchfuhr ihre Sinne. »irgendetwas ist seltsam.«

»Ja«, bestätigte Cora kurz, die nun auch weiter ging. »Ich weiß!«

»Du kannst mich übrigens Lea nennen«, fügte die Prinzessin noch hinzu und folgte ihr. Cora lächelte ihr zu. Es war jedoch ein besorgtes Lächeln.

Erst oben bemerkte Munzheim, dass die Prinzessin zurückgefallen war und wartete nun am Ende der Treppen. Lea wurde mit einem mürrischen Gesichtsausdruck begrüßt:

»Ich sagte, bleibt hinter mir, Prinzessin!«

»Ich gebe acht, dass sie nicht stolpert!«, spottete Cora im Vorbeigehen und grinste. Lea schüttelte nur den Kopf, aber sie war die Fürsorge des Generals ja gewohnt. Picardo durchschritt als Erster den riesigen Torbogen. Kurz dahinter blieb er jedoch plötzlich stehen und erblickte ein Areal, das ihm einerseits vertraut, andererseits so fremd wie nie etwas zuvor erschien. Vor ihm erstreckte sich ein riesiger Platz, der mit Kopfsteinpflaster überzogen war. In dessen Mitte stand eine imposante, mit Kletterpflanzen überwucherte Statue, die einen muskulösen Mann mit einem breiten Schwert und Ohren, wie sie auch Picardo hatte, zeigte. Links und rechts, vor den riesigen Tempelmauern standen mehrere Häuser, Hallen und hohe turmartige Gebilde. Möglicherweise waren es früher Wohnhäuser, Bibliotheken oder ähnliches gewesen. Bei den meisten Gebäuden fehlte die Eingangstür. Einige waren zerfallen, während andere völlig intakt schienen. Vor allem die steinernen gewölbten Dächer der großen Hallen zeigten wenige Mängel. Hinter dem riesigen Platz erstreckte sich das größte Gebäude: Eine mächtige Zitadelle. Sie war u-förmig gebaut, sodass die Flügel noch teilweise in den Platz hineinragten. An beiden Seiten schossen riesige Türme in den Himmel. Sie waren gekrümmt, geradezu in sich selbst gedreht. Aber nicht baufällig. So, als hätte der Architekt sie in genau dieser Form entworfen. In der Mitte der Zitadelle erstreckte sich, über dem riesigen Eingangstor und aus dem gewaltigen Oberbau heraus, eine Art Kirchturm. Verziert mit tausenden von Ornamenten und etlichen hellen Fenstern, wirkte er absonderlich und nicht von dieser Welt. Er war so hoch, dass Picardo seine Spitze kaum erkennen konnte. Anstatt einer Kirchturmuhr war jedoch eine runde Scheibe zu sehen, die teilweise weiß schimmerte und teils tiefschwarz fluoreszierte.

»Das ist das Elementum!«, erklärte Cora, die sich mittlerweile neben Picardo gestellt hatte und die wunderschöne Tempelstätte ihrer Vorfahren beäugte. Sie war lange Zeit nicht hier gewesen. Etwa dreizehn Menschenjahre und länger noch für Cora. Aber anders als Picardo konnte sie sich noch daran erinnern, wie es gewesen war, als noch Leben auf diesem Platz herrschte. Als die Thohawk noch ihren täglichen Beschäftigungen nachgingen, in den Bibliotheken stöberten, Handel trieben...

»Elementum?« Picardo riss sie aus ihren Gedanken.

»Ja, es zeigt die Balance zwischen den Elementen«, antwortete sie. »Siehst du?« Sie zeigte in die Ferne auf die Scheibe. »Momentan sind die Elemente ausgeglichen. Wenn jedoch jemals das weiße oder das schwarze Licht überwiegen sollte…« Sie stockte kurz und seufzte tief. »Nun ja. Man weiß nicht, was genau passieren würde. Aber es wäre ganz sicher das Ende von Phön!«

Lea und Munzheim standen mittlerweile neben Cora und Picardo und beäugten das Bauwerk. Der General hatte den Mund weit aufgerissen, was Lea gleich bemerkte und leise kicherte. Lucius jedoch stand etwas abseits. Er wirkte nachdenklich, als ob ihn etwas beschäftigte. Man könnte meinen, dass es an seinen Stimmungsschwankungen lag, jedoch steckte dieses Mal sicherlich mehr hinter seinem seltsamen Verhalten.

»Furchtbar!«, begann Lea. »Die armen Leute, die hier einst lebten. Sie opferten sich für unser aller Wohl und niemand hat sich die Mühe gemacht, dies auch nur mit einer Blume zu würdigen.«

»So sind die Menschen eben«, warf Cora ein und seufzte. »Sie ziehen lieber los und richten ein Massaker an Unschuldigen an, anstatt ihre Beschützer zu würdigen. Wahrscheinlich wussten die meisten Menschen nicht einmal, wofür das Volk der Thohawk einstand.«

»Der Schuldige war ja bereits weg, so mussten sie ihrem Ärger irgendwo anders Luft verschaffen«, ergänzte Lucius, nachdem er unbemerkt in die Runde getreten war, und wurde für diesen Kommentar sogleich schräg angeschaut. Er hatte einen missmutigen Gesichtsausdruck und Lea fragte sich, was wohl gerade in ihm vorging. In der ganzen Zeit war sie aus Lucius nicht ganz schlau geworden, obwohl sie doch einige Male miteinander geredet hatten.

»Lasst uns die Tore und den Brunnen suchen!«, drängte Cora und lief voraus. Lucius war der Erste, der ihr schweigend folgte.

Auf dem Platz vor der Tempelstätte wirbelten währenddessen einige Blätter durch die Luft und ein bunter Vogel flog aufgeschreckt davon, als das Rauschen vom Himmel her lauter wurde. Wie ein Schwarm riesiger Mücken hörte sich der Engelssegler an, als er zum Landeanflug ansetzte. Langsam schwebte er von oben hinab auf den saftigen grünen Dschungelboden, gab einige pfeifende Geräusche von sich und stampfte ein paar Pflanzen und Äste unter sich in den Boden. Eine kleine Erschütterung machte sich breit, dann verstummten die Geräusche des riesigen Gleiters, der nun mitten im Dschungel zur Ruhe gekommen war. Er wirkte hier wie ein prähistorisches Urtier, das auf Beute lauerte und nun seine Zunge ausfuhr, um seinen Mageneinwohnern den Austritt zu ermöglichen.

»Es isssst ssoweit, Ehrwürdiger!«, zischte Voldho und rieb sich die dreckigen Hände,

»Die Zeit ist gekommen!« Kahn rückte seinen Stuhl vom Tisch weg, stand auf und zupfte sich seine Kutte zurecht. Dann lief er auf eine Reliefsäule zu, auf der, unter einer Glaskuppel, das Zepter auf einem roten, seidenen Kissen schlummerte.

Ich habe lange darauf warten müssen deine Macht kennenlernen zu dürfen! Der Bischof hatte einen glasigen Ausdruck in seinen Augen und hob langsam die schwere Glaskuppel in die Höhe. Sanft stellte er sie neben die Säule und betrachtete stumm das alte Zepter, das doch relativ unspektakulär wirkte. Es gab einen schwachen, weißen Schimmer von sich und schien leicht zu pulsieren. Ein Laie hätte es für einen verzierten, abgebrochenen Gehstock gehalten. Noch wollte Kahn seine Seele nicht durch eine direkte Berührung des Zepters belasten. Er wusste, dass auch nur ein kleiner Fehler, gar ein falscher Gedanke, seinen Tod bedeuten konnte. Also wickelte er das Zepter mit spitzen Fingern, ohne es zu berühren, in ein seidenes Tuch und schob es in eine Tasche seiner Kutte. Kurz darauf betrat Azhad den Raum und salutierte missmutig.

»Die Soldaten sind bereit, euer Hochwürden!«, murmelte er.

»Sssteh stramm, du Wurm!«, zischte Voldho und drehte sich ruckartig zu Azhad, um ihm einen vernichtenden Blick zuzuwerfen. »Eure Exxzellenzzz?« Er machte eine einladende

Handbewegung Richtung Tür, um dem Bischof den Weg zu weisen. Jedoch nicht, ohne Azhad mit einem seiner runden, blutunterlaufenen Augen zu beobachten.

Im Korridor des Seglers standen schon ungefähr zehn Soldaten in ihren Rüstungen mit den schakalartigen Kopfbedeckungen parat. Sie salutierten, als der Bischof, gefolgt von Azhad und Voldho, durch die Tür in den Korridor eintrat. Kahn stellte sich vor seine Männer und hob die Hände.

»Elitesoldaten der Elia, wir werden heute den Beginn einer neuen Ära einläuten! Wenn es nötig ist, so tötet jeden, der sich uns in den Weg stellt, jedoch beschädigt nicht die wertvollen Güter, die sie bei sich tragen!«, wies er an und holte kurz Luft. Sein Blick verfinsterte sich. »Und diesen Lucius: Verwundet ihn, foltert ihn,... doch letztendlich möchte ich es sein, der ihn in Belias' Höllenloch zurückschickt! Niemand beraubt die Stadt der Engel ungestraft!«

Stadt der Engel, Kerkereingang

Tageslicht... seit 7 Tagen hatte Barthas es nicht mehr erblickt.

»Überall Wachen, Pyra«, flüsterte der merkwürdige Gaukler, dessen Namen Barthas noch immer nicht erfahren hatte. Er blinzelte einer der untergehenden Sonnen entgegen, die ein rotes Licht auf den großen Platz warf, den er vom Ausgang des Kerkers schon erblicken konnte. »Hey! Nicht da raus!«, sagte der Gaukler leise und drückte den König vom Ausgang weg. Dann spähte er kurz um die Ecke und deutete auf eine Wand, in der in ungefähr zwei Metern Höhe eine Nische eingelassen war. Groß genug für einen normal beleibten Menschen.

»Öhm« Barthas blickte den Mann an, der nur nickte und ihm neckisch zuzwinkerte. »Für mein Alter habe ich zwar eine gute Figur«, begann Barthas, rieb sich seinen Bauch, der nicht riesig groß, aber dennoch nicht zu übersehen war, »aber da komme ich doch niemals durch.« Gerade als Barthas seine Worte zu Ende gesprochen hatte, war der Gaukler schon mitten im Sprung und hechtete sich mit tierischem Elan in die schmale Öffnung. *Sowas...* Barthas war verblüfft von solcher Geschicklichkeit. Dieser Mann war mehr Akrobat als Gaukler!

»Worauf warten Sie?«, fragte Pyra hinter ihm und hatte sich bereits etwas gebückt und ihre Hände zu einer Räuberleiter geformt. Oben wartete der Mann in den bunten Kleidern und streckte seine Hand aus, um Barthas hinauf zu helfen. Der König seufzte, blickte noch einmal kurz nach draußen Richtung Ausgang und stieg auf Pyras Hände. Sie ächzte kurz. *Von wegen gute Figur!*

»Nur schwere Knochen!«, betonte Barthas, der das Ächzen und Zähneknirschen nicht überhört hatte. Er ergriff die Hand des Gauklers und ließ sich nach oben ziehen. Ein bisschen putzig sah es von unten ja schon aus, als nur noch der Unterleib des Königs aus der Nische hing und seine Füße in der Luft zappelten. Als auch der letzte Rest des Königs verschwunden war, streckte der Gaukler wieder seinen Kopf durch das Loch, nickte Pyra zu und reichte auch ihr die Hand. Sie hüpfte nach oben, packte seine Hand, stieß sich an der Wand ab und wurde kopfüber hineingezogen. Sie landete auf dem Bauch des Gauklers, sodass sich ihre Gesichter direkt gegenüber waren. Sie grinsten sich kurz an, als sich Pyra von seinem Körper rollte.

»Hättste wohl gern, Süßer?«, sagte sie neckisch und zwinkerte ihm zu. Der Gang, in dem sie sich nun befanden war verwunderlich groß, viel größer als die kleine Nische, durch die sie eingedrungen waren. Er war etwa einen Meter hoch, aber breit genug, um nebeneinander her krabbeln zu können.

»Das ist ein alter Luftschacht«, warf Pyra ein, als sie Barthas' Verwunderung bemerkte.

»Dort vorne ist eine Kammer!« Der Gaukler presste sich an Barthas vorbei und krabbelte voraus. Es war ihm sichtlich unangenehm, sich in solch engen Gefilden zu bewegen. Barthas hatte etliche Spinnweben und Getier erwartet, aber es hielt sich in Grenzen. Ab und zu huschte eine Klackerspinne vorbei, die gefährlich mit ihrem Hinterteil wackelte und, wie ihr Name schon verriet, böse klackerte. Es war wohl vor nicht allzu langer Zeit schon einmal jemand hier hindurch gekommen. Einige Meter weiter erreichten sie eine verhältnismäßig große Kammer; man konnte hier geduckt stehen, zumindest sitzen, ohne sich den Kopf zu stoßen.

»Ich glaube, die Kammer soll eine gute Luftzirkulation gewährleisten«, überlegte Pyra und rieb sich das Kinn.

»So ein Quatsch!«, warf der Gaukler ein, der sich mittlerweile hingesetzt hatte und sich an die kalte Wand lehnte. Er holte eine Joguschfrucht aus einer seiner Taschen und biss genüsslich hinein. Nach einigen lauten schmatzenden Geräuschen hielt er Barthas, der ebenfalls Platz genommen hatte, die Frucht vor die Nase. Pyra atmete tief aus.

»Wir sind aus dem Kerker der Stadt der Engel geflohen!«, sagte sie stolz.

»Ich bin ja auch schon eingebrochen«, warf der Gaukler ein und grinste. »Aber jetzt wird's erst richtig spannend, wenn die alle bemerken, dass die Gefangenen weg sind.« Barthas hatte die Frucht mittlerweile vollkommen vertilgt und hielt sich den

Bauch... *lecker.* Er hatte so viele Fragen, wusste aber nicht, womit er anfangen sollte.

»Hat meine Tochter euch geschickt? Oder mein General?«, fragte er zu Beginn und schaute den beiden nacheinander fragend in die Augen. Pyra schüttelte den Kopf.

»Ich war selbst hier gefangen, du Dummerchen! Wer sonst hätte dir diesen Brief vor einigen Tagen zukommen lassen sollen?«

»Stimmt!« Er überlegte kurz. »Dann hast du uns gerettet?« Er blickte den Gaukler an.

»Sehr richtig! Ich und mein überlegenes Talent, in, aus und um Dinge herum zu klettern«, betonte er, grinste und streckte dann seine Hand nach der des Königs aus. »Mein Name ist Alkatras van Clee. Es ist mir eine Ehre, Euch kennenlernen zu dürfen! Und das hier…«, sagte er und deutete auf Pyra, »ist eine sehr enge Freundin von mir: Pyra Tec! Ihr habt euch bereits vorgestellt?«

Barthas beantwortete die Frage nicht, sondern bohrte weiter. »Ist die Phönix Gesellschaft an dieser Rettungsaktion beteiligt?« Die Frage brannte Barthas auf den Lippen, seit er das Logo auf Pyras Jacke gesehen hatte.

»Nein, nein«, sie schüttelte den Kopf. »Ich arbeite nicht für diesen Ausbeuter Lupos, ich habe den Job in der Fabrik nach dem Ableben des guten Antonio geschmissen.« Sie sah Barthas tief in die Augen. »Ich bin ganz ehrlich zu Ihnen!«, sagte sie ruhig aber bestimmt. »Seit der Bischof Ihr Ableben bekannt gegeben hat, hat er innerhalb weniger Tage sämtliche Institutionen in und um Archadis übernommen!« Pyra seufzte. »Da draußen kann man sich als 'Heide' nicht mehr frei bewegen. Ich wurde in den Kerker geworfen, weil ich auf offener Straße einen dieser Bekloppten verprügelt habe, die herumlaufen und lauthals ihre Göttin Elia preisen und vor der Finsternis Belias' warnen!«, sagte Pyra nun etwas aufgebracht. Sie lehnte sich nach vorn und blickte zu Alkatras. »Aber ich hatte gute Verbindungen nach draußen.« Sie zwinkerte dem Gaukler zu. »Nur einer wie Alkatras schafft es, ohne Magie, in die Stadt der Engel einzubrechen.«

»Ach was.« Er winkte ab und wurde leicht rot. »Wenn du nicht in den Kerker geworfen worden wärst, hätten wir den König vermutlich nie gefunden«, grinste er. »DU und deine grundlose Aggression... IHR seid die wahren Helden.« Alkatras grunzte, weil er sich ein Lachen verdrücken musste.

»GRUNDLOS?«, Pyra ballte die Faust und drohte ihm. »Dieser Penner hat mir Informationsmaterial über Pilgerreisen in die Hand gedrückt!!« Sie sprach das Wort 'Informationsmaterial' mit solcher Verachtung aus, dass man Gift daraus hätte rühren können. *Wollen sie mit mir über Elia reden?* Pyra bewegte ihre Lippen zu den Worten, die sie dachte.

»Wie auch immer, Schätzchen«, sagte Alkatras, grinste breit und wandte sich wieder dem König zu. »Falls Ihr nun wieder unverhofft auftauchen würdet... Wir können das alles aufklären, die ganze Verschwörung zerfällt, wenn Ihr wieder den Thron besteigt, König Barthas.« Alkatras schaute erwartungsvoll.

»Ich fürchte, so einfach ist es nicht«, seufzte Barthas. »Kahn hat eine große Anhängerschaft und noch schlimmer: er besitzt das lichte Zepter.« Es folgte eine kurze Stille. Die Worte Barthas' mussten erst verarbeitet werden.

»Er hat WAS??« Alkatras sprang so schnell auf, dass er sich den Kopf anstieß. *Padautz!* Kleine Steinchen rieselten von der feuchten Decke. »Autsch!«

Barthas führte weiter aus. »Er ist drauf und dran das Tor der Finsternis zu schließen!« Der Gaukler rieb sich den Kopf, konnte irgendwie nicht recht glauben, was er da hörte. Dann riss er die Augen weit auf.

»Worauf warten wir dann noch, verdammt?«

Gordongdschungel

Je näher die fünf der riesigen Zitadelle kamen, desto höher und mächtiger erschien sie ihnen. In diesem Gebäude verbarg sich also das Herz der Welt, die Tore zu Licht und Finsternis und der Brunnen der Elemente, in dem sich die Mächte vereinten und die Welt speisten. Lea hatte schon seit geraumer Zeit eine Gänsehaut. Auch der quirlige Picardo, der sonst sofort nach vorn gespurtet wäre, war von der Baukunst seiner Vorfahren überwältigt und tatschte alles an, was er zu Gesicht bekam. *Hatte vielleicht sein Ururgroßvater beim Bau des Turmes geholfen?* Sie betraten den Platz zwischen den Flügeln der Zitadelle und gingen direkt auf das Eingangstor zu. Auch die Fassaden der beiden Flügel waren, wie vieles hier, mit seltsamen Kletterpflanzen überwuchert, die sich langsam zu bewegen schienen. Vereinzelt sprossen wunderschöne gelbe Blumen aus den Mauerritzen, die betörend und herrlich süß dufteten.

Als sie näher zum Tor trat, schloss Cora langsam die Augen. *Wie lange habe ich diesen Platz nicht betreten…* Sie erinnerte sich daran, wie sie sich einmal in die Zitadelle schleichen wollte, um den Brunnen zu sehen. Es hieß, die aus den Toren der Elemente strömenden Kräfte flößen direkt in diesem Brunnen zusammen, der die Welt mit Licht und Dunkelheit versorgt. Sein Wasser solle alle Farben des Regenbogens in sich vereinen. Leider hatte Cora nie die Gelegenheit ihn zu sehen, denn natürlich war es nicht jedem gestattet, den Brunnen und die Tore zu betrachten. Damals warfen sie die Wachen in hohem Bogen vor die Tür, als sie versuchte durch ein Fenster zu klettern. In Folge dessen bekam sie das ganze Elium über Hausarrest.

»Cora?« Picardo stand hinter ihr und zupfte an ihrem Rock. Schlagartig wurde sie aus ihren Erinnerungen gerissen. »Ich hab da hinten etwas gehört«, sagte ihr Bruder aufgeregt und drehte sich immer wieder in die Richtung, aus der sie gekommen waren. Auch Lucius wurde von Minute zu Minute ungeduldiger. Er hatte kein gutes Gefühl. Irgendwie hatte das keiner der Anwesenden.

»Helft mir das Tor zu öffnen!« Cora ging an den Säulen vorbei, die das Vordach stützten, einige Stufen hinauf auf eine Art Veranda und begann damit, sich gegen das riesige, mit Eternit beschlagene Tor zu lehnen. Es war gut zehn Meter hoch und mit seltsamen Ornamenten, vermutlich in der Sprache der Götter, verziert. Picardo zögerte nicht lange und presste seinen Rücken fest gegen die rechte Seite des Tores. Auch Lucius und Lea waren schnell zur Stelle, um den beiden dabei zu helfen, das schwere Tor in Bewegung zu setzen. Der General stand weiter hinten und lief erst langsam die Treppen hinauf unter das Vordach. Sein Magen bereitete ihm Schmerzen. *Irgendetwas ist falsch.*

»Drückt fester!«, rief Cora. Das Tor begann sich unter lautem Knarren zu bewegen. Die Torflügel ließen sich von den vieren langsam nach innen klappen... Langsam. Lea und Lucius ächzten laut, gaben aber nicht nach. »Weiter!«, schrie Cora wieder und wieder. Dieses Tor war seit elf Jahren verschlossen und hatte, angetrieben durch das schwüle Dschungelklima, jede Menge Zeit zu rosten. Nach einigen Minuten gab Cora ein Zeichen aufzuhören. Die Lücke war nun groß genug, um hindurch zu gehen. *Das muss ausreichen!*

Cora betrat die Zitadelle als Erste. Es war stockdunkel, nur am Ende des Ganges war ein Leuchten zu erkennen. Es war entweder ziemlich schwach oder der Gang war sehr, sehr lang. Cora vermutete letzteres. Das Licht von draußen reichte gerade noch, um eine Art rundes Becken zu erleuchten, welches kurz nach dem Eingangstor aufgestellt war und aussah wie eine Vogeltränke. Cora trat näher heran. In der kleinen Tränke befand sich eine stechend riechende Flüssigkeit, links und rechts davon gingen kleine, steinerne Kanäle ab, die mit der gleichen Flüssigkeit gefüllt waren und sich in der Dunkelheit verloren. Lucius drückte sich an den anderen vorbei und schnippte. Eine kleine, bläuliche Flamme zuckte über seinem Zeigefinger auf. Langsam hielt er ihn an die Flüssigkeit in dem kleinen Becken. *Das dürfte genügen...*

Als das Feuer mit der Flüssigkeit in Berührung kam, begann diese sofort lichterloh zu brennen. Eine Stichflamme schoss empor, tauchte Lucius Gesicht in ein grelles Rot und warf bedrohliche Schatten an die Rückwand. Kurze Zeit dachte Cora, eine Art Schwingen in Lucius Schatten zu erkennen.

Das Feuer zitterte durch die Kanäle, die von dem Becken abgingen und schoss links und rechts in die Wände. Was sich den Fünfen nun darbot, hatte seit Ewigkeiten niemand mehr zu Gesicht bekommen. Das Feuer füllte die Wände mit brennenden Ornamenten, seltsamen Figuren und alten Schriften. Es fraß sich haltlos den Gang entlang und enthüllte immer neue Gestalten, kryptische Zeichen und ab und zu einige Türen oder Tore, die symmetrisch in die Wände eingelassen waren. Der Gang selbst bestand aus hellem, weißen Stein, auf dem ein langer roter Teppich lag, der den Weg wies. Mit jedem Meter, den sich das Feuer durch die Dunkelheit bahnte, wurde die wahre Länge des Ganges deutlicher, auf dessen Gestein sich die flammenden Muster der Wände spiegelten. Nur der glatte Teppich verschluckte einige der Licht- und Schattenspiele. An der Hinterwand des Ganges angelangt, explodierte das Feuer mit einem Knall links und rechts des Lichtes, welches Cora bereit bemerkt hatte. Funken sprühten durch die Luft und tanzten zu Boden, während die letzten Flammen einige Treppenstufen hinauf zuckten, die an den Seiten auf eine Empore hinaufführten. Es tauchten zwei riesige Statuen aus der nun verdrängten Dunkelheit auf, die Belias und Elia selbst darstellen sollten. Die Götter hielten ihre Hände schützend über die Tür mit dem gleißenden Licht und gingen nahtlos in die Verzierungen der Empore über. Sie wirkten einerseits symbolisch und wie eine Metapher für sich selbst, jedoch gleichzeitig auch beängstigend lebendig. Das Licht, das aus der Tür hervortrat, schien sich wie ein Vorhang aus durchsichtigem Tüll über die Figuren zu legen. Sie schienen mächtig: Belias' steinerner Kopf sah aus wie eine Mischung aus Löwe und einer Art verwildertem Hund. Die Lefzen waren gebleckt und aus dem weit geöffneten Maul ragten riesige Reißzähne. Aus seinem Hinterkopf wuchsen mächtige Hörner, die sich wie Speere nach vorne krümmten. Das Fell, das seinen Körper zierte, war gekräuselt, teilweise mit Schuppen verwachsen, wild und zerzaust. Mächtige Pranken erinnerten an eine riesige Echse, deren Krallen lange Zeit nicht gestutzt worden waren. Fledermausartige Flügel aus schwarzem Gestein ragten aus seinem Hinterleib, der ebenso wild mit Schuppen und Fell überdeckt war wie der Rest seines Körpers.

Der Unterkörper war teilweise mit der Empore verbaut worden, sodass man nicht richtig feststellen konnte, wie der Rest der Gottesstatue aussah. Cora bezweifelte jedoch, dass die Darstellung der Realität entsprach. Niemand hatte Belias oder Elia je erblickt. Sie war sich sicher, dass dies auch nicht möglich war, denn schließlich hatten die Götter ihr Leben für Phön gegeben. *Doch hatten sie das wirklich getan?*

Die Göttin Elia ragte auf der rechten Seite empor, wirkte beinahe menschlich, hatte engelsartige Flügel, die sie links und rechts von sich warf. Ihr weiblicher Körper war von langen Tüchern umhüllt, die von allen Seiten von ihr flatterten. Der Architekt verstand sein Handwerk, denn die steinernen Tücher wirkten, als ob sie sich sanft im Wind bewegen würden. Elias Kopf ähnelte einer Mischung aus Greifvogel und Leopard und was wie lange, wallende Haare aussah, war ein gewaltiger Federschmuck, der sich vom Kopf aus über den Rücken schmiegte. Die rechte Hand neigte sie schützend über die schimmernde Tür und in der Linken hielt sie einen aufwändig verzierten Stock, der in einer Art Klaue endete, die einen Kristall umklammerte. Einige Zeit verging, bis der Eindruck dieses Raumes verdaut war. *So gewaltig...*

Lucius ergriff schließlich die Initiative und ging schnellen Schrittes den Gang entlang auf die Empore zu. »Los jetzt, wir haben genug Zeit vergeudet!«, rief er den anderen im Laufen zu. Und so war es auch, denn nun waren die Stimmen, die von draußen näher kamen, von allen zu hören. *Kahn...*

Draußen warf die schwarze Sonne ihre letzten lilafarbenen Lichtstrahlen auf den großen Platz mit der Statue und tauchte sie in ein geheimnisvolles Licht. Der Bischof lief voraus, Voldho schräg hinter ihm und nachfolgend Azhad, mit gebeugtem Gang. Er wirkte nachdenklich und hatte Angst. Angst, nicht nur vor dem Wahnsinn des Bischofs. Nein, er hatte Angst um die Zukunft von Phön. Er blickte die Statue des bewaffneten Thohawk schweigend an, als ob er um Vergebung bitten würde. Seine Schritte wurden langsamer, doch er wurde von der nachfolgenden kleinen Armee mitgerissen, die knapp hinter ihnen marschierte und nicht vor ihm Halt machte. Er stolperte kurz und reihte sich wieder ein.

Langsam schritt Kahn die kleinen Stufen empor, die unter das Vordach der Zitadelle führten, das von den mächtigen Stützpfeilern gehalten wurde. Kahn beäugte den schmalen Spalt, durch den vor einigen Minuten fünf andere Personen die Zitadelle betreten hatten. Azhad fühlte sich klein und nutzlos; wie ein Verräter. Er blickte beschämt zu Boden.

»Öffnet mir das Tor!«, befahl Kahn, der es als selbst ernannter Herrscher des westlichen Kontinents und bald ganz Phöns nicht einsah, sich durch einen schmalen Spalt zu pressen. Sofort waren die Elitesoldaten am Werk und warfen sich je zu fünft gegen die schweren Flügel des Tores. Nach einiger Zeit gab es nach. Knarzend fiel es in seine Angeln und der mittlerweile hell erleuchtete Gang tat sich vor ihnen auf. Die Soldaten erstarrten vor Ehrfurcht, einige wichen etwas zurück und neigten den Kopf. *Taten sie das Richtige?* Kahn grinste, kicherte hämisch und streichelte über den samtenen Bezug, der über das Zepter gelegt war. *Oh ja...* Er war an seinem Ziel angelangt. Bereits in wenigen Minuten würde er die Dunkelheit für immer und alle Zeit aus der Welt verbannen können. Es hatte viele Jahre gekostet, viele Opfer gefordert, aber all das war es wert. Keine lästigen Magier könnten ihn jetzt noch aufhalten, kein kleines Volk namens Thohawk würde sich ihm in den Weg stellen. Sein einziges Hindernis waren einige Kinder und ihre Begleiter. Azhad trat einen Schritt vor und kniff die Augen zusammen, um zum Ende des Ganges sehen zu können. Es war ihm, als rannten gerade einige Gestalten die Treppe zur Empore hinauf.

»Nicht so schnell!« Kahn hielt Azhad die Arme vor die Brust, als dieser das Tor betreten wollte. »Denkst du etwa, ein Sklave hat das Recht in die heilige Zitadelle zu treten?«, schimpfte er und schob den Jungen zurück vor die Treppe. »Du wartest hier und hältst Stellung, falls etwas Unvorhergesehenes passieren sollte!«, sagte Kahn und grinste böse. »Aber keine Sorge, das wird nicht geschehen.«

Dann ging der Bischof, ohne Azhad nur eines Blickes zu würdigen, an ihm vorbei. Voldho ließ es sich nicht nehmen, den Jungen im Vorbeigehen anzurempeln.

Dieses Licht... Cora hielt sich schützend die Hand vor die Augen, als sie als Erste durch das Tor schritt, das von weiter weg weitaus kleiner gewirkt hatte, als es in Wirklichkeit war. Ein Vorhang aus gleißendem Licht umhüllte sie und es dauerte einige Zeit, bis sich ihre Augen an die Helligkeit gewöhnten. Sie versuchte sich mit zusammengekniffenen Lidern umzuschauen. Der Raum ging nicht so weit in die Tiefe wie der Gang zuvor, dafür war er umso höher. So hoch, dass man die Decke mit bloßem Auge nicht erkennen konnte.

Wir müssen direkt unter dem Turm sein, an dem sich das Elementum befindet, dachte Cora und ließ ihren Blick weiter durch den Raum schweifen. In der Mitte war eine kleine, runde Senke, die mit wenigen Treppenstufen eingelassen war. Die Quelle des Lichts schien sich in deren Mitte zu befinden. Allmählich passten sich die Augen an. Es war, als ob man sich in der Dunkelheit verirrt hätte und sich die Augen nach und nach an die Finsternis gewöhnen. Nur umgekehrt. Das Licht trat aus einem Brunnen aus weißem und schwarzem Gestein, verziert mit weiteren dutzenden Ornamenten und Symbolen. Das Wasser des Brunnens schien wie eine Art Ölfilm, der in allen Farben des Regenbogens schimmerte, wirkte aber keinesfalls schmutzig. Es leuchtete hell und warf gleichzeitig düstere Schatten.

Der Brunnen der Elemente... Cora war fasziniert. Solche Schönheit hatte sie noch nie zuvor erblickt. Auch die Augen der anderen gewöhnten sich allmählich an das Licht, sodass alle die Pracht dieses Raumes in vollen Zügen genießen konnten. Ein Lächeln zauberte sich in ihr Gesicht. Sie wussten nicht warum... es war keine Zeit, um sich treiben zu lassen. Aber es geschah und keiner konnte und wollte sich in diesem Moment dagegen wehren. Nur Lucius stand da und hatte eine finstere Miene. Seine Narbe juckte wie verrückt. Seine Augenbrauen legten sich in tiefe Falten und es schien, als hatte er ein leichtes, hämisches Grinsen auf den Lippen.

Endlich... Meister... es ist soweit!

Cora tastete sich vor und stand nun direkt vor den Stufen, die zum Brunnen hinab führten. Erst jetzt bemerkte sie die weiteren Wunder, die der Raum für sie bereithielt. Zwei riesige, weit geöffnete Tore schwebten starr rechts und links des Brunnens in der Höhe. Das eine so schwarz, wie die Nacht in ihren finstersten Stunden, wenn die dunkle Sonne das letzte Quäntchen Licht verschluckte. Das andere so hell, wie ein wolkenloser Tag. Aus beiden traten langsam fluoreszierende, gallertartige Schemen. Wabernd zogen sie sich durch die Luft, bis sie sich schließlich im Brunnen vereinigten. Die Masse dieser ausströmenden Energie war nicht beschreibbar. Weder flüssig noch gasförmig und schon gar nicht fest, zog sie sich leise glitzernd durch die Luft. Picardo stand mit geöffnetem Mund da und sagte nichts. Lea tat dasselbe und der General wusste nicht, wie er sich verhalten sollte. So etwas hatte er nicht erwartet. Niemals. Allein für diesen Augenblick hatte sich die Reise gelohnt, dieser Augenblick, der ihm das Herz der Welt offenbarte und die unumstößliche Wahrheit vor seinen Augen ausbreitete.

Licht und Finsternis, vereinigt im Brunnen der Elemente, speisen die Welt. Plötzlich hörten sie Schritte.

»Gib mir dein Amulett, Aeris!« Jetzt den wahren Namen ihres Bruders zu gebrauchen, schien Cora angebracht. Picardo zögerte nicht lange, er war so oder so mit der Situation überfordert. Er hatte das Amulett unter seinem Hemd getragen, eine innere Stimme riet ihm seit geraumer Zeit dazu. Langsam griff er in seinen Ausschnitt und zog die Träne heraus. *Was zum..* Sie glühte und leuchtete schwarz, so wie ein Schwarz nur glühen kann: lila, oder wie eine Art sehr dunkles Blau. Das ausstrahlende Licht warf skurrile Schatten auf Picardos Gesicht. Seine Haare bäumten sich im Wind auf. *Es ist absolut windstill... was geht hier vor sich? Diese Energie...*

»Die Träne, Aeris!!«, forderte Cora ihn erneut auf. Sie hielt ihre bereits in der Hand. Auch die weiße Träne funkelte und blitzte, jedoch so hell, dass man nicht länger als eine Sekunde in ihren Schein blicken konnte. Lea konnte nicht widerstehen und sah einige Zeit nur noch leuchtende Punkte vor ihren Augen. *Ziemlich viele Leute sahen in letzter Zeit ziemlich oft viele leuchtende Punkte vor ihren Augen,* fiel ihr dabei auf.

Munzheim hatte seine Position lange Zeit nicht verlassen und versuchte noch immer Gedanken und Verstand in Einklang zu bringen. Ein Geschicklichkeitsspiel, das ihn momentan an seine Grenzen brachte. Picardo wendete seinen Blick von dem schwarzen Licht ab, schüttelte den Kopf, um die Gedanken frei zu bekommen und warf Cora die Träne zu. Lucius zuckte kurz... unbemerkt. Nur Lea drehte den Kopf zu ihm, sah zwischen lilanen, gelben und roten Punkten, dass Lucius den Arm kurz in Richtung der Träne gestreckt hatte, die zu Cora hinüberflog, er dann aber zögerte.

Auf was wartet er... warum ist er so still?, fragte sie sich.

Cora fing die Träne in der Luft auf. Sie betrachtete die beiden Amulette abwechselnd, die sie nun in ihrer Hand hielt und ging langsamen Schrittes auf den Brunnen zu, der, je näher sie kam, anfing zu brodeln. Luftblasen stiegen auf, zerplatzten an der Oberfläche und schlugen dadurch kleine Funken, die herumwirbelten und langsam verblassten. Coras Haare wurden von unsichtbaren, nicht erfassbaren Winden durcheinander geweht. Langsam und ohne irgendetwas zu sagen legte sie die Amulette in den Brunnen. Jedoch gingen sie nicht unter. Alsbald sie die Oberfläche berührt hatten, stiegen sie einige Zentimeter auf und schwebten über dem wabernden Wasser. Die Energie, die aus den Toren drang, verschwand nun teilweise in den glühenden Amuletten. *Jetzt... Jetzt oder nie!* Lucius spurtete los. Wie in Zeitlupe sah Cora Lucius auf sie zustürmen. Das Licht ließ seine Gesichtszüge verschwimmen. Alles, was Cora erkennen konnte, war ein Schatten, der auf sie zu kam.

Schatten... der Schatten den sie in Gamadas' Augen erblickt hatte?

»LEA!!«, schrie Cora der Prinzessin zu, die kurz verdutzt war, aber ohne Nachzudenken handelte: Sie nahm ihr königliches Diadem von ihrem Kopf, schüttelte die Haare nach hinten, um etwas sehen zu können und warf es wie ein Frisbee nach vorn. Klimpernd landete es auf dem Boden, direkt vor den Füßen Lucius' der beim Auftreten nun auf dem Diadem ausrutschte. Es verbog sich unter seinem Gewicht und Lucius kam ins Schwanken. *Verdammte Sch…* Er ruderte mit den Armen und schrie etwas, das sich im Moment wie eine Schellackplatte anhörte, die man langsam nach vorne drehte. Sein Körper bog sich nach hinten, wobei seine Füße nach vorn ausschlugen und das Diadem wegschleuderten.

»Prinzessin?!« Munzheim erwachte aus seiner Trance, als er das sauteure königliche Diadem durch die Luft fliegen sah. Lucius knallte mit dem Rücken auf die Stufen, die zum Brunnen führten. Es knackte. Nun lag er da und fluchte in allen Sprachen, die er kannte, als Cora vor ihn trat.

»Was hast du vor?«, brüllte Cora wütend, beugte sich über ihn, ballte die Fäuste und war bereit ihre Katanas zu ziehen. Lucius presste kurz seine Augen zusammen, der Aufprall hatte seiner Wirbelsäule nicht geschmeichelt. Lea war verblüfft von ihrer Spontanität und auch etwas stolz auf ihre Reaktionsfähigkeit. Munzheim, dessen Rücken zur Tür gewandt war, schrie plötzlich auf. Sein Mund war weit geöffnet, doch zum Reden war es zu spät. Aus seiner linken Schulter ragte ein langer Speer, der ihn von hinten durchbohrt hatte. Die Blicke der anderen schwenkten zur Tür... sie waren wie gelähmt. Lea vermochte nicht einmal zu schreien, als sie das Blut des Generals auf den Boden tropfen sah.

Mit einem Ruck verschwand der Speer aus seiner Schulter und riss ein Stück Fleisch nach hinten aus seinem Rücken. Die Augen des Generals wurden glasig. Er sackte langsam auf die Knie, stöhnte leise und versuchte sich mit den Händen abzustützen. Der Schmerz in seiner Schulter war jedoch zu stark. Seine Gelenke vermochten ihn nicht mehr zu halten. Dann rutschten seine Hände auf seinem eigenen Blut nach vorn, sodass er vornweg auf dem Gesicht landete. Eine rote Pfütze bildete sich, die langsam von ihm sickerte und im hellen Licht irreal schimmerte. *Irreal...* Im Moment war in Leas Augen gar nichts real. Den Blick noch immer zum Eingang gewandt, stand sie wie erstarrt da. Picardo stand mit geballter Faust bereit, wartete nur auf ein Zeichen. Cora, die gerade noch über den stöhnenden Lucius gebeugt war, richtete sich langsam auf. Mit einem Klirren zog sie ihre Schwerter und wartete kampfbereit, was geschehen würde. Ihre Augen blitzten.

»Wenn, dann kommen alle auf einmal, was?«

»So so so...« Der Bischof trat hervor, stand neben dem noch zuckenden Munzheim und stemmte die Hände in die Hüften. In seiner Rechten hielt er das noch verhüllte Zepter. »Zu aller Erst möchte ich euch danken, dass ihr uns hierher geführt habt!«, sagte er hämisch. Voldho erschien neben ihm, grinste wie eine Hyäne und tippte Munzheim mit dem Fuß an. Er regte sich nicht mehr, gab aber ein leises Stöhnen von sich. »Nun muss ich euch leider töten«, sagte der Bischof kühl, deutete mit dem Finger abwechselnd auf die drei stehenden Verbliebenen und schließlich auch auf Lucius, der sich auf dem Boden krümmte. Lea blickte hilflos zu Cora, die ihr ein Zeichen gab, sich hinten zu halten. Sie rannte gerade zu ihr und versteckte sich hinter ihrem Rücken, als der Bischof das Zeichen gab. »SOLDATEN!! Tötet sie! Tötet sie ALLE!« Die Soldaten strömten hinter ihm hervor und rannten los. Die schweren Rüstungen klapperten, die Schakalmasken blitzten im schimmernden Licht des Brunnens und alles schien in Zeitlupe abzulaufen. Sie zogen Speere und Schwerter aus den Scheiden und schwangen sie kampfbereit über dem Kopf. Doch auch Picardo und Cora waren bereit. Sie nickten sich zu und stürmten los. Direkt in den Pulk Kämpfer, der schreiend auf sie zugerannt kam. Lucius versuchte immer wieder sich zu bewegen, doch es gelang ihm nicht... Lea kniete neben dem Brunnen, die Augen weit geöffnet.

»Achte auf die Amulette!«, rief Cora ihr noch im Laufen zu.

Achte auf die Amulette...

Kapitel 15

Das erste Licht verdrängt die Schatten.
Der letzte Schatten löscht das Licht.

Tag 5, Elium 358 n. E.

Tempelstätte der Thohawk

Es krachte und blitzte. Metallsplitter flogen durch die Luft, als Coras Katanas auf das breite Schwert eines Elitesoldaten trafen. Ihre Augen funkelten entschlossen, als ihr Blick den des Mannes unter der Maske traf. Weitere Soldaten waren schon im Anmarsch, kamen Schritt für Schritt näher und erhoben kampfbereit ihre Schwerter. Nicht weit entfernt von Cora hielt Picardo die andere Hälfte der Soldaten mit einigen Saltos und blitzschnellen Bewegungen in Schach. Ihre Rüstungen glänzten im Licht des Brunnens. Die Energien, die durch den Raum schwirrten, spiegelten sich in ihnen wieder und zauberten fantastische Lichtspiele in die Luft und an die Wände.

Der Soldat, mit dem Cora die Schwerter kreuzte, ging durch den Druck, den die schlanke Frau auf ihn ausübte, etwas in die Knie. Man konnte sein Gesicht nur schemenhaft unter der Schakalmaske erkennen, doch Cora spürte seine Angst. Diese Männer waren nur Mittel zum Zweck. *Schade, dass sie das nicht früher bemerkt haben.* Sie verstärkte den Druck. Voldho und der

Bischof standen hämisch grinsend links und rechts des am Boden liegenden Generals. Er atmete noch und versuchte langsam vorwärts zu kriechen. *Prinzessin...,* stöhnte er. Seine Hände verkrampften sich. Er hatte schon viel Blut verloren.

»Was fällt euch ein?!«, schrie Cora und ihr Gesicht verdunkelte sich. Mit einem Ruck nach unten zerschmetterte sie das Teutoniumschwert des Soldaten. Ohrenbetäubendes Klirren ertönte. Spitze, tödliche Scherben flogen durch den Raum. Sie konnte die Angst des Mannes nun förmlich riechen. Er wollte nicht sterben, er gehorchte nur seinem Arbeitgeber, nur leider dem falschen. Sie zögerte nicht, denn für Mitleid war es nun zu spät. Blitzschnell und fast unbemerkt zog Cora ihre Katanas durch die Kehle des Mannes. Ein Strahl warmen Blutes spritzte aus dem abgetrennten Halsstumpf in Cora Gesicht. Der Soldat merkte nichts. Es war ein schneller Tod. Sein Kopf, nichts weiter als ein blitzblanker Schakalschädel, rollte vor ihre Füße und zog ein Rinnsal Blut hinter sich her.

Es tut mir leid... Cora richtete sich langsam auf, ihre Kleidung war bereits dunkelrot gefärbt und ihr Blick wirkte leer. Die anderen Soldaten zögerten kurz, gingen dann zu viert auf sie los. Unbeeindruckt streifte Cora das Blut des Mannes von ihren Katanas ab und richtete ihren Blick auf die auf sie zukommenden Männer. Sie waren zu ungestüm, handelten zu unüberlegt. Ihre einzige Schwachstelle war nun einmal der schmale Spalt zwischen ihrer Maske und der mächtigen Rüstung, doch diese wussten sie nicht gut genug zu decken. Kahn beobachtete gespannt, was passierte, als die Männer und die blonde Frau aufeinandertrafen. Er kannte sie nicht, aber er bemerkte sofort, dass sie eine Thohawk war. Ihr langer Schwanz, der ihr aus dem Hinterteil ragte, verriet sie.

Diese verdammten... Kahn ballte die Fäuste, als er sah, wie seine Männer einer nach dem anderen niedergestreckt wurden. Cora schien ihre Bewegungen blind voraussehen zu können. Die Kampfkunst der Urugai war einzigartig. Getrennt von ihrem Körper schwebte Coras Geist über ihr und leitete sie. Ihre Bewegungen waren blitzschnell, voller Elan und Grazie. Wie ein blutiges Ballett.

Die Soldaten waren chancenlos. Sobald sich der Spalt über der Kehle auch nur für einen Sekundenbruchteil öffnete, zog Cora ihre spitzen Katanas durch das mürbe Fleisch der Männer. *Dies viele, unnötig vergossene Blut...* Ihr Blick wurde finsterer und finsterer, als die Soldaten tot neben ihr aufschlugen und die rote Suppe wieder und wieder ihre Kleidung tränkte. Die übrigen fünf Soldaten versuchten inzwischen Picardo zu fangen. Der kleine Kerl hüpfte graziös von Wand zu Wand, schlug Saltos und Purzelbäume, sodass seinen Verfolgern fast schlecht wurde.

Unglaublich... Lea beobachtete die Bewegungen und konnte mit ihrem Blick kaum folgen. Sie versuchte die grausamen Bilder zu verdrängen, die vor ihr stattfanden, auch wenn kleine Rinnsale Blut bereits vor ihre Füße sickerten. Plötzlich, wie in Zeitlupe, flog Picardo wie aus dem Nichts heran und zerschmetterte den Brustpanzer und etliche Rippen eines Soldaten. Sofort wurde dieser von den Füßen gerissen und auf einen seiner Kollegen geschmettert. Dann schlugen sie eine tiefe Mulde in das Gestein hinter ihnen. Es dampfte und staubte. Die Männer blieben regungslos liegen.

Plötzlich wurde Lea von hinten gepackt. Sie hatte nicht bemerkt, dass einer der übrigen Soldaten sich an sie herangeschlichen hatte. Sie wurde aus der Hocke gerissen. Der Soldat hielt sie so fest, dass sie kaum atmen konnte und die schwere Rüstung schnitt ihr in die Haut. Sie schrie, doch ihr Schrei ging im Gerangel unter, wie eine Feder, die leise in ein tiefes Gewässer fällt. Lucius konnte ihr auch nicht helfen, er lag regungslos am Boden, zuckte ab und zu mit den Beinen. Da spürte sie ein Hauchen im Nacken, das aus der Maske drang. Heiß und feucht. Der Soldat presste seine Hände fest in ihre Brüste. Es schmerzte. Sie schloss die Augen... *NEIN!!* Sie presste ihre Lider fest aufeinander und sammelte ihre Kräfte. Der Soldat verstärkte seinen Druck, atmete tief und flüsterte etwas, das Lea nicht wahrnahm.

Einige dieser Menschen haben doch den Tod verdient! Ihre Haut fing an zu leuchten. Die Haare wallten von ihr wie von einem Wirbelsturm durchzogen und glühende Funken kreisten von ihren Hüften aus nach oben. Wie schon damals auf Catos Schiff schienen ihre hellen Strähnen aufzuglühen. Diesmal schien es fast so, als färbten sich Leas Haare in ein seidenes Weiß. Der Griff des Soldaten wurde lockerer und sie konnte einen leisen Schrei hören. Voller Schmerzen verkrampfte sich der Soldat und wollte von ihr weichen, kam aber nicht von Lea los. Es war, als sei sie magnetisch. Sie konzentrierte sich weiter und bemerkte, wie ihre Kräfte zurückkehrten: sie saugte dem Soldaten das Leben aus. Kleine funkelnde Fäden strömten wie geflochtenes Gold aus allen Öffnungen der Rüstung des torkelnden Soldaten und umhüllten Leas Körper. Die Augen der Prinzessin glühten hell. Sie drehte sich langsam und einige Zentimeter über dem Boden um die eigene Achse, bis sie den Blick des Soldaten unter seiner Maske erhaschte. Seine Augen waren von Tränen geflutet. Sie blinzelte kurz, dann war es vorbei und das sie umgebende Glühen nahm ab. Ihre Haare waren zerzaust, als sie langsam zurück auf den Boden schwebte und ruckartig die Augen öffnete. Dann drehte sie sich um und betrachtete den Soldaten, der auf dem Boden lag und kein Lebenszeichen von sich gab. *Ein Magier des Lichts kann auch Leben nehmen, anstatt es zu schenken. Angst scheint lebensraubende Kräfte zu wecken…*

Die Mienen von Bischof Kahn und seinem Handlanger Voldho verfinsterten sich, denn ihre Soldaten wurden reihum abgeschlachtet. Cora stand ausdruckslos in einem Haufen lebloser Rüstungen, in einer Ecke lagen einige zerschmetterte Körper und ein weiterer Soldat befand sich leblos neben Lea und dampfte.

Von einem dreckigen Magier?! Kahn ballte die Fäuste noch stärker, schielte zu Voldho, der aber inzwischen auch einigen Respekt vor den Verteidigern hatte und etwas zurückwich. Es war das erste Mal, dass Kahn in Voldhos Augen so etwas wie Angst bemerkte.

»STOPP!«, brüllte Kahn. Der letzte übriggebliebene Soldat war erleichtert, nahm die Beine in die Hand und rannte am Bischof vorbei in den langen Gang hinaus. Seine Waffe ließ er fallen. Er würde wohl niemals mehr eine in die Hand nehmen. Das Gesicht des Bischofs war rot angelaufen. Er hatte mit einem leichten Spiel gerechnet.

»Haste wohl nicht mit gerechnet, Kahn?«, sagte Cora und blickte ihn böse an. Doch ihre Stimme klang weder stolz noch triumphierend. Sie lief hinunter zum Brunnen, steckte ihre Katanas in die Scheiden und posierte neben Lea, die ebenso selbstbewusst wie wütend zum Bischof starrte. Picardo stand auf der Brunnenmauer und schaute ihnen über die Schulter.

»Wir müssen Munzheim helfen! Noch kann ich ihn heilen!«, schrie Lea aufgeregt, schielte zu Cora hinüber und atmete schwer.

»Deine Wut überwiegt deine Trauer, du wirst ihm jetzt nicht helfen können!«, antworte sie, ohne den Blick von Kahn abschweifen zu lassen. »Die Kräfte eines Lichtmagiers sind stimmungsabhängig!« Cora wirkte ruhig, als ob ihr das Abschlachten der Männer keinerlei Energie geraubt hätte. Einzig und allein ihre Psyche litt. Auch Picardo war fit wie eh und je und wartete auf seinen nächsten Einsatz.

»Ihr glaubt wohl, dass ihr mich aufhalten könnt, was?« Da riss der Bischof mit der linken Hand das seidene Tuch von dem Zepter und hielt es in die Höhe. Er umfasste den Schaft fest mit seiner rechten Hand. Es war das erste Mal, dass er es mit nackter Haut berührte und nun spürte er tausende kleine Nadeln, die seinen Körper durchbohrten. Der Schmerz war so groß, dass er anfing zu schreien. Die Hand, die das Zepter in die Höhe hob, verkrampfte sich und fing an zu dampfen. Dicke Adern traten hervor und pulsierten, als ob das Blut darin zu kochen begonnen hätte.

Der Geist darf nicht schwach werden... kontrolliere deinen Geist! »Jaaaa!!!«, brüllte Kahn inbrünstig. Er riss auch seine linke Hand nach oben und ergriff das Zepter mit beiden Händen. Seine schwere Kutte begann sich aufzuplustern. Der Boden unter ihm gab nach, kleine Felsstücke stiegen langsam nach oben, wie kleine glühende Späne, die aus dem Boden traten und auf halber Höhe zerfielen. Je länger er das Zepter in die Luft hielt, desto stärker wurde der Wind, der ihn umgab und den Boden in Fetzen riss. Er lachte laut... jedoch war es kein menschliches Lachen mehr. Es klang verzerrt und hell, wie das gellende Lachen einer alten Hexe auf dem Totenbett.

»JETZT!«, kreischte der Bischof und kaum hatte er es ausgesprochen, zerbarst die Wand hinter ihm. Voldho fiel auf die Knie, als das Gestein über seinem Kopf hinweg donnerte.

Zuerst erschien ein greifvogelartiger Fuß, der die Mauer in Fetzen riss und lautstark auf den Boden des Raumes krachte.

»Die Chimäre!!«, brüllte Cora, hob sich die Hände über den Kopf und duckte sich, um nicht von heranfliegenden Felsen getroffen zu werden. Auch Picardo wich zurück. Ohrenbetäubender Lärm mischte sich unter das hämische Lachen Kahns, an dem die fliegenden Felssplitter abzuprallen schienen. Es machte den Eindruck, als könne er das Zepter kontrollieren.

Einige Sekunden später, die sich für Lea wie Stunden anfühlten, lichtete sich der Qualm und die Mauer war bis auf den Grund eingerissen. Ein gewaltiger, weißgefiederter Kopf war zu sehen. Das skurrile Tier zog seinen langen Hals ein, blickte sich um und kam direkt hinter dem Bischof zum Stehen. Die Augen der Chimäre wirkten geplagt, voller Pein und Schmerz. Sie riss das Maul auf und gab einen gellenden Schrei von sich. Lea, Picardo und Cora hielten sich die Ohren und Nasen zu. Es stank nach altem Fisch.

Langsam kam auch Lucius wieder zu sich. Langsam. Noch wusste er nicht genau, was geschehen war, bis sich die Bilder vor seinen Augen wieder zu einem Ganzen zusammensetzten. Sein Rücken schmerzte. Sicher hatte er sich etwas gebrochen, oder gestaucht, wenn er Glück hatte. Er ließ sich jedoch vorerst nicht anmerken, dass er wieder bei Bewusstsein war. *Jetzt nur keinen Fehler machen...,* dachte er.

Kahn riss das Zepter nach unten. Funken verfolgten seinen Weg und blitzten gefährlich auf. Wind und Rauch stieg von überall her empor.

»Achad Da Faghra No!«, schrie Kahn. Das Ende des Zepters begann hell zu leuchten und dichter Dampf hüllte die Umgebung ein. Doch es war kein normaler Rauch mehr, er schien sich zu sammeln, und zwar über dem Brunnen der Elemente. Er bildete einen wabernden Wirbel, wirkte wie ein schwarzes Loch, welches sich direkt in diesem Raum auftat und alles zu verschlingen drohte, was ihm zu nahe kam. Die Chimäre sah gespannt zu. Man konnte nicht sagen, ob ihr gefiel, was hier vor sich ging; man hatte ihr ihren Willen vor langer Zeit geraubt.

Die Luft zitterte wie die über einem aufgefächerten Lagerfeuer. Der Wind wurde zu einem Sturm, der jegliche Konversation unmöglich machte.

»Picardo!!«, schrie Cora. Dieser konnte nur an ihren Lippenbewegungen erahnen, dass sie ihn ansprach. »Picardo! Wir müssen unsere Energie bündeln!« Sie schrie nun direkt in seine Richtung. Lea lag zitternd auf dem Boden, die Hände über dem Kopf verschränkt.

»Aber wie...« Noch bevor Picardo zu Ende fragen konnte, hüpfte Cora zu ihm auf den Brunnen, griff sich die beiden Amulette, die hell leuchteten und drückte Picardo das Amulett der Finsternis in die Hand. »Konzentriere dich auf die Träne! Bündle die Energie, die in dir schlummert!«

»Hört auf, ihr werdet sterben!«, schrie Lea, doch niemand hörte sie. Picardo war absolut überfordert. Er blickte immer wieder zu Cora. Sie stand regungslos da, die Träne in den von sich gestreckten Händen liegend. Ihre Augen hatte sie geschlossen. Picardo blickte sich um und sah Lea, die zitternd auf dem Boden lag und ihn nun flehend anstarrte. Er sah den Bischof, dessen Gewand wild flatterte und ein Schein, der ihn umhüllte wie eine unsichtbare Mauer. Seine Augen waren nicht mehr menschlich. Neben ihm die riesige Chimäre, die er zur Unterstützung gerufen hatte. Hinter ihm stand Voldho, der widerliche Kerl aus Goldhafen.

Doch noch ist es nicht zu spät... Picardo streckte die Träne von sich und schloss ebenfalls die Augen. Plötzlich schienen sich Energien zu vermischen. In diesem Augenblick wurde der Schmerz, den der Bischof verspürte, stärker. Etwas schien ihm entgegen zu wirken, der schwarze Strudel über dem Brunnen wurde kleiner, der Rauch schien dünner zu werden.

»Was zum...?!« Seine Augen waren weit geöffnet, glasig und die Pupillen beinahe milchfarben. »VOLDHO!!« Die Stimme des Bischofs war noch immer verzerrt und unmenschlich. »Nimm ihnen die Amulette ab«, befahl er.

Voldho zögerte. »LOS!« Kahn drehte seinen Kopf zu Voldho und schaute ihn mit seinem leeren Blick an, sodass ihm sämtliche Glieder erstarrten.

»Meisssster?!«, sagte Voldho und ging auf die Knie. »Meine Macht reicht nicht ausss!« Er legte sein Gesicht in seine klauenartigen Hände und roch seinen eigenen Schweiß. *Ich bin nicht würdig, dem Meister zu dienen... zu schwach...*

»Wenn deine Macht nicht ausreicht, um zwei Kindern ihre Spielsachen zu stehlen, dann bist du meiner nicht würdig!« Er sprach diese Worte mit Hass und Verachtung aus. Seine Stimme war schon lange zu etwas verkommen, das man nicht definieren konnte. Untertänig robbte Voldho zu Kahn.

»Verzzzzeiht mir...« Er blickte den Bischof an. Sein verzweifeltes Gesicht war abgrundtief hässlich. Die Angst ließ es in tiefe Falten fallen. Voldho wusste, er würde sterben, wenn er seinem Meister gehorchen und sich dem Energiestrom entgegenstellen würde. Und selbst er... selbst er fürchtete den Tod.

»Du bist nicht würdig, mir zu dienen, du hässliches Stück Dreck!« Blitzschnell richtete Kahn das Zepter auf Voldho. Just in diesem Moment bemerkte Lea, dass er sich abwendete. Sie nahm die Hände vom Kopf und versuchte leise die Treppen hochzukriechen, um den General zu erreichen. Er lag gefährlich nahe beim Bischof und direkt hinter den Füßen der Chimäre.

»Nein, ich…«, begann Voldho zu flehen. Seine Augen waren blutunterlaufener denn je. Seine Tränensäcke waren jedoch zu verkrustet, um eine Träne absondern zu können. Plötzlich schoss ein heller Strahl aus dem Zepter und bohrte sich direkt in Voldhos Brustkorb. Er schrie und zappelte wie ein gefangener Fisch. Es roch nach verbranntem Fleisch, einer Grillparty gleich. Weiter und weiter fraß sich das Licht durch seinen Körper, verbrannte ihm sämtliche lebenswichtigen Organe, bis es schließlich auf der anderen Seite durch seinen Rücken brach und ein riesiges, dampfendes Loch hinterließ. Der Strahl versiegte und auch Voldho regte sich nicht mehr. Einige verkohlte, nach hinten gebogene Rippen ragten aus dem Loch in seinem Torso. Er schloss die Augen nicht, obwohl er alles bei vollem Bewusstsein miterlebte, dann schaute er an sich herab. Voldho war nicht mehr in der Lage etwas zu sagen, geschweige denn zu atmen, denn seine Lunge war bereits in Rauch aufgegangen. Einige schreckliche Sekunden lang versuchte er noch die Hände zu erheben, vermutlich um zu beten. Vergeblich. Seine Seele war schon lange verdammt. Eine Sekunde später brach er in sich zusammen. Es dampfte noch kurz und ein beißender Gestank erfüllte den Raum. Lea hustete, es roch widerlich nach verbrannten Organen und vergorenem Blut. Dennoch kroch sie langsam weiter durch die rote Sülze, die das vorhergehende Gemetzel hinterlassen hatte, schob einen toten Leib zur Seite und versuchte, sich nicht zu übergeben. Sie blieb unbemerkt, bis sie an den Fuß der riesigen Chimäre stieß, hinter dem Munzheim lag. Doch die Chimäre regte sich nicht. *Bemerkte sie Leas Lichtmagie?* Schließlich waren auch Chimären Geschöpfe des Lichts. Vielleicht wollte sie Lea nicht verraten. Kahn beachtete sie nicht, richtete sein Zepter wieder auf den Brunnen, an dem Picardo und Cora standen. Noch immer hatten sie ihre Hände von sich gestreckt und ein Leuchten umgab sie.

»Seht ihr?« Kahn lachte. Wahnsinn spiegelte sich in allem wider, was er von sich gab. »Seht ihr, was mit denen passiert, die sich mir in den Weg stellen?«

Jetzt... keine Rücksicht! Sonst war alles umsonst. Lucius sprang auf, sein Rücken knackte. Er unterdrückte den Schmerz so gut es ging und biss die Zähne zusammen.

»Was?!« Lea drehte den Kopf, sah Lucius auf Picardo zu rennen. »NEIN!«, schrie sie und versuchte etwas zu unternehmen, war aber zu weit entfernt. Lucius sprang auf den Brunnen. Sein Körper wurde fast von dem Energiesturm, der zwischen dem Bischof und den beiden Thohawks wirkte, weggerissen.

Bleib standhaft!!! Er sammelte seine Energie, erzeugte eine Art Schatten um seinen Körper, der ihn kurzzeitig schützte. Picardo bemerkte, dass irgendetwas nicht stimmte, öffnete ein Auge und erblickte Lucius, der näher kam.

»Du lebst?«, brüllte der Bischof, als Lucius in sein Blickfeld trat. Kahns Stimme überschlug sich. »Elende Ratte!« Picardo erwachte aus seiner Trance und riss beide Augen auf.

»Lucius?«, fragte er verwirrt und verlor die Kontrolle. Sofort wurde er von den Füßen gerissen. Der kleine Junge flog in hohem Bogen nach hinten und die Träne wirbelte durch die Luft. Lucius sprang in die Höhe, griff nach ihr und packte sie an dem Halsband, an dem sie befestigt war. Dann landete er direkt im Brunnen, sodass die ölige Flüssigkeit zu allen Seiten von ihm spritzte. Jedoch berührte kein Tropfen den Boden, denn alsbald die Flüssigkeit den Brunnen verließ, teilte sie sich schon in ihre Bestandteile und wurde wieder von den Toren absorbiert.

Auch Cora wurde nun aus ihrer Trance gerissen, die Energie des Zepters war für ein Amulett alleine zu stark geworden, das spürte sie. Sie konnte den Hass Elias nicht besänftigen, nicht ohne Belias' Träne.

»Aeris... Was?« Sie blickte sich um, ihr Bruder war nicht mehr neben ihr. Kurz darauf sah sie Lucius, der grinsend im Brunnen stand, geradezu auf der Flüssigkeit schwebte und die Träne in den Händen hielt. »Duuuu?!«, schrie sie und drohte ihm. Sie wollte gerade ihre Katanas ziehen, als auch sie von den Füßen gerissen und nach hinten geschleudert wurde. Lea beobachtete alles, konnte jedoch nichts tun, es war zu spät. Sie öffnete den Mund und streckte die Hand aus.

»Nein, Lucius! Hör auf!«, bettelte sie. Lucius richtete sich auf, er wirkte wie ein Schatten seiner selbst, hielt die Träne in der geschlossenen Hand und sah dem Bischof in die Augen.

»Warum hilfst du mir, Magier?«, raunte Kahn. Die Energiewelle begann damit, Lucius die Kleider vom Leib zu reißen. Sie zehrte an seiner Seele und nicht mehr lange, dann würde diese verschlungen werden. Sein Schutzschild war fast verbraucht.

»Dir helfen?«, lachte Lucius. »Das Einzige, das ich immer wollte, war das Amulett! An genau diesem Ort!« Er hob es in die Höhe und hatte es fest im Griff. »Seit mehr als zwölf Jahren war ich auf der Suche danach!« Sein Blick wurde finster. Lea ahnte nichts Gutes. War dies das Ende? »Doch ich kam dem Amulett näher, von Jahr zu Jahr. Ich fand schließlich eine Spur«, sagte Lucius und atmete tief. Sein Schutzschild war beinahe erloschen. »Vor drei Jahren hatte ich es fast schon einmal in der Hand« Er ballte die Fäuste. »Doch dann verlor sich die Spur ein weiteres Mal... in Birgund!« Er grinste, drehte sich zu Picardo, der gebückt an der Wand lehnte und schaute ihm mitten in die Seele. Picardos Augen waren weit aufgerissen. *In Birgund?* »In Birgund fand ich den Vater dieses Jungen, er hätte das Amulett haben müssen! Ein ahnungsloser Fischer erzählte mir, dass ein Händler einen Jungen mit einer Art Träne um den Hals gefunden habe und ihn zu diesem Mann brachte.«

Picardo rann eine Träne über die Wange. *Warum Lucius? Du warst mein Freund!*

»Ich verwüstete das Haus... durchsuchte jede Spalte, doch ich fand nichts!!«, brüllte Lucius, der Picardo noch immer kühl in die Augen starrte. Seine Worte folterten den Jungen auf jede erdenkliche Art und Weise. »Schließlich überraschte mich dieser Bauer. Er ging auf mich los und dann«, Lucius hielt kurz inne, »musste ich ihn töten!«

»Du!!!!« Picardo sprang auf. Durch den schimmernden Vorhang aus Tränen, die ihm aus den Augen strömten, sah er fast nichts. Trauer, Wut, Rache, er wusste nicht, welches Gefühl überwog. Doch er kam nicht voran, so sehr er sich bemühte. Der Energiestrom war zu mächtig.

»Ich konnte nicht auf dich warten, Aeris! Die Gefahr, entdeckt zu werden, war zu groß. Also ging ich... nahm deine Spur auf... und schließlich...« Lucius' Schutzschild verschwand. Die Energie schien ihm nun die Haut vom Leibe zu schälen.

»Schließlich lief er dir direkt in die Arme!«, vollendete Kahn seine Worte. Lucius drehte sich zu ihm und nickte.

»Ausgezeichnet, Kahn! Was dachtest du denn, wozu ich deine Karte brauche? Um dich aufzuhalten?«, lachte Lucius, während sich kleine Blasen auf seiner Haut und seinem Gesicht bildeten. »Das wird früh genug geschehen, Kahn! Aber zuerst...«, Lucius drehte sich dem Tor der Finsternis zu und blickte hinein: *Wabernde Schatten, sich drehende, schwarze Strudel... die vollkommene Dunkelheit!* »Zuerst muss ich noch etwas erledigen! Lucius Ashfalion verabschiedet sich!!« Mit diesen Worten sprang Lucius in die Höhe, mitten in das weit geöffnete Tor. Sein Leib wurde in Fetzen gerissen und aufgespalten in das reine, dunkle Element. Wabernde schwarze Splitter, die wie aus Gelee wirkten, wirbelten vor dem Tor umher und wurden schließlich davon absorbiert. Nur einige wenige Teile von Lucius' Körper, die aus leuchtendem, hellen Stoff bestanden, fanden ihren Weg in das andere Tor. *Unmöglich...* dachte Cora. *Niemand überlebt das, niemand besteht aus dem reinen, dunklen Element.*

Niemand außer. »Mandragon!«, schrie Cora plötzlich auf. In ihrer Stimme lag Entsetzen.

»Mandragon? Unmöglich!«, lachte Kahn und richtete das Zepter auf das Tor der Finsternis. »Und selbst wenn«, begann er und konzentrierte sich. Er schloss die Augen und feuerte einen mächtigen Strahl auf das Tor ab. Die schweren, dunklen Torflügel knarrten, gaben ächzende Geräusche von sich, als ob sie sich gegen die Macht wehren wollten, die da auf sie einschlug. »Selbst wenn, dann wird der dunkle Magier die finstere Dimension, in der er sich nun befindet, nie wieder verlassen!« Die letzten Worte sprach er so laut aus, dass einige Gesteinsbrocken von der Decke fielen. Die Mauern erbebten mit jedem Zentimeter mehr, den das Tor sich schloss. Selbst die Chimäre wich zurück, drehte sich ängstlich hin und her. Nun konnte Lea endlich zu Munzheim gelangen, sie fühlte seinen Puls... Nichts. *Tu mir das jetzt nicht an,* flehte sie.

»Und so beginnt es! Der Anbeginn eines neuen Zeitalters, einer Zeit ohne Dunkelheit, ohne Krieg, ohne Gewalt!« Der Bischof riss die Arme in die Luft, der Wirbelsturm über dem Brunnen wurde größer und gab ein gleißendes Licht von sich. Just in diesem Moment fiel das Tor in seine Angeln und die heraus strömende Energie wurde schwächer und schwächer, bis sie schließlich gänzlich verschwand.

»NEIN!!«, schrie Cora und stand auf. Der Wind, die tosenden Wirbel sowie das gleißende Licht legten sich genauso schnell, wie sie gekommen waren. Kahn landete unsanft auf dem Boden, das Zepter noch immer fest umklammert. Sein langer Mantel legte sich über ihn. Picardo und Cora traten langsam an den Brunnen. Wortlos sahen sie sich an und ließen ihre Blicke über das, einst in allen Regenbogenfarben schimmernde, Wasser schweifen. Es wurde heller als zuvor, einige der Farben verschwanden aus dem Brunnen und der schimmernde Inhalt wurde milchig. Es war still im Raum. Totenstill.

»Es ist zu spät«, sagte Cora leise. »Ich habe erneut versagt! Er hat das Amulett mit sich genommen, wir können nichts tun! Einzig die Amulette zusammen können die Tore offenhalten«, sie schluckte, »…oder öffnen.« Sie setzte sich auf den Boden und legte die Hände ins Gesicht. Picardo stand regungslos da, beobachtete das Wasser und die Umgebung, die sich langsam verfärbte. Obwohl 'verfärben' das falsche Wort war. Es verschwand eher Farbe. Einige Pigmente, Maserungen, sowie jeder Schattenwurf wurden weniger und weniger. Alles wirkte trist, obwohl nur Gestein um sie herum war. Auch draußen im Gang verschwanden das Flackern und die Schatten, die durch das Feuer geworfen wurden. Die Chimäre, ein Geschöpf des Lichts, das fast vollständig aus dem lichten Element besteht, blickte sich leise um. Sogar sie hatte Angst und bemerkte, dass etwas nicht stimmte. Der Bischof hatte das Zepter noch umklammert und kniete auf dem Boden. Seine lange Kutte und die Kapuze verdeckten ihn. Er bewegte sich nicht.

Lea blickte sich um. *Diese Stille...* Sie drehte ihre Hände vor ihrem Gesicht hin und her und bemerkte, dass diese blasser wurden. Auch Munzheim verlor an Farbe, seine sonst eher gesunde Gesichtsfarbe verschwand von seinem Antlitz. Nun konnte sie sich nicht mehr zurückhalten, ihre Gefühle übermannten sie: Trauer über den toten General, Wut über den Verräter Lucius und den Bischof, der das Schicksal Phöns besiegelt hatte. Doch die Tränen, die über ihre Wangen liefen und den Brustkorb des Generals bedeckten, zeigten keine Wirkung. Das grüne Funkeln blieb aus. Die Gefühle, die sie damals auf dem Schiff überkamen, waren nicht wiedergekehrt. Er war tot. Dieses Mal unwiderruflich.

Plötzlich ein Kichern. Die Kutte, die den Körper des Bischofs gänzlich verdeckte, bewegte sich langsam. Es sah aus, als versuche ein großes Tier sich aus einem Netz zu befreien. Das Kichern wurde lauter. Der Bischof, der das Zepter nach wie vor fest umklammert hatte, schlug seine Kapuze zurück. Er schaute sich um. Seine Augen funkelten wie die eines Kindes, das seinen ersten Lutscher geschenkt bekommen hatte. Langsam richtete er sich auf, seine Füße waren schwer wie Blei. Sein Körper war ausgelaugt und müde. Er ließ seine Schulterblätter kreisen. Es knackte laut.

Cora und Picardo saßen noch immer hinter dem Brunnen, sahen den Bischof mit großen Augen an. Sie waren geschlagen, was sollten sie jetzt noch tun? Coras Blick hatte etwas von Trauer, Verwunderung und Wut zugleich. Picardo war ratlos.

»Du MONSTER!« Lea sprang auf, ließ die Hände von Munzheim ab und rannte auf Kahn zu. Mit einer einfachen Handbewegung und ohne sie zu berühren, fegte er Lea von den Füßen. Sie landete unsanft auf dem Hintern.

»Ich muss jetzt los! Die Geschäfte warten«, sagte Kahn mit heller Stimme. Dann drehte er sich um und befehligte seine Chimäre, die noch immer verdutzt in der Ecke stand, ihren Hals zu senken. Mit einem Satz sprang er auf. »Viel Spaß bei euren letzten Stunden, ihr Heiden!«, raunte Kahn und schlug der Chimäre mit dem Zepter auf den Schädel. Das riesige Tier brüllte, es bereitete ihm große Schmerzen. Dann taumelte es kurz zurück und flog los, durchbrach krachend die Decke des langen Ganges. Ihre Flügel schlugen alles kurz und klein, was sich ihr in den Weg stellte.

Riesige Felsbrocken und Trümmer regneten von der Decke und versperrten nun den Ausgang zur Halle. Wie ein Erdbeben schien es, war aber schnell vorbei, als die polternden Steine ihren Platz gefunden hatten. Es folgte Stille, weitere Minuten voll unerträglicher Stille. Niemand traute sich auch nur ein Wort zu sagen. Schon der Gedanke ans Sprechen bereitete Lea Schmerzen. Tränen liefen über ihre Wangen. Sie schluchzte laut. Picardo war noch immer rot vor Wut, saß auf dem Boden und dachte nach. Cora saß ebenfalls resignierend auf dem Rand des Brunnens, das Gesicht in die Hände gelegt.

Sie waren gefangen.

Tag 6, Elium 358 n. E.

Stadt der Engel, Festungsmauer

Es war bereits hell, als sich an der äußeren Mauer ein Stein löste und unsanft auf den von Gras überwachsenen Boden fiel. Eine Stimme drang aus dem Inneren der Mauer, sie klang heiser.

»Luft!«, krächzte sie. Nach und nach lösten sich weitere Steine. Als die Öffnung groß genug war, konnte man einen Fuß erkennen, der aus der Mauer herausgestreckt wurde und nach Halt suchte.

»Nicht tief!«, sagte die Stimme. Kurz darauf plumpste etwas aus der Öffnung und landete im Gras. »Nur ein bisschen!« Der Mann, der aus der Öffnung gefallen war, richtete sich auf und wischte sich etwas Staub von den Schultern. Es war Alkatras. Einige Sekunden später konnte man die zerzauste Robe des Königs erkennen, der sich aus der Öffnung zwang.

»Aaaahh!«, schrie er, als er ungefähr einen Meter hinunterfiel und direkt neben Alkatras' Füßen landete. Barthas richtete sich auf und klopfte sich Staub und Dreck von der Robe. Er gab dies aber schnell wieder auf, nachdem ihm der desaströse Zustand dieses Kleidungsstückes auffiel. Zuletzt kam Pyra aus der Mauer gekrochen. Sie landete auf den Füßen und schüttelte sich den Staub aus den Haaren. Obwohl ihre Haare sehr kurz waren, flatterten sie wild hin und her und sahen danach aus wie ein roter Pilzhut. Als sie aufblickte und in die Ferne sah, blieb ihr der Atem stehen. Niemand sagte etwas. Der Anblick, der sich ihnen bot, bedurfte keinerlei Worte.

»Das... was ist?!«, stotterte Barthas, zeigte erst auf den Boden, dann zum Horizont. Das Gras war ausgebleicht, ein kleiner Schimmer Grün war zwar noch zu erkennen, jedoch wirkte es wie in ranzige Milch getaucht und nicht real. Ebenso die Bäume, Büsche und der Fluss Golgan, der in der Ferne lautlos seine Bahnen zog. Alles war farblos. Es war auch allgemein viel zu still. Kein Vogelgezwitscher war zu hören, kein Rascheln der Blätter im Wind. Es herrschte Stille. Absolute, gruselige Stille. Am Horizont waren die Mhyra Berge zu erkennen, verdeckt von einem milchigen Schleier.

»Er hat es getan!«, seufzte Pyra und schüttelte den Kopf. »Es ist wirklich geschehen!« Barthas lief einige Schritte, sah sich weiter um und wollte es nicht wahrhaben. Er kniff die Augen zusammen und blickte zum östlichen Horizont.

»Was... was ist das?«, fragte er und zeigte mit dem Finger. Pyra und Alkatras traten neben ihn und versuchten das Gebilde, das sich am Himmel erstreckte zu identifizieren. Es sah aus wie ein Strudel. Ein weißer, sich drehender Strudel. Mehr war von hier aus nicht zu erkennen, aber er musste ungefähr zwischen den Kontinenten in großer Höhe schweben. Direkt über Calypso, dem mittleren und kleinsten Kontinent.

Empiris, Phönix Gesellschaft.

»Himmel, Arsch und... Scheißdreck!« Lupos Kane stand vor dem riesigen Fenster in seinem Büro, in dem einst sein Vater die Geschäfte führte und stampfte mit den Beinen abwechselnd auf den fleckigen Teppichboden.

»Mister Kane!« Ein in schwarz gekleideter Mann mit einer Sonnenbrille kam durch eine Schiebetüre in das Büro und ging auf Lupos zu. Er blieb vor dem runden Schreibtisch stehen und wollte damit beginnen etwas zu sagen, wurde aber sofort von seinem Chef unterbrochen.

»Was ist das hier? Was geht da vor sich?«, fragte Lupos. Sein Kopf war rot angelaufen und sein Blick wutentbrannt. Erneut versuchte der Mann im Anzug etwas zu sagen, es gelang ihm nicht. »Die Maschinen stehen still!!«, fuhr Lupos ihm ins Wort. »Es scheint, als ob es keine Schattenenergie mehr gäbe?!« Er drehte sich mehrmals im Kreis, schaute auf den ausgebleichten Horizont, dann wieder auf einige Unterlagen, die auf seinem Schreibtisch lagen und fegte sie mit einem Ruck vom Tisch. »Verdammte Kacke!!«, brüllte er. »Los! Bring in Erfahrung, was da los ist!« Er zögerte kurz. »SOFORT!!«, schrie Lupos und ließ sich in seinen Bürostuhl fallen, als der Sicherheitsmann hektisch durch die Tür davon rannte.

Langsam rieb sich Lupos die Stirn. Einige Minuten später fing der Bildschirm des Sphärodrons, der über seinem Schreibtisch hing, an, sich zu verfärben. Es kriselte und brummte leise. *SONDERMELDUNG!* blinkte in grellen

Farben auf dem Bildschirm auf. Lupos fragte sich, ob dies etwas mit den Vorkommnissen zu tun hatte und betätigte einen Knopf vor sich am Schreibtisch. Was auf dem Sphärodron zu sehen war, wurde gleichzeitig an einen riesigen Bildschirm außerhalb des Gebäudes übertragen, sodass ganz Empiris es mitverfolgen konnte.

Es erschien das Gesicht von Bischof Kahn. Das Bild flackerte hell und brauchte einige Sekunden, bis es sich beruhigt hatte. Draußen vor den Toren der Phönix Gesellschaft fanden sich schnell einige Leute ein, die aufgeregt diskutierten. Auch einige Bewohner der zweiten Etage steckten neugierig ihre Köpfe aus den Luken zur Unterstadt.

Meine Freunde,

ich spreche hier nicht nur als Oberhaupt der Kirche zu euch, nein, ich spreche, wie ihr wisst, zu euch als euer König. Mit Freuden darf ich bekannt geben, dass die Dunkelheit für immer aus dieser Welt verbannt wurde. Seht euch um, seht das Licht, das nun überall und allgegenwärtig ist. Ihr seht, was die Göttin Elia für euch erschaffen hat, ungeachtet der Finsternis Belias'. Ich erwarte euch in zwei Tagen zur Mittagsstunde auf dem Marktplatz von Archadis, wo ich euch meinen Segen geben will und wo ich mit euch den Anbeginn einer neuen, besseren Zeit feiern will!

Langsam verschwamm das Bild wieder. Lupos tippte mit dem Finger auf seinen Tisch und blickte noch immer auf den Bildschirm, wo nur noch blaues Kriseln zu sehen war. Plötzlich sprang er auf, so ruckartig, dass sein Stuhl gegen das dahinter liegende Fenster knallte.

»Ist der total bekloppt??«, schrie er und schlug mit der Faust auf den Tisch, dass es nur so krachte.

Dorf Uru, Urugai-Wald

Feghnom trat aus seiner Hütte und senkte den Kopf.

Sie haben es nicht geschafft... Es dauerte nicht lange, bis Iselia und Gamadas neben ihm standen und über die hohen Baumwipfel in den Himmel blickten. Alles war nun grau und nichtsagend. Geradezu leblos.

»Wie in den Aufzeichnungen der Thohawk prophezeit!«, bemerkte Iselia, die sich als Hüterin der Schriften in solchen Dingen sehr gut auskannte. Sie blickte zu Gamadas, der seine Augen geschlossen hatte. Möglicherweise sah er etwas. Die dicke Frau trat nach vorn. »Die Farbe des Himmels, der Erde und sämtlicher Lebewesen Phöns wird verblassen. Und wie die Farbe den Anfang macht, folgt ihr das Leben!«, zitierte Iselia.

Sie hatte diesen Satz in einer Abschrift eines Buches gelesen, welches leider beim Angriff des Bischofs zerstört wurde. Sie schien es für passend zu halten, ihn jetzt von sich zu geben.

»Ein lichter Strudel aus reiner Energie wird sich über dem mittleren Lande entladen und sämtliche Lebewesen vom Antlitz der Erde fegen«, ergänzte Feghnom und versuchte durch das dichte Blätterdach des Waldes etwas zu erkennen. Den Strudel über dem ewigen Ozean konnte man von hier aus aber nicht sehen.

»Was sollen wir tun?«, fragte Iselia und klang etwas verärgert, sie hatte seit Stunden nichts gegessen. Zumindest kam ihr es so vor.

Plötzlich riss Gamadas die Augen auf. »Ich kann die Bilder nicht deuten!« Verzweiflung hallte in seiner Stimme wider. Iselia und Feghnom schauten ihn verwundert an. Noch nie war Zweifel in Gamadas' Stimme, noch nie waren seine Visionen undeutlich gewesen. Er fing an, hin und her zu trotten, starrte auf den moosigen, von Pflanzen überwucherten Boden, der jedoch nicht mehr grün war.

»Das Zepter kontrolliert Kahn, der Hass der Göttin ist auf ihn übergegangen!« Er blieb stehen und scharrte mit dem Fuß. »In zwei Tagen zur Mittagsstunde wird es geschehen!«, sagte er.

»Was?« Iselia wurde immer aufgeregter. »Was wird geschehen?«

»Ich«, Gamadas zögerte, »Ich weiß es nicht! Ich blicke in eine ungewisse Zukunft«, meinte er schließlich. Diesen Satz hatte er noch nie zuvor ausgesprochen. Es folgte Stille.

»Lasst uns mal nachdenken!«, sagte Iselia schließlich. Sie drückte sich je einen Finger gegen die Schläfen und rieb sich daran. »Das Tor der Finsternis wurde geschlossen. Die Welt verfärbt sich, Schatten verschwinden…«

»Wenn die Finsternis weicht, müsste auch ich mich auflösen«, unterbrach Gamadas.

»Oder nur deine Kräfte!«, sagte Iselia erst zögerlich. Dann ging ihr ein Licht auf. »Natürlich! Als Schattenmagier bestehst du aus deutlich mehr finsterem Element als aus dem lichten. Dein Körper kann keine Schattenenergie mehr speichern und verliert seine Kräfte!«, erklärte sie.

»Glaubst du wirklich, dass unsere Welt so funktioniert?«, meinte Gamadas.

»Wie erklärst du dir sonst den Verlust deiner Kraft?«, überlegte Iselia und zuckte mit den Schultern. »Es liegt auf der

Hand!« Doch so sicher, wie sie sich gab, war sie bisweilen nicht.

»Demnach müssten die Lichtmagier nun über immense Kräfte verfügen!«, führte Gamadas weiter aus. Er schwieg kurz und berichtigte sich dann selbst: »DIE Lichtmagierin! Nur noch diese eine ist übrig… außer dir natürlich, Iselia, aber deine Kräfte waren noch nie sehr mächtig.« Iselia war leicht gekränkt, lies sich aber nichts anmerken.

Die Prinzessin... Gamadas, Feghnom und Iselia blickten sich an. »Nun gut... trotz allem wissen wir nicht, was passieren wird und was das Zepter vorhat.« Plötzlich zuckte ein Gedanke wie eine spitze Nadel durch Iselias Kopf. »Das Zepter ist der gebündelte Hass der Göttin, richtig?«, bemerkte sie und blickte die beiden Männer abwechselnd an.

»Aus den letzten Überbleibseln an Hass formten die Götter mächtige Zepter, die imstande sind, ihren Gegenpart zu vernichten«, bemerkte Feghnom.

»Die Macht Belias' ist nicht gegenwärtig, um den Hass Elias zu zügeln!«, ergänzte Iselia. Ihre Kombinationsgabe war verblüffend. »Der lichte Strudel, von dem in den Schriften gesprochen wird...«, sagte sie und stockte kurz. Gespannt wartete Gamadas auf die Pointe. »In bereits wenigen Tagen holt sich die Göttin die restliche Energie der Menschen, um zu bekommen was ihr gebührt«, fuhr Iselia fort. Ihr schauderte.

»Du bist verrückt!«, sagte Gamadas nur, aber nicht ohne Zweifel in seiner Stimme. Schließlich war mittlerweile nichts mehr unmöglich.

Kapitel 16

Wenn Schatten schwinden,
die Nacht verrinnt,
der Anfang vom Ende schon beginnt.

Tag 6, Elium 358 n. E.

Tempelstätte der Thohawk

Cora tastete sich verzweifelt an den Wänden entlang. Sie wusste selbst nicht was sie suchte. Eine hohle Stelle? Einen Geheimgang? *Irgendwie muss man doch hier raus kommen.* Als sie schon zum dritten Mal an dem Trümmerhaufen vorbei kam, an dem Lea noch immer neben dem General kniete, seufzte sie laut. Sie lehnte sich gegen ein großes Stück Fels und schlug mehrmals mit der Faust dagegen.

»Die Tränen eines Einhorns!«, sagte Lea plötzlich. »Was?«, erwiderte Cora und drehte sich zur Prinzessin. »Lucius sagte, die Tränen eines Einhorns können die Toten ins Leben zurückholen.«

»Lucius sagte auch, dass er den Bischof aufhalten wolle, stattdessen hat er das Schicksal der Welt besiegelt!« Cora wurde laut, allein der Name 'Lucius' bereitete ihr nun Kopfschmerzen. Doch nicht nur ihr, auch Picardo wurde bei seinem Namen zornig. So hatte Lea Picardo noch nie gesehen.

Er hatte, seit der Bischof verschwunden war, nicht mehr gesprochen und saß stumm auf dem Brunnen. Lea legte ihren Kopf wieder auf die Brust des Generals. Sie wollte ihn nicht loslassen.

»Lea«, sagte Cora, beugte sich zu ihr und legte eine Hand auf ihre Schulter, »du musst jetzt stark sein!« Sie strich ihr sanft über den Rücken. »Er hätte es so gewollt.«

Lea nickte, richtete sich auf und legte den Kopf in den Nacken. Picardo saß noch immer stumm auf dem Rand des Brunnens, dessen Wasser nur noch eine milchige Suppe war. Plötzlich hob er den Kopf.

»Was ist hinter den Toren?«, fragte er wissbegierig und blickte Cora an. Mit dieser Frage hatte sie nicht gerechnet, geschweige denn hatte sie eine Antwort.

»Ich…«, überlegte sie. »Die Quelle der Finsternis und des Lichts?!« Sie klang unsicher.

»Warum nimmt Lucius dies alles auf sich, um am Ende in der Quelle der Finsternis eingeschlossen zu werden?« Picardo klang ernst, seine kindliche Seite war wie weggeblasen.

»Er hat recht«, bekundete Lea und nickte ihm zu.

»Na gut, vielleicht ist mehr hinter den Toren als wir denken. Aber das hilft uns hier nicht raus!« Cora klang wütend. Sie wollte weder Picardo noch Lea zu nahe treten, sie war einfach nur mit der Allgemeinsituation unzufrieden.

»Ich werde nachsehen!«, sagte Picardo plötzlich, stand auf und blickte in das Tor des Lichts, dessen Schein durch die Vorfälle nicht getrübt war. Er hob sich die Hand über das Gesicht, das Licht blendete ihn.

»Um der Götter Willen!!«, schrie Cora, sprang blitzschnell die Stufen hinab und hielt Picardo fest. »Aeris! Du wirst da nicht reingehen!«, kreischte sie panisch. Jetzt war sie wirklich wütend. »Es ist möglich, dass deine Seele zerrissen wird, dein Körper gespalten...« Cora konnte nicht fassen, dass Picardo auch nur daran dachte das Tor zu betreten.

»Lass mich!«, wehrte sich Picardo und versuchte sich loszureißen.

»Picardo!«, schrie Lea zu ihm herüber. Der Junge drehte seinen Kopf und blickte an Cora vorbei zur Prinzessin. Sie stand an den Stufen und das Licht beleuchtete ihren Körper, sodass sie aussah wie ein Engel! »Bitte nicht! Wir finden heraus, was hinter den Toren ist! Und wir finden heraus, was Lucius vor hat, aber…«, Lea senkte den Kopf. Ihre Haare streiften fast den Boden. »Aber hör auf deine Schwester! Ich will nicht noch einen Freund verlieren!«

Einen Freund? Picardo hielt inne. Coras Griff wurde lockerer. Der kleine Junge hüpfte vom Rand des Brunnens und ging langsam zur Prinzessin. Sie war nervlich am Ende, wie sie alle. Picardo blickte sie von zwei Stufen weiter unten aus an.

»Ich muss meinen Vater rächen!«, sagte er. Seine Augen waren abermals mit Tränen geflutet.

»Und das werden wir! Ich weiß es!«, entgegnete Lea, hob den Kopf und lächelte ihn an.

Plötzlich bebte die Erde. Lea strauchelte und ruderte mit den Armen. Picardo blickte sich ruckartig um. Seine Miene wurde ernst.

»Was zum?!«

»Hinlegen!!«, schrie Cora und duckte sich blitzartig. In diesem Moment ertönte ein lauter Knall hinter Lea. Steine und Staub wirbelten durch die Luft. Die Prinzessin wurde sofort von der Druckwelle erfasst. Sie hatte keine Zeit zu schreien, als sie von den Füßen gerissen wurde und nach vorn flog. Sofort sprang Picardo in die Luft, fing die Prinzessin auf und landete mit ihr in den Armen auf dem Boden über den Stufen. Mit einem Ruck legten sie sich auf den Boden, als die Steine, die den Ausgang blockierten, über ihre Köpfe hinweggeschleudert wurden und die Wand hinter ihnen zertrümmerten. Nur die, die gefährlich nahe an das Tor des Lichts heranflogen, wurden einfach lautlos absorbiert.

»Ist denn nicht schon genug kaputt gegangen?«, fluchte Cora. Auch sie lag mittlerweile wieder flach auf dem Boden und hatte die Hände über dem Kopf verschränkt.

Sekunden später war alles vorbei. Ein klaffendes Loch tat sich an der Stelle auf, an der einst der prächtige Gang entlang führte und die Empore stand. Es dampfte verheißungsvoll.

Was geschieht hier? Lea ahnte nichts Gutes und klammerte sich fest an Picardo. Ihr Gesicht war voller Staub und ihr einst makelloser Körper voller Blutergüsse und Schürfwunden. *War der Bischof zurückgekommen, um ihnen den Rest zu geben?* Durch das riesige Loch konnte man den Engelssegler erkennen, der gefährlich nahe vor dem riesigen Turm schwebte, unter dem sie sich befanden.

Na toll... Cora rollte mit den Augen und wollte sich schon wieder in Kampfpose begeben, als plötzlich etwas aus einer Luke an der Unterseite des Seglers fiel, der starr in der Luft stand, gehalten von sich surrend drehenden Rotoren. Doch das, was aus der Luke gefallen kam, war eine Strickleiter, die sich langsam ausrollte, bis ihr hölzernes Ende auf den Boden, direkt vor den toten General knallte.

»Der glaubt doch nicht wirklich, dass wir da einsteigen?«, sagte Lea mit ernster aber verwunderter Stimme. Cora kniff die Augen zusammen, schaute gen Himmel und versuchte etwas zu erkennen. Nur der Engelssegler war zu sehen. Ein riesiger, summender Vogel, der still vor dem Wolkenzelt schwebte.

»Kommt mit!«, sagte Picardo und ging auf die Strickleiter zu.

»Bist du wahnsinnig?« Lea traute ihren Augen und Ohren nicht. »Das ist ja beinahe Selbstmord!«

»Ich habe ein gutes Gefühl, vertraut mir!«, antwortete er, packte die Strickleiter, zog kurz daran, um ihren Halt zu prüfen und winkte die beiden Damen heran. *Das ist doch...* Die Prinzessin schüttelte den Kopf, als Cora neben sie trat.

»Er weiß schon, was er tut, vertrau ihm!«

»Und Robert?« Lea klang besorgt.

»Wir werden ihn wohl vorerst zurücklassen müssen!« Coras Worte waren wie Schwerthiebe für die Prinzessin. Aber sie wusste, dass sie ihn jetzt nicht die Strickleiter hinauftragen konnten. Sie seufzte und wischte sich eine Träne aus dem Augenwinkel.

»Lea? Komm«, schrie ihr Cora zu, die bereits bei ihrem Bruder stand und sie zu sich winkte. »Wir holen ihn später ab!« Lea konnte nicht glauben, was sie da taten. Sie liefen dem Feind direkt in die Arme, dabei waren sie vielleicht die letzte Hoffnung Phöns. Sie zögerte, doch dann raffte sie sich auf und trat zur Strickleiter.

Fluss Golgan, wenige Kilometer vor der Stadt der Engel

»Das Wasser hat seinen Glanz verloren!«, sagte Alkatras, kniete vor dem Fluss und ließ seine Hand durch das einst glänzende Wasser gleiten. Es war trüb, aber auf eine absurde Art und Weise. Plötzlich hüpfte ein Fisch aus dem kühlen Nass und spritzte Alkatras das seltsame Wasser ins Gesicht. Er rechnete mit dem Schlimmsten, jedoch fühlte es sich an wie ganz normales Wasser.

»Es ist jedenfalls nicht giftig!«, rief er zu Pyra, die einige Meter entfernt mit Barthas auf der kahlen Wiese saß. Alkatras beobachtete den Fisch, wie er davon schwamm. *Den Tieren scheint es also noch gutzugehen, aber...* Irgendetwas Seltsames hatte auch der Fisch an sich. Er überlegte. *Ja, natürlich! Der Fisch wirft keinerlei Schatten!* Normalerweise konnte man den Schatten der Fische noch vor ihnen selbst erkennen. Alkatras blickte an sich herab, stand auf und drehte seinen Körper hin und her. Er hob die Arme, hüpfte, fing an zu tanzen, den Blick nicht vom Boden abgewandt. Pyra, die gerade zufällig zu ihm blickte, kniff die Augen zusammen und rückte ihre Brille zurecht.

»Bist du ein Idiot?«, rief sie ihm lachend zu. Barthas konnte sich ein Grinsen nicht verkneifen, obwohl ihm angesichts der Lage nicht danach zu Mute war.

»Schaut auf meinen Schatten!«, rief Alkatras zurück und hüpfte weiter, sodass sich seine Dreadlocks unter der Mütze hervorschlängelten. Pyra stand auf und schaute wie gebannt auf den hüpfenden Gaukler in seinem bunten Kleid.

»Aber«, sie zupfte erneut an ihrer Brille. »Alkatras, du hast keinen Schatten!?«, sagte sie und zuckte mit den Schultern. *Das ist ja unglaublich...*

»Aha!!«, bekundete er und hörte erst jetzt auf zu hüpfen. »Dann schaut mal an euch hinab, schaut die Bäume an, die Büsche... alles« Er rutschte seine Mütze zurecht.

»Ich«, begann Pyra und blickte sich zunächst um. »Tatsächlich!« Nicht nur, dass die Natur an Farbe verloren hatte, auch sämtliche Schatten waren verschwunden. »Ich wusste, dass irgendetwas fehlt!«, bekundete Pyra. Barthas saß nur da, saß da und grübelte. Aber auch er ließ seinen Blick über die karge, schattenlose Landschaft schweifen und seufzte. Ein Vogel flog vorbei. Er war verwirrt, gab keinen Ton von sich und knallte fast gegen einen Baum. Die Lebewesen Phöns waren also noch da, aber trotzdem war alles anders. Auch der Strudel am Horizont wurde kontinuierlich größer. Was würden wohl die Leute aus Calypso denken? Die hatten das Ding genau über sich.

Plötzlich waren Laute zu hören. Pyra drehte sich ruckartig um, die Hand griffbereit am Halfter ihrer Pistole. Alkatras trat neben sie. Drei Menschen kamen aus Richtung Belgis durch die Soprafelder marschiert. Sie waren noch zu weit entfernt, um sie genau erkennen zu können, aber scheinbar waren alle in weiße Kutten gekleidet.

»Was ist das denn?«, fragte Alkatras und hielt die Hand schützend über seine Augen, um besser sehen zu können.

»Jedenfalls sehen sie nicht gefährlich aus«, warf Barthas ein.

»Wir werden sehen!«, entgegnete Pyra. Die Menschen kamen näher, sie diskutierten heftig und ruderten mit den Armen, um ihre Emotionen zu verdeutlichen. »König Barthas?« Pyra schaute den König an. »Versteckt Euch hinter dem Busch dort!« Sie deutete auf einen großen Strauch, der zwar komisch aussah, so ohne Schatten, aber was sollte man machen. Der König nickte und rannte hinter das Buschwerk. Einige Minuten später waren die Personen auch schon bei ihnen.

»Seid gegrüßt!«, begrüßte sie Alkatras.

»Wohin des Weges?«, warf Pyra gleich ein. Die Leute grinsten, schauten sich an und brachen in schallendes Gelächter aus.

»Was?...« Pyra schaute sich um, blickte Alkatras an, der nur mit den Schultern zuckte. Sie hasste es, ausgelacht zu werden und ließ ihren Blick zurückschweifen. »Hey!«, brüllte sie verärgert. »Was is so witzig?« Sie machte einen Schritt auf die Männer zu. Sofort verstummten sie und wichen etwas zurück.

»Wa... Warte!«, stotterte der Größte von ihnen. »Es ist nur lustig, dass ihr nicht wisst, dass bereits in zwei Tagen die neue Welt ausgerufen wird!«, verteidigte sich der Mann und grinste wieder. »Schaut euch doch um! Es ist herrlich!«

»Herrlich?« Pyra war drauf und dran, dem Mann eine zu verpassen, doch Alkatras hielt sie zurück.

»Warte noch!«, beruhigte er sie. Dann trat er auf die Männer zu. »Neue Welt?«, fragte er.

»Ja, unser Bischof und neuer König hat das Tor der Finsternis geschlossen, er wird diese Welt in eine Ära des Lichts führen.« Barthas konnte alles mithören. Ihm drehte sich der Magen um.

»Ahja...« Alkatras verschränkte die Arme.

»Ja«, begann einer der anderen Männer. »Am achten Tag zur Mittagsstunde wird unser König uns mit seiner Weisheit segnen und die neue Ära einläuten.« Der Mann hob die Hände in die Höhe und wirkte von Sinnen. Alkatras räusperte sich kurz und blickte zu Pyra.

»Jetzt darfst du!«, sagte er und ging Richtung Busch, wo sich der König versteckte. Einige Sekunden später kam Pyra mit drei weißen Kutten zurück und warf sie hinter den Strauch.

»Zieht das an, wir wollen ja nicht auffallen.«

»Was hast du...« Pyra legte ihren Finger auf Barthas' Mund. »Du willst es nicht wissen«, unterbrach sie ihn.

»Sie schlafen sicher nur!«, sagte Alkatras. Er sah Pyra an und beide brachen in schallendes Gelächter aus. Dann wischte er sich eine Träne aus dem Auge und stülpte die Kutte über, was unmittelbar auch der König und Pyra taten.

»Steht mir nicht. Ich sehe aus wie ein Kartoffelsack!«, beschwerte sie sich.

»Also auch nicht anders als sonst«, neckte Alkatras. Pyra holte aus, zog dann aber ihre Hand zurück. *Keine Zeit für Streitereien,* dachte sie. »Wir müssen nach Archadis!«

»Am achten Tage?«, fragte Barthas und zog sich die Kutte zurecht. »Den wievielten haben wir?«

»Nun ja...« Alkatras suchte den Himmel nach den Sonnen ab, die schwarze war verschwunden. *Wie soll man sich so orientieren?* »Ich weiß nicht genau, aber eigentlich ist es mitten in der Nacht!«

Engelssegler, über der Tempelstätte

Als Cora die lange Leiter emporstieg, hatte sie seltsamerweise kein schlechtes Gefühl. Irgendetwas sagte ihr, dass kein Gesandter des Bischofs in dem glänzenden Segler warten würde, um ihnen den Rest zu geben. Unter ihr ragte die Tempelstätte imposant in die Höhe. Von hier oben war der entstandene Schaden an der Zitadelle erst in vollem Ausmaße sichtbar. Cora seufzte. *Das soll er mir büßen!* Sie war nun fast auf gleicher Höhe mit dem Elementum, nur wenige Meter trennten sie von der riesigen Scheibe. Der verschnörkelte Zeiger zuckte wild hin und her, die Tafel fluoreszierte in einem hellen Grau. Es bedurfte keiner langen Erklärung, dass dieses Zeichen nicht gut war. Nach einigen Minuten erreichte Cora die letzte Sprosse. Sie zögerte kurz, steckte dann ihren Kopf durch die offene Luke und blickte in einen hellen Raum, der mit Mystrill verkleidet war. Er schimmerte bläulich, wirkte etwas steril.

Dann los! Sie griff nach einer Halterung und zog sich ins Innere. Drinnen war sie alleine. An den Wänden lagen einige Geräte und Werkzeuge, sonst war nichts zu entdecken. Kurze Zeit später streckte auch Lea ihren Kopf durch die Luke. Sie schaute angestrengt und traurig zugleich, als Cora sie zu sich hineinzog. Es war keine Zeit vergangen, in der sie nicht den Tränen nahe war. Sie blickte durch die Luke hinaus auf die zerstörte Zitadelle.

Robert... ich werde das nicht so geschehen lassen! Da schob sich Picardo ins Bild und hüpfte an Lea vorbei ins Innere. Sie blickten sich um, es war noch immer niemand zu sehen.

»Wer hat uns hergeholt?«, fragte Lea und ließ ihren Blick durch den Raum schweifen. Neben den Geräten standen einige Sitzbänke an der Wand, darüber hing ein grauenvolles Bild des Bischofs. In der Ecke standen noch einige Baren für eventuelle Krankentransporte. Plötzlich schob sich zischend eine Tür zur Seite. Lea staunte, sie hatte von Technologie wenig Ahnung, und noch nie eine Tür gesehen, die wie von selbst in der Wand verschwand. Was aus der Tür trat war keinesfalls Bischof Kahn oder einer seiner Elitesoldaten.

»Es tut mir so leid!«, bekundete die kleine Figur und fiel gleich nach der Tür auf die Knie. Sie zitterte am ganzen Leib. Picardo sah Cora an, zuckte mit den Schultern und ging langsam auf den dunkelhäutigen Jungen zu, der dort so unterwürfig vor ihnen kniete. Cora folgte ihm. Lea beschloss, das Ganze von sicherer Entfernung aus zu betrachten. »Es tut mir so leid!!«, wiederholte sich der Junge mit den gekräuselten schwarzen Haaren. Er war barfuß. »Ich konnte nichts tun!«

»Nun steh schon auf! Was ist hier los?«, sagte Cora kühl. Sie hatte kein Mitleid mit dem Jungen. Warum auch? Er stand in direkter Beziehung zu dem Bischof. Auch wenn er seine Taten bereute, war dies noch lange keine Entschuldigung. Langsam erhob er sich, zog sich seine spärliche Kleidung zurecht, die eigentlich nur aus einem Tuch bestand und versuchte Cora in die Augen zu blicken. Sofort sah er wieder zu Boden. Er konnte niemandem mehr ins Gesicht schauen. Vielleicht lag es auch an dem ganzen Blut, das auf Coras Kleidung und Haut klebte.

»Wie heißt du?«, fragte Cora ernst.

»Mein Name ist Azhad«, flüsterte er. Er hielt kurz inne und schwieg. Auch Lea trat nun näher heran, sie wollte die Absichten des Jungen kennenlernen.

»Warum hast du uns aus den Ruinen geholt?« Die Prinzessin beugte sich zu ihm hinunter und versuchte seinen Blick zu erhaschen. Er war nicht sehr viel jünger als Lea, aber bedeutend kleiner, wie die meisten Menschen aus der Wüste. Cora zog eine Augenbraue nach oben und verschränkte die Arme. Sie ließ Lea das regeln, irgendwie schien sie besser bei Fremden anzukommen als eine mit Blut besudelte Thohawk. Azhad atmete tief ein und sah die Prinzessin an. Leas anfängliche Zweifel waren verschwunden, als sie in Azhads schwarzbraune Augen blickte. Er gehörte nicht zu den Bösen.

Dann begann er zu erzählen, erst langsam, doch nach einiger Zeit sprudelten die Worte nur so aus ihm heraus. Er erzählte von seiner Heimat in Dünen und wie er vom Bischof gekauft wurde, um die alten Schriften für ihn zu übersetzen. Immer wieder betonte er, dass er dies nie hätte tun sollen und schüttelte reumütig den Kopf. Er war wohl gläubiger, als er zunächst aussah. Das war zwar nicht verwerflich, aber mittlerweile war das Ansehen der Anhänger Elias' bei Lea, Cora und Picardo etwas gesunken.

Als er mit seinen Ausführungen fertig war, herrschte Stille. Lea war die erste, die wieder zu reden begann. »Du warst nur eine Spielfigur in den Plänen des Bischofs!«, sagte sie und trat nah an ihn heran. Er starrte noch immer zitternd auf den Boden. »Dich trifft keine Schuld!«

Cora nickte zögerlich. »Ich denke, du kannst deine Fehler wiedergutmachen«, fügte sie hinzu.

»Mit dem Segler können wir direkt nach Archadis fliegen!«, platzte Picardo heraus.

»Nun ja...« Cora überlegte. »Das stimmt, nur dann stellt sich noch immer die Frage, was wir gegen den Bischof ausrichten können.«

»Bereits in zwei Tagen versammeln sich Kahns Anhänger auf dem Marktplatz in Archadis«, erzählte Azhad und hob den Kopf. »Nur Elia weiß, was dann passieren wird.« Wie treffend dieser Ausdruck war, wusste Azhad im Moment noch nicht.

»Es muss eine Möglichkeit geben, das Zepter zu zerstören!«, sagte Lea schließlich.

»Ich denke, die gibt es.« Azhad blickte die anderen an, noch immer etwas geniert, aber nun selbstsicherer als noch einige Minuten zuvor. Jetzt konnte er seine Fehler revidieren. »Tief in den Ruinen deiner Vorfahren liegt eine alte Schrift, geschrieben von den Ältesten der Thohawk. Wenn es eine Möglichkeit gibt, das Zepter zu zerstören, dann steht es dort geschrieben!«

Die Frustration verschwand aus Coras Gesicht. Es schien also noch Hoffnung zu geben. »Natürlich«, bekundete sie und schlug sich mit der Hand vor die Stirn. »Zurück zur Tempelstätte!« Cora trieb Picardo vor sich her, auf die Luke zu.

»Azhad?« Lea warf dem Jungen einen traurigen Blick zu. »Könntest du mir einen Gefallen tun?« Erneut kamen ihr fast die Tränen.

»Na... Natürlich«, stotterte er. Er hatte noch nie zuvor mit einer Prinzessin geredet, schon gar nicht mit solch einer attraktiven.

»Ein Freund von mir...«, begann Lea und fing plötzlich wieder an zu weinen. Cora führte ihre Worte zu Ende: »Unten liegt einer unserer Begleiter, der es leider nicht geschafft hat.« Sie senkte den Kopf. »Ihr habt hier sicherlich eine Seilwinde oder Ähnliches, mit der wir ihn in den Segler bringen können?!«

Azhad nickte. Sofort eilte er los und trug eine Bare heran, die in der Ecke lehnte. Dann knotete er einige feste Sopraseile daran fest, die wiederum an einem Seilzug befestigt waren. Picardo schaute gespannt zu.

»Cora?« Lea blickte die geräderte Thohawk an: Sie war voller Blut, die Kleider zerrissen und hatte tiefe Ränder unter den Augen. »Während wir Robert nach oben bringen, könntest du dir währenddessen das Blut aus dem Gesicht waschen?«

Unbekanntes Areal

Weit und breit war nichts zu sehen außer Dunkelheit. Doch es war keine Dunkelheit, wie man sie aus der normalen Welt kannte, die Finsternis schien greifbar. Dunkelheit war hier kein Zustand, sondern ein elementares Dasein, ein Objekt. Immer wieder versuchte Lucius die Schlieren und nebelartigen Schwaden zu erfassen, doch sie glitten durch seine Finger wie Marmelade, wie ein seidenes, tiefschwarzes Tuch. Endlose Weiten der Finsternis erstreckten sich in alle Richtungen und hüllten ihn ein. Auch unter seinen Füßen sah er keinen Boden, es war als schwebe er, obwohl er die Masse unter sich spürte.

Das ist unglaublich... Wohin er auch schaute, er schien gefangen in einem finsteren, unbekannten Gefängnis.

»MEISTER?«, brüllte Lucius und formte dabei seine Hände zu einem Trichter. Er wartete auf eine Antwort. Nichts geschah. Das Einzige was zu hören war, waren verzerrte Stimmen in der Ferne, deren Worte er nicht verstand. Es klang wie ein Flüstern oder ein leiser Gesang aus Kindermündern. Langsam versuchte er vorwärts zu kommen, doch schien es ihm wie in einem Albtraum. Je schneller er laufen wollte, desto langsamer wurde er. Seine Füße wurden schwerer und schwerer, bis er es schließlich aufgab. Er stützte sich mit den Händen auf den Knien ab. Das Flüstern wurde lauter und erreichte eine Lautstärke, bei der man die Worte ohne Probleme hätte verstehen können, die durch die Luft flatterten. Lucius spitzte die Ohren, vernahm aber nur ein sinnloses Gewirr aus inexistenten Worten, begleitet von einem Klimpern wie aus einer Spieluhr.

»MEISTER!?«, schrie er wieder und wieder. Sein Verstand drohte zu versagen. Die Welt um ihn herum war viel zu unwirklich, um von einem menschlichen Bewusstsein begriffen zu werden. Wieder dieses Flüstern... diesmal begleitet von einem lauten Rauschen. Lucius drehte sich um, blickte in alle Richtungen, entdeckte nichts. Es hörte sich an, als ob eine gewaltige Flutwelle aus der Ferne auf ihn zu rauschen würde. Wieder versuchte er zu rennen, gab es jedoch gleich wieder auf. Er hatte Kopfschmerzen, begann sich die Schläfen zu massieren und schloss die Augen.

Hat mich die Dunkelheit verschlungen? Bin ich tot? Ist dies das Reich Belias'? Lucius wusste nicht, was er für verrückter halten sollte.

Das Rauschen nahm mittlerweile eine ohrenbetäubende Lautstärke an. Plötzlich spürte er einen Luftzug und öffnete ruckartig die Augen. Vor ihm tat sich ein Loch auf, nein, eher ein Wirbel oder eine Art Strudel. Schneller und schneller begann er sich zu drehen, das Rauschen und Flüstern schien aus ihm zu Lucius zu dringen. Der Wind wurde stärker, die Finsternis verzog sich wie flüssiges Gummi auf eine absurde Art und Weise. Lucius stand wie verankert da. Wegrennen war ausgeschlossen, seine Füße gehorchten ihm nicht. Hier schienen andere Gesetze zu gelten. Das Loch wurde größer und größer, bis es ihn fast umschlungen hatte. Doch es saugte ihn nicht in sich ein, es umhüllte ihn. Es umhüllte ihn wie ein Tuch. Die Schlieren, die wie lange Tentakel aus dem Loch drangen, glitten über seinen Körper, sein Gesicht und seine Haare. Aus greifbarer Dunkelheit wurde ewige Finsternis. Lucius sah die Hand vor Augen nicht. Plötzlich war es still... zu still. Diese Art von Stille hatte Lucius noch nie zuvor vernommen. In seiner Welt waren stets Geräusche zu hören und sei es nur der Gesang der Vögel auf den Dächern, oder das irre Stammeln eines Betrunkenen in der Nacht. Hier jedoch war nichts... reine Stille... absolute Finsternis.

Nach etlichen Minuten, in denen Lucius es - aus Furcht er würde explodieren - nicht wagte, seinen Verstand zu nutzen, zuckte plötzlich ein bläulicher Blitz durch die Dunkelheit. Ehe er sich versah waren es zwei, dann drei und innerhalb weniger Sekunden hunderte Blitze, die um ihn herum ein spektakuläres Lichtspiel zauberten. Doch sie schienen nicht wahllos durch den Raum zu zucken. Sie versuchten ein Bild zu formen: Lucius konnte ein Stadttor erkennen, reichlich verziert mit Hörnern ihm unbekannter Tiere. Dahinter ein langer Weg, der in eine Stadt hineinführte, die Archadis nicht unähnlich war. In der Ferne war ein riesiges Schloss zu erkennen, mit hohen schwarzen Türmen, die Wände aus fluoreszierendem lila Gestein. Auch die wenigen Häuser, die sich nach und nach abzeichneten, schienen irreal, erbaut in einer absurden Art und Weise, die selbst den wahnsinnigsten Paradoxingenieuren nicht in den Sinn gekommen wäre. Lucius blickte kurz hinter sich: Auch hier waren die Blitze nicht untätig und formten eine Art düstere Steppe, ihr Ende war jedoch nicht auszumachen. Das Bild um Lucius verzog sich.

Plötzlich war alles wie eingefroren, die Blitze leuchteten kurz grell auf und verweilten als Konturen der Dinge um ihn herum. Nun war es nicht mehr nur ein Bild vor seinen Augen. Er spürte das lila schimmernde Gras unter seinen Füßen und betrat langsam die heruntergelassene Zugbrücke, die in die Stadt hineinführte.

Kapitel 17

Verschwindende Schatten, gleißendes Licht.
Schau, wie die Welt zerbricht

Tag 7, Elium 358 n. E.

Tempelstätte der Thohawk

Ihr Gefühl bestätigte Cora, dass es mitten in der Nacht sein musste. Doch die Tempelstätte lag so kahl und farblos vor ihnen, als ob sie einer alten Erzählung entsprungen wäre. Sie schien nicht mehr zu sein als eine Vorstellung oder ein längst vergessenes Märchen. Alles schien leblos. Obschon einige Vögel vorbeiflogen, nichts wirkte real.

»Nicht trödeln!«, schrie Cora die Leiter zum Segler empor, als sie unten ankam. Picardo, Lea und Azhad waren noch damit beschäftigt gewesen dem General ein würdiges Quartier einzurichten, was Coras Meinung nach viel zu lange dauerte. In Wahrheit hatte Lea noch einige Zeit im Badezimmer zugebracht. Nicht um sich schick zu machen, nein! Aus irgendeinem Grund fühlte sie sich seltsam. Sie fühlte sich einerseits schwach und ausgelaugt, andererseits so stark wie noch nie zuvor in ihrem Leben. Als sie in den Spiegel sah, bemerkte sie, wie ihre Augen hell leuchteten und sich ihre

Haare langsam hell verfärbten. Doch sie gab vorerst nichts darauf, spritzte sich etwas Wasser ins Gesicht und ging los.

Einige Minuten später waren alle beisammen. Planlos standen sie vor der sich im Wind drehenden Strickleiter.

»Die Schriften der Thohawk«, grübelte Azhad leise. Er suchte in seinen Gedanken nach einem Hinweis. In den etlichen alten Schriften und Büchern, die er gelesen hatte, musste doch etwas zwischen den Zeilen verborgen gewesen sein. Andererseits: Wer außer den Thohawk selbst sollte diesen Hinweis geschrieben haben? Und wenn, dann verbargen sie den Hinweis in ihren eigenen Schriften, und diese Schriften waren es, nach denen sie suchten. *Verdammt.*

»Die Bibliothek«, sagte Cora schließlich.

»Das liegt irgendwie auf der Hand«, ergänzte Lea spöttisch.

»Glaubst du, dass die heiligste und geheimste Schrift dieses Volkes in der Bibliothek ausliegt?«, fragte Azhad zurückhaltend und erntete böse Blicke von Cora. Sofort wich er einen Schritt zurück. »Ok! Also, auf in die Bibliothek!«, sagte er und blickte beschämt zu Boden.

»Folgt mir!«, befahl Cora und ging voraus. Sie war die Einzige, die je zuvor an diesem Ort gewesen war, auch wenn seither viel Zeit verstrichen war.

Sie stiegen über einige Trümmer, die von der Zitadelle bis ins Stadtzentrum geflogen waren, doch schon nach wenigen Minuten erreichten sie das Tor zur Bibliothek. Es war groß, jedoch bei weitem nicht so imposant wie das der Zitadelle einst war. Zu beiden Seiten des Eingangs standen Statuen, die Personen abbildeten. Eine von ihnen hatte ein riesiges Buch in der Hand, eine kleine Lesebrille auf der Nase und mit dem Zeigefinger blätterte sie gerade eine Seite um. Die andere stand stramm, hatte einige Bücher unter den rechten Arm geklemmt und schien nach unten Richtung Tor zu blicken. Langsam versuchte Cora es zu öffnen. Die schweren Giebel gaben schneller nach, als sie dachte. Knarrend schob sich der Torflügel nach innen.

Drinnen war es dunkel. Aber nicht so dunkel wie es hätte sein sollen, denn es fiel eigentlich kein Licht in den Raum. Nur ein Schimmer, der aus dem offenen Tor hineindrang, sollte zu erkennen sein. Doch es schien, als fülle sich der Raum mehr und mehr mit Helligkeit, je länger das Tor geöffnet war. Verblüfft verfolgten die vier das Schauspiel. Es war, als ob kleine Käfer in den Raum marschierten, seidene Tücher hinter sich herzogen und diese über die kahlen Steinmauern legten. Bereits nach wenigen Sekunden konnte man das Ende des großen Raumes erkennen.

»So verhält sich Licht nicht!«, bekundete Lea ängstlich, ihre Stimme zitterte.

»Das ist kein Licht mehr, wie du es kennst«, antwortete Cora und ging in den Raum. »Das ist reine lichte Energie!«

Reine lichte Energie... wiederholte Lea in Gedanken. Picardo erkannte seine Schwester seit der Zerstörung der Kathedrale nicht wieder. Nicht, dass er zuvor viel über sie gewusst hatte, dennoch verhielt sie sich seltsam. Es lag Bedrückung in ihrer Stimme... und Angst. Er hatte sie als starke, selbstbewusste Frau kennengelernt, doch um dieses Bild aufrecht zu erhalten, musste sie sich in den letzten Stunden ziemlich zusammenreißen.

Je weiter sie in die Bibliothek hineintraten, desto unwohler wurde allen. Die hohen Regale, in denen Millionen von Büchern gestapelt waren, türmten sich vor ihnen auf und wirkten erdrückend, warfen jedoch keinerlei Schatten. Sie schienen wie Objekte in einem Magusraum, die eigentlich einer anderen Dimension entstammten. Vor einem etwas kleineren Regal blieb Cora auf einmal stehen. Sie schwieg und ließ ihren Blick über die Bücher schweifen. Plötzlich lief ihr langsam eine Träne über die Wangen.

»Was ist los?«, fragte Picardo sofort. Er kannte Cora noch nicht lange, aber sie weinen zu sehen, war irgendwie nicht richtig. Sofort wischte sie sich die Träne aus dem Gesicht.

»Vater!«, sagte sie. »Nun weiß ich, was deine letzten Worte zu bedeuten hatten!« Picardo erschrak und sah seine Schwester neugierig an. Sie ließ ihre Finger über einen Buchrücken gleiten, der etwas weiter herausragte als die anderen. Mit der anderen Hand griff sie sich an die Brust und tastete nach dem Amulett, ohne den Blick von dem Buch abzulassen.

»Die Lehren des Göttervogels«, murmelte sie. »Die Wahrheit liegt verborgen hinter dem Sonnenmond.« Picardo blickte verwundert. *Was redete sie da?* »Das waren seine letzten Worte!«, sagte Cora leise. *Dann gab er mir das Amulett.* Sie schluckte. »Ich wusste deine Worte nicht zu deuten...«, schluchzte sie.

Plötzlich fiel Picardos Blick auf den Titel des Buches: *Sonnenmond,* las er langsam und stockend. Lesen war nie seine Stärke gewesen, denn der alte Wilkin hatte ihm nur die Grundlagen beibringen können.

»Sonnenmond!«, sagte Cora und zog das Buch aus dem Regal. Auf dem Buchrücken konnte sie eine Einkerbung in Form einer Träne erkennen, verziert mit Schriftzeichen der alten Sprache der Thohawk. Cora musste nicht lesen, was dort geschrieben stand, sie wusste bereits, was zu tun war. Langsam legte sie ihr Amulett in die Einkerbung. Es passte genau und klickte leise, als es seinen Platz fand. Wie von Geisterhand schob sich nun das alte Regal zur Seite und gab einen Gang frei. Fackeln waren an den Wänden angebracht, doch wie es schien, waren sie überflüssig, denn so schnell wie der Gang sich öffnete, so schnell drang auch die Helligkeit bis in die kleinsten Ritzen und zog sich bis an sein Ende. Dort war ein kleiner, runder Raum mit etlichen Regalen an den Wänden zu erkennen. Die meisten waren leer, auf einigen waren Ampullen, voll mit seltsamen Flüssigkeiten zu erkennen. Doch worauf Coras Blick sofort schwenkte, war ein kleines Podest in der Mitte des Raumes. Auf selbigem stand ein Lesepult mit einem großen, imposanten Buch.

Die Wahrheit liegt verborgen hinter dem Sonnenmond…

Wenige Kilometer vor den Toren Archadis'

Alkatras, Pyra und Barthas gingen den Weg entlang, der zur Hauptstadt führte. Sie trugen die langen, hellen Kutten, die sie den Pilgern abgenommen hatten. Natürlich schliefen diese nur. Barthas hatte einen flauen Magen.

»König, sie sind ganz blass!«, bemerkte Pyra.

»Passend zur Umgebung«, grinste Alkatras. Barthas bewunderte diesen Gaukler, nicht einmal der Untergang der Welt konnte ihm das Grinsen aus dem Gesicht vertreiben. Sein Zynismus war eine Erleichterung und gab Barthas, so komisch es klingen mochte, Hoffnung, dass alles wieder gut werden würde. Auch Pyra war eine der stärksten Persönlichkeiten, die dem König je untergekommen war. Zuvor hatte er noch nie länger als wenige Minuten mit einer Paradox zu tun gehabt. Die Techniker des Schlosses waren meist von dieser Rasse. Da er selbst von Technik aber nicht viel verstand, überließ er ihnen auch meist die Vollmacht für derlei Dinge, wie zum Beispiel die Reparatur der Sphärographen. Dann fiel ihm plötzlich wieder ein, was Pyra im Lüftungsschacht der Engelsstadt gesagt hatte: Sie erwähnte Lupos Kane, den neuen Besitzer der Phönix Gesellschaft. *Dabei war ein solcher Hass in ihrer Stimme gewesen...*

»Erzähl mir von deinem alten Arbeitsplatz, Pyra«, sagte Barthas.

»Mein alter Arbeitsplatz?«, fragte sie und lachte. Alkatras verzog das Gesicht. Es schien nicht sein Lieblingsthema zu sein. »Früher«, begann Pyra, ohne stehen zu bleiben. Alkatras formte das Wort 'früher' mit seinen Lippen, so, als wüsste er, was Pyra erzählen wollte. Sofort erntete er einen Schlag in die Seite, zuckte kurz zusammen und grinste.

»Früher war alles anders«, fuhr Pyra fort. »Als Antonio Kane die Geschäfte leitete, war die Phönix Gesellschaft eine saubere, aufstrebende Firma. Ich arbeitete gerne dort, die Bezahlung war in Ordnung und das Arbeitsklima angenehm. Viele Paradox hatten dort einen Job.« Sie schwieg kurz, da sie fast über einen Stein stolperte. »Empiris war praktisch die Hauptstadt der Paradox!«, erzählte sie stolz. »Unser Volk hat überhaupt erst die Möglichkeit entdeckt, die Elemente von Phön in nutzbare Energie umzuwandeln. Wir bauten die Generatoren, die Tanks, die Pumpen...«, Pyra nannte weitere Begriffe aus Technik und Wissenschaft, die Barthas noch nie zuvor im Leben gehört hatte, Alkatras jedoch umso öfter. Aber er sagte nichts, denn er wusste, wie gerne Pyra den Leuten ihre Lebensgeschichte erzählte. Sie hatte doch nur darauf gewartet, dass der König sie fragte. »Ich weiß was du denkst, Alkatras, aber das ist mir völlig wurst!«, sagte sie. Alkatras nickte... und grinste. Natürlich grinste er. »Wo war ich? Ach ja«, führte sie weiter aus. »Antonio hat dies alles finanziert, er errichtete einen gewaltigen Komplex mitten in Empiris, das zuvor nichts weiter als eine etwas größere Stadt gewesen war. Das Geschäft florierte, es ergaben sich endlose neue Möglichkeiten. Wir bauten Sphärodronen, Telesensoren, kombinierten diese zu Sphärographen und erschufen etliche andere technische Wunderwerke! Alles betrieben mit der reinen Energie von Licht und Finsternis.« Pyra schwelgte in Erinnerungen, ihre Stimme klang mit jedem Wort aufgeregter. »Ja, wir haben so einiges geschaffen... und das viele Jahre lang. Bis...« Plötzlich verfinsterte sich ihre Stimme. »... Bis Lupos auftauchte: Antonios Sohn. Das Ergebnis einer unglücklichen Liebschaft.« Sie spuckte auf den Boden.

»Den Papieren zufolge ist er Antonios Sohn, doch ich bezweifle es bis zum heutigen Tage. Natürlich war er als sein Sohn auch Alleinerbe der Firma«, erzählte Pyra weiter. »Antonio wusste genau, dass es Phön schaden würde, würde man zu viel Licht- oder Schattenenergie abbauen. Doch Lupos war dies von jeher egal. Bei jeder Gelegenheit versuchte er, seinen Vater dazu zu überreden, mehr und mehr Energie abzusaugen!« Sie ballte die Fäuste. »Doch Antonio blieb hart... bis die großen Aufstände kamen. Er war ein Schattenmagier. Niemand weiß, was mit ihm geschehen ist. Seine Leiche wurde niemals gefunden!« Sie hielt kurz inne. »Und dann kam Lupos an die Macht. Die Leute bejubelten ihn, doch keiner hat es je in Erwägung gezogen, dass auch er, als Sohn von Antonio, ein Magier sein könnte... oder Schlimmeres!«, sagte sie verachtend.

»Pyra, dieser Typ ist kein Magier, für Magie ist der zu dumm!«, warf Alkatras ein.

»Genau! Und deshalb ist er auch nicht Antonios leiblicher Sohn!«, wetterte Pyra weiter. Die Unterhaltung wurde Barthas zu intern. Ihm persönlich war es im Moment egal, wer wessen Sohn war, sofern es sich nicht womöglich um einen Sohn des Bischofs oder seinen eigenen handelte.

»Nun ja«, räusperte sich Pyra. »Auf jeden Fall änderte sich von da an alles. Lupos erhöhte die Leistung der Generatoren, baute Stellen ab, feuerte seine Berater...« Pyra knirschte mit den Zähnen.

»Dreimal darfst du raten, was unsere Liebe hier für einen Job hatte«, warf der Gaukler wieder ein.

»Ja, ich wurde gefeuert. Niemand legte mehr Wert auf mein Wissen und das meines Volkes. Von da an ging's bergab. Nicht mit der Firma, nein! Lupos ist mittlerweile wohl der reichste Mann Phöns. Aber haben sie sich mal das Land um Empiris herum angeschaut?« Barthas überlegte. Die Gegend rings um Empiris war weitaus unbekannt, sicher lebten dort Menschen, aber diese tat man immer als absonderlich und wunderlich ab, weswegen auch nur selten andere Personen einen Fuß in diese Gegenden setzten. »Das war nicht immer so! Nicht immer war das Land um Empiris ausgelaugt und verdorrt. Wenn Lupos so weiter macht, dann sieht ganz Phön in einigen Jahren aus wie Bluttal.«

Bluttal... Barthas war der Name entfallen. Dieses Tal zog sich vom Osten bis in den Norden von Empiris und endete am Totenstrand. *Nun ergeben diese Namen auch Sinn! Wer war denn eigentlich sein Kartograph?* Barthas war beinahe beschämt, diese Teile seines Landes so wenig zu kennen. Nun, sie gehörten ja nicht direkt zu seinem Königreich.

»Komm zum großen Finale, Pyra!«, stachelte Alkatras sie an.

»Schnauze, du Depp!«, giftete sie, fuhr aber fort. »Seit einigen Jahren versuche ich, die Menschen wachzurütteln, aber was soll man sagen?? Die Menschen sind einfach scheiße!« Sie räusperte sich abermals. »JA, scheiße! Die einen sind froh, wenn sie einen neuen tragbaren Telesensor haben, ganz egal, ob der Welt jegliche Energie geraubt wird. Die anderen sind besessen von ihrem Glauben und schlachten Magier ab... Also bitte, was in Phönix' Namen ist nur mit den Leuten los? Kapieren die nicht, was um sie herum abgeht?« Pyra verfiel plötzlich in einen eigenartigen Slang, weswegen sie Alkatras sofort unterbrach.

»Und weil sie ihre Aggression nicht zügeln kann, haut Pyra den Leuten mal gerne so richtig schön eine in die Fresse, bis sie im Knast landet.«

»Das war die Kurzfassung«, fügte Pyra mahnend hinzu. Barthas sagte nichts mehr, das reichte für den Moment.

Kaligo, Dimension der Finsternis

Wohl war Lucius nicht, als er durch das obskur wirkende Tor zur Stadt schritt. Er hielt das schimmernde Amulett fest in der Hand, aus Furcht von der Dunkelheit verschlungen zu werden, sollte er es loslassen. Alles um ihn herum wirkte unwirklich und wie von einem drogensüchtigen Künstler gezeichnet, der im Maganoliarausch einen blau leuchtenden Stift in die Hand bekommen hatte und wild draufloskritzelte. Die Dächer der Häuser waren teilweise so schief, dass man sich wunderte, warum sie nicht schon lange zerfallen waren. Aber nichtsdestotrotz wirkten sie stabil. Nachdem Lucius das Tor gänzlich durchschritten hatte, setzte er seinen Fuß nur zögerlich auf den lila fluoreszierenden Asphalt. Er erwartete eine gummiartige Masse unter sich und wartete darauf, einzusinken. Aber der Boden unter seinen Füßen war fest wie Stein. Er rieb sich die Schläfen, sein Kopf brannte wie Feuer.

Das ist doch völlig verrückt... Er kniff kurz die Augen zusammen, schüttelte den Kopf und ging langsam weiter. Keine Seele war zu erblicken, er war völlig alleine in dieser Stadt. Diese Stadt, die ihn vom Aufbau her so verblüffend an Archadis erinnerte. Immer wieder bestaunte er die Bauwerke, die neben ihm in die Höhe ragten. Häuser, Bibliotheken, eine kleine Kapelle... *eine kleine Kapelle?!*

Lucius machte kehrt und ging näher zu der Kapelle. Sie war nicht gerade groß, glich eher einem etwas größeren Schrein, aber etwas faszinierte ihn daran. *In unserer Welt hätten die Gläubigen dich dafür gesteinigt...* Er zog einen seiner ledernen Handschuhe aus und strich mit dem Finger über eine Säule, die vor dem Bauwerk emporragte. Auch sie schien aus Stein zu sein, zumindest fühlte es sich so an. Auf der Säule waren kleine Runen zu sehen, die einem normalen Menschen wohl bedeutungslos vorgekommen wären. *Das sind Symbole der Finsternis. Symbole Belias'!* Langsam ließ er seine Finger zurückgleiten und zog seinen Handschuh wieder an. Plötzlich huschte etwas an ihm vorbei. Sofort drehte er sich um, schaute in alle Himmelsrichtungen und stolperte fast.

Was zum?? Nichts war zu erkennen, die Stadt war wie leergefegt. Doch da war etwas. Nicht nur ein Luftzug, es war greifbar. Er drehte der Kapelle den Rücken zu und lief weiter Richtung Stadtmitte. Immer wieder blickte er sich um, in der Angst, dass ihn irgendetwas von hinten anspringen oder seitwärts umreißen könnte. Die breite Straße, auf der er lief, führte direkt auf einen großen Platz mit einem Brunnen, den man schon vom Tor aus erblicken konnte. Hinter dem Platz ragte ein gewaltiges Schloss in den nachtschwarzen Himmel. Seine Türme waren abstrakt verbogen und verzwirbelt, wie zerkochte Nudeln. Lucius versuchte seine Wahrnehmung noch immer auf das einzustellen, was er hier alles erblickte, doch es gelang ihm nur schwer. Die menschliche Psyche war für so etwas einfach nicht geschaffen, nicht einmal die Psyche eines Magiers. Obwohl er sich sicher war, dass der Verstand eines normalen Menschen in seiner Situation sofort geschmolzen wäre. Je näher er dem Brunnen kam, desto lauter wurde das Rauschen des dunkelblauen Wassers, welches aus den Armen einer triumphierend in der Mitte thronenden Statue floss. Er schaute das Wasser genau an, da durchzuckte ihn ein Geistesblitz: *Finsternis!* Lucius schaute sich abermals um. Die abstrakten Häuser und Türme, Bäume und Tore der Stadt. Die hellen, grell fluoreszierenden Konturen, die die Blitze geformt hatten. All das wirkte wie ein durch Kohlepapier abgepaustes Abbild seiner Realität. Die invertierte Wirklichkeit... das Gegenteil. Oder besser gesagt, der eine von zwei möglichen Teilen: die Finsternis. *Kann es sein, dass...*

Plötzlich huschte wieder etwas an Lucius vorbei, doch diesmal war er schneller als zuvor. Blitzschnell schleuderte er einen schwarzen Blitz in Richtung des Unbekannten. Stärker als erwartet zischte die Blitzkugel direkt auf das Wesen zu und riss es zu Boden.

Wow!! Lucius war verblüfft, wie gut seine Magie hier funktionierte. Er blickte zuerst auf seine dampfenden Handflächen, danach auf das Wesen, das er erwischt hatte: Es war kein Mensch, das war sicher. Vorsichtig ging er näher heran. Auf dem dunklen Boden war das Wesen fast nicht zu erkennen. Es lag regungslos vor ihm. War es bewusstlos? Lucius zögerte kurz, streckte dann seine Hand nach dem Ding aus. Plötzlich sprang es auf, blickte ihn kurz an, rümpfte seine nicht vorhandene Nase und war blitzschnell verschwunden. So schnell wie ein Schatten, den plötzlich ein Lichtstrahl trifft.

Was war das? Das Wesen hatte längliche Extremitäten, schien mal auf zwei, mal auf vier Beinen zu laufen und hatte beinahe keine Konturen, keine Gesichtszüge... nur blau leuchtende Augenhöhlen in einem großen, runden Kopf. Lucius hatte es nicht lange genug gesehen, um es näher beschreiben zu können. Doch trotz seiner blitzschnellen Bewegungen konnte er ausmachen, dass es Richtung Schloss gelaufen war. Er beschloss diesen Weg einzuschlagen und ging an dem Brunnen vorbei über den Platz.

Das große Tor war heruntergelassen und bot freien Blick auf den Schlosshof. Das lila-bläuliche Gras des Schlossgartens schien sich im nimmermüden Wind zu wiegen. Man konnte den Wind sogar sehen. Es war, als zöge jemand mit einer Feder Tuschestriche in die Luft, die daraufhin geschmeidig wieder verwischt wurden. Lucius betrat den Hof, blickte sich um und ging schnellen Schrittes Richtung Eingangstor. Vorbei an seltsamen, kleinen Statuen und zuckenden, buschartigen Gebilden. Auf dem Weg dorthin hatte er immer wieder das Gefühl, dass etwas an ihm vorbeihuschte. Doch er ließ es einfach geschehen, da die Wesen offensichtlich nicht feindselig reagierten.

Als er die wenigen Treppenstufen zum Schlosstor emporstieg, fiel ihm auf, dass selbiges nur angelehnt war. Keine Wächter, keine Selbstschussanlagen. Lucius zögerte nicht, zog das Tor auf und ging hinein. Er betrat einen kleinen Vorraum, der in das eigentliche Schloss führte. Ein Rauschen und

Raunen war zu vernehmen, aber Lucius konnte nichts verstehen. Es klang, als ob viel zu viele Leute mit viel zu tiefen Stimmen viel zu schnell durcheinander redeten. Er musste durch den Vorraum, um etwas sehen zu können und die Quelle der Geräusche auszumachen. Lucius war sich sicher, dass eine große Menge dieser seltsamen Wesen weiter hinten auf ihn wartete, denn das Rauschen wurde von Schritt zu Schritt lauter. Langsam öffnete er die letzte Tür, die in eine große Halle führte. Links und rechts verliefen kleinere Treppen in den oberen Stock. Etliche Türen zierten die Seiten und in der Mitte war ein riesiger Durchgang, über dem das Porträt einer seltsamen Figur hing. In der Mitte des Raumes standen hunderte der kleinen schwarzen Wesen, die Lucius die ganze Zeit fast über den Haufen gerannt hatten. Sie schienen auf etwas zu warten.

Lucius beschloss, sich im Hintergrund zu halten. Noch hatte man ihn nicht entdeckt. Oder den Wesen war es schlichtweg egal, dass er anwesend war. Plötzlich stoppte das Raunen und nur wenige Sekunden später trat eine etwas größere Gestalt durch den großen Durchgang unter dem Porträt in den Raum. Die Aura des Wesens war unvergleichlich und Lucius standen die Haare zu Berge. Genau konnte er nicht erkennen, um was es sich handelte, aber als das Wesen zu reden begann, wusste er, dass es eine Frau sein musste, mit einer Stimme, die so schön war wie die klarste Nacht. Wie ein tiefschwarzer Himmel voller Sterne. Und trotzdem völlig unverständlich und fremd.

Tempelstätte der Thohawk

»Das ist das heilige Buch der Elemente«, sagte Cora und ging langsam auf das Podest hinauf. »Das letzte Erbe meines Stammes!« Zögernd berührte sie den Buchrücken. Langsam, als hätte sie Angst, dass das Buch zerfallen könnte, ließ sie ihre Finger darüber kreisen. Lea, Picardo und Azhad standen am Eingang des kleinen Raumes und ließen ihre Blicke über die Regale schweifen. Auf einigen standen seltsame Gegenstände, Ampullen, gebogene Flaschen mit seltsamen Flüssigkeiten und vieles mehr. Lea ging etwas näher, um die wundersamen Dinge zu betrachten. Cora beachtete dies alles nicht, sie hatte nur Augen für das Buch. *Die einzige Wahrheit steht in diesem Buch...*

Langsam griff sie den schweren Einband und versuchte das Buch zu öffnen. Kurz war ihr, als ob es erst widerspenstig reagierte... als ob es zuerst prüfen musste, wer da seine schweren Seiten umblätterte. Das Buch war riesig. Ein einzelner Mensch musste wohl Monate lang Tag und Nacht darin lesen, um seinen Inhalt vollständig erfassen zu können. Auf der ersten Seite standen in großer, verschnörkelter Schrift die Worte:

Wer nach Wahrheit trachtet, muss damit umzugehen wissen.

Cora ahnte schon, was das bedeutete. Sie hatte im Gefühl, dass ihre gesamte Weltvorstellung in den nächsten Stunden über den Haufen geworfen werden würde.

Die nächsten Seiten waren in kleinerer Schrift geschrieben und seltsame Schriftzeichen, die Cora noch nie zuvor gesehen hatte, zierten die Zeilen. Und dennoch verstand sie den Sinn der Worte, die sich ihr darboten.

»Ließ vor!«, schrie Picardo ihr zu. Cora musste grinsen.

Ich versuche es! Vielleicht steht schon hier ein Hinweis darauf, wie wir den Bischof besiegen können.

»Die Entstehungsgeschichte von Phön«, begann sie zu lesen. »Zur Zeit, als noch nichts anderes existierte als das Gottland Natura und die Götter selbst. Zur Zeit, als das Universum noch einer Wurstpelle ohne Inhalt glich. Zu dieser Zeit hatte der Göttervogel Phönix, Herrscher über Leben und Tod, die Aufgabe, die unbemalte Leinwand des Universums mit Farbe und Leben zu erfüllen. Nur seinen Eiern wohnte seit jeher die Macht inne, neue Welten entstehen zu lassen. Doch konnte Phönix nicht alleine über allesamt gleichzeitig herrschen. So verteilte er seine unausgebrüteten Eier über Äonen hinweg im Universum. Als die anderen Gottheiten dies erfuhren, begaben sie sich auf die Suche nach Phönix' Eiern. Machte eine Gottheit ein solches lebenspendendes Ei ausfindig, konnte sie es für sich beanspruchen und eine Welt nach ihren Vorstellungen formen. Die Gottheit wurde jedoch unwiderruflich mit dieser ihrer Welt verbunden und konnte niemals ins Gottland Natura zurückkehren. Auf diese Weise entstanden viele verschiedene Schöpfungen, die von ihrem jeweiligen Gott regiert wurden. Wie das Schicksal es wollte, trafen die beiden Gottheiten Belias, Bewahrer der Finsternis und Elia, Hüterin des Lichts, die größten Widersacher im Reich der Götter, zur gleichen Zeit auf dasselbe Ei. Natürlich erhob jeder der beiden Anspruch darauf und es entbrannte ein furchtbarer Kampf. Der göttliche Schrei des Krieges erhallte und brachte vielen erst neu entstandenen Welten und gar Galaxien den Untergang. Nach einem Zeitalter des Kampfes, welches die Götter an ihre Grenzen brachte, wurde beiden klar, dass keiner den anderen besiegen konnte. Ihre Kräfte waren ebenbürtig, wenn auch grundverschieden. So schlossen sie widerwillig einen Pakt, der niemals hätte existieren sollen: Den Pakt zwischen Licht und Finsternis. Sie bündelten ihre Kräfte, ließen die Macht von Licht und Schatten aufeinanderprallen und sprengten das Ei des Göttervogels. Die Folge war ein gigantischer Urknall, der ein Loch ins Raumzeitgefüge riss und die beiden Götter in sich aufsog.« Cora wischte sich etwas Schweiß von der Stirn.

»Bisher hört sich das an wie die Legende, die den Völkern Phöns wohlbekannt ist«, warf Lea ein und blickte skeptisch. »Belias und Elia formten daraufhin zusammen die Welt Phön! Dieser Moment ist der Bezugspunkt unserer Zeitrechnung:
n. E. - nach Erschaffung!«

»Ja...«, sagte Cora enttäuscht und ließ ihre Blicke weiter über die Seiten schweifen. Plötzlich hob sie den Zeigefinger in die Luft und drehte den Kopf zu Lea. »Moment!«, sagte sie. »Ab hier scheint es sich zu unterscheiden.«

Ohne zu zögern, las sie weiter: »Durch die Unterschiedlichkeit der Elemente jedoch wurde eine unvorhersehbare Reaktion ausgelöst. Es bildeten sich zwei unabhängige Dimensionen, die parallel zueinander zu existieren begannen. Belias' Macht ließ die Dimension der Finsternis entstehen und mit ihr ihre Bewohner: die Noxen, die über die Nacht herrschen sollten. Elias Macht ließ eine Dimension des Lichts entstehen, in der die Lumas geboren wurden. Alles schien perfekt, doch etwas fehlte. Es fehlte eine Verbindung zwischen den Dimensionen, eine Bande, die sie zusammenhielt. So begannen sie sich abzustoßen wie zwei gleichpolige Magnete und die Raumzeit um die Dimensionen herum wurde instabil. Kurz bevor das Universum zu zerbersten drohte, beschlossen Elia und Belias mit ihren letzten Kräften eine Bande zu erschaffen, welche die Dimensionen zusammenhalten sollte. Sie ließen ihre Seelen frei und besiegelten ihr Schicksal für das Fortbestehen der Dimensionen, die sie erschaffen hatten. Durch den Verbund ihrer Lebensfäden entstand eine Zwischenwelt, die von nun an als das Zwielicht bekannt werden sollte und als Bande zwischen den Dimensionen fungierte. Diese Welt schob sich zwischen die Existenz von Licht und Finsternis. Das Raumzeitgefüge war vorerst wiederhergestellt. Jedoch hatte der Verbund einen Nebeneffekt: Energien aus den beiden Dimensionen strömten nun unaufhaltsam in das Zwielicht und vermischten sich. Durch das in der Zwischenwelt nun vorherrschende perfekte Verhältnis von Licht und Finsternis entstanden dort weit höhere Lebensformen als Noxen und Lumas. Es formten sich Täler, Berge und Steppen. Quellen entstanden und brachten Wasser, das die tiefen Schluchten des Zwielichts flutete und die Erde mit Leben erfüllte: Pflanzen, Tiere sowie verschiedene Völker erblickten das Licht der neuen Welt und zwei kleine Sonnen speisten den Boden mit Wärme. Es war eine perfekte Schöpfung. Phönix jedoch fürchtete, dass durch die Koexistenz der beiden Dimensionen neben dem Zwielicht das Gleichgewicht früher oder später kippen und somit die Bande stören könnte. So versiegelte er die Öffnungen zu Licht und Schatten durch Tore, durch die die Energien fließen konnten, jedoch Noxen und Lumas daran gehindert wurden, das Zwielicht zu betreten und das Gleichgewicht aktiv zu beeinflussen. Er wählte ein besonderes

Volk aus, für alle Zeiten über diese Siegel zu wachen: Die Thohawk. Doch Elia und Belias hatten vor ihrem Ableben noch weitere Vermächtnisse in die Zwischenwelt gebracht: Die Tränen, die sie weinten, als ihr scheinbar ewiges Leben so jäh ein Ende nahm. Sie sollten als Portalschlüssel fungieren, um die Tore vom Zwielicht aus zu durchschreiten und in den Dimensionen wandern zu können. Hierzu bündeln die Tränen die Energien im Körper ihres Trägers und schützen ihn vor der Zersetzung. Auch diese Relikte wurden dem Volk der Thohawk anvertraut. Und so überließ Phönix diese komplizierte Welt und ihre Bewohner ihrem Schicksal. Seit jenem Tage existiert dieses Land, das durch seine Völker den Namen Phön erhielt. Benannt nach der Legende des Göttervogels. Doch nur die Thohawk sollten das Wissen besitzen, dass das Zwielicht eine Projektion der Dimensionen um es herum darstellt und dass es, sollte das Gleichgewicht gestört werden, in sich zusammenfallen wird wie ein Kartenhaus und möglicherweise sogar die Zerstörung des Gleichgewichts des Universums bedeuten sollte.«

Es folgte Stille. Was Cora eben vorgelesen hatte, warf die Vorstellungen eines jeden über den Haufen. Egal an was man glaubte, war anders, als man es sich vorgestellt hatte. Phön war nur eine Projektion zweier grundverschiedener Welten, die innerhalb der Tore existierten. Phön war die Bande, die Licht und Schatten verband. Ein doppelseitiges Spiegelbild... und vielleicht das wichtigste Spiegelbild des Universums. Ein dünner, spröder Faden, der das Raumzeitgefüge zusammenhielt.

Kapitel 18

Schatten, Schatten an der Wand,
verbirgt sich dort ein anderes Land?

Tag 7, Elium 358 n. E.

Tempelstätte der Thohawk

»Unglaublich!« Lea schluckte. Azhad versuchte seine Gedanken zu ordnen. War das, woran er die ganzen Jahre über geglaubt hatte, etwa falsch? *War es verwerflich, die Göttin Elia anzubeten? Existierte der Geist der Götter noch in ihren jeweiligen Dimensionen? Wie sahen die Wesen in diesen anderen Welten aus, die in der Legende als Noxen und Lumas beschrieben wurden?*

»Das ist der Wahnsinn!«, äußerte er und ging auf und ab. Nur Picardo, der sich seit jeher nur wenige Gedanken über die Entstehung der Welt gemacht hatte, war wenig aufgebracht. Ja, er war sogar froh, sein Leben nicht damit verschwendet zu haben, sich Gedanken über solche Dinge zu machen. Cora konnte indes nicht aufhören in dem riesigen Buch umherzublättern. Immer wieder entdeckte sie Sätze, die ihren Verstand auf eine harte Probe stellten, immer wieder stolperte sie über Passagen, die die Vorstellung ihrer Welt zerbersten ließen.

Warum haben die Thohawk die Wahrheit niemals preisgegeben? Plötzlich stieß sie auf ein Kapitel, das ihre volle Aufmerksamkeit auf sich zog. »Hass der Götter – Zepter des Todes«, las sie. »Das ist es, dort muss geschrieben stehen, was man gegen die Macht der Zepter ausrichten kann!«, sagte Cora aufgeregt, räusperte sich und begann erneut vorzulesen.

»...Wo Trauer existiert, existiert auch Wut. Von Phönix unbemerkt materialisierte sich dies in Form zweier Zepter, die die Macht haben, die Tore zu schließen und die Bande zu zerstören. Das eine, schwarz wie die Nacht, erfüllt vom Zorn des Belias. Das andere, hell wie das Licht und doch erfüllt von reinstem Hass. Der letzte Versuch der Götter, den Gegenpart zu unterjochen. Versteckt im Herzen der Welt dürfen diese Relikte niemals gefunden werden. Sollte sie eine arme Seele auch nur berühren, durchfährt diese die pure Wut der Götter. Gelenkt vom Zorn der reinsten Form wird jener Person der Verstand geraubt. Nur die Tränen können die Relikte besänftigen und verbrochenes Unheil wieder umkehren. Zusammen in den Brunnen der Elemente gelegt, können sie sowohl die Tore offenhalten als auch die Zepter vernichten und ihren Besitzer erlösen.«

»Das hilft uns nicht weiter!«, warf Lea ein. Picardo und Azhad nickten traurig. »Leider!«, ergänzte Cora, dachte an Lucius und ballte die Fäuste. Sie blätterte weiter und weiter. Fast schon panisch. »...wurde gar ein Tor geschlossen, so verbleiben nur wenige Tage, bevor die Bande bricht. Die einzige Möglichkeit, das Tor wieder zu öffnen, ist es, das Zepter und die Person, die es kontrolliert, in seinen Grundfesten zu zerstören«, las Cora, stockte kurz und übersprang ein paar Zeilen, die sie für unwichtig erachtete.

»Das Wunder Magie«, begann sie plötzlich und erhob die Stimme. *Ein Wunder können wir jetzt wirklich gebrauchen!* »Sind die Energien in einem Menschen ausgeglichen, so kann er ein Leben in Ruhe und Andacht führen. Überwiegt jedoch eine der beiden Mächte, so werden diesem Menschen Kräfte zuteil, die dem Überschuss der jeweiligen Energie entsprechen. Die Tränen können zudem als Katalysator wirken und die Macht des Magiers verstärken.«

»Das ist es!«, sagte Azhad plötzlich. Cora schaute verwundert auf. »Das ist es!!«, wiederholte er lauter. »In Phön überwiegt nun die Lichtenergie, was bedeutet, dass die Lichtmagier immense Kräfte besitzen. Zudem haben wir das Amulett, welches diese Kräfte noch verstärken kann!«, führte Azhad aus und blickte die anderen erwartungsvoll an. Lea lief plötzlich ein kalter Schauer über den Rücken. Nun wusste sie, warum sie plötzlich nur so vor Kraft strotzte.

»Ich verstehe!«, sagte Cora und hob den Kopf. Sie ließ vom Buch ab und blickte sich um. »Auch Mandragon wusste damals, dass seine Magie in unvorstellbare Höhen steigen würde, falls das Tor des Lichts geschlossen wird! Strebte er einzig und allein nach dieser Macht? Ungeachtet der Gefahren, die daraus entstehen würden? Gekoppelt mit der Träne der Finsternis wäre seine Macht unermesslich gewesen!« Cora ging vom Podest auf Lea zu. »Nun dreht sich der Spieß um, kleine Lichtmagierin!«, sagte sie heroisch und legte ihre Hände auf die Schultern der Prinzessin.

Archadis, Stadttor

Barthas zögerte, die Stadt zu betreten, die einst unter seiner Regentschaft stand.

»Etwas ist seltsam«, sagte er leise und ging voraus.

»Keine Menschenseele hier!«, bemerkte Alkatras. Tatsächlich war der große Torbogen der Stadt unbewacht, was vor allem Pyra nicht erwartet hatte. Sie war es gewohnt, vom Militär empfangen zu werden. Plötzlich stürmte ein Mann auf sie zu. Er war nicht in eine Kutte gehüllt wie die Männer, denen sie vor kurzem begegnet waren, sondern wie ein normaler Bürger Archadis'. Erst als er näher kam, bemerkte man seinen panischen Gesichtsausdruck.

»Wahnsinn!«, schrie er. »Alle sind vom Wahnsinn besessen!!« Seine Augen blickten seltsamerweise gleichzeitig in alle Himmelsrichtungen, sodass man ihm nur schwer glauben konnte, dass er selbst nicht auch vom Wahnsinn besessen war. Als er an Barthas vorbeirannte, schien er für einen kurzen Moment seinen Blick zu ihm zu wenden. Doch er erkannte ihn nicht, rannte unbeirrt weiter und brüllte wirres Zeug. Barthas blickte Pyra an, die nur mit den Schultern zuckte. Alkatras konnte sich mal wieder ein Grinsen nicht verkneifen und merkte sich den Gesichtsausdruck des Mannes für seine nächste Nummer.

Der König atmete tief ein und schritt durch den Torbogen zur Stadt. Alles war wie erwartet ausdruckslos und leblos. Die weißen Pflastersteine schienen weißer als weiß zu sein, die Fachwerkhäuser an den Seiten hatten jeglichen Ausdruck verloren und die Bäume daneben sahen aus wie Gespenster. Barthas rollte eine Träne über die faltige Wange.

Grauenvoll... Alkatras blickte in eine kleine Gasse hinein. Dort traf er sich oft mit seinen Kollegen aus der Gauklerzunft und Spielmannsleuten aus aller Herren Länder. Doch heute war die Gasse leer: kein Feuerschlucker, Messerwerfer oder Geigenspieler, der die Leute erheitern würde. Aber wozu auch, es war ja niemand hier. Alkatras kam aus einer langen Zunft der Gaukler, schon sein Vater war ein angesehener Schwertschlucker, bis er sich eines Tages übernahm und in einem ungünstigen Moment Schluckauf bekam.

»Alkatras!?« Pyra riss ihn mal wieder aus seinen Gedanken. Sie deutete mit einem Kopfnicken an, dass der König jetzt wohl einige tröstende Worte gebrauchen könnte. Alkatras trat neben ihn und stemmte die Hände in die Hüften.

»Würde bewahren, mein König!«, sagte er selbstbewusst.

»Das ist leicht gesagt...«, stammelte Barthas und versuchte sich zusammenzureißen. »Dies war meine Stadt! Eine vom Leben erfüllte Stadt, in der es den Menschen gut ging.«

»Ja, nun ist davon nichts mehr übrig!«, ergänzte Alkatras. Im selben Moment bemerkte er, wie taktlos er war und bekam auch sofort von Pyra einen Hieb in die Seite.

»Was der Idiot sagen will, ist, dass wir das schon wieder hinbiegen! Wir schnappen die alte Sau!«, korrigierte sie. Der Gaukler rieb sich die Seite.

»Dann auf zum Schloss?! Finden wir heraus, was hier vor sich geht. Noch ist nicht dieser sogenannte 'achte Tag'!«

»Aber bald...«, Pyra blickte gen Himmel. »Es müsste bald wieder dunkel werden, wenn es denn dunkel werden würde.« Langsam marschierten sie los in Richtung Marktplatz, der vor dem Schloss lag. Je näher sie dem großen Platz kamen, desto mehr Stimmen vernahmen sie. Barthas lief schneller; er hatte eine böse Vorahnung. Pyra und Alkatras folgten ihm. Die Stimmen wurden lauter. Als sie um eine Ecke bogen, an der die lange Straße einen Knick machte, blieben sie regungslos stehen.

»Ok... jetzt wissen wir zumindest, wo die ganzen Leute sind«, sagte Alkatras und rieb sich die Augen. Eine riesige, nein, eine gewaltige Menschenmenge hatte sich auf dem Platz eingefunden. Alle waren eingehüllt in weiße Kutten oder Leinentücher. Ein weißes Meer aus sich wiegenden Gestalten.

Kaligo, Dimension der Finsternis

Die Stimme des Wesens hallte in der finsteren Halle wie tausend Sirenen. Lucius' Ohren waren für diese Art von Lauten nicht geschaffen. Sein Verstand schmerzte. Doch je länger er den Klängen horchte, die einerseits so wunderschön und andererseits so ohrenbetäubend waren, desto mehr gewöhnte sich sein Bewusstsein daran. Die Wesen schienen ihn noch immer nicht bemerkt zu haben, also schlich er sich weiter nach vorn, um besser sehen zu können. Je näher er kam und je länger er den Tönen des großen Wesens lauschte, desto mehr Sinn ergaben sie. Er konzentrierte sich und tatsächlich konnte er langsam mehr und mehr verstehen.

Die Bande droht zu brechen... wir können die Verbindung zur Welt des Lichts nicht aufrecht erhalten, dröhnte es in seinem Kopf. Doch es waren nicht seine eigenen Gedanken.

»Die Welt des Lichts?« Lucius verstand nicht.

Ein Echo des Zwielichts muss das Tor zu unserer Dimension geschlossen haben.

»Echo?« Lucius kniff die Augen zusammen.

Unsere Bestimmung ist es, Belias' Erbe zu schützen, doch momentan sind uns die Hände gebunden. Plötzlich schmerzte sein Kopf. Eine Art Hämmern und Klopfen machte sich in seinem Verstand breit und drohte ihn zu zerreißen. Er sackte auf die Knie, schrie kurz auf und presste die Hände an seinen Schädel. In diesem Moment bildete sich eine Schneise zwischen den Wesen, die vor ihm standen und ihrer Herrscherin lauschten. Lucius konnte nicht wegrennen, die Schmerzen waren zu groß. Man hatte ihn entdeckt. Die Schneise reichte nun von ihm bis zu dem großen Wesen, das unter dem Bild stand, welches es selbst darstellte. Langsam setzte es sich in Bewegung und schwebte auf ihn zu. Er versuchte sich zu bewegen, schaffte es aber nicht. Seine Kraft reichte gerade noch dazu aus den Kopf zu heben, um das Wesen zu erblicken, das auf ihn zu kam. Es hatte einen Arm von sich gestreckt und schien damit seinen Verstand im Griff zu halten. Bei jeder Bewegung zog das Wesen schwarze Schlieren in die Luft. Kalte Schauer liefen Lucius über den Rücken. Er schwitzte. Die meisten Wesen um ihn herum waren bereits verschwunden, schnell wie Schatten. Es schien als sei er plötzlich alleine mit dem größeren Wesen. Plötzlich öffnete es die Hand und ließ von ihm ab. Lucius wurde nach hinten gerissen, öffnete den Mund und schnappte gierig nach Luft.

Nun erblickte er das Wesen erst in seiner vollen Größe. Es schien eine Art Gewand zu tragen, das mit seinem Körper verschmolzen war. Haut und Gewand waren schwarz, tiefschwarz wie ein Nachthimmel zu seiner schwärzesten Stunde. Doch die Haut des Wesens war zudem übersät mit verschnörkelten, blau schimmernden Runen. Es hatte zwar so etwas wie Füße, trotzdem schienen diese den Boden nicht zu berühren und sich stetig zu verformen. Unter dem Gewand, falls es ein Gewand war, konnte man den Ansatz von Brüsten erkennen, sodass Lucius' Verstand ihn nicht getäuscht hatte: Es schien sich um eine Frau zu halten. Ihr Gesicht, sofern man es erkennen konnte, war freundlich und gleichzeitig unerklärlich finster. Auch dieses war mit fluoreszierenden Runen übersät und die leuchtenden Augen schienen in eine ihm unbekannte Weite zu blicken.

Was willst du in unserem Reich, Echo? Ihre Stimme war wie tausend Nadeln, die Lucius' mitten ins Gehirn stachen. Sie streckte erneut die Hand nach ihm aus. Da erblickte sie das Amulett, das um seinen Hals baumelte. Sie schreckte zurück. *Die Träne der Schatten.* Lucius hielt sich die Ohren zu, aber die Stimme drang nicht durch den Gehörgang zu ihm, sondern durch jegliche Poren seines Körpers. *Steh auf...* Das Wesen machte eine auffordernde Handbewegung und zeichnete dabei mystische Schlieren in den Raum. Langsam richtete sich Lucius auf. *Mein Name ist Nokturna, Herrscherin über Kaligo und über die Dimension der Finsternis!* Mit jedem Wort wurden die stechenden Nadeln in Lucius Kopf weniger und er schien sich an den Schmerz zu gewöhnen. Er überlegte.

Nokturna... Er hatte diesen Namen noch nie gehört.

Komm mit mir, wir haben einiges zu bereden.

Tempelstätte der Thohawk

Es dauerte einige Zeit, bis sich Cora, Picardo, Lea und Azhad darauf geeinigt hatten, die Diskussion über die Entstehung der Welt und was hinter den Toren war zu vertagen. Vorerst war es einzig und allein wichtig dem Bischof Einhalt zu gebieten. Leas Blicke wurden des Weiteren permanent von den Flüssigkeiten auf den Regalen abgelenkt. Sie konnte nur die Etiketten nicht lesen, sie waren wohl in der alten Sprache der Thohawk geschrieben.

»Lea?!« Cora stupste sie von der Seite an.

»Oh... ich... entschuldige«, stotterte sie.

»Suchst du etwas?«, fragte Cora. Ihre Stimme klang zynisch. Sie glaubte zu wissen, wonach Cora Ausschau hielt. »Im Gordongdschungel gab es keine Einhörner, es tut mir leid.« Lea riss die Augen auf und fühlte sich ertappt. Es war ihr fast etwas peinlich das Wohlergehen der Welt als weniger wichtig zu betrachten, als das Leben eines Einzelnen. Aber sie wollte nichts außer Acht lassen.

»Lea, finde dich damit ab... Ich weiß, es ist schwer!«, versuchte Cora die Prinzessin zu trösten. Lea nickte. Sie wusste, Cora hatte Recht.

»Wir sollten zurück!«, sagte Azhad plötzlich.

»Ja...« Lea versuchte sich zusammenzureißen. Schließlich waren sie und ihre Kräfte nun immens wichtig für die kommende Schlacht. Cora ging voraus, hinaus in die Bibliothekshalle. Azhad folgte ihr. Nur Lea ließ ihre Blicke ein letztes Mal durch den Raum schwenken. Sie seufzte. Plötzlich trat Picardo neben sie und nahm ihre Hand.

»Hier!« Er legte ihr einen kleinen, eiförmigen Stein in die Hand, der schwarz und weiß getüpfelt war. »Den hab ich gefunden! Vielleicht ist es ein kleiner Trost!« Lea schaute den kleinen Kerl an, der ihr immer mehr ans Herz wuchs, und drückte ihn an sich. Seine kindliche Naivität rührte sie. Es war zwar nur ein schöner Stein, aber sie wusste diese Geste zu schätzen.

»Danke, Picardo!«, sagte sie leise, strich ihm durch die Haare und ging hinaus in den Gang.

Archadis, ehem. königliches Schloss

Es war mitten in der Nacht, dennoch taghell und Bischof Kahn saß auf dem ehemaligen Thron des Königs. Das Zepter hielt er fest in seiner Hand. An Schlaf war nicht zu denken. Seine weiße Kapuze war tief in sein Gesicht gezogen und nur ein gelegentliches Schnaufen zeugte davon, dass er noch am Leben war. Unten aus dem Schlosshof war in unregelmäßigen Abständen ein lautes Brüllen zu hören, das von der Chimäre stammte, mit der Kahn von der Tempelstätte aus hergeflogen war. Einige Soldaten versuchten sie zu beruhigen, doch das Tier war dem Paniktod nahe. Plötzlich öffnete sich die Tür zum Thronsaal und ein Soldat stand stramm am Eingang.

»Mein Herrscher? Es finden sich mehr und mehr Eurer Anhänger unten am Platz ein, wir sollten die Zeremonie vorbereiten.« Seine helle Stimme zitterte.

»Zeremonie?«, fragte Kahn und stand auf. Seine Stimme hallte durch den Raum, klang unnatürlich und verzerrt. Dann schwieg er und stand regungslos da. Um ihn herum hatte sich eine Art Aura gebildet, die das Licht in seiner näheren Umgebung verstärkte. Sein Umhang flatterte im Wind, obschon kein Lüftchen wehte. »Ich will, dass ihr die Schlossmauer prunkvoll herrichtet, damit ich von oben zum Volke sprechen kann!« Er schnaufte kurz, seine Lunge klang wie die eines Kettenrauchers.

»Sehr... sehr wohl, mein Gebieter!« Der Soldat verbeugte sich mehrmals, wich zurück, ohne den Blick vom Boden abzuwenden und schloss die große Tür des Thronsaals vor sich. Er bemerkte, dass sein einstiger Herr, ein Diener der Göttin, dem Wahnsinn verfallen war. Aber es war zu spät, um jetzt kehrt zu machen. Der Wille des Bischofs musste erfüllt werden. Langsam ging Kahn zurück zum Thron und ließ sich erneut hinein sinken.

Bald... seine Gedanken waren nicht mehr unsichtbar, sie bewegten sich durch den Raum, wie aufgescheuchte Gespenster. Selbst die Chimäre im Schlossgarten konnte sie spüren und zerrte aufgeregt an ihren Ketten. *In bereits wenigen Stunden werde ich der unanfechtbare Herrscher von Phön sein. Nichts wird mich mehr aufhalten können.* Er strich über das Zepter, das seltsam leuchtete. Er war schon längst nicht mehr er selbst, sein eigener religiöser Fanatismus hatte ihn zu dem gemacht, was er nun war... ein Sklave des Zepters. Ein Bote des Zorns.

Engelssegler

Einige Minuten später waren alle wieder an Bord des Seglers. Während Picardo und Azhad im vorderen Teil verschwanden, legten sich Cora und Lea stöhnend auf je eine Bahre und blickten sich zu.

»Weißt du«, begann Lea, »Robert war der Einzige, der mich jemals verstanden hat. Alle anderen sahen immer nur die kleine Prinzessin in mir. Das naive Dummerchen, das beschäftigt werden will!« Sie drehte den getüpfelten Stein in der Hand, den Picardo ihr gegeben hatte. Kurz war ihr, als bewege sich etwas darin.

»Du bist kein Dummerchen!«, entgegnete Cora. »Für eine Prinzessin bist du sogar sehr aufgeschlossen!«

»Danke!«, antwortete Lea. Für kurze Zeit schwiegen beide. Da kam Picardo zurück in den Raum.

»Wo ist Azhad?«, fragte Cora misstrauisch, stand auf und blickte sich um.

»Er steuert den Engelssegler, wir befinden uns schon auf dem Weg Richtung Archadis!«, antwortete Picardo. Cora kniff die Augen zusammen, blickte aus einem Fenster, das eher eine Art Bullauge war und konnte es nicht so recht glauben, dass sie sich tatsächlich schon fortbewegten. Unter ihnen zog langsam der Gordongdschungel vorbei.

»Wahnsinn!«, staunte Cora. Sie war begeistert, was heutzutage mit Technik möglich war.

»Los kommt! Auf zur Brücke!«, forderte Picardo aufgeregt und zog Cora an ihrem kurzen Rock. Sofort stand sie auf und folgte ihrem Bruder. »Los, Lea!«

Nach einem kurzen Gang öffnete sich eine Schiebetüre und gab den Weg zur Brücke frei. Azhad saß auf einem kleinen Stuhl und betätigte einen Hebel. Als er die drei bemerkte, drückte er auf einen Knopf und trat auf sie zu, weg vom Steuerpult.

»Halt!«, schrie Cora. »Wer soll das Ding denn steuern?«

»Autopilot«, entgegnete Azhad und grinste. »Wenn wir Glück haben, müssten wir am achten Tage gegen Abend über Archadis sein«, sagte er zögernd und blickte aus dem Fenster. »Ich hoffe, das ist nicht zu spät!« Vor ihnen am Horizont war der Strudel zu sehen, der sich über Calypso aufgetan hatte.

»Die Bande wird zerreißen, falls wir versagen«, meinte Cora. »Das ist der Untergang des Universums...«

»Wie lange haben wir noch?«, fragte Picardo und blickte abwechselnd zu Cora und Azhad.

»Wenn ich das wüsste...«

Kapitel 19

Doch wenn die Bande schließlich bricht,
auch des Schattens Licht erlischt.

Tag 8, Elium 358 n. E.

Kaligo, Dimension der Finsternis

In seiner Erklärung, wie er in die Schattendimension gekommen war, stellte Lucius vorsichthalber klar, dass es sich um einen unglücklichen Zufall handelte und er während dem Kampf mitsamt dem Amulett durch das Tor geschleudert wurde. Seinen Meister erwähnte er nicht. Doch er wunderte sich, weshalb er noch nichts von ihm gehört hatte.

»Ich verstehe...«, raunte Nokturna. Langsam hatte sich Lucius' Verstand an ihre Stimme gewöhnt und er konnte sie wahrnehmen. »Jedes Echo, wie wir die Bewohner des Zwielichts nennen, würde ohne das Amulett in seine Bestandteile zersetzt werden.« Lucius stand Nokturna gegenüber und überlegte.

»Dann sind wir, die Bewohner des Zwielichts also eine Art Projektion, die die Dimensionen von Licht und Finsternis auf unsere Welt werfen?«

»So könnte man es nennen«, antwortete die düstere, schlanke Gestalt. »Jedoch seid ihr nicht von unseren Aktionen abhängig, nicht jeder Vorgang geschieht parallel in den Welten. Nicht jedes Echo besitzt einen Nox oder einen Luma, der seine Aktionen lenkt. Unsere Willen sind frei, lediglich unsere Seelen sind verbunden. Die Energie, die in eure Welt transportiert wird, wird von euch genutzt und so entsteht ein Zusammenhalt«, erklärte sie. »Doch nun ist die Bande daran zu brechen!«

»Ich nehme an, das ist nichts Gutes!«, erkannte Lucius.

»Bricht die Bande, so wird das Universum zerstört!«, antwortete Nokturna kurz und knapp.

»Ja. Das ist radikal!« Lucius rieb sich den Hinterkopf.

Dann war damals wohl auch die Idee Meister Mandragons, das Tor des Lichts zu schließen, nicht ganz ausgereift. Was nun?

Lucius musste ihn finden, oder zumindest das, was von ihm übrig war. Seine Narbe meldete sich jedoch nicht: kein Jucken, kein Anhaltspunkt.

»Ich habe da eine Frage«, sagte Lucius plötzlich. »Was passiert mit einem Magier der Finsternis...« Er stockte. »Ich meine, was wäre mit mir geschehen, wäre ich ohne das Amulett in Euer Dimensionstor gefallen?« Auf Nokturnas Gesicht, das eher einem tiefen, schwarzen Loch glich, zeichnete sich etwas wie ein Lächeln ab.

»Nun... ein Schattenmagier«, begann sie. Sie sagte kurz nichts, fuhr dann aber fort. »Da ein Schattenmagier über deutlich mehr dunkle als helle Energie verfügt, besteht die Möglichkeit, dass sein Geist den Transport in unsere Dimension überlebt und nicht vollständig zersetzt wird«, erklärte Nokturna. Lucius nickte. Er musste seinen Meister finden und ihm, falls er nicht schon längst Bescheid wusste, die Wahrheit über die Beschaffenheit der Welt erzählen.

»Wenn sein Geist noch existiert, so wirst du über das Herz der Nacht Verbindung mit ihm aufnehmen können! Es speichert jegliche zurückgekehrte Energie!«, erklärte Nokturna. Lucius blickte verdutzt und fühlte sich durchschaut. »Niemand kommt ohne Grund mit der Träne der Finsternis um den Hals in diese Dimension! Ich sehe in deinen Augen, dass du wegen einer bestimmten Person hier sein musst«, sagte sie noch. Lucius begriff, dass seine Geschichte durchaus einige Lücken aufwies. Er wusste nicht so recht, was er hier überhaupt noch zu suchen hatte. War es der unbändige Zwang, seinem Meister zu dienen? Oder hatte ihn seine Mission so blind gemacht, dass er erst kurz vor seinem Ziel erkannte, dass er besser hätte umdrehen sollen? Schließlich war er nicht unschuldig daran, dass das Universum nun in sich zusammenfallen würde. Vielleicht wurde Mandragons Geist in all den Jahren auch schon zersetzt? Wieso hatte er sich zuvor nicht diese Gedanken gemacht? Das hatte er wohl, aber als er mit Picardo, Lea und den anderen unterwegs gewesen war, hatte er noch nicht gewusst, was wirklich hinter der Bedeutung von Licht und Schatten steckte. Vielleicht wäre alles anders gekommen, hätten die Thohawk von Anfang an die Wahrheit verkündet.

»Warum verstehen die Völker unserer Welt nicht, wie diese wirklich beschaffen ist?«, fragte er schließlich. Es brannte ihm auf der Zunge.

»Nun...« Nokturna atmete tief ein und schien dabei einen Teil der Finsternis aufzusaugen, die sie umgab. »Ich denke, die Menschen und all die anderen Völker eurer Welt hätten mit der Tatsache nicht umgehen können, dass sie eine Projektion aus anderen Dimensionen sind. So hielten die Ältesten der Thohawk das Bild der direkt von den Göttern erschaffenen Welt aufrecht.«

Lucius schüttelte den Kopf. »Und diese Lüge lässt man bestehen, bis sich Organisationen wie die heilige Kirche der Elia bilden, die reihenweise Magier töten?«, entgegnete er.

»Die Situation lief aus dem Ruder, die Thohawk konnten nichts mehr ausrichten! Sie wurden von dem dunklen Magier überrannt und genau zu diesem Zeitpunkt ging das Geheimnis verloren«, antwortete Nokturna.

Lucius stockte der Atem. Kurze Zeit lang dachte er, dass Nokturna über seinen Meister Bescheid wissen würde. *Doch wie sie nun von den Ereignissen sprach…* Dann blickte er in ihr Gesicht und verspürte keinerlei Furcht. Sie ahnte nichts. Die Wesen der Nacht schienen nicht zu wissen, wer wann genau ihre Dimension betrat, sie hatten ein anderes Gefühl von Zeit und Raum als die Völker der Zwischenwelt.

»Fühle dich wie Zuhause, kleines Echo. Suche deinen Freund und wenn du Glück hast, kannst du unsere Dimension irgendwann verlassen. Falls nicht, werden wir zusammen dem Untergang des Universums beiwohnen und das Zwielicht mit seinem Glauben an eine heile Welt zurücklassen!« Was Nokturna nicht wusste, war, dass die Welt im Zwielicht schon lange nicht mehr heil war.

»Und das Herz?«, fragte Lucius noch.

»Du findest es im Keller des Schlosses, der Eintritt sei dir gestattet. Ich werde es den Wächtern mitteilen.«

Archadis, Marktplatz

Die Mittagsstunde rückte näher. Für Barthas war das Warten eine einzige Qual und zerriss ihn innerlich. Dank ihrer Tarnung konnten sie sich immerhin unters Volk mischen. Niemand erkannte den König unter seiner weißen Kutte.

»Wir sollten einfach reingehen und den Drecksack vom Thron stoßen«, sagte Pyra plötzlich. Sofort presste ihr Alkatras seine Hand gegen den Mund.

»Bist du jetzt völlig übergeschnappt?« Er schaute sich ruckartig um, doch die Leute um sie herum schienen Pyra nicht gehört zu haben. Sie sahen ausdruckslos aus und zeigten keinerlei Mimik.

»Es müsste bald soweit sein«, sagte Barthas und blickte in Richtung des verriegelten Schlosstores.

Plötzlich hörte Pyra hinter ihnen eine bekannte Stimme. *Das konnte nicht sein.*

»Na, wenn das nicht meine frühere Lieblingsberaterin ist.«

Bleib ganz ruhig, Pyra!

»Du hast deine Kutte nicht richtig geschnürt! Das Emblem, das da hervorschaut, hättest du eigentlich zurückgeben müssen!« Pyra drehte sich blitzschnell um und schlug Lupos Kane mit voller Kraft ihre Faust ins Gesicht. Der Kopf des jungen Mannes schnellte nach hinten und er torkelte einige Meter zurück.

»Pyra?!«, schrie Alkatras, der gerade erst bemerkte, was vor sich ging. Einige Männer in vermutlich schwarzen Anzügen, die mit Lupos angereist waren, wollten gerade auf Pyra losgehen, als Lupos sie zurückpfiff.

»Aber nein!«, sagte er und rieb sich die Nase, aus der ein kleiner Rinnsal Blut rann. Der Schlag hatte gesessen. »Vielleicht habe ich es verdient!«

»Oooh, das hast du. Kackfresse!«, antwortete Pyra sofort. »Warum bist du hier?«

»Warum?«, Lupos lachte. »Sieh dich um, denkst du, das ist rentabel fürs Geschäft?«, sagte er.

»Ich wusste es!« Pyra schüttelte den Kopf und warf Lupos vernichtende Blicke zu. Alkatras wagte nichts zu sagen und Barthas blickte noch immer skeptisch in Richtung Schlossmauer. Er wollte nicht, dass ihn jemand erkennt. Noch nicht.

»Dir geht es doch immer nur ums Geschäft!«, sagte Pyra böse.

»Ich muss ja von etwas leben, Süße.«

»Nenn mich unter keinen Umständen Süße!« Sie wurde rot im Gesicht. Alkatras hielt es jetzt für besser, sie an den Schultern zu halten. Ihr Hass gegen die Phönix Gesellschaft hatte sich angestaut. Nicht, dass sie noch jemanden ernsthaft verletzte. Lupos grinste, warf einen kurzen Blick zu seinen Männern und nickte.

»Wir müssen weiter, wo ist der Bischof? Ich will sofort wissen, was hier vor sich geht!«

In diesem Moment wurde es totenstill in den vorderen Rängen. Pyra ließ ihren Blick von Lupos ab und blickte gespannt nach vorn. Auf den Zinnen der Schlossmauer war ein Elitesoldat zu sehen, der langsam in Position trat. Er räusperte sich lautstark.

»Meine Damen und Herren, unser aller Herrscher, der ehrenwerte Bischof Kahn!« Plötzlich erhob sich eine riesige, weiße Gestalt hinter der Schlossmauer. Der Boden schien ein wenig zu beben und dic Menschen in der vorderen Reihe wichen zurück. Der Soldat verließ rasch seinen Posten, als sich ein schuppiger Kopf hinter der Mauer empor hob. Es war die weiße Chimäre des Bischofs. Langsam stand sie auf, schob ihren riesigen Körper in die Höhe und schüttelte ihre Mähne. Aus ihren Nüstern drang dichter Qualm und als sie in die Menge blickte, zeugte ihr leerer Blick von unendlicher Qual. Ihr Verstand schien sie verlassen zu haben. Plötzlich breitete sie ihre riesigen, drachenartigen Flügel aus und gab ein ohrenbetäubendes Gebrüll von sich. Einige Leute hielten sich die Ohren zu, um nicht taub zu werden.

Während des Gebrülls der Chimäre entstand vor ihrer Brust auf den Zinnen der Schlossmauer plötzlich dichter schneeweißer Rauch, der von unten emporstieg. Die Chimäre diente wohl nur als Hintergrund für den imposanten Auftritt des Bischofs, denn plötzlich traten aus dem Qualm noch helle Lichtblitze hervor und wenn man es nicht genauer wüsste, so würde man die Ankunft eines Engels erwarten. Einige Anhänger der Kirche begannen vor Freude zu weinen. Barthas bekam den Mund nicht mehr zu, er war fassungslos. Pyra und Alkatras schüttelten den Kopf.

»Da fehlt nur noch die Musikuntermalung!«, bemerkten sie im Chor. Auch Lupos kniff die Augen zusammen, um nicht vom Licht geblendet zu werden und war leicht verdutzt. So etwas hatte er nicht erwartet.

Mit einem Knall endete auch das Brüllen der Chimäre und vor ihr entlud sich ein gewaltiger Lichtblitz. Sie schlug einmal kurz mit den riesigen Flügeln, als Kahn wie ein Prophet oder ein Bote von Elia höchstpersönlich auf der Schlossmauer auftauchte.

»Äußerst beeindruckend!«, sagte Lupos und klatschte. »Grandioses Intro!«

Pyra warf ihm erneut einen vernichtenden Blick zu. Anscheinend war er sich der Situation und der Gefahr keineswegs bewusst. Kahn stand mit erhobenen Armen da und wirkte größer als zuvor. Ein heller Lichtschein umgab ihn und mit der schuppigen Brust der Chimäre im Hintergrund wirkte er noch um einiges furchteinflößender. In seiner rechten Hand hielt er das Zepter und mit seiner linken zog er sich die Kapuze aus dem Gesicht. Barthas zuckte zurück, als er die Fratze des Bischofs erblickte.

»Das ist nicht Kahn!!«, sagte er viel zu laut und hielt sich sofort die Hände vor den Mund. Das Gesicht des Bischofs war in tiefe Falten gefallen, wie das eines drogensüchtigen Rockstars. Seine Augen waren blutunterlaufener als Voldhos es jemals gewesen waren, die Pupillen schneeweiß und seine wenigen Haare hingen ihm wie nasse Fäden ins Gesicht. Wie ein Engel sah er sicherlich nicht aus, doch die Leute fingen plötzlich an zu jubeln und zu pfeifen. Einige hüpften in die Höhe, priesen Elia und schlossen die Hände zum Gebet.

»Das ist Wahnsinn!«, sagte Barthas leise und ging etwas zurück. Sein Gefühl verriet ihm, dass gleich etwas Schreckliches geschehen würde. Kahn schien nun einige Zentimeter in die Höhe zu schweben. Das Zepter leuchtete hell. Seine Augen funkelten.

»Meine Untertanen!«, begann er. Kahns Stimme erschreckte nur die wenigsten. Die Menschen schienen von ihrem Glauben gefangen zu sein. Sie erwarteten ihren Erlöser, den Boten der Göttin und egal wie dieser auch aussah, sie sollten ihn bekommen. Und sollte er reden wie ein Wildschwein voller Helium, dann war das eben so. »Seid bereit für den Anbeginn einer neuen Zeit! Seid bereit für eine Welt ohne Krieg und Verrat und für eine Welt ohne den Einfluss des Belias! Eine Welt voll reinen Lichts!«

Die Leute jubelten noch wilder als zuvor. Barthas zog Pyra und Alkatras an den Kutten. Er machte eine Kopfbewegung, die andeutete, sich aus dem Staub zu machen. Pyra war sich nicht sicher, denn sie wollte das kommende Schauspiel eigentlich nicht verpassen.

»Ich habe das Gefühl, dass gleich etwas Schreckliches geschehen wird!«, sagte er und zog die beiden am Kragen. Angst lag in seiner Stimme, das war nicht zu überhören. Barthas wandte sich auch zu Lupos. »Herr Kane, Sie müssen sich zurückziehen!«, forderte er ihn auf. Lupos grinste. Er konnte nicht glauben, dass König Barthas vor ihm stand.

»König Barthas? Das... ich dachte Ihr wäret tot.«

»Eine Verschwörung! Und es wird nur noch schlimmer, glauben Sie mir!«, mahnte Barthas ihn.

Plötzlich verstummte das Jubeln. Alle Blicke waren auf den Bischof gerichtet.

»Nun, meine Kinder, schenkt mir eure Kraft!« Kahn hob die Hände erneut und das Zepter begann kleine Lichtblitze abzusondern. Einige Leute wurden ängstlich und wichen ein Stück zurück. Die Jünger der Kirche in den vorderen Rängen jedoch hoben ihre Hände, schaukelten hin und her und sangen Lobeslieder. Es klang wie ein Trauerchor, doch es lag keinerlei Misstrauen in ihren Stimmen.

»Schenkt mir eure Kraft!!«, schrie Kahn erneut aus voller Seele, griff das Zepter mit beiden Händen und richtete es auf die Meute. In diesem Augenblick fingen einige Leute endlich an davonzurennen. Doch es war zu spät. Das Zepter sonderte einen riesigen Strahl aus reinstem Licht ab. Blitzschnell überzog es den Marktplatz und fror jeden, den es traf, an Ort und Stelle ein. Pyras Augen weiteten sich, als das Licht auf sie zuraste. Der Strahl schien jegliches Leben sofort zum Erliegen zu bringen. Sie konnte nicht weglaufen... wusste nicht warum und stand nur mit offenem Mund da. Sie sah ihr Leben schon an sich vorbeiziehen. Da packte Alkatras sie unter den Armen und zog sie blitzschnell von Ort und Stelle. Auch Barthas und Lupos waren zunächst wie versteinert, doch der König riss sich zusammen und schlug Lupos gegen die Schulter, der nun auch wieder zu sich kam. Sofort brachten sie sich hinter einer Hauswand in Sicherheit, die, da sie ganz hinten standen, gut zu erreichen war. Auch Alkatras und Pyra gelang es im letzten Moment hinter die Wand zu hechten, als der Strahl die Ziegel neben ihren Köpfen verschmorte. Zitternd pressten sie ihre Körper gegen die kahle Wand. Das Licht preschte weiter über den Platz, erfasste all die Frauen, Männer und Kinder, die sich dort versammelt hatten. Nur wenige entkamen der Welle und konnten sich irgendwo in Sicherheit bringen. Der Rest, darunter auch Lupos' Männer, verharrte versteinert und seelenlos auf dem riesigen Platz. Dann war es still.

Der Platz war voller regungsloser Leute, teils im Rennen eingefroren, teils die Hände zum Gebet gefaltet. Doch alle standen und saßen sie nun da wie Statuen. Aus ihren Gesichtern, teilweise panische Fratzen, war jegliche Farbe gewichen. Das Licht wurde stetig schwächer, schien sich in das Zepter zurückzuziehen und hinterließ eine Totenstille. Es wirkte, als habe ein verrückter Künstler abstruse Bildhauereien mitten in Archadis ausgestellt und keiner war gekommen, um diese zu bewundern. Urplötzlich begannen die Statuen zu glühen und kleine Teilchen aus Licht und Schatten traten aus den regungslosen Leibern hervor. Sie schienen sich langsam aufzulösen, sich zu zersetzen. Lupos beobachtete, wie der Kopf von einem seiner Männer zu glänzendem Staub zerfiel. Langsam von oben nach unten, wie von einem unsichtbaren Parasiten abgenagt. Die kleinen schwarzen Teilchen verpufften sofort im hellen Schein, doch die weißen Teilchen schienen erst ziellos umher zu wirbeln, um dann aber dem Weg des Lichts zu folgen, das noch immer vom Bischof ausging. Es dauerte nicht lange, bis sich alle Leute auf dem Platz komplett aufgelöst hatten. Millionen kleiner Lichtteilchen schwirrten durch die Luft und steuerten schließlich auf den Bischof zu, der triumphierend auf einer Zinne stand. Die Chimäre hinter ihm brüllte und schrie, schlug mit den Flügeln und versuchte ihre Ketten zu sprengen. Doch es gelang ihr nicht.

Plötzlich riss Kahn seine Augen auf und die Lichtenergien sämtlicher Menschen, die vor einigen Sekunden noch vor ihm standen, rasten schnurstracks auf seinen Körper zu. Ein mächtiger Sog ging von ihm aus. Die Bäume, Sträucher und auch die Bodenplatten des Platzes wurden gefährlich nach hinten gebogen und teilweise aus dem Boden gerissen. Mit einer gewaltigen Wucht schlug die Energie auf Kahn ein und schien ihm sämtliches Gebein zu brechen. Sein Körper verbog sich absonderlich und absorbierte sämtliche Energie. Er ließ einen hallenden Schrei von sich.

»Es ist soweit!!«, schrie er gellend. Seine Stimme klang wie die Tausender. Die Adern seines Leibes schwollen zu einer abartigen Größe an und drohten zu platzen, bis ihnen auch der Rest seines Körpers folgte und zu immenser Größe anwuchs. Schließlich drehte er sich zu der Chimäre um, die panisch hinter ihm an ihren Ketten zog. »Und nun die Vollendung! Das Geschöpf reinen Lichts!« Seine abstrakt verformten Hände griffen erneut das Zepter und mit einem Hieb sonderte Kahn einen weiteren Lichtblitz ab, der direkt durch die gewaltige Schuppenbrust des Tieres brach. Das klaffende Loch, das sich auftat, brutzelte und dampfte und die daraus heraussickernde weiße Flüssigkeit blubberte vor Hitze. Pyra schluckte tief, als sie das Schauspiel beobachtete. Die Chimäre brüllte vor Schmerzen, verstummte aber nach einigen Augenblicken und verharrte mit offenem Schnabel an Ort und Stelle. Es wirkte, als wurde die Zeit angehalten. Nun begann auch das Tier, sich zu zersetzen. Sie löste sich in einem riesigen Wirbel auf und wie schon zuvor strömte die gesammelte Energie in Kahns Körper.

»DIE VOLLENDUNG!!«, schrie er. Es blitzte, fauchte und unter Kahn stieg heller Rauch auf. Sein gellendes Lachen musste auf ganz Phön zu hören sein. Sein Körper wuchs und wuchs. Seine Kleidung zerbarst unter der neu gewonnenen Größe. Die Haut seines Rückens löste sich von den Knochen, schälte sich ab wie die dünne Schale einer Frucht. Seine Augen traten ploppend aus den zu klein gewordenen Augenhöhlen. Die Adern seines Körpers pulsierten und aus jeder Pore trat heller Qualm hervor. Immer wieder ließ er gellende Laute von sich, die Mark und Bein gefrieren ließen.

Barthas blickte hinter der Mauer hervor und beobachtete alles mit offenem Mund. Er war, wie alle anderen auch, nicht in der Lage etwas zu sagen. Seine Furcht stieg in nie erreichte Höhen.

Mittlerweile hatte der verformte Körper des Bischofs schon fast die halbe Größe des Schlosses erreicht. Die Haut, die sich abgelöst hatte, lag wie ein Laken auf den Zinnen. Adern,

Gedärm und Knochen waren freigelegt, sein wild pochendes Herz trat aus seiner Brust und dampfte im hellen Schein. Es pochte so laut, dass der König jedes Klopfen wahrnahm. Wie Hammerschläge, die auf das Wohl der Welt eindroschen.

Plötzlich ein letzter Schrei, dann bildeten sich erste Schuppen auf dem blutigen Schleim, der den Bischof überzog. Pyra wurde schlecht. Sie zog ihren Kopf zurück und hielt sich den Magen, während sich auf dem Körper des Bischofs ein Schuppenkleid materialisierte. Es glänzte wie eine polierte Rüstung aus Teutonium und Lumin. Sein Kopf verbog sich, sein riesiger Schädel zerbarst und gab den Weg für eine grässliche Fratze frei, die aus dem zerfetzten Halsstumpf herausbrach. Sein neues Gesicht war von Federn überzogen, die sich rasch nach oben entfalteten und wie eine Seerose aufplatzten. Es wirkte wie ein riesiger, schimmernder Heiligenschein. Federn und glänzende Schuppen flogen durch die Luft und schwebten leise auf den menschenleeren Platz hinab. Mit einem letzten irren Knall endete die Transformation und ein gleißendes Licht fegte über Archadis hinweg. Barthas schloss die Augen, um nicht geblendet zu werden. Als er sie wieder öffnete, wünschte er sich, er hätte sie geschlossen gelassen. Der Bischof, oder was auch immer dort nun zu sehen war, sah aus wie ein Abbild der Göttin Elia, wie sie in den alten Schriften beschrieben wurde. Doch nicht gütig und liebevoll, nein. Dieses Abbild der Göttin versprühte so viel puren Hass und Bosheit, wie Barthas es noch nie zuvor gespürt hatte. Das Gesicht war riesig, verformt und glich einer Fratze aus dem Horrorkabinett. Die Gestalt hatte nun endgültig die Höhe des Schlosses erreicht und lachte aus voller Kehle. Sie hob ihre riesigen, schuppigen Füße und zertrat das Schlosstor unter ihrem Gewicht. Riesige Holzsplitter und Eisenteile flogen durch die Gegend. Mit dem anderen Fuß riss es die Schlossmauern ein und trat auf den Platz.

Pyra und Alkatras hatten die Münder noch immer weit geöffnet und starrten auf das Monstrum vor ihnen. Barthas lief kalter Schweiß über den Rücken. Lupos Kane stand regungslos und schweigend da. Er hatte seinen Verstand verloren.

Engelssegler

Etwa zur gleichen Zeit erreichte der Engelssegler den Rand von Golgata. Azhad hatte mittlerweile wieder auf seinem Stuhl Platz genommen, um den Segler in Richtung Archadis zu steuern. Picardo schaute zu Cora und Lea und freute sich innerlich darüber, wie gut sich die beiden verstanden.

»Azhad? Wie lange noch?«, fragte er schließlich.

»Ich denke, wir müssten in wenigen Minuten vor den Toren Archadis landen können. Ich hoffe, es ist noch nicht zu spät!«, antwortete dieser und drückte einige Knöpfe. Der Boden wackelte kurz, als sich etwaige Zahnräder in Gang setzten und die Landevorrichtungen ausfuhren. Er wollte es nicht riskieren, den Engelssegler in der Luft schweben zu lassen. Wer weiß, was gleich geschehen würde. Je näher sie der Stadt kamen, desto unwohler wurde es Azhad. Tausende Fragen schwirrten ihm durch den Kopf. *Hatte sein einstiger Befehlsgeber schon völlig den Verstand verloren oder war er noch zu retten? Was sollte nun mit der Kirche geschehen?* Er seufzte. Plötzlich schweifte sein Blick über eine kleine Anzeige, ähnlich dem Elementum an der Kathedrale in der Tempelstätte. »Die Lichtenergie in dieser Richtung ist immens«, bemerkte er.

»Tut mir leid!«, entgegnete Lea sofort und zupfte sich am Kleid.

»Nein, nein!« Azhad schüttelte den Kopf. »Prinzessin Zalea, die Menge an Lichtenergie, die ich hier messe, geht weit über die Eure hinaus. Sie geht weit über alles hinaus, was ich je gesehen habe!«

»Dann haben sich unsere Befürchtungen wohl bestätigt!«, warf Cora ein und blickte zum Boden.

»Seht doch!!« Picardo stand an dem großen Frontfenster und hüpfte aufgeregt auf und ab. Cora und Lea warfen sich ernste Blicke zu. Sie erwarteten beide nichts Gutes, als sie zu Picardo traten und aus dem Cockpit blickten. Vor ihnen war Archadis zu erkennen, zwar nur klein am Horizont, doch was sie sahen, sprach für sich. Ein dichter Nebel umhüllte die Stadt. Kleine, helle Blitze zuckten durch die Luft und durchbrachen die Nebelschwaden immer wieder aufs Neue. Wie eine Kuppel aus Staub und Licht lag das Königreich nun vor ihnen. Was sich darunter verbarg, konnte nur erahnt werden.

»Wir sind mal wieder zu spät«, sagte Cora resignierend und kickte zornig gegen die Innenwand des Schiffes, sodass eine kleine Beule entstand. Langsam gab sie jegliche Hoffnung auf, jemals ihren Vorfahren würdig zu werden. Wozu hatte sie all die Jahre im Urugai Wald trainiert? Wozu das alles? Ein Rückschlag jagte den nächsten. Sie ballte die Fäuste. Lea blieb nicht verborgen, dass Cora am Ende ihrer Kräfte war, sie hatte in ihrem jungen Leben schon so viele Niederlagen verkraften müssen. Die Prinzessin legte den Arm um ihre Schultern.

»Wir schaffen das! Wir lassen ihn damit nicht durchkommen!«, beruhigte sie Lea. Ihre Stimme klang sanft und beruhigend. Cora rann eine Träne über die Wange. Sie nickte nur kurz, löste sich dann von Lea und wendete sich zu Azhad.

»Lande den Segler vor der Stadt, sodass sie uns nicht erkennen!«, befahl Cora und verließ den Raum. Picardo blickte zu Lea, die Cora hinterherschaute. Er trat neben sie.

»Ich hoffe, sie verliert nicht ihr Selbstvertrauen!«

Picardo nickte nur.

Kaligo, Dimension der Finsternis

Lucius betrat die finsteren Katakomben des Schlosses. Die Dunkelheit hier unten war noch intensiver als draußen in der Stadt. Langsam setzte er einen Fuß auf die schwarzen Stufen, deren Umrisse nur durch leichte bläuliche Konturen zu erkennen waren. Hier unten musste sich das Herz der Nacht befinden, von dem Nokturna gesprochen hatte. Ein Nox huschte plötzlich an ihm vorbei und schien ihm zuzunicken, was Lucius aber nur aus den Augenwinkeln wahrnahm. Unten angekommen teilte sich der Gang, doch sein Gefühl leitete Lucius ganz klar nach links. Ein leises Pochen schien seinen Weg zu lenken, eine unsichtbare Kraft führte ihn. Er fühlte es: er war seinem Meister so nahe wie schon lange nicht mehr. Die lange Narbe in seinem Gesicht fing an wie wild zu jucken. Immer schneller schritt er den Gang entlang. Mehrmals zweigte er ohne zu überlegen an einer Kreuzung ab. Das Pochen wurde lauter und lauter. Schließlich stieß er an eine helle, bläulich schimmernde Tür. Wobei man über den Begriff 'hell' noch streiten konnte: selbst das hellste Hell war in dieser

Dimension so dunkel wie das dunkelste Dunkel im Zwielicht. Verwirrend, zugegebenermaßen.

Langsam drehte Lucius den schimmernden Türknopf und trat in den Raum. Dieser war rund und schien gänzlich leer zu sein. Zentral von oben hing eine dicke Kette herab, an deren Ende ein Objekt schwebte, das wohl durch eine unsichtbare Verbindung an der Kette befestigt war. Es sah aus wie ein menschliches Herz, nur bedeutend größer. Bei jedem knochenerbebenden Pochen, das es von sich gab, sickerte dickflüssige, fluoreszierende Materie aus der Aorta, tropfte langsam herab und versiegte jedoch noch im Dunkel, bevor sie den Grund erreichte. Aus dem Inneren des Herzens drangen Stimmen und Töne, doch Lucius verstand nicht, was sie ihm sagen wollten. Je näher er an das Herz der Nacht trat, desto deutlicher konnte er erkennen, dass sich in seinem Inneren gespenstisch wabernde Schlieren abzeichneten. Gequältes Stöhnen war zu hören, ab und zu ein Schrei und seltsame Laute. Er streckte seine Hand aus. Sie glitt durch das Gewebe des Herzens wie durch Gelee. Die Stelle, an der er eintauchte, zog wabernde Ringe in das umliegende Dunkel. Kurz raunte es, dann verspürte Lucius einen brennenden Schmerz an seiner Hand. Er schrie auf.

»Du bist also gekommen!«, dröhnte es. Sofort versuchte Lucius seine Hand zurückzuziehen, doch es gelang ihm nicht. Er fühlte, wie sich spitze Widerhaken langsam in sein Fleisch bohrten.

»Meister?!«, rief Lucius panisch. Er schaute sich verdutzt um, aber die Stimme kam eindeutig aus dem Inneren des Herzens. *»Ashfalion, mein dunkler Schüler, spürst du die vollkommene Finsternis in dieser Dimension?«* Lucius nickte zitternd.

»J… ja Meister«, antwortete er panisch.

»Eine Schande, die Dunkelheit auszusperren!«, raunte die Stimme aus dem Herzen.

»Ihr wisst also Bescheid?«, fragte Lucius verwundert und voller Schmerzen.

»Als Geist kann ich durch die Finsternis wandeln und auch in das Zwielicht blicken, lediglich die Welt des Lichts bleibt mir verwehrt. Ich habe alles gesehen, alles gehört, alles erlebt. Ich kenne die Wahrheit über Phön, Ashfalion! Es war niemals meine Absicht das Tor des Lichts zu schließen!«

»Aber dann…« Lucius war verwundert und blickte tiefer in das pochende Herz: Er konnte keine Gestalt erkennen, doch gleichzeitig blickte er in die Schicksale von tausenden Seelen. »Was ist das hier? Wo seid Ihr, Meister Mandragon?«, fragte er unsicher. Angst und Ungewissheit zeichneten sich in seinem Gesicht ab.

»Das Herz der Nacht speichert die zurückgekehrte Energie, verlorene Seelenfragmente. Als die Thohawk mich in der Dimension der Finsternis einschlossen, zersetzte ich mich in die Elemente. Durch das Zepter war meine Macht jedoch so immens, dass ich meinen reinen dunklen Geist vor dieser Zersetzung bewahren und so meinen von Krankheit zerfressenen Körper abstreifen konnte. DU, mein Schüler, konntest durch die Macht der Träne deinen Körper vor der Zersetzung schützen. Und nun bist du hier, um mich zu erlösen! Nun ist die Zeit meiner Rückkehr nahe!«

»Euch erlösen?!« Lucius senkte den Kopf. Sein Meister hatte alles geplant.

»Nun, mein Schüler... erfasse das Amulett mit deiner anderen Hand und lass uns eins werden! Dein junger, unverbrauchter Körper ist die Wohltat, die meine Seele so lange Zeit missen musste.«

Nach kurzem Zögern tat Lucius, was ihm befohlen wurde. Doch sogleich er das Amulett mit seiner freien Hand berührte, übermannte ihn ein Gefühl, als ob er einen Berg glühender

Kohlen verschluckt hatte. Etwas begann damit, seine Seele von seinem Körper zu trennen. Unvergleichliche Schmerzen durchzogen Lucius und er schien sich mehr und mehr von sich selbst zu entfernen. Sein Körper zitterte und vibrierte, er vermochte nicht zu schreien, weder das Amulett loszulassen, noch seine Hand aus dem nun wild pochenden Herzen herauszuziehen.

Plötzlich weiteten sich seine Augen, seine Pupillen verblassten und schienen in tiefere Dunkelheit zu fallen, als sie es jemals waren. Da ließ der Schmerz nach und sein Verstand schwand. Sein leerer Körper sackte zu Boden. Seine Erinnerungen verblassten. Sein Leben erlosch.

Dann erhob sich der dunkle Meister.

Archadis

Als die Truppe aus dem Engelssegler trat, staunten sie nicht schlecht. Jeglicher Blick in die Stadt war durch dichten Nebel versperrt. Zwar war das Stadttor weit geöffnet, dennoch konnte man nicht eine Menschenseele erkennen. Es roch nach Schwefel. Picardo war der erste, der sich vor dem Tor positionierte. Langsam gewöhnten sich seine Augen an den hellen Schein aus der Stadt, der alles in der Umgebung erleuchtete. Lea und Cora traten zu ihm. Die Prinzessin trug das Amulett um den Hals und blickte kampfbereit. Sie stand stramm, ihr Blick war entschlossen. Picardo bewunderte diese Frau: Sie hatte sich vom kleinen Prinzesschen zu einer ansehnlichen Lichtmagierin entwickelt.

Azhad war zurückgeblieben. Er sollte auf den toten General achtgeben und im Notfall den Engelssegler startbereit halten.

»Worauf wartet ihr?«, fragte Picardo und ging voraus in Richtung Stadttor. Lea schluckte, nahm ihren ganzen Mut zusammen und marschierte ihm hinterher. Cora, die noch immer versuchte ihre Selbstzweifel über Bord zu werfen, folgte ihnen. Diesmal sollten sie siegreich sein, da gab es keinen Zweifel. Azhad saß an einem Fenster und sah zu, wie die drei langsam im Nebel verschwanden.

»Viel Glück!«, sagte er leise.

»Ich muss hier raus!«, brüllte Lupos, der sich gefährlich nahe zusammen mit den anderen im Stadtzentrum befand. Er wollte gerade aufstehen und losrennen, als ihn Pyra an seinem feinen Hemd packte.

»Ich werde das noch bereuen, aber bleib hier, du Idiot! Sobald er dich sieht, endest du wie der Rest!«, raunte Pyra. Lupos hatte Panik. Er strich sich über den Dreitagebart und sackte seufzend wieder zurück in die Hocke. Barthas blickte immer wieder Richtung Marktplatz.

»Er... oder es bewegt sich nicht«, bemerkte er. Tatsächlich stand das Wesen, das einst der Bischof gewesen war, regungslos auf dem Platz. Lediglich sein mit Federn geschmückter Kopf drehte sich ab und zu und gab dabei metallische Laute von sich.

»Vielleicht vermisst er seine Untertanen«, sagte Pyra abwertend.

»Schade, dass er alle töten musste!«, fügte Alkatras hinzu. Lupos schüttelte den Kopf.

»Was muss man als Unternehmer nicht alles ertragen? Erst klaut er mir die Energie, dann tötet er meine Kundschaft.«

»Ich geb dir gleich Energie!«, schnaubte Pyra und hob die Faust.

»Ruhe jetzt!«, ging Barthas dazwischen und versuchte Pyra zu besänftigen. »Was sollen wir nun tun?«, fragte er. Stille folgte.

Das war eine gute Frage...

Alkatras blickte Pyra an, Pyra blickte Barthas an und Lupos blickte auf den Boden, wippte auf und ab und zählte die Steinplatten. Doch alle zuckten gleichzeitig mit den Schultern.

»Da vorne ist etwas!«, schrie Cora, die die Führung übernommen hatte, da sie sich in undurchsichtigen Gebieten besser zurechtfand als die anderen. Aber auch Lea konnte mit den Augen einer Lichtmagierin den Nebel einigermaßen durchblicken. Lediglich Picardo hatte Probleme vorwärts zu kommen. Die Prinzessin kniff die Augen zusammen und versuchte zu erkennen, was Cora bemerkt hatte. Tatsächlich war über den Dächern der Häuser der Kopf eines seltsamen Wesens zu erkennen.

»Das ist diese Göttin Dingsda!«, schrie Picardo.

»NEIN!« Lea trat vor. »Das ist nicht Elia, das ist etwas Böses!«, sagte sie. Der Kopf des Wesens drehte sich knackend in ihre Richtung. Schnell versteckten sich die drei in einer kleinen Gasse. Coras Herz klopfte wie wild.

»Das... das muss das Zepter bewirkt haben«, stotterte Lea und blickte zu Cora.

»Was meinst du?«

»Das Zepter hat den Bischof in ein Abbild Elias verwandelt!«, antwortete sie und atmete tief ein. »Doch das ist keine Göttin, das ist gebündelter, purer Hass!«

»Du meinst, dieses Ding da ist der Bischof?«, warf Picardo ein und schlug die Hände über dem Kopf zusammen.

»Das WAR der Bischof!«, bemerkte Cora und blickte vorsichtig aus der Gasse hervor. »Kommt! Sein Blick hat sich wieder abgewendet!«

Langsam aber stetig schlichen Lea, Cora und Picardo von Gasse zu Gasse, immer auf der Hut, nicht entdeckt zu werden. Plötzlich schien der Boden unter ihnen zu beben... obwohl das Wesen regungslos auf dem Marktplatz stand und sich nicht rührte.

»Was ist denn nun los?«, begann Lea panisch.

»Die Bande!«, schrie Cora, die ihre Worte aufgrund des Bebens fast fallen ließ.

»Oh oh...« Picardo bekam Angst, packte Coras Rock und wollte ihn nicht mehr loslassen.

»Was ist das?« Lupos drückte seinen Rücken an die Mauer und hyperventilierte.

»Der Wirbel!!« Alkatras zeigte auf den sich drehenden Strudel über dem ewigen Ozean, der einen Sog entwickelt hatte. Der Nebel, der zuvor den Himmel verhüllte, wurde nun langsam Richtung Horizont gesaugt. Von unten trieben Gestein und aus dieser Entfernung nicht identifizierbare Dinge in ihn hinein.

»Das Ding saugt uns auf!«, schrie Barthas.

»Das Ding scheint gerade erst einmal Calypso einzusaugen!«, entgegnete Pyra schnell.

»Die werden ziemlich angepisst sein!«, sagte Alkatras, als sei es ein Witz, aber auch aus seinem Gesicht war das Grinsen nun endgültig gewichen.

»Es saugt uns ein!!«, schrie Lea laut, um das Getöse um sie herum zu übertönen. »Wir müssen uns beeilen!«

»Kommt!« Picardo rannte um eine Ecke, direkt auf den Marktplatz zu.

Cora folgte ihm, drehte sich kurz zu Lea um. »Es ist soweit, Lea. Nun scheint es an dir zu liegen.«

Lea presste das Amulett fest an ihre Brust, schloss kurz die Augen, atmete tief ein und rannte hinterher. Picardo trat als Erster auf den Marktplatz. Er hatte Angst, sehr sogar, aber er zeigte es nicht. Er stemmte die Hände in die Hüften und stellte sich einige Meter von dem riesigen Wesen entfernt auf. Der Wind, der aufgetreten war, schien sich immer mehr zu einem Sturm zu entfalten. Doch noch hatte sich Golgata gut gehalten und schien sich noch nicht gänzlich aufzulösen.

»Hey?! König!?« Pyra stand auf, zog Barthas zu sich und zeigte auf einen kleinen Kerl, der nun vor Kahn auf dem Platz stand. Barthas lief ein kalter Schauer über den Rücken.

»Das... das ist der Entführer meiner Tochter!«, sagte er verwirrt und ballte die Fäuste.

»DU KLEINER«, begann er, bekam aber sofort von Pyra die Hand vorgehalten.

»Schau doch!« Hinter dem kleinen Kerl tauchten plötzlich zwei weitere Gestalten auf. Beide hatten eindeutig weibliche Rundungen. Barthas riss sich los und rannte auf den Marktplatz.

»Is er jetzt völlig irre?«, schrie Alkatras.

»Komm mit!«, brüllte Pyra und rannte dem König hinterher. Er glaubte einfach nicht was er da tat, doch Alkatras folgte ihr. Nur Lupos blieb zurück. Er zitterte wie Espenlaub.

Noch hatte Kahn nicht bemerkt, was unter seinen Füßen vor sich ging.

Barthas rannte auf die Gestalten zu, die sich im immer lichter werdenden Nebel abzeichneten. Natürlich hatte er seine Tochter schon längst erkannt.

»LEA!«, schrie er. Die Prinzessin drehte sich um, sah in alle Himmelsrichtungen und erblickte plötzlich eine Figur, die auf sie zukam. Sie war klein, etwas mollig... und...

»Vater?!« Lea konnte es nicht fassen. Sie stürmte auf den König zu, fiel ihm in die Arme und weinte. Links und rechts liefen ihr Tränen über die Wangen, als sie in den Armen ihres Vaters lag. Die Tränen bildeten sofort kleine grüne Funken auf der schmutzigen Robe des Königs.

»DU LEBST?!«, fragten sie synchron und mussten beide kurz lachen. Kurz darauf kamen auch Pyra und Alkatras dazu.

»Die Prinzessin von Archadis?«, sagte Alkatras verwundert und verbeugte sich. *Wow... ist die heiß,* dachte er. Pyra sah das genau an seinem Gesichtsausdruck.

»Das ist jetzt wirklich nicht die Zeit!«, brüllte sie und schlug Alkatras auf den Hinterkopf.

»Lea!« Cora und Picardo kamen angerannt.

»Herr König...«, sagten Beide im Chor und verbeugten sich kurz, dann packte Cora Lea am Arm. »Für Familienangelegenheiten haben wir später Zeit«, begann sie und stockte kurz. »Hoffentlich!« Der Sturm wurde stärker und stärker, verschluckte nun fast jegliche Worte. Die Bäume des Platzes hatten sämtliche Blätter verloren und waren teilweise schon entwurzelt. »LEA!!??!!« Cora klang panisch.

Okay... Lea trat vor. Direkt vor das riesige Wesen, das mittlerweile aufmerksamer wurde und bemerkte, dass irgendetwas unter ihm vor sich ging. Barthas wollte seine

Tochter zurückhalten, doch Cora packte ihn an den Schultern und zog ihn zurück.

»Hey, Fettwanst!«, schrie Lea so laut sie konnte. Sie versuchte die Angst, die sie vor dem abstrakten Wesen hatte, zu unterdrücken. Knackend drehte es seinen Kopf in ihre Richtung.

»Du?! Du lächerliches Würmchen!«, hallte es über den Platz. Die Stimme des Wesens klang wie eine rostige Kreissäge. Zusätzlich zu dem tobenden Sturm war dies nicht sehr motivationsfördernd. Lea zog das Amulett aus ihrem Oberteil, packte es mit beiden Händen und schloss die Augen. Sie versuchte sich zu konzentrieren.

Versuche deine Kräfte zu fokussieren! Das Wesen lachte gellend, hob einen Fuß in die Höhe und machte sich bereit, Lea wie einen Käfer zu zertreten. Barthas schrie auf, riss sich los und rannte auf seine Tochter zu.

»Nein, du alter Narr!«, schrie Alkatras und versuchte den König zu packen. Just in dem Moment, als Kahn seinen mächtigen Fuß auf Lea hinab sausen ließ, riss sie die Augen auf und streckte ihm ihre Hände entgegen. Sie schrie laut auf, ihre Augen blitzten smaragdgrüner denn je und ihre Haare erstrahlten erneut in einem grellen Weiß. Vor ihr tat sich eine Barriere auf, eine Barriere aus glänzendem Licht. Kahn trat mit voller Kraft dagegen, wurde zurückgeworfen und torkelte über den Platz. Barthas verlangsamte seinen Schritt, war erstaunt über die Kräfte seiner Tochter und blieb stehen.

»Zurück, Vater!«, schrie sie angestrengt. Ihre weißen Haare und das Kleid flatterten im Wind, die Finger hatte sie weit nach vorn gebogen. Dann löste sie ihre Konzentration und die Barriere erlosch in einem Funkenregen. Entschlossen blickte zu dem ehemaligen Bischof und ging auf ihn zu. Kahn taumelte noch immer, damit hatte er nicht gerechnet.

»Zeig's ihm!«, jubelte Picardo.

»ICH bin das vollkommene Wesen!!«, raunte er und riss das Maul seiner abstrakten Fratze auf. Tausende spitze Federn lösten sich plötzlich von seinem Federkleid, schossen nach oben und kreisten um seinen Kopf. Wie eingefroren blieben die Federn abrupt in der Luft stehen, drehten sich und schossen mit dem Schaft voraus auf die Prinzessin zu. Die Spitzen der Federn glichen riesigen Messern und blitzten gefährlich auf. Sie durchschnitten die Luft, pfiffen in Leas Richtung. Wieder riss sie ihre Arme nach vorn und erzeugte blitzschnell eine weitere Barriere. Die messerscharfen Federn blieben darin stecken und als Lea ihren Schutzschild gleich wieder auflöste, fielen sie zu Boden und verpufften.

»Wie kann das sein?! Wie ist es möglich, dass mein vollkommenes Licht, das Licht der Göttin persönlich, von einem kleinen Magier aufgehalten werden kann?«, brüllte Kahn gellend. Er stampfte auf den Boden, sodass ein Haus hinter ihm bis auf seine Grundmauern zusammenfiel.

»Du bist nicht die Göttin! Du bist geleitet von Hass! Hass und Zorn werden der Magie des reinen Herzens immer unterlegen sein!«, schrie Lea und klang nicht mehr wie sie selbst. »Der Sinn von Religion ist es, Menschen Glaube und Hoffnung zu schenken und nicht, sinnlose Kriege zu führen!« Sie hatte einen gefährlich hohen Adrenalinspiegel erreicht. Ihre Gedanken waren klarer denn je.

Doch Cora fürchtete indes, dass sie etwas übersehen hatten. Sie dachte angestrengt nach, doch es fiel ihr nicht ein.

»Warum greift sie nicht an?«, schrie Picardo, der bemerkte, dass der Boden um ihn herum zu bröckeln begann. Er strauchelte kurz, fing sich aber wieder.

Das ist es... Cora schlug sich die Hand vors Gesicht. »Lea, du kannst ihn in deinem Zustand nicht selbst besiegen!«, brüllte sie und taumelte ebenfalls kurz zur Seite, als sich der Boden unter ihr auftat. Der Wirbel hatte sich bereits bis über die Stadt ausgebreitet. Ein riesiges Loch im Himmel, das in den sicheren Tod führte. Der Sturm würde stärker und stärker, riss nun die Ziegel der Häuser von den Dächern und schleuderte sie durch die Gegend, bis sie schließlich vom Wirbel eingesaugt wurden. Doch das alles war in diesem Moment unbeachtete geblieben, denn alle Augen waren auf Cora gerichtet.

»Was meinst du damit??« Picardos Pupillen weiteten sich und die Angst kam zurück. »Die Lichtmagie kann nur als Hilfe und Verteidigung eingesetzt werden. Sie kann seine Attacken abwehren, sie kann ihm trotzen, aber sie kann ihn nicht rechtzeitig besiegen! Nicht so furchtlos, wie sie gerade ist!« Picardos Welt zerbröselte vor seinem inneren Auge. Barthas stand zwischen Lea und den anderen, wusste nicht so recht wohin er gehen sollte, bis Picardo schließlich an ihm vorbei huschte.

»Bringt Euch in Sicherheit!«, schrie er ihm noch im Laufen zu. Cora versuchte ihrem Bruder zu folgen, doch er hängte sie ab und sie kam neben dem König zum stehen.

Na gut, Aeris!

»Kommt mit, König!«, befahl sie ernst und zog Barthas zurück in eine sicherere Entfernung hinter eine Mauer. »Ich hoffe, er weiß, was er tut!«

»Lea!!« Picardo trat neben die Prinzessin.

»Was tust du hier? Bring dich in Sicherheit!«, brüllte sie. Picardo hatte Leas Stimme noch nie so gehört. Noch nie lag solch ein befehlender Unterton darin.

»Richte deine Kräfte auf mich!«, befahl Picardo.

Lea glaubte nicht recht zu hören. »Was?... Ich?...«, stotterte sie und blickte abwechselnd zu dem Wesen und zu Picardo.

»Tu es!«, schrie er wie verrückt. Er stand direkt vor ihr und ruderte mit den Armen.

»Es reicht! Ich zerquetsche euch!« Kahn stampfte erneut auf, sodass sich eine kleine Schneise über den Boden zog und die Erde zerriss. Der Sturm trug den aufsteigenden Schutt sofort weg. Lea stolperte und fing sich mit den Armen ab. Am Boden kniend blickte sie dabei kurz hinter sich. Was sie sah... war nichts. Panisch richtete sie sich auf. Hinter ihnen hatte der Sturm die Häuser, den Boden, die Bäume… ja, alles weggerissen, was sich dort befand. Auch ihre Freunde waren verschwunden. Nur ihr Vater klammerte sich noch an einen Baum. Sein Blick war flehend. Dieser letzte Blick sagte mehr als tausend Worte: *Halte ihn auf! Ich vertraue dir, meine Tochter!*

Dann konnte auch er sich nicht mehr halten und wurde in Sekundenbruchteilen in den fauchenden Wirbel gezogen. Wo einst der Boden gewesen war, tat sich gähnende Leere auf. Es war mehr als ein tiefes Loch, es war, als ob das Nichts alles auffraß. Als ob die Welt noch niemals existiert hätte, als ob das Universum niemals entstanden wäre. Das vollkommene Nichts. Ihre Freunde, ihr Vater, sie alle waren fort.

»LEA!!« Picardo zog an ihrem Kleid, während das gellende Gelächter Kahns durch die Leere hallte.

»Es ist vorbei, Picardo«, schluchzte sie. »Merkst du das denn nicht?« Tränen flossen über ihr Gesicht. »Sie… sie sind alle tot!«

Plötzlich schlug Picardo ihr auf die Wange, nicht zu hart, aber doch so, dass es ordentlich klatschte. »Fokussier deine Kräfte!«, brüllte er wieder. »Auf mich!« Er schrie nicht nur, er forderte sie regelrecht mit Hand und Fuß dazu auf und hüpfte auf und ab. »Tu es oder alles ist verloren!«, flehte Picardo. Lea rieb sich die Wange. Indes trat Kahn näher. Um sie herum war nichts mehr vorhanden, sie standen auf den letzten Quadratmetern Phön, die noch existierten.

»Seht ihr das vollkommene Licht?«

»Du bist wahnsinnig! Das ist nicht das Licht!!«, brüllte Lea aus voller Kehle. Sie riss sich das Amulett vom Hals, packte es mit beiden Händen und presste es fest an sich. Ihre weißen Haare wurden vom Wind emporgerissen, grüne Schlieren bildeten sich um sie herum und die Zeit schien für einen kurzen Moment stehenzubleiben. Picardo sah einige Hausziegel, Bäume und das Hinterteil einer Kuh in Zeitlupe an sich vorbeischweben. Sofort riss er sich zusammen, trat vor die Prinzessin, hielt sich an ihr fest und blickte in ihre smaragdgrünen Augen, in denen sich sein Gesicht wiederspiegelte. Er sah einen Jungen, der über die Zeit an neuer Kraft, an Selbstbewusstsein und Weisheit gewonnen hatte. Er war kein Kind mehr.

»Picardo? Rette unsere Welt!« Mit ihrem letzten Atemzug formte Lea diese Worte, packte Picardo an den Schultern und schloss die Augen. Eine letzte grünschimmernde Träne lief ihr über die Wangen.

Plötzlich schrie sie auf, streckte die Arme von sich, entlud ihre gesammelte Kraft und ließ sich nach hinten fallen. Ein gewaltiger Strahl an Energie stieß aus dem Amulett und aus Leas Körper. Wie eine gewaltige Explosion, die aus ihrem Inneren trat. Blitze strömten aus, steuerten Picardo an und durchbohrten mit atemberaubender Geschwindigkeit seine Brust. Er zuckte und schrie auf, doch seine Schreie wurden vom Sturm verschluckt. Picardos Körper sog die Energie auf wie ein durstiges Kind sein Trinkpaket; dann sackte er zusammen. Unter ihm war nun nicht einmal mehr ein Pflasterstein, nur gähnende Leere.

Als er langsam aufblickte, sah er ein letztes Mal in Leas Gesicht. Sie schwebte vor ihm wie ein guter Geist. Ihre Augen strahlten und auf ihrem schmalen Mund lag ein Lächeln. Sie versuchte noch ein Wort zu formen, dann wurde auch sie von der Leere zerrissen. Ihr Körper zerbarst im Sturm und wurde fortgetragen.

Picardo konnte sich nicht bewegen, jeder Einzelne seiner Knochen schien plötzlich tausende von Tonnen zu wiegen. Sein Körper leuchtete hell. Plötzlich riss er den Mund auf, eher ungewollt. *Was geschieht mit mir??* Sein Kopf glühte auf, sein weit geöffneter Mund dehnte sich knirschend aus, sein Unterkiefer schob sich nach vorn und aus seiner Oberlippe platzten riesige Reißzähne. Picardo versuchte vor Schmerz zu schreien, doch er konnte nicht. Die Ohren, die aus seinem blonden Haar ragten, wurden größer und größer und mit ihnen sein gesamter Kopf. Nach und nach sprossen ihm weiße und braune Haare aus allen Poren und auch sein Körper wuchs einige Meter in die Höhe; sein Hemd und seine Hose platzten in tausend Teile, als seine Gliedmaßen sich aufblähten wie Kaugummi. Kahn lachte schallend in die Leere und trat einen Schritt nach vorn. Nachdem das Licht nachließ, das Picardo umgab, stand er nun schnaufend im Nichts. Leuchtender Rauch trat aus seinen Nasenlöchern, die nun eher aufgedunsenen Nüstern glichen. Wenn man gemein wäre, könnte man behaupten, er sah aus wie ein riesiger Waschbär. Kahn lachte.

»Nun sind wohl nur noch wir beide übrig!«, raunte er. Picardo atmete schwer und versuchte zu reden. »Du wirst untergehen!«, sagte er kühl und rannte auf Kahn los. Er packte ihn an seinen metallenen, schuppigen Schultern.

»Du kannst sie nicht mehr retten, sie sind alle tot!!«, lachte Kahn und stemmte sich gegen den riesigen Waschbärjungen. Picardo drückte fester, schob Kahn durch die Leere. »DU NARR!!« brüllte dieser laut auf und riss die Arme so schnell empor, dass Picardo zurückgeschleudert wurde. Er fiel tief, fing sich jedoch schnell wieder. Es schien, als bewege er sich in einem vierdimensionalen Raum. Gesetze der Schwerkraft, der Zeit oder Sonstiges galten in der Leere nicht.

»DAS IST DAS VOLLKOMMENE LICHT!«, schrie Kahn immer wieder und lachte. Picardo schnaufte. Was sollte er tun?

»Du hast die Welt zerrissen, die ich so sehr geliebt habe. Endlich hatte ich verstanden, was es bedeutet, Freunde zu haben. Endlich konnte ich wieder Vertrauen fassen, nachdem mein Vater mir genommen wurde. Doch du hast sie alle getötet und nicht nur das… Du hast dem ganzen Universum den Untergang gebracht!!« Picardo war wutentbrannt, riss den Kopf empor und gab ein ohrenbetäubendes Brüllen von sich. Kahn lachte und schleuderte mit einem Handschlag tausende Spitze Federn in seine Richtung. Picardo wich zur Seite, doch die Federn schnitten ihm tiefe Wunden in die haarigen Arme. Dunkles Blut spritzte zu allen Seiten.

»Siehst du's nicht? Du bist machtlos!!«

Plötzlich hörte Picardo ein Flattern. Ein Flattern, das von sehr weit weg zu kommen schien und doch ganz nah war. Das Geräusch gewaltiger Schwingen hallte durch die Leere.

»Nein, das ist unmöglich!«, brüllte Kahn und sah sich panisch um. Auch Picardo drehte sich hin und her, um die Geräusche zu orten, doch sie schienen aus keinerlei Richtung zu kommen. Plötzlich erhellte ein glühender, roter Schein die Umgebung. Kurz war Picardo, als erkenne er einen gewaltigen Vogel. Seine Größe war in irdischen Maßen nicht zu beschreiben, sein Gefieder brannte, glühte in allen Farben und in seinen Augen spiegelten sich die Schicksale tausender Welten.

Als ich so vor den beiden schwebte, fiel mir wieder ein, was Elia und Belias damals, kurz bevor der Pakt geschlossen wurde, zu mir gesagt hatten: Egoismus und Hass werden früher oder später zum Untergang dieser Welt führen. Auch wenn zwei grundverschiedene Dinge zusammen etwas Neues, Wunderbares wie das Zwielicht formen, so wird es immer jemanden geben, der den Frieden bedroht. Es wird stets jemanden geben, der seinen Glauben und sein eigenes Wohl vor das aller anderen stellen und somit das Gleichgewicht stören wird. Auch die Götter selbst hatten lange Zeit nicht erkannt, dass sich ihre Bestreben eigentlich glichen, dass sie sich nur aufgrund dessen bekriegten, da sie augenscheinlich anders waren. Dabei waren sie sich ähnlicher als sie es selbst vermuteten. Der erste Fehler ist es, unbedacht eine Seite zu wählen, anstatt alles als ein großes Ganzes zu betrachten. Leider ist es viel einfacher, sich für hell oder dunkel zu entscheiden anstatt für etwas dazwischen.

Doch was sollte nun geschehen? In meiner Dimensionsblase beobachtete ich die beiden, für sie war meine Zeit der Anwesenheit nicht mehr als ein Augenzwinkern.

In Picardos Augen sah ich es schließlich: Die Unschuld eines Jungen, der nie versuchte, sich auf eine Seite zu schlagen, der in die Rolle des Erlösers gezwungen wurde. Und ich sah eine Zukunft. Eine Zukunft ohne Glaubenskriege und Hass. So fasste ich eine Entscheidung…

Als Picardo sich umdrehte war ich auch schon verschwunden. Nur eine einzelne, brennende Feder sank langsam in die Hände des Waschbärjungen.

»Was wirst du tun, Picardo? Diese Feder bringt den Tod. Tötest du dieses fehlgeleitete Wesen?« Meine Stimme hallte in Picardos Kopf wie ein Echo aus einer fernen Zeit.

»Ich habe der Göttin gedient! Ich habe die perfekte Welt wiederhergestellt«, schrie Kahn beinahe ängstlich und seine Stimme klang nun, als würde der rostigen Kettensäge das Benzin ausgehen.

Picardo zögerte nicht lange. Er schleuderte die brennende Feder auf den Bischof. Als die Feder auftraf, zischte und brodelte es. Kahn schrie auf, doch bemerkte plötzlich, dass nicht er, sondern das Zepter getroffen wurde. Er blickte zu Picardo und grinste.

»Vorbei, du Narr!«

»Nein! Genau richtig!«, entgegnete Picardo erleichtert. Das Zepter in Kahns Hand wurde farblos und als er versuchte es fester zu packen, zerfiel es zu Staub. Langsam rieselten die Brocken aus seiner Handfläche und wurden vom Wind fortgetragen.

»Das darf nicht sein!!«, brüllte das Wesen. »IHR WERDET ALLE IN BELIAS' HÖLLENLOCH SCHMOREN!!!«

Nach und nach sank seine einst gewaltige Gestalt in sich selbst zusammen. Es ging so schnell, dass er es selbst kaum bemerkte. Kahn war nackt und seine Haut hing ihm in Fetzen vom Leib. Er schwebte perplex und gekrümmt im Nichts.

»Die Göttin kann ihren treuesten Jünger nicht diesem Schicksal überlassen, das ist...« Kahn konnte diesen Satz nicht zu Ende sprechen. Die Leere erfasste ihn und er schrie panisch auf. Nun war er nicht mehr als ein gedemütigter Mensch, fehlgeleitet von seiner Vorstellung einer heilen, religiösen Welt. Der Wind riss ihm das pochende Herz aus dem Leibe und dennoch stemmte er sich noch immer gegen den Strom. Stück für Stück wurde er ausgeweidet, bis letzten Endes nichts mehr von ihm übrig blieb als ein bleicher, klappernder Schädel. Es war vorbei. Seine Qualen hatten ein für allemal ein Ende.

»Du hast den Hass selbst vernichtet und nicht nur seine Marionette!«, dröhnte es plötzlich in Picardos Kopf. *»Es war die Magie reiner Herzen, die diese Welt errettet hat. Ab sofort sollen die Tore für alle Zeit offen stehen. Die Wahrheit wird verkündet. Die Zepter, die hätten niemals existieren dürfen, sind vernichtet und Normalität soll wieder eintreten. Trage diese Botschaft hinaus!«*

Das Bild von Archadis vervollständigte sich langsam um Picardo herum. Er schwebte noch immer über dem Boden und blickte sich um, versuchte einen Blick auf mich zu erhaschen. Doch ich war schon längt wieder fort. Langsam verwandelte sich Picardos Körper zurück in seine wahre Gestalt. Die Leere um ihn herum verschwamm.

»Phönix? Danke…«, sagte er leise. Seine Sinne schwanden und um ihn herum wurde es schwarz. Ich war beinahe gerührt.

Im gleichen Augenblick fand sich Feghnom auf dem Boden im Wald der Urugai wieder. Er rollte sich hin und her. Vor einigen Augenblicken wurde er von einem riesigen Wirbel verschluckt und nun lag er hier vor seiner Hütte. Iselia fluchte, sie steckte mal wieder in einem Baum fest. Auch Gamadas und die anderen Dorfbewohner lagen in der Gegend verstreut herum und blickten sich verdutzt an. Feghnom nahm etwas Laub in die Hand, warf es in die Luft und lachte aus voller Kehle.

»Sie haben es geschafft!«, schrie er euphorisch und ließ sich lachend zurück auf das saftig grüne, weiche Moos fallen.

Langsam aber stetig verschwand der weiße Strudel am Himmel und spuckte alles, was er zuvor in sich hinein gesaugt hatte, wieder aus. Städte, Wälder, die verschiedensten Lebewesen, alles setzte sich langsam zusammen. Das Bild der Welt vervollständigte sich erneut.

Auch in den anderen Dimensionen trat wieder die Normalität ein. Kurz vor ihrem Ende stoppte die Zersetzung und die Lage schien sich zu normalisieren. Nokturna atmete auf, trat auf den Platz vor ihrem Schloss und sprach zu ihrem jubelnden Volk der Noxen. Das Gleiche geschah in der Dimension des Lichts.

Tag 10, Elium 358 n. E.

Archadis, königliches Schloss

»Picardo?... Picardo?...« Langsam öffnete er die Augen.

»Was... was ist passiert?«, stöhnte er.

»Du hast Phön gerettet!«, teilte ihm Lea leise mit. Sie kniete neben ihm und etwas war anders an ihr als zuvor: sie hatte schneeweiße Haare.

Wo war er? War er im Himmel? Der Untergrund war weich und Sonnenstrahlen kitzelten sein Gesicht. Er blickte sich langsam um und rieb sich die Augen. Keine Wolken, kein Engelsgeläut… Er schien sich im Schloss von Archadis zu befinden. Scheinbar hatten ihn die anderen in Leas Bett gelegt. Die Bilder um ihn herum waren noch verschwommen, doch je länger er blinzelte, desto mehr konnte er erkennen und sein Verstand kehrte zu ihm zurück. Cora stand in einer Ecke, grinste und kam langsam auf ihn zu. Erst blickte sie auf ihn herab, dann fiel sie ihm um den Hals und begann zu lachen.

»Du hast es geschafft!«, rief sie und brach in Freudentränen aus.

»WIR haben es geschafft«, erwiderte Picardo.

Barthas, Pyra und Alkatras saßen im Thronsaal und schwiegen sich an. Aber es war ein genussvolles Schweigen. Kein Stress, kein Lärm, nur das Zwitschern der Vögel im Schlossgarten. Der König blickte hinaus auf das Grab seines treuen Generals. Seine Dienstmütze, die er ständig zu tragen pflegte, lag obenauf auf dem mit Blumen geschmückten Grabstein. Obschon er Freude verspürte über die Rettung der Welt, so traurig war er über den Verlust seines Freundes.

»Es würde mich freuen, wenn ihr mir am Hofe Gesellschaft leistet!«, durchbrach Barthas die Stille.

»Ach, ich weiß nicht«, entgegnete Pyra und ließ ihren Blick durch den Raum schweifen. »Das Angebot ist nett, Gregor.«

»Aber wir müssen wieder hinaus in die weite Welt!«, beendete Alkatras Pyras Satz. Ihn konnte niemand in einem noblen Schloss festhalten und er wusste, dass Pyra genauso empfand. Es gab noch zu viel, dass er sehen musste, so viele Leute, die unterhalten werden wollten. Und Pyra wollte zurück nach Empiris und ihrer Berufung nachgehen. Vielleicht mit einem kleinen Elektroladen? Sowieso hatte sie noch ein Hühnchen mit Lupos zu rupfen, der nach dem Untergang des Bischofs sang- und klanglos verschwunden war.

Auch unten auf dem Platz fanden die Leute nach und nach ihr Bewusstsein wieder. Sie blickten sich um und fragten sich, ob alles nur ein Traum gewesen war. Die meisten von ihnen rissen sich ohne zu überlegen die weißen Kutten vom Leib und warfen sie auf den Boden. Einige blickten sich noch immer furchtsam um. Doch es war vorbei, die Welt konnte aufatmen.

»Das ist der Beginn eines völlig neuen Glaubens!«, rief Azhad, der plötzlich im Zimmer der Prinzessin auftauchte. Picardo richtete sich auf.

»Phönix sagte, die Zepter sind für alle Zeit vernichtet und die Tore zu den anderen Dimensionen bleiben nun ein für allemal geöffnet!«, sagte er noch immer etwas wirr.

»Phönix?«, wiederholte Azhad und bekam große Augen. Cora blickte Picardo an, als ob er den Verstand verloren hätte.

»Phönix!«, betonte er nur und lachte.

»Dann lasst uns die Wahrheit hinaus in die Welt tragen!«, johlte Azhad euphorisch. »Benennen wir diese Geburt des neuen Glaubens nach etwas, das uns den Weg wies!« Sein Gesicht strahlte. »Die Religion Sonnenmond.«

Kapitel 20

Der Beginn einer neuen Zeit.

Der Beginn neuer Gefahr.

Tag 15, Elium 358 n. E.

Stadt der Engel

»… So lauteten die Worte des Göttervogels zu meinem guten Freund Picardo!«, beendete Azhad seine Rede. Fast die gesamte Bevölkerung Golgatas und auch einige aus der restlichen Welt waren gekommen, um die Vereidigung des neuen Oberhauptes der Kirche mitzuerleben. Der Junge trug das Gewand des Bischofs, jedoch wurde es von Lea ein wenig modifiziert. Es war nun nicht mehr in reinem Weiß gehalten, sondern teils schwarz, teils weiß, gebunden mit einer goldenen Kordel.

»Das symbolisiert den Zusammenhalt unserer Welten!«, sagte sie, als sie Azhad vor einigen Tagen ihren Entwurf zeigte. Dieser stand nun auf einer Empore im Sitzungssaal der Stadt der Engel, der zuvor keinem Normalsterblichen zugänglich war. Nun war die ganze Stadt für alle geöffnet, für alle Völker Phöns, egal, welche Glaubensrichtung sie einschlugen. Doch die meisten waren nun überzeugt: Phön ist die Bande von Licht und Finsternis, und diese Tatsache war unumstößlich.

Rechts neben Azhad standen der König und Lea, die in ein festliches Kleid gehüllt war und damit die Aufmerksamkeit der gesamten Männerschaft auf sich zog. Ihre Haare, die seit dem Kampf gegen Kahn ihre weiße Farbe behalten hatten, hatte sie zu einem Zopf zusammengebunden. Links neben Azhad standen Cora und Picardo. Ebenfalls beide in feinstes Tuch gehüllt. Picardo gefiel das jedoch nicht sonderlich und beklagte, dass dieser schicke Fummel an den Ärmeln zwickte. Pyra und Alkatras waren nicht zugegen und schon vor einigen Tagen abgereist, denn sie hielten nichts von solcherlei Festivitäten. Iselia, die in den hinteren Rängen stand, zog ein Taschentuch aus ihrer Hosentasche hervor und schnäuzte lautstark. Feghnom und Gamadas bereitete es Freude, die dicke Frau zu betrachten, die vor Rührung fast anfing zu weinen. Dann blickten sie sich kurz an und traten nach vorn. Gamadas hob die Hände und die Menge verstummte.

»Wir haben auch noch etwas zu verkünden!«, rief er. Azhad schaute kurz zu Cora hinüber. Sie nickte.

»Dann sprecht!«, sagte Azhad und gab den Platz für die Magier frei. Gamadas trat vor, gefolgt von Iselia. Feghnom hielt sich im Hintergrund, es gefiel ihm nicht, im Rampenlicht zu stehen. Die beiden Magier stellten sich ans Rednerpult. Azhad freute sich, klatschte und gesellte sich neben Lea, die ihm zuzwinkerte.

»Meine lieben Freunde«, begann Iselia, »als neu ernannte Sprecherin der Magierzünfte habe ich euch etwas zu verkünden!« Ein Raunen ging durch die Ränge, doch es war keineswegs feindselig. »Alle Magier dieser Welt, die sich nie getraut haben ihre Bestimmung zu zeigen, haben nun die Möglichkeit in der neu eröffneten magischen Universität die Kunst der Magie von neuem zu erlernen!« Iselia stemmte die

Hände in die Hüften und nickte. Ein Klatschen und Jubeln hallte durch den großen Raum. »Zeiten ändern sich!«, sagte sie noch. »Ab jetzt soll Frieden zwischen allen Völkern und den Magiern herrschen!« Das Klatschen und Raunen wurde lauter, Pfiffe waren zu hören. Auch Azhad und die anderen jubelten. Gamadas löste Iselia ab.

»Das ist noch nicht alles«, rief er in die Menge, »als Vorstand der Schattenmagierzunft darf ich hiermit die Einführung von Prinzessin Lea in das Amt der Vorsitzenden des Rates der Lichtmagier ankündigen!«

Lea erschrak förmlich. Sie blickte sich fragend um und hielt sich die Hände vor den Mund um nicht vor Freude zu schreien. Das Jubeln flaute derweil nicht ab. Sie blickte kurz zu ihrem Vater. Barthas grinste nur und nickte ihr genügsam zu.

»Komm zu uns, Lea!«, bat Gamadas sie zu sich. Als sie am Pult stand, wusste sie nicht recht, was sie sagen sollte.

»Nun«, begann sie und sah sich schüchtern um, »ich bin mir meiner Kräfte selbst noch nicht lange bewusst. Aber ich denke, dass wir mit unserem neuerlangten Wissen die Magie in ein neues Zeitalter bringen können!« Sie blickte in die Menge und strahlte. »Und ich bin mir sicher, dass wir mit eurer Hilfe die Universität in neuem Glanz erstrahlen lassen! Dafür werden Gamadas und ich uns als die Vorsitzenden der Räte in jeder Sekunde unseres Lebens einsetzen! Dafür und für den Frieden zwischen den Völkern und den Magiern auf alle Zeit!« Lea stand still und schaute zufrieden. Langsam wurden die Leute heiser, dennoch hielt der Applaus an. Wie bei einer Theatervorführung, bei der die Darsteller wieder und wieder die Bühne betraten und alle Anwesenden irgendwann nur noch aus Mitleid klatschen. Lea wurde rot und verbeugte sich abschließend. Dann nahm Azhad wieder seinen Platz ein.

»Nun lasst uns in die Welt hinausziehen und sie zu dem machen, wofür sie gedacht ist: Ein Ort von Frieden und Harmonie, geschaffen durch den allmächtigen Phönix und unsere Götter, die ihre unsterblichen Seelen für uns opferten: Elia und Belias!«

Kaligo, Dimension der Finsternis

Nokturna lief im Thronsaal hin und her. Schließlich blickte sie in einen Spiegel, der an der Wand angebracht war. »Lumiera?«, rief sie. Zunächst kam keine Antwort, doch dann erschien langsam das Bild einer goldenen Gestalt in dem Spiegel. Ihr Antlitz glänzte golden und sie schien auf den ersten Blick wie ein bizarrer Engel. Wie auch Nokturnas, schien ihr langes Gewand eins mit ihrem Körper zu sein und genaue Gesichtszüge oder Gliedmaßen waren nicht zu erkennen. Dennoch wirkte das Wesen erhaben und ehrenvoll.

»Das war knapp!«, sagte das Wesen im Spiegel. »Um ein Haar wäre die Bande gebrochen. Auch die Verbindung über den Elementarspiegel zwischen uns riss bereits ab.«

»Ich hoffe, die Echos haben daraus gelernt!«, sagte Nokturna wandte sich vom Spiegel ab.

»Glaubst du? Ich denke, sie werden sich früher oder später einen neuen Schwachsinn ausdenken, um sich bekriegen zu können«, raunte ihre Gesprächspartnerin.

»Nun, hoffen wir, dass sich das nicht auf uns auswirkt!«

»Nun... es wissen nun alle über die Existenz unserer Dimensionen Bescheid«, bemerkte das glitzernde Wesen im Spiegel. »Ja, aber das heißt nicht, dass ein normaler Mensch zu uns dringen kann... wenn überhaupt, dann die Magier!«, stellte Nokturna sicher und trat wieder vor den Spiegel.

»Hoffen wir es«, entgegnete Lumiera und es folgte eine kurze Stille.

»Da ist noch etwas«, begann Nokturna unsicher.

»Ja?«

»Ich hatte einen seltsamen Besucher hier.«

»Einen Besucher?«

»Er trug die Schattenträne bei sich und suchte jemanden«, ergänzte Nokturna, woraufhin das Wesen im Spiegel anfing nachzudenken.

»Ist er noch bei euch?«

»Ich schickte ihn zum Herz der Nacht!«

»Also wurden er und auch die Träne vernichtet?«

»Es ist besser so!«

Archadis, königliches Schloss.

»Meine liebe Tochter!« Barthas umarmte Lea und eine Träne lief ihm über die Wange.

»Ach, Vater!« Lea versuchte, nicht zu weinen. »Ich komme dich oft besuchen!«, sagte sie und versuchte sich aus dem Griff des Königs zu lösen.

»Lea, wir müssen los, der Rubin ist bereit!«, riefen Gamadas und Iselia, die an der großen Tür zum Schlosshof standen. Lea blickte ihren Vater an, warf ihm einen Luftkuss zu und trat zu den beiden Magiern. Picardo und Cora standen daneben und warteten auf den Abschied. Lea trat zu Cora, sah ihr tief in die Augen und fiel ihr sogleich um den Hals.

»Bis bald, Kleine«, verabschiedete sich Cora und drückte sie fest an sich. Als sich Lea löste, kramte sie in ihrer Umhängetasche, die sie bei sich trug und holte die Träne des Lichts heraus.

»Das ist deine!«, sagte die Prinzessin und legte sie Cora in die flache Hand. Dann schloss sie ihre Finger darüber. Cora blickte Lea an: »Danke.«

Als Lea zu Picardo trat, versuchte dieser Haltung zu bewahren, um nicht in Tränen auszubrechen. Sie ging etwas in die Knie, um ihn umarmen zu können.

»Mach's gut, mein kleiner Freund!«, sagte sie und drückte Picardo fest an sich. Und zum ersten Mal erwiderte er die Umarmung mit Freudentränen in den Augen. »Ich werde dich in Uru besuchen, ich bin sicher, du wirst dort sehr gut aufgehoben sein«, fügte Lea hinzu. Picardo nickte und wischte sich eine Träne aus dem Gesicht.

»Dann lass uns gehen!« Iselia war schon aufgeregt, endlich in ihre geliebte Universität zurückkehren zu können. Nach all den Jahren.

»Macht's gut, ihr alle!«, verabschiedete sich Lea und winkte, als sie sich neben Iselia und Gamadas stellte. Der Magier berührte den Wanderrubin, der sofort anfing rot zu leuchten. Dann hielten sich die drei an den Händen und waren Sekundenbruchteile später in einem Strudel aus rotem Licht verschwunden.

»Mit Lea an der Spitze der Zunft werden die Magier einem neuen Zeitalter entgegen streben«, sagte Cora und legte ihre Hände auf Picardos Schultern. »Lass uns auch aufbrechen!«

»Wo ist der alte Mann?«, fragte Picardo. »Feghnom? Der ist schon vorgegangen, er ist kein Mann großer Worte. Und er hasst Abschiede.«

Als sich Picardo und Cora von Barthas verabschiedet hatten, verließen sie den Thronsaal und machten sich auf den Weg nach Uru, zu den Urugai, die schon Cora einst zur Kämpferin ausbildeten. Um den kommenden Gefahren trotzen zu können, was auch immer diese darstellten, mussten sie gewappnet sein. Denn nichts ist schlimmer, als einer drohenden Gefahr unvorbereitet ins Auge zu blicken.

So lag das königliche Schloss nun wieder friedlich in seiner gewohnten Umgebung. Gregor Barthas nahm die Regentschaft über sein Land wieder auf, Pyra Tec eröffnete ein kleines Geschäft in der zweiten Etage in Empiris und Alkatras van Clee zog als fahrender Künstler durch die Lande. Die Engelsstadt und die neue Glaubensgemeinschaft Sonnenmond erblühten in voller Pracht. Auch in den Dimensionen hinter den Toren gingen die dort lebenden Wesen wieder ihrem gewohnten Tagesablauf nach.

Doch etwas geriet in Vergessenheit, etwas trübte den neu errungenen Frieden auf Phön. Denn ein dunkler Schatten, mächtiger als alles zuvor, breitete sich tief in der Dimension der Finsternis aus und war bereit, Phön erneut ins Verderben zu stürzen.

Ich bin Phönix der Göttervogel, Wächter des Universums.
Und dies war erst der Anfang.

Ende

Der Autor

Sascha Vöhringer ist ein Gutmensch, ein Möchtegern-Weltverbesserer und leidet unter starkem Realitätsverlust. Und er schreibt Fantasy. Fantasy die sich selbst zwar nicht ganz ernst nimmt, aber stets gesellschaftskritische Hintergründe hat. Inspiration zu seinen Geschichte holt er sich unter anderem von den fantastischen Erzählungen Kazushige Nojimas (Final Fantasy), Fantasy Kult-Autor Terry Pratchet sowie seinen Erlebnisreisen durch die Welt.

Sascha wurde 1984 in Reutlingen geboren und wuchs in einem kleinen Städtchen am Rande der Schwäbischen Alb auf. 2005 beendete er seine schulische Ausbildung und leistete daraufhin seinen Zivildienst in einem Heim für schwererziehbare Mädchen in München ab. Ab 2006 studierte Sascha in Ulm Medieninformatik, ließ sich dabei etwas Zeit und erlangte sein Diplom erfolgreich Anfang 2013.

Heute ist Sascha unter anderem in der Medien- und IT-Branche als Interaction Designer und Software Engineer tätig. In seiner Freizeit beschäftigt er sich mit dem Schreiben der Phön-Reihe, dem Reisen und vielen weiteren Kreativprojekten.

www.SaschaVoehringer.de

3504281R00225

Printed in Germany
by Amazon Distribution
GmbH, Leipzig